Zum Buch:

Tief durchatmen, den Anblick des Grüns um sich herum genießen und einfach nur sein – Lukas weiß genau, warum er sich für den Job als Gärtner auf Gut Boltendorf entschieden hat. In dieser überschaubaren Welt kann er bestmöglich wirken und fühlt sich so zu Hause wie sonst nirgends. Als die Hochzeitsplanerin Natalie ausgerechnet in seinen Gärten eine Feier plant, ist Lukas mehr als skeptisch. Doch irgendwie kann er sich dem Impuls, der jungen, attraktiven Frau zu helfen, nicht widersetzen. Und mit jedem Tag freut er sich mehr darauf, sie wiederzusehen … Ihr scheint es sogar ähnlich zu gehen. Ob er bei ihr eine Chance haben kann?

Zur Autorin:

Carla Linde ist ein großer Ostsee-Fan und verliebte sich in Rügen an einem strahlenden Sommertag. Sie kann stundenlang am Strand entlanggehen oder durch die Seebäder schlendern. Die einzigartige Landschaft, die prachtvollen Villen und die liebenswerten Menschen haben in ihr den Wunsch geweckt, eine Geschichte zu schreiben, die auf dieser besonderen Insel spielt.

Lieferbare Titel:

Die Inselhochzeit der Träume

Carla Linde

Die Inselhochzeit der Träume

Roman

HarperCollins

1. Auflage 2025
Originalausgabe

Valentinskamp 24 · 20354 Hamburg
info@harpercollins.de
Umschlaggestaltung von bürosüd, München
unter Verwendung von Motiven von Shutterstock
Gesetzt aus der Adobe Garamond
von GGP Media GmbH, Pößneck
Druck und Bindung von GGP Media GmbH, Pößneck
Printed in Germany
ISBN 978-3-365-00856-0
www.harpercollins.de

Druckprodukt mit finanziellem
Klimabeitrag
ClimatePartner.com/15109-2009-1001

MIX
Papier
FSC
FSC® C014496

1

Noch 27 Tage bis zur Feier

Natalie lächelte. Sie gönnte sich einen Moment der Ruhe, lehnte sich auf ihrem Stuhl zurück und ließ den Blick über den wunderschön geschmückten Garten wandern. Auf den kleinen Stehtischen, verhüllt mit weißem Stoff, standen Vasen mit zartblauen und weißen Hortensien, die Lieblingsblumen der Braut. Solarlichter in Herzform standen auf dem Rasen verteilt, sie begannen in der Abenddämmerung zu leuchten.

Kaffee und Kuchen waren in einem Zelt serviert worden, das Geschirr hatte das Servicepersonal bereits abgeräumt. Die Gäste hatten sich in den Garten begeben, tranken hier die ersten Aperitifs oder bewunderten die Blumen.

Lautes Lachen aus dem Kinderbereich drang an Natalies Ohren. Die jüngsten Gäste schienen sich in dem kleinen Zelt sehr gut zu amüsieren mit den Buntstiften, Ausmalbüchern, Legos, Riesenseifenblasen, Büchern und Comics, die sie bereitgestellt hatte.

In der Luft lag der Duft der blühenden Lilien, dezent begleitet vom Geruch des frisch gemähten Grases. Obwohl es bereits September war, strich der Wind warm über ihre Haut – einfach der perfekte Tag für eine Hochzeit. Natalie stieß erleichtert die Luft aus – Septemberhochzeiten waren vom Wetter her immer ein wenig riskant. Umso schöner, dass alles geklappt hatte.

»Möchten Sie einen Aperol oder ein Glas Champagner?«, fragte eine Kellnerin. In ihrem schwarzen Rock und der weißen Bluse strahlte sie schlichte Eleganz aus. »Oder ein Kanapee?«

»Danke, nur ein Wasser bitte.« Erst wenn sie sich vom Brautpaar verabschiedet hatte und sich zu Hause entspannte, würde Natalie sich einen Piccolo zur Feier dieses hoffentlich gelungenen Festes gönnen.

»Bitte kommt alle ins Haus«, erklang die Stimme der Mutter des Bräutigams. »Es wird Zeit für den Eröffnungstanz.«

Es dauerte ein wenig, bis alle Gäste sich in dem großen Saal versammelt hatten. Natalie schloss sich ihnen an und beobachtete das Geschehen zunächst vom Eingangsbereich aus. Später würde hier das Abendessen, ein opulentes Sieben-Gänge-Menü, serviert werden, aber da würde Natalie bereits zu Hause sein, um sich ein Schaumbad zu gönnen. Sie wollte den Eröffnungstanz abwarten und sich dann in einem passenden Moment von Sina und Finn verabschieden.

Als sie den großen Saal betrat, lächelte sie. Der Raum sah wirklich märchenhaft aus mit den vielen Lichterketten, die wie Sterne an den Wänden glitzerten, und den auf den Tischen verteilten Blumengestecken in Weiß und Blau, so wie Sina es gewünscht hatte.

Am Rand des honigfarbenen Parketts blieb sie stehen und beobachtete, wie das Brautpaar Hand in Hand in die Mitte des Saals ging. Das war ihr Lieblingsmoment auf einer Hochzeit. Sina, in einem schneeweißen Kleid aus fließender Seide und Spitze, strahlte vor Glück. Finn, in seinem dunkelblauen Anzug, lächelte sie liebevoll an, bevor er sie in seine Arme zog. Die ersten Klänge eines Wiener Walzers erklangen, und die Gäste begannen im Takt zu klatschen.

Während Natalie zuschaute, wie Sina und Finn über das Parkett schwebten, erinnerte sie sich an die vielen Stunden der Planung, die endlosen Listen und an die emotionalen Vorbereitungsgespräche. Es war eine Zeit des Lachens und manchmal auch der Tränen gewesen, aber es hatte sich gelohnt.

Finn blickte tief in die Augen seiner Braut, seine Hand ruhte auf ihrem Rücken, während sie versunken tanzten. Die letzten Töne des Walzers verklangen in dem festlich geschmückten Saal, als das Brautpaar im perfekten Timing eine elegante Drehung vollführte und eng umschlungen stehen blieb, um in einem langen Kuss zu versinken.

Die Gäste brachen in begeisterten Beifall aus. Natalie sah, wie der Vater der Braut sich verstohlen eine Träne aus dem Augenwinkel wischte. Seine Frau, eng an ihn geschmiegt, strahlte voller Glück. »Die beiden sind füreinander geschaffen«, sagte sie, und ihr Blick suchte den von Natalie. Sie nickte ihr anerkennend zu.

Bevor Natalie etwas erwidern konnte, forderte Sina ihren Vater auf und Finn seine Mutter, so wie es die Tradition vorsah. Nun spielte der DJ *Crazy Little Thing Called Love*, ein Wunsch der Mutter des Bräutigams.

Natalie und etliche Gäste wiegten sich im Takt des *Queen*-Songs. Nachdem Finn mit seiner Schwiegermutter und Sina mit ihrem Schwiegervater getanzt hatte, rief der DJ: »Und nun ist die Tanzfläche für alle geöffnet. Wir beginnen mit *Liebe ist alles* von Rosenstolz.«

Anscheinend ein perfekter Song, denn die Gäste stürmten aufs Parkett, was Natalie als Erfolg für die Playlist verbuchte. Leise summte sie die Melodie mit, als jemand ihre Schulter berührte. Sie wandte sich um.

»Natalie, ich bin für heute fertig«, sagte der Videograf, der zum Service von *Zauberhaft und Unvergesslich* gehörte. Seine Aufgabe war es, die Feier von der Trauungszeremonie bis zum Eröffnungstanz zu begleiten. »Das Video schicke ich gleich an Kathleen raus. Das wollte sie so.«

»Danke.« Natalie strich sich eine dunkelblonde Haarsträhne aus dem Gesicht, die sich aus dem perfekt gestylten Knoten gelöst hatte, und seufzte. »Hoffentlich wird sie zufrieden sein.«

»Bestimmt. Das war – und ist – eine gelungene Party.« Er lächelte ihr aufmunternd zu. »Jetzt übernimmt der Bruder der Braut die Filmerei.«

»Einen schönen Feierabend.« Natalie sah ihm nach und unterdrückte ein Gähnen. Wie nach jeder Hochzeit, die sie geplant und umgesetzt hatte, fühlte sie sich gleichzeitig glücklich und erschöpft.

In diesem Moment verließen ein paar Gäste die Tanzfläche, um sich etwas zu trinken zu holen. Finn, der seinen Arm um Sinas Taille gelegt hatte, blickte sich suchend um. Als er Natalie entdeckte, flüsterte er etwas in Sinas Ohr. Gemeinsam kamen die beiden auf sie zu.

»Du wolltest nicht etwa gehen, ohne dich zu verabschieden?« Sina griff nach Natalies Händen. »Ich kann nicht in Worte fassen, wie dankbar wir dir sind. Diese Feier ist einfach magisch.«

»Es war mir wirklich eine Freude und Ehre, diesen besonderen Tag mit euch zu gestalten«, antwortete Natalie. »Ich wünsche euch alles Glück der Welt.«

»Du hast uns unvergessliche Erinnerungen geschenkt«, sagte Finn, seine tiefe Stimme rau vor Aufregung. »Jede Kleinigkeit, jedes Detail war perfekt. Danke, danke.«

»Sehr gern.« Das Lob freute Natalie sehr. »Der Videograf schneidet die Aufnahmen, und wenn ihr aus den Flitterwochen zurück seid, bekommt ihr den Film.«

»Wir freuen uns.« Sina lächelte, Tränen glitzerten in ihren Augen. »Wir bleiben in Kontakt, nicht wahr?«

»Auf jeden Fall.« Natalie umarmte erst die Braut und dann den Bräutigam. »Genießt eure Feier und habt die weltbesten Flitterwochen.«

Bevor das Paar noch etwas sagen konnte, kamen Freunde und zogen sie zurück auf die Tanzfläche, denn es lief *Eight Days A Week,* Finns absoluter Lieblingssong, wie Natalie wusste. Sie sah ihnen nach, seufzte glücklich auf, verabschiedete sich von den Eltern von Braut und Bräutigam und verließ das Fest.

Auf dem Weg zum Auto rückte sie eine der Solarlampen, die den Garten beleuchteten, gerade. Nachdem sie im Wagen Platz genommen hatte, schaltete sie das Radio an, ihren Lieblingssender, der Rock-Oldies spielte, und fuhr in guter Stimmung nach Hause. Die ganze Fahrt lang trommelte sie den Takt der Songs auf dem Lenkrad und sang laut und falsch mit.

Der Tag endete perfekt, denn sie fand auf Anhieb einen Parkplatz vor dem Mehrfamilienhaus im Jungfernstieg, in dem ihre kleine Zweizimmerwohnung lag. Natalie liebte ihr Viertel, die Paulsstadt in Schwerin, aber hier einen Parkplatz zu finden, besonders abends, das stellte stets eine Herausforderung dar.

Nachdem sie in ihrer Wohnung im zweiten Stock angekommen war, schleuderte sie die High Heels von ihren Füßen, tappte barfuß in die Küche, wo sie den Piccolo aus dem Kühlschrank holte und sich ein schlichtes Käsebrot dazu machte. Beides trug sie ins Wohnzimmer und nahm sich dort ein Sektglas aus dem Schrank. Sie goss sich ein und ließ sich erschöpft auf das Sofa fallen. Es war alt, aber bequem, und sie liebte es, sich dort mit einer Decke einzukuscheln, um zu lesen oder eine Serie zu schauen.

»Auf eine erfolgreiche Hochzeit«, prostete sie sich zu und trank einen Schluck Sekt. Inzwischen konnte sie nicht einmal mehr sagen, wie viele Hochzeiten sie schon geplant hatte in den acht Jahren, die sie nun bereits bei *Zauberhaft und Unvergesslich* arbeitete. Und trotzdem war jede Feier für sie etwas Besonderes, jedes Hochzeitspaar verdiente ihre volle Aufmerksamkeit und Unterstützung.

Natalie schloss die Lider, um den Tag vor ihrem inneren Auge Revue passieren zu lassen: die weiße Kutsche, gezogen von zwei weißen Pferden, in der Sina und Finn vor der Kirche vorgefahren waren, die romantischen Ehegelübde, der innige Kuss, die fröhliche Kaffeetafel und der wundervolle Walzer … Was sich für manch einen kitschig anhören mochte, war der Realität gewordene Traum des Paars. Und sie hatte es geschafft, ihn wahr zu machen.

Als sie nach dem Käsebrot greifen wollte, klingelte ihr Smartphone. Der Klingelton *Shake It Off* verriet ihr, wer ihr den wohlverdienten Feierabend raubte: ihre Chefin. Und das konnte nur eins bedeuten: Kathleen war nicht zufrieden. Wieder einmal.

Einen Moment lang dachte Natalie daran, das Gespräch einfach nicht anzunehmen, aber das würde nur bedeuten, das Unvermeidliche hinauszuzögern.

Also seufzte sie, trank den letzten Schluck Sekt und wischte über das Display. »Hallo, Kathleen, was kann ich für dich tun?«

»Natalie, ich habe mir eben das Hochzeitsvideo angesehen. Wir müssen reden.«

Wie konnte das sein? Das Video war bestimmt vier Stunden lang, und ihre Chefin hatte es erst vor einer Stunde bekommen.

»Die Schrift auf den Tischkarten, Natalie. Sie war kaum lesbar, viel zu verspielt. Und die Farben viel zu dezent.« Sie konnte förmlich vor sich sehen, wie Kathleen den Kopf schüttelte. »Du weißt, wir müssen unser Niveau halten.«

»Das ist mir bewusst«, antwortete Natalie, nachdem sie tief durchgeatmet hatte. »Die Schrift war der ausdrückliche Wunsch der Braut. Sie wollte etwas Spielerisches, Persönliches.«

»Als Hochzeitsplanerin musst du die Braut lenken, Natalie. Es ist unsere Expertise, die zählt.« Der belehrende Unterton ihrer Chefin ließ sie die Hände zu Fäusten ballen, aber sie hörte schweigend zu. »In Zukunft sei bitte konsequenter.«

»Ja«, sagte sie nur und presste die Lippen aufeinander. Jedes weitere Wort hätte zu einem heftigen Streit geführt.

»Du willst doch Partnerin werden, oder?« Kathleens Ton verschärfte sich. »Dafür musst du dich mehr anstrengen.«

»Braut und Bräutigam waren zufrieden. Sie haben sich bei mir ausführlich bedankt«, entgegnete Natalie schließlich in bemüht sachlichem Tonfall. »Ist das nicht das Wichtigste?«

»Nein«, widersprach Kathleen. »Das Wichtigste ist der Eindruck, den wir und unsere Arbeit hinterlassen.« Nach einer kurzen Pause fügte sie hinzu: »Vielleicht bist du einfach noch nicht so weit.«

Natalie zog die Beine unter sich, mit den Fingern der rechten Hand zupfte sie an einem losen Faden ihres bunten Sofakissens. Bevor sie etwas sagen konnte, kam ihre Chefin ihr zuvor.

»Oder es liegt daran«, fuhr Kathleen fort, »dass eine Hochzeit für dich in weiter Ferne liegt. Du kannst dich einfach nicht in eine Braut hineinversetzen.«

Diese Worte waren selbst für Kathleen so gemein, dass Natalie die Luft wegblieb. Sie suchte fieberhaft eine schlagfertige Antwort, suchte Halt in der weichen Decke auf ihrem Schoß.

»Ich bin gut in meinem Job«, sagte sie schließlich mit einer Ruhe, die sie selbst überraschte. »Das weißt du.«

»Du bekommst noch eine Chance«, antwortete Kathleen ohne Umschweife, »beweise mir, dass du es wirklich willst.«

Dann legte sie ohne ein Abschiedswort auf, und Natalie musste die Worte ihrer Chefin erst einmal verdauen. Wollte sie wirklich immer noch Partnerin werden? Bei einer Frau, der ihr »Niveau« wichtiger war als das Glück der Brautleute? Wie so oft wünschte sich Natalie, sie hätte den Mut, eine eigene Hochzeitsplanungsagentur zu eröffnen. Aber allein wagte sie das nicht.

2

Noch 26 Tage bis zur Feier

Natalie saß an ihrem Schreibtisch und holte tief Luft. Das Gespräch mit Kathleen war unangenehmer gewesen, als sie befürchtet hatte. Ihre Chefin hatte sich bei der Nachbesprechung wieder einmal in Hochform gezeigt. Das Telefonat am Abend der Hochzeit war nur der Anfang gewesen. Kathleen hatte Natalie heute mit einer endlosen Liste von Aufgaben überschüttet und sie mit scharfen Worten heruntergemacht, obwohl Sina und Finn sich sehr zufrieden geäußert hatten.

»Ich gebe dir noch eine Chance, mir zu beweisen, dass du es wert bist, Partnerin zu werden«, hatte Kathleen zum Abschluss gesagt. »Enttäusche mich nicht.«

Natalie hatte nur genickt und war in ihr Büro gegangen. Dort erwartete sie bereits eine Mail ihrer Assistentin Emily, die ihr Hintergrundinformationen für ein neues Hochzeitsprojekt schickte.

Die Eiskönigin will das Brautpaar unbedingt als Kunden gewinnen. Es könnte schwierig werden, deren Wünsche zu erfüllen, aber du schaffst das bestimmt. Wenn ich dir helfen kann, sag mir Bescheid. Sie kommen gleich.

Natalie verengte die Augen, um die Schrift auf dem Bildschirm ihres Notebooks lesen zu können. Das Licht der Nachmittagssonne durchflutete den Raum und ließ den Parkettboden wie Bernstein schimmern. Der warme Schein verlieh dem Büro eine bezaubernde Atmosphäre, sehr passend zu dem Namen *Zauberhaft und Unvergesslich*, der in goldfarbenen, geschwungenen Buchstaben an der Wand gegenüber ihrem Schreibtisch prangte.

> Sie waren bei Herzgeflüster Hochzeiten, bevor sie zu uns gekommen sind. Es gab einen unschönen Streit, und nun sollen wir alles retten. In einer halben Stunde sind sie hier.

Oh, so bald schon. Ihr Blick flog über die Zeilen. Die Namen des Brautpaares, Leonie Lembke und Sebastian Rieckhoff, sagten Natalie nichts. Der Hochzeitstermin war in vier Wochen – herausfordernd, fand sie. Die wenigen Zeilen ihrer Assistentin Emily sagten klar, dass dieses Paar wahrscheinlich einiges an Arbeit erfordern würde.

Aber das schreckte sie nicht ab, im Gegenteil, sie mochte Herausforderungen. Als Hochzeitsplanerin war sie dafür geschaffen, sich schwierigen Aufgaben zu stellen und jedes Problem zu lösen. Das war wohl die letzte Chance, von der Kathleen gesprochen hatte.

Es war nicht das erste Mal, dass sie beim Gedanken an ihre Chefin ahnte, wie sich Hass anfühlte. Kathleen war eine ehrgeizige Frau, deren Priorität darin bestand, Geld zu verdienen. Wie so jemand ausgerechnet darauf gekommen war, eine Hochzeitsplanungsagentur zu gründen, das konnte Natalie nicht verstehen.

Sie hoffte, dass ihre Chefin hinter der herben Fassade jemand war, der sich mit anderen Menschen freute oder ihnen Glück wünschte. Von ihrem Team jedenfalls wurde Kathleen gefürchtet und hinter ihrem Rücken als »Eiskönigin der Herzen« tituliert. Vor allem auf Natalie hatte ihre Chefin es abgesehen.

Manchmal kam es ihr vor, als gäbe Kathleen ihr absichtlich die schwierigsten Kunden. Aber selbst bei den anspruchsvollsten Paaren gab es Augenblicke, in denen Natalie wusste, warum sie sich für diesen Beruf entschieden hatte. So war es auch bei Sina und Finn gewesen, die zunächst mit sehr unterschiedlichen Vorstellungen über ihre Traumhochzeit zu *Zauberhaft und Unvergesslich* gekommen waren.

Die Erinnerung zauberte ein Lächeln auf Natalies Gesicht. Mit den Fingern strich sie über das Hochzeitsfoto, das sie heute von Sina bekommen hatte, mit einem Dankesschreiben. Natalie stand auf, um das Bild zu den anderen Fotos glücklicher Paare zu hängen, die eine Wand ihres Büros schmückten. Gab es einen besseren Beweis, wie wichtig ihre Tätigkeit war? Ihr Blick blieb etwas länger an dem großformatigen Bild eines älteren Paares hängen, das vor einem Leuchtturm stand und sich glücklich in die Augen sah. Es war für beide der zweite Versuch – und sie hatten den Glauben an die Liebe nicht aufgegeben.

Ein Seufzer entwich Natalies Lippen, als sie daran dachte, dass man auch in reiferem Alter sein Glück finden konnte. Wenn sie die Fotos betrachtete, wusste Natalie, dass es die wahre Liebe gab. Für sie selbst lag das Liebesglück jedoch in weiter Ferne, wie ein schöner Traum.

Sie schloss für einen Moment die Augen, da klopfte es an der Tür, und Emily schaute herein. »Das Brautpaar ist da.«

»Danke. Bringst du uns bitte Tee oder Kaffee und Gebäck?«

»Selbstverständlich.« Emily zwinkerte ihr zu und öffnete die Tür, damit das Paar eintreten konnte. »Frau Uphoff erwartet sie bereits.«

Natalie erhob sich und ging ihren Kunden entgegen. »Willkommen und guten Tag.« Sie lächelte herzlich, schüttelte beiden die Hand und deutete auf die kleine Sitzgruppe, die mit hochzeitsweißem Stoff bezogen war, ebenso wie die Stühle. »Bitte nehmen Sie Platz.«

Das Paar wechselte einen innigen Blick. Die Braut, eine junge Frau mit langen blonden Haaren und einem perfekt gestylten Outfit, sah sich in Natalies Büro um und nickte zufrieden. Der Bräutigam, ein großer, attraktiver Mann mit dunklem Haar und charmantem Lächeln, setzte sich hin, während die Braut sich neben ihm niederließ, ihre Finger ineinander verschränkt. Natalie bemerkte die Anspannung in ihren Augen.

»Was kann *Zauberhaft und Unvergesslich* für Sie tun?«, fragte Natalie, ihre Stimme warm und einladend. »Sie haben sich von Ihrem Hochzeitsplaner getrennt? Was ist passiert?«

Die Braut begann sofort zu sprechen, als hätte sie nur darauf gewartet, gefragt zu werden. »Wir möchten in einem Herrenhaus feiern, das ich als Kind gesehen und in das ich mich sofort verliebt habe. Ich muss es für unsere Hochzeit bekommen. Bitte.« Sie holte kurz Luft, um dann sofort weiterzureden. »Außerdem habe ich klare Vorstellungen von der Dekoration, von denen ich nicht abweichen werde. Ich weiß, es ist viel verlangt, aber ich möchte einfach, dass alles perfekt ist. Denn schließlich heiratet man nur einmal im Leben.«

Um Bestätigung heischend sah sie ihren Liebsten an, der lächelte und nickte. Aha, dachte Natalie, die Braut ist diejenige, die alles entscheidet. Das sah sie nicht zum ersten Mal. Dann wandte sie die Aufmerksamkeit wieder den beiden zu und machte sich erste Notizen auf ihrem Notebook. Hoffentlich stand das Herrenhaus überhaupt für eine Hochzeitsfeier zur Verfügung.

Sebastian fuhr sich durch das Haar, als versuchte er, seine Gedanken zu ordnen. »Die andere Agentur konnte uns das Gut nicht besorgen, obwohl sie es versprochen hatten. Es war einfach … enttäuschend.«

Leonie nickte, und die Traurigkeit, die in ihren großen, blauen Augen schimmerte, war nicht zu übersehen. »Es war nicht nur der Gutshof«, flüsterte sie. »Ich hatte die ganze Zeit das Gefühl, nicht ernst genommen zu werden.«

»Das tut mir leid«, sagte Natalie sanft, »ich verstehe, wie wichtig dieser Tag für Sie ist. Wie weit sind Sie denn mit der Planung gekommen?«, fragte sie behutsam.

»Die Trauung hat bereits stattgefunden. Wir haben auf Bali geheiratet, da haben wir uns kennengelernt.« Leonie hob die Hand ans Herz. »Wir brauchen nur die Feier mit unseren Freunden und Familien.«

»Und für das Eheversprechen vor allen«, ergänzte Sebastian mit einem liebevollen Blick zu ihr.

»Das klingt wunderbar!«, erwiderte Natalie. »Wenn ich es richtig verstehe, muss die Location noch gebucht werden? Was steht bereits fest?«

Leonie tauschte einen Blick mit Sebastian, bevor sie antwortete: »Nun, wir haben die Gästeliste erstellt und eine Internetseite mit Geschenkwünschen eingerichtet.«

Natalie nickte ihr zu. »Das ist ein fantastischer Anfang! Und was ist mit dem Programm für die Feier? Gibt es dazu schon Überlegungen?«

Ein kurzes Schweigen entstand, während das Paar verlegen zu Boden sah. Schließlich durchbrach Sebastian die Stille: »Ähm, ja … da wird es etwas knifflig. Tatsächlich stehen wir noch ganz am Anfang.«

»Haben Sie eine Floristin?« Natalie prüfte ihre Liste. »Catering? Musik? Fotografen oder Videografen? Und Hotelzimmer für die Gäste?« Als sie aufschaute, blickte sie in betretene Gesichter.

»Die Blumen«, wiederholte Leonie, und ihre Stimme klang ein wenig unruhig. »Ach, die habe ich ganz vergessen! Und einen Fotografen, Sebastian?«

»All das fehlt uns noch«, pflichtete er bei. »Leider. Es gibt bisher kein Programm für die Feier.«

»Wir dachten, Sie könnten uns helfen, alles in den Griff zu bekommen«, sagte Leonie und sah Natalie erwartungsvoll an. »Ich bin mir sicher, Sie haben Ideen, oder?«

»Oh, absolut!«, antwortete Natalie. »Lassen Sie uns gemeinsam träumen! Wir fangen von vorne an und sammeln Ihre Wünsche. Ihr großer Tag soll strahlen wie der perfekte Sonnenuntergang auf Bali, genau wie Sie es sich erträumt haben!«

»Das wäre wunderbar.« Leonies Stimme zitterte so sehr, dass Sebastian nach ihrer Hand griff und sie drückte.

»Wir gehen Schritt für Schritt vor und gestalten gemeinsam Ihre Traumhochzeit.« Natalie blickte wieder auf ihre Liste. »Was ist mit dem Catering? Haben Sie schon eine Idee, was es zu essen geben soll?«

»Nur die Hochzeitstorte ist mir wichtig.« Die Braut zuckte mit den Schultern. »Sonst muss es auf jeden Fall etwas für unterschiedliche Bedarfe geben. Glutenfrei, für Veganer, Sie wissen schon. Ich möchte nicht, dass jemand hungrig bleibt.«

»Da wird sich bestimmt etwas finden lassen.« Natalie lächelte und tippte weiter auf ihr Notebook ein. »Und was ist mit der Musik? Haben Sie schon eine Band oder einen DJ im Kopf?«

Die Braut zögerte. »Nun, ich dachte an *Dreamplay*, eine *Coldplay*-Coverband. Sebastian und ich lieben *Coldplay*. Allerdings weiß ich nicht, ob *Dreamplay* verfügbar ist.«

Natalie nickte, schaute auf ihre Notizen und überlegte einen Moment. »Wie wäre es, wenn wir uns um die Band kümmern? Wir haben hier einige Kontakte und können bestimmt jemanden finden, der genauso gut ist wie die Band, die Sie sich wünschen, falls die bereits verplant ist.«

»Das wäre großartig! Ich kann auch mit einem DJ leben, wenn

er unseren Musikgeschmack versteht.« Die Braut nickte erleichtert. »Denn das Wichtigste …«

Urplötzlich brach sie in Tränen aus, sie schluchzte herzzerreißend – ein Stimmungswechsel, den Natalie schon oft bei Bräuten erlebt hatte. Fragend sah sie den Bräutigam an.

Er zuckte mit den Schultern und strich seiner Liebsten etwas hilflos über den Rücken. »Leonie möchte unbedingt auf Gut Boltendorf auf Rügen heiraten.« Er lächelte entschuldigend. »Ich bin ganz ehrlich, Sie sind unsere dritte Hochzeitsplanerin. Denn die anderen haben es nicht geschafft, die Location zu bekommen.«

Rügen!, konnte Natalie nur denken. Warum muss es ausgerechnet Rügen sein? Das hatte Emily ihr nicht aufgeschrieben, sonst hätte sie sich besser vorbereiten können. Glücklicherweise war der Bräutigam damit beschäftigt, die Braut zu trösten, sodass er nicht bemerkte, wie aufgewühlt Natalie auf einmal war.

»Haben Sie eine Alternative angedacht, falls auch wir das Herrenhaus nicht bekommen können?«

»Nein!«, stieß die Braut aus und schluchzte so heftig, dass sie Schluckauf bekam. »Ich will weder auf der Seebrücke Sellin noch im Schloss Ranzow feiern. Es soll das Gut Boltendorf sein. Das oder keines!«

»Können Sie uns helfen?«, fragte Sebastian sie schließlich in verzweifeltem Tonfall. »Geld spielt keine Rolle.«

Nachdem Natalie zweimal tief durchgeatmet hatte, sagte sie: »Sie haben Glück. Ich habe gute Kontakte nach Rügen. Außerdem ist es unser Motto, das Unmögliche möglich zu machen.«

Sie hoffte, dass ihr Lächeln ermutigend war und dass weder Braut noch Bräutigam das leichte Zittern in ihrer Stimme bemerkten.

»Danke. Wir schicken Ihnen eine Liste mit unseren Wünschen.« Er erhob sich, woraufhin Leonie ebenfalls aufstand. Ihr Blick war der eines waidwunden Rehs.

»Bitte, Sie sind meine letzte Hoffnung.« Sie nahm Natalies Hand zwischen ihre. »Wenn Sie Rügen kennen, werden Sie Gut Boltendorf für mich bekommen, oder?«

»Ich kümmere mich sofort darum.« Natalie bemühte sich, Kompetenz auszustrahlen und nicht auf ihr pochendes Herz zu hören, das bei dem Gedanken daran, auf die Insel zurückzukehren, aus dem Takt geriet.

»Ich rede mit meinen Kollegen und fahre höchstpersönlich dorthin, um alles für Sie zu arrangieren.«

»Lassen Sie sich bitte nicht zu lange Zeit.« Der Bräutigam sah sie flehend an. »Wir müssen unseren Gästen endlich einen Ort nennen.«

»Das wird schon. Vertrauen Sie mir.«

Natalie wartete, bis das Paar ihr Büro verlassen hatte, bevor sie einen tiefen Seufzer ausstieß. Diese Feier klang ausnehmend herausfordernd. Das Herrenhaus, von dem die Braut so begeistert war, stand anscheinend für Feierlichkeiten nicht zur Verfügung. Außerdem hatte Leonie sehr genaue Vorstellungen und schien nicht bereit, Kompromisse einzugehen. Und dann Rügen! Natalie hatte eigentlich gehofft, die Insel hinter sich gelassen zu haben.

Also blieb ihr nur eines: Sie musste mit ihrer Chefin sprechen. Kurz entschlossen stand sie auf und ging die paar Schritte zu deren Büro. Es war doppelt so groß wie ihr eigenes, mit moderner Kunst an den Wänden. Natalie blieb in der geöffneten Tür stehen und lehnte sich an den Rahmen.

»Kathleen, hast du einen Moment für mich?«

»Sind Leonie Lembke und Sebastian Rieckhoff zufrieden?« Ihre Chefin sah kurz auf und schüttelte ihren blonden Bob. »Ich habe ihnen einen saftigen Preisaufschlag gegeben, weil wir nur dritte Wahl für sie waren.«

Kathleen hasste es, wenn andere Hochzeitsplaner den Vorzug

erhielten. Und sie liebte es, wenn die Konkurrenz scheiterte. Etwas, was Natalies Anliegen nicht gerade vereinfachte.

»Es wird schwierig, diese Hochzeit in so kurzer Zeit auf die Beine zu stellen«, sagte sie schließlich. »Vor allem bei den Vorstellungen, die die Braut hat.«

Ihre Chefin sah sie mit bohrendem Blick aus eisig blauen Augen an. »Warum denkst du das?«

Natalie zögerte. Sie wollte nicht unprofessionell wirken, nicht nach den harschen Worten, die Kathleen in der letzten Nachbesprechung zu ihr gesagt hatte. Doch sie musste ehrlich sein. »Nun, das Herrenhaus steht wohl nicht für Feiern zur Verfügung. Außerdem ist die Braut sehr perfektionistisch. Ihr scheint nicht klar zu sein, wie wenig Zeit uns bleibt.«

»Ja, das kann herausfordernd werden.« Ihre Chefin nickte. »Aber du bist ja eine erfahrene Hochzeitsplanerin. Ich bin sicher, dass du das hinbekommst. Eine Partnerin schafft so etwas mit links.«

Natalie nickte und konzentrierte sich auf die Geräusche des Büros, um nicht mit einer Antwort herauszuplatzen. Das Summen der Computer, das Tippen auf Tastaturen und das gelegentliche Klingeln der Telefone wirkte seltsam beruhigend auf sie, sodass sie ihre Gedanken fokussieren konnte. Partnerin in der renommiertesten Hochzeitsplanungsagentur der Stadt, dachte sie und ließ die Worte in ihrem Inneren widerhallen. Es klang so verlockend, so greifbar und doch so unendlich schwer zu erreichen. Wie oft hatte Kathleen ihr die Partnerschaft als Angebot hingehalten, ohne dass es je zu einem Vertrag gekommen war?

»Also gut«, erwiderte sie schließlich und sah ihre Chefin herausfordernd an. »Wenn es mir gelingt, diese Hochzeit zu einem Erfolg zu bringen, machst du mich zur Partnerin.«

Kathleen starrte zurück, doch Natalie wendete den Blick nicht ab. Das Schweigen war ihr unangenehm, aber sie hielt es aus.

»Also gut«, brach Kathleen schließlich die Stille. »Wir haben einen Deal.«

Nun blieb nur noch eine Frage, allerdings hatte die es in sich. Natalie schluckte trocken, bevor sie die Worte aussprach: »Verdienen wir genug an dem Projekt, dass ich mich ganz auf Leonie Lembke und Sebastian Rieckhoff konzentriere?«, fragte sie. »Dann würde ich mich sobald wie möglich mit dem Wohnwagen nach Rügen aufmachen. Vor Ort lässt sich alles besser regeln.«

Vor drei Jahren hatte sie den Wohnwagen gebraucht günstig erworben und viel Zeit und Geld in dessen Umgestaltung zu einem mobilen Büro gesteckt. So konnte sie ihre Zeit mit Kathleen auf ein Minimum beschränken und war flexibel bei den Hochzeitsorten.

»Meinetwegen. Besprich das mit den Kolleginnen.« Mit einem Winken entließ die »Eiskönigin der Herzen« Natalie und sah nicht einmal von ihrem Bildschirm auf.

»Danke.« Natalie nickte, auch wenn Kathleen das nicht sehen konnte. Erneut spürte sie einen Kloß in ihrem Hals, doch sie wollte es sich nicht anmerken lassen. Nachdem sie die Tür hinter sich geschlossen hatte, lehnte sie sich gegen die Wand, um tief Luft zu holen.

Sie hatte Kathleen ein Versprechen abgenommen. Wenn sie diesen Job gut erledigte, würde sie endlich die ersehnte Partnerschaft bekommen. Dafür würde sie sogar nach Rügen zurückkehren. Auf die Insel, auf die sie nie wieder hatte reisen wollen. Aber die Partnerschaft war es wert.

Ihr linkes Augenlid begann nervös zu zucken, ein Tic, den sie eigentlich für überwunden gehalten hatte.

3

Noch 26 Tage bis zur Feier

Zum Glück waren ihre Kolleginnen sehr verständnisvoll, als Natalie sie bat, einige der anstehenden Hochzeitsprojekte zu übernehmen. Dabei spielte sicher die Erleichterung eine Rolle, dass sie selbst von dem schwierigen Auftrag verschont blieben. Nachdem sie das Okay erhalten hatte, sich ganz auf das neue Brautpaar konzentrieren zu können, besprach Natalie kurz mit Emily, was zu organisieren war, und kehrte in ihr Büro zurück. Dort setzte sie Wasser für einen Tee auf – so gestärkt konnte sie dann in Ruhe das weitere Vorgehen planen.

Solange der Chai-Tee zog, öffnete Natalie die Datei mit den Daten zu Leonie und Sebastian. Im Kopf nannte sie ihre Brautpaare immer beim Vornamen, um ihnen näher zu sein, während sie im Gespräch meist bei der formellen Anrede blieb. Natalie starrte auf den Bildschirm vor sich, wo sie die Liste der anstehenden Aufgaben geöffnet hatte. War die Hochzeit wirklich zu schaffen, selbst wenn es ihr gelingen sollte, das Gut zu bekommen? So vieles hätte längst erledigt sein müssen.

Rügen also. Erinnerungen stiegen in ihr auf, an Florian und ihre Freunde. An seinen Betrug und ihren Verrat. Sie atmete tief durch, schüttelte den Kopf, um sich von der aufsteigenden Panik zu befreien, und konzentrierte sich auf den Gedanken, dass die ersehnte Partnerschaft zum Greifen nahe war.

Verflixt!

Wie konnte es nur sein, dass sie es noch immer nicht überwunden hatte? Vor zehn Jahren hatte sie die Insel verlassen, damals hieß sie noch Nina und hatte sich in Schwerin als Natalie, ihrem zweiten Vornamen, neu erfunden. Als Nina trug sie die hellbraunen Haare offen oder in einem praktischen Pferdeschwanz, Jeans und T-Shirt waren ihre liebsten Kleidungsstücke im Sommer, im Winter tauschte sie die T-Shirts gegen dicke Norwegerpullover aus, die Jeans blieb. Wimperntusche und Lipgloss genügten ihr als Make-up, ihr Äußeres nahm sie nicht so wichtig. Vielleicht war das ihr Fehler gewesen.

Daher hatte sie in Schwerin auf Veränderung gesetzt: blonde Strähnen in den halblangen Haaren, die Augenbrauen perfekt gezupft, Concealer, Primer, Foundation und Highlighter waren keine Fremdworte mehr, sondern Teil ihrer morgendlichen Routine. Jeans und T-Shirt trug sie in ihrer Freizeit, im Büro bevorzugte sie elegante Kostüme oder Hosenanzüge in klassischen Farben: Dunkelblau, Anthrazit mit Nadelstreifen, Schwarz oder Rostrot.

Eigentlich war es nur eine Frage der Zeit gewesen, bis jemand auf der Insel heiraten wollte. So weit war es schließlich nicht von Schwerin, wo Natalie lebte und arbeitete, nach Rügen mit seinen romantischen Orten, Seebädern und wunderschönen Seebrücken. Es war eher erstaunlich, dass es nicht schon früher passiert war. Ob sie dort jemanden treffen würde, der sie erkannte?

Natalie trank einen Schluck Tee, der sie wärmte, aber ihr Herz nicht beruhigte. Ein Verdacht beschlich sie: Hatte Kathleen bewusst dieses Paar und diesen Ort gewählt, um auf jeden Fall sicherzustellen, dass Natalie niemals Partnerin würde? Nein. Natalie schüttelte den Kopf – sie sah wohl schon Gespenster. Niemandem bei *Zauberhaft und Unvergesslich* hatte sie von Florian erzählt, so gut kannte sie ihre Kolleginnen nicht.

Inzwischen war genug Zeit vergangen, und Natalie sollte mit Rügen und ihrer Geschichte abgeschlossen haben. Jedenfalls hatte sie das gedacht, bis das Brautpaar Gut Boltendorf erwähnt hatte.

Ein kühler Hauch des Herbstes wehte durch das halb geöffnete Fenster. Von draußen drangen Geräusche der Stadt zu ihr herein, das Hupen von Autos, die Schritte von Fußgängern, das Bimmeln der Straßenbahn.

Doch Natalie roch den salzigen Geruch des Meeres, hörte das Geschrei der Möwen, wie sie über den Wellen kreisten und ihre schrillen Rufe in die Luft warfen, als würden sie ihre Traurigkeit in den Himmel singen. Ein kalter Luftzug strich über ihre Arme und ließ eine Gänsehaut auf ihrer Haut entstehen.

Natalie schloss die Augen. Sie spürte fast den Sand zwischen ihren Zehen, vernahm das sanfte Plätschern der Wellen und beobachtete die Sonne, wie sie langsam im Meer versank. Immer noch konnte sie Florians Rasierwasser riechen und fühlte seine Schulter, an die sie sich damals so oft angelehnt hatte. Mit ihm hatte sie ihr Leben verbringen wollen, aber für ihn war sie nur eine Episode gewesen.

Mit einem tiefen Atemzug öffnete sie ihre Augen wieder. Natalie nahm einen Schluck Tee und kämpfte gegen die aufsteigenden Tränen an. Es war an der Zeit, die Vergangenheit endgültig hinter sich zu lassen und sich auf die Gegenwart und die Zukunft zu konzentrieren. Rügen mochte ihr Wunden verursacht haben, doch das lag hinter ihr. Heute fand sie ihr Glück darin, als Hochzeitsplanerin anderen dabei zu helfen, ihre Träume zu verwirklichen.

Mit einem entschlossenen Lächeln stand Natalie auf, rückte ihren Stuhl zurecht und strich über das Dossier auf dem Schreibtisch. Sie würde ihre Geschichte selbst schreiben und ihren eigenen Weg gehen. Es war Zeit, den Schatten der Vergangenheit hinter sich zu lassen und im Hier und Jetzt zu leben. Sie würde als eine andere Frau nach Rügen zurückkehren, eine stärkere Frau, eine klügere Frau.

Bevor sie sich dem Brautpaar widmen konnte, klingelte das Telefon.

»Es ist Frau Rieckhoff, die Mutter des Bräutigams«, flüsterte Emily, nachdem Natalie sich gemeldet hatte. »Sie klingt ziemlich schwierig. Ich stelle sie durch.«

»Danke«, sagte Natalie, wartete, bis Emily aufgelegt hatte, bevor sie sich meldete: »Natalie Uphoff, *Zauberhaft und Unvergesslich.*« Sie versuchte, freundlich zu klingen, obwohl es ungewöhnlich war, dass sich die Eltern einschalteten.

»Mein Sohn und seine … Frischangetraute waren eben bei Ihnen«, sagte Frau Rieckhoff in strengem Ton. »Ich möchte mit Ihnen über die Feier sprechen.«

Natalie seufzte innerlich. Sie ahnte, dass ihr ein weiteres schwieriges Gespräch bevorstand. »Natürlich, was kann ich für Sie tun?«

Sofort begann die Mutter des Bräutigams, ihre Vorstellungen darzulegen. »Es soll eine Märchenfeier sein. Daher sollen die Blumen dies widerspiegeln. Pink und Lavendel stelle ich mir vor.«

»Eine sehr schöne Kombination. Haben Sie das mit der Braut besprochen?«

Frau Rieckhoff überging Natalies Frage und sprach einfach weiter. »Beim Catering habe ich an *Essenspoesie* gedacht, die Besten hier in Schwerin.«

Natalie hörte geduldig zu und machte sich Notizen. Allerdings fragte sie sich, warum viele Menschen so perfektionistisch waren, wenn es um ihre Hochzeit ging. Sollte es sich nicht eigentlich darum drehen, den Menschen zu heiraten, mit dem man den Rest seines Lebens verbringen wollte?

Sie schüttelte den Kopf und konzentrierte sich wieder auf das Gespräch. »Halten Sie es nicht für besser, jemanden auf Rügen zu suchen?«

Ein Moment des Schweigens folgte Natalies Worten, als wäre Frau Rieckhoff es nicht gewohnt, infrage gestellt zu werden.

»Wenn es denn sein muss. Aber die Qualität sollte der von *Essenspoesie* entsprechen.«

»Ich werde mein Bestes tun.«

»Und bei der Musik setzen Sie bitte ebenfalls auf Qualität, nicht auf irgendeine Coverband.«

»*Dreamplay* – die haben mir das Brautpaar genannt.«

»Auf keinen Fall. Suchen Sie etwas Feierlicheres.«

»Selbstverständlich.«

»Ich erwarte Ergebnisse.«

Natalie seufzte, denn sie wollte diese Hochzeit so gestalten, wie das Brautpaar und dessen Familien es sich wünschten. Doch sie konnte sich nicht gegen das Stimmchen in ihrem Hinterkopf wehren, das fragte, ob es das wert war, sich so viel Stress und Druck auszusetzen.

»Das mit dem Gutshaus, also das ist auch so ein Spleen von Leonie.« Die Schwiegermutter klang überaus ungnädig. »Rügen soll es sein, aber schauen Sie dort ruhig auch nach anderen Locations.«

»Selbstverständlich.« Natalie bemühte sich um ein Lächeln und um professionelle Geduld. »Ich habe schon ein paar Ideen.«

»Die stimmen Sie mit mir ab. Schließlich zahlen mein Mann und ich den Löwenanteil.«

»Das ist eher ungewöhnlich«, rutschte es Natalie heraus. Üblicherweise übernahmen die Eltern der Braut diese Kosten, und daher waren es auch üblicherweise die Bräute, die den meisten Einfluss auf die Hochzeitsplanung nahmen.

»Wir können es uns leisten.« Frau Rieckhoff wirkte sehr selbstzufrieden. »Leonies Familie nicht unbedingt.«

Dann legte sie auf, ohne sich von Natalie zu verabschieden. Das konnte ja heiter werden.

Auch wenn sie bereits wusste, dass die Vorstellungen der zukünftigen Schwiegermutter von denen der Braut deutlich abwichen, beließ Natalie es dabei, alles einmal festgehalten zu haben. Was sie später daraus machte, würde sie sich in Ruhe überlegen. Nun galt es, die Reise nach Rügen zu planen und einen Termin im Gut Boltendorf zu bekommen. Und dafür brauchte sie Tee und ein paar Schokoladenkekse.

Während sie den Gehweg entlangschlenderte und auf ihre liebste Bäckerei zuging, wählte sie die Nummer ihrer Eltern.

»Hallo, Mama«, sagte sie, nachdem ihre Mutter sich gemeldet hatte. »Ich wollte euch nur schnell Bescheid geben, dass ich für eine Hochzeit nach Rügen fahre.«

Statt einer Begrüßung erhielt sie Stille als Antwort.

Natalie stellte sich vor, wie sie in einen anderen Raum ging, um in Ruhe mit ihr zu sprechen. Seit ihre Eltern nach Portugal ausgewandert waren, weil ihre Mutter aus gesundheitlichen Gründen auf Wärme angewiesen war, telefonierten sie lediglich in unregelmäßigen Abständen. Aber sie vermisste sie. Ab und zu hatte sie überlegt, ihnen zu folgen, doch sie brauchte einen Job, und sie liebte ihre Arbeit als Hochzeitsplanerin, selbst mit Kathleen und perfektionistischen Brautpaaren und deren Eltern.

Dann hörte Natalie, wie ihre Mutter das Telefon an ihren Vater weiterreichte und unüberhörbar flüsterte: »Jarno, die Kleine will wieder nach Hause.«

»Bist du sicher, Birte?«, hörte Natalie ihren Vater fragen und lächelte.

»Ninchen«, sagte ihr Vater lauter in den Hörer, »ist das wirklich eine gute Idee?«

Natalie zögerte, schloss die Augen und erinnerte sich an ihre gemeinsamen Wochenenden auf der *Rügensand*. Vor ihrem inneren Auge tauchte das Bild des zerklüfteten Küstenabschnitts von

Rügen auf. Sie hörte das ferne Kreischen der Möwen, das ihr ein Gefühl von Heimat vermittelte, das sie kaum ertragen konnte.

»Ich weiß es nicht, Papa«, antwortete sie ehrlich. »Mein Job erfordert es, und vielleicht … vielleicht ist es auch an der Zeit.«

»Ich stell dich mal auf laut.«

»Kleines.« Ihre Mutter seufzte. »Liebling, bist du stark genug, um zurückzukehren? Wir sind immer für dich da, egal, wohin du gehst.«

»Danke, ihr beiden«, flüsterte Natalie. »Ich liebe euch.«

Wie jedes Mal, wenn sie mit ihren Eltern sprach, fühlte sie sich besser. Sie vermisste die beiden und konnte es nicht erwarten, sie spätestens Weihnachten wiederzusehen. Jedes Jahr feierte Natalie gemeinsam mit ihnen in Portugal.

»Wir dich auch, Kind«, antworteten ihre Eltern fast wie aus einem Mund. »Melde dich, wenn du angekommen bist.«

»Versprochen. Ich muss auflegen.« Sie hatte die Bäckerei erreicht.

Noch 24 Tage bis zur Feier

Zwei Tage später tuckerte Natalie mit ihrem Auto, hinter das sie den Wohnwagen gespannt hatte, über die lange Rügen-Brücke, die sich majestätisch über das tiefblaue Wasser der Ostsee erstreckte. Die hohen weißen Brückenpfeiler, an Stahlseilen vertäut, waren unverkennbar. Je näher sie dem hohen Brückenpfeiler kam, desto mehr sah er aus wie ein H, zwei Streben an den Seiten und eine Mittelstrebe, flankiert von schweren Stahltrossen, die an dem blauen Brückengeländer befestigt waren. Überraschend wenig Verkehr herrschte auf der grauen Straße. Sicherlich, weil die Saison bereits vorbei war.

Als ihr Wagen die Anhöhe überwunden hatte, tauchte vor ihr das Wasser der Ostsee auf und Rügens Ufer, der Insel, die einmal ihre Heimat gewesen war. Am liebsten wäre Natalie rechts rangefahren, aber das war nicht möglich. Daher verlangsamte sie ihren Wagen etwas, um den Anblick in sich aufzunehmen, das blaugraue Wasser, die herbstlich bunten Bäume an der gegenüberliegenden Seite. Darüber der Horizont und ein graublauer Herbsthimmel, über den vereinzelte weißgraue Wolken zogen. Obwohl sie nicht erwartet hatte, je wieder hierhin zurückzukehren, erinnerte sie sich an ihr Leben auf der Insel, an die Schifffahrten mit ihrem Vater, an sorglose Sommertage am Strand.

Der sanfte Wind strich durch das offene Fenster und wirbelte durch ihre dunkelblonden Haare, während sie die frische Luft tief einatmete. Die Aussicht auf das glitzernde Wasser und die nahende Küste weckte das Gefühl von Freiheit in ihr. Sie hatte ganz vergessen, wie wunderschön es hier war.

Als sie die Insel erreichte, begrüßte sie ein Meer von sattem Grün. Die Landschaft war von üppigen Wiesen, malerischen Feldern und dichten Wäldern geprägt. Sie folgte der B96, die sie mitten durch die Insel führte, bis kurz vor Binz. Dort entdeckte sie ein Schild, das auf den Campingplatz hinwies.

Natalie hatte den kleinen Platz ausgewählt, weil er nahe an Binz lag und über eine charmante Internetseite verfügte. Die Zeile »Das Leben ist wie ein Zeltplatz – an jedem neuen Ort kannst du ein bisschen Heimat finden, wenn du nur dein Herz dafür öffnest« hatte Natalie sofort angesprochen, und sie war gespannt, die Besitzerin Svenja Marten persönlich kennenzulernen.

Sie bog nach links ab und erreichte den Platz, der am Rand eines idyllischen Waldstücks lag. An der Schranke gab sie den Zugangscode ein, den sie per E-Mail erhalten hatte. Über Sandwege erreichte sie den Stellplatz, den die Betreiberin ihr zugewiesen hatte.

Dort parkte sie ihren Wohnwagen unter Schatten spendenden Bäumen und genoss die beruhigende Stille.

Langsam verdrängte Vorfreude die Sorge über ihre Rückkehr nach Rügen. Sie würde schon niemandem von früher über den Weg laufen. Und selbst wenn … sie war nicht mehr die Nina von damals. Nina war ein liebes, aber leider naives Mädchen gewesen, Natalie war eine erwachsene Frau, die ihren Weg ging.

Nachdem sie aus dem Auto ausgestiegen war, kuppelte sie den Wohnwagen ab. Sie suchte die Stromsäule, auch hier galt ihr Zugangscode, und schloss den Strom an. Wasser hatte sie noch im Tank. Sie machte sich frisch und begab sich auf die Suche nach dem Büro der Campingplatz-Betreiber. Gebucht hatte sie online und dort erfahren, dass sie noch einige Formulare vor Ort ausfüllen musste. Das wollte sie so schnell wie möglich hinter sich bringen, denn sie hatte heute noch einen Termin mit Patrick Schneidereit, dem Eigentümer von Gut Boltendorf.

Ein Lächeln glitt über ihr Gesicht, weil sie sich direkt wohlfühlte. Das leise Rascheln der Blätter und das Zwitschern der Singvögel schufen eine einzigartige Atmosphäre.

Bin unterwegs. Heute Abend zurück. Svenja

Nur diese kurze Notiz hing an der Bürotür. Natalie stieß lautstark die Luft aus. Sie mochte es nicht, wenn ihre Pläne durchkreuzt wurden. Dann jedoch sah sie sich um, spürte die Herbstsonne auf der Haut, roch Gras und das Harz der Bäume, und der Ärger war verflogen.

Nun gut, also würde sie sich vor dem Wohnwagen in die Sonne setzen und sich bis zu ihrem Termin eine Pause gönnen. Und wenn es noch länger dauerte, würde sie die Zeit nutzen, sich noch einmal mit Gut Boltendorf und Patrick Schneidereit zu beschäftigen.

4

Endlich wieder zu Hause! Lukas atmete tief ein und sah sich in seinem geliebten Garten um. Die vergangene Woche war er auf einer Fortbildung in Rostock gewesen, das Wochenende hatte er bei seinen Eltern in Thiessow verbracht, bevor die beiden zu einer sechsmonatigen Kreuzfahrt aufbrachen, und heute Vormittag war er im Rathaus gewesen. Seinen Reisepass zu verlängern, hatte länger gedauert als erwartet, und Lukas hatte sich gefragt, ob sich der Aufwand überhaupt lohnte. Schließlich plante er keine große Reise in nächster Zeit. Eigentlich wollte er überhaupt nicht von Rügen weg. Hier bekam er alles, was er brauchte. Und was es auf Rügen nicht gab, konnte er im Internet bestellen. Trotzdem hatte er den Pass verlängert, man wusste ja nie …

Die Fortbildung hatte er interessant gefunden, aber Rostock war ihm viel zu groß. Selbst Binz war ihm heute zu hektisch gewesen, zu viele Menschen, zu viel Verkehr, zu viele Geräusche und Gerüche. Er zog die Ruhe und Beschaulichkeit seines Gartens vor.

Das frisch gefallene Laub knirschte unter seinen Stiefeln wie das verheißungsvolle Flüstern des Herbstes. Um ihn herum waren die Pflanzen ein Kaleidoskop aus warmen Farben.

Die Spuren des Herbstes waren unverkennbar: Kürbisse leuchteten in dem Meer der verblassten Blüten und verliehen dem Garten einen melancholischen Zauber.

Sein Blick fiel auf eine kleine Gruppe von Astern, deren feine Blütenblätter im Licht schimmerten. »Ihr seid die Letzten, die uns einen Hauch von Sommer schenken«, sagte er und kniete sich hin, um die Pflanzen zu bewundern. Er liebte seinen Garten.

Genau genommen war es der Garten von Gut Boltendorf und gehörte Patrick Schneidereit, aber da Lukas sich seit zwei Jahren darum kümmerte, ihn gestaltete, ihn entwickelte und mit ihm lebte, fühlte es sich für ihn an, als wäre es seiner. Allerdings musste er alle Gestaltungsideen mit Patrick absprechen. Bisher hatte sein Chef nichts abgelehnt, sodass Lukas schalten und walten konnte, wie er es wollte.

»Na, wie hast du dich in der Woche ohne mich verändert?«, fragte er leise, als könnte ihm jemand antworten, und sah sich um. Der Herbst bot alles an Farben auf, was er konnte. Neben dem strahlenden Gelb des Sonnenhuts mit seiner dunklen Mitte zogen die Astern, die in allen erdenklichen Rosa- und Violetttönen blühten, Lukas' Aufmerksamkeit auf sich.

Nachdem er ein paar verblühte Pflanzen abgezupft hatte, schlenderte er zur wilden Kapuzinerkresse und den Sonnenblumen, die in voller Blüte standen. Ihre gelben und orangefarbenen Köpfe nickten sanft im Wind und brachten einen Hauch von Sommer hinein. Lukas beugte sich vor, um die Blumen prüfend zu mustern. Im August hatte er ein Läuseproblem an der Kresse gehabt, das er mit einem Sud aus Brennnessel und Ackerschachtelhalm bekämpft hatte. Erfolgreich, wie er zufrieden feststellte.

Ein Meer aus Tagetes in verschiedenen intensiven Rot- und Orangetönen schmückte die Beete und lockte mit seinem betörenden Duft Schmetterlinge an. Die Luft war erfüllt von den zarten Noten der spätsommerlichen Kletterrosen. Nichts kam ihrem Duft gleich, Rosen waren einzigartig, nicht umsonst nannte man sie die »Königin der Blumen«.

Die warmen Sonnenstrahlen kitzelten Lukas' Haut und zauberten ein leichtes Lächeln auf sein Gesicht. Er spürte den sanften Spätsommerwind, der durch sein Haar strich und ihn mit einer angenehmen Kühle umgab. Nachdem er tief ein- und ausgeatmet hatte, konzentrierte er sich und erstellte im Kopf eine Aufgabenliste. Auf jeden Fall musste er den Rasen mähen und sich um die Rosenbüsche kümmern. Zu seinem Schrecken entdeckte er Sternrußtau an einigen. Außerdem hatte Patrick ihn gebeten, den Rhododendron umzusetzen – das hatte also Priorität.

Während Lukas langsam und aufmerksam durch den Garten ging, entdeckte er, dass vereinzelt erste rote Früchte der Herbst-Himbeeren zwischen den sattgrünen Blättern leuchteten. Äpfel hingen schwer an den Bäumen und warteten darauf, geerntet zu werden.

Er streckte sich und pflückte einen Apfel, der ihm reif genug erschien. Genüsslich biss er hinein. Seine Zähne durchbrachen die knackige Schale, und er ließ den Geschmack auf seiner Zunge zergehen. Die Frucht war wunderbar aromatisch und erinnerte ihn an die köstlichen Apfelkuchen, die seine Oma für ihn gebacken hatte, als er ein Kind gewesen war. Zimt und Zucker und Äpfel – ein warmes Stück dieses Kuchens war für ihn der Inbegriff von Glück gewesen. Auch heute noch.

Der Saft tropfte von seinem Kinn, und er wischte es sich mit dem Handrücken ab. Nachdem er den letzten Bissen genommen und das Kerngehäuse zur Seite gelegt hatte, machte er sich daran, den Rhododendronbusch für das Ausgraben vorzubereiten. Lukas kniete sich hin und spürte die Wärme des Erdbodens unter seinen Händen. Mit geübten Griffen entfernte er vorsichtig trockene Blätter und Unkraut, um seinen Pflanzen Platz zum Wachsen zu geben.

Als er sich aufrichtete, fiel sein Blick auf zwei Schmetterlinge, die elegant um den lilafarbenen Flieder tanzten. Die leuchtenden

Farben und die Leichtigkeit der Schmetterlinge brachten Lukas zum Lächeln. Dann jedoch seufzte er leise – selbst diese zarten Wesen tanzten zu zweit. Obwohl er sein Leben schätzte, vermisste er einen Menschen an seiner Seite, mit dem er sein Leben und seine Liebe für den Garten und die Insel teilen konnte. Bisher hatte er die Richtige einfach noch nicht gefunden. Und er wollte natürlich offen bleiben, hatte allerdings schon eine Idee, was für eine Frau zu ihm passen könnte.

Von Rügen sollte sie sein, da war er sich ziemlich sicher, und die Insel und deren Ruhe mögen, so wie er. Nun gut, das musste selbst Lukas eingestehen, während der Saison konnte man kaum von Ruhe auf Rügen sprechen, aber im Herbst und Frühjahr wurde seine Insel weniger besucht und strahlte einen eigenen Zauber aus. Bereits jetzt kamen weniger Besucher, den meisten Touristen war der Herbst zu kalt, zu windig, zu verregnet. Lukas hingegen liebte das Licht des Herbsts, seine bunte Farbenpracht und das Gefühl, dass die Natur sich langsam auf den Winter vorbereitete.

Aus dem Gartenhaus holte er Spaten und die Hacke. Der Rhododendron war groß, und es würde nicht einfach werden, ein Loch in den harten Boden zu graben, das die Pflanze fassen konnte.

Lukas war gerade dabei, den letzten Spatenstich für den neuen Platz des Rhododendrons vorzunehmen, als sein Chef auf ihn zukam. Patricks Miene zeigte eine Mischung aus Aufregung und Hektik, was typisch für ihn war. Er schien nie zur Ruhe kommen zu können.

»Lukas, gut, dass ich dich erwische«, begann Patrick leicht außer Atem. »Gleich treffe ich hier eine Frau aus Schwerin. Sie ist Hochzeitsplanerin und will hier eine Feier ausrichten.«

Fremde in seinem Garten? Bisher hatten Patrick und er darin übereingestimmt, dass das alte Herrenhaus und der Garten noch viel Arbeit bedurften, bevor man hier richtig Geld verdienen konnte. Sein Chef hatte Mietanfragen bisher stets abgelehnt. Was mochte wohl für den Sinneswandel verantwortlich sein?

Lukas hob verwundert eine Augenbraue. »Eine Hochzeit? Hier?«, fragte er. »Aber der Garten ist noch mitten im Aufbau. Wir sind noch meilenweit von der Vollendung entfernt.«

»Noch ist alles vollkommen unverbindlich.« Patrick zuckte mit den Schultern. »Die Braut will unbedingt hier heiraten. Sie ist der Ansicht, Haus und Garten besäßen eine gewisse Nostalgie und Romantik, die perfekt zu ihrer Hochzeit passen würden.«

Ja, dachte Lukas, Haus und Garten besaßen diese Romantik, weil keine Fremden in ihnen herumtrampelten, sondern man sie in Ruhe ließ.

»Wann soll das Ganze denn stattfinden?«, fragte er und hoffte, dass ihm noch Herbst und Winter für eine störungsfreie Gartengestaltung blieben.

»In etwa vier Wochen.«

»Wie bitte?« Lukas' skeptischer Blick wanderte zu den Beeten, die er liebevoll angelegt hatte.

Der Garten war sein Stolz, und er wollte sicherstellen, dass alles in voller Pracht erstrahlte. Die Vorstellung, dass Fremde seinen geliebten Garten betreten und ihn unvollkommen sehen könnten, bereitete ihm Sorgen. »In so kurzer Zeit bekomme ich den Garten niemals hochzeitsreif. Selbst wenn ich mir Unterstützung hole. Was nicht leicht wird. Fachkräftemangel, davon hast du schon gehört, oder?«

Damit hatte er alle Argumente gegen eine Hochzeit genannt, die ihm so spontan einfielen. Hoffentlich klangen sie in Patricks Ohren überzeugend.

»Ich weiß, doch wir haben neue Investoren in Aussicht. Wir brauchen das Geld.« Patrick nickte bestätigend mit dem Kopf.

»Wenn die Vorstellungen der Hochzeitsplanerin nicht zu abwegig sind, kannst du dir selbst ein Bild machen.«

»Aha«, erwiderte Lukas nur. Als ob er Patricks Entscheidung wirklich umwerfen könnte. Aber es war nett von seinem Chef, ihn wenigstens zu fragen.

»Du hättest sowieso die Verantwortung für alles«, fuhr Patrick fort. »Ich muss nach Berlin, die Investoren überzeugen.«

»Aha«, sagte Lukas wieder, vollkommen überrascht von dieser Entwicklung.

»Die Hochzeitsplanerin kommt sogar von hier.« Patrick schien sich seine Argumente zurechtgelegt zu haben, bevor er mit Lukas gesprochen hatte. »Eine Natalie Uphoff. Kennst du sie?«

»Nein.« Spontan sagte Lukas der Name nichts, bisher hatte er auch noch nie mit einer Hochzeitsplanerin zu tun gehabt. Ein Beruf, der seiner Meinung nach unnötig war. Warum konnte heutzutage niemand mehr selbst seine Feier vorbereiten? Warum vertraute man den angeblich wichtigsten Tag seines Lebens jemand Fremdem an?

»Ich höre mir ihr Angebot an und …« Patrick warf einen Blick auf seine Armbanduhr. »Oh nein, so spät schon. Bitte warte auf mich, damit wir nachher alles Weitere besprechen können.« Kaum hatte er ausgesprochen, spurtete er schon los in Richtung Gutshaus.

Lukas blickte ihm nach und versank in seinen Gedanken. Die Vorstellung, dass Dutzende von Menschen, etliche von ihnen auf Stöckelschuhen, durch seinen Garten stiefelten, behagte ihm gar nicht. Doch leider lag es nicht in seiner Macht, dies zu verhindern.

Genug davon. Er hatte Arbeit zu tun und keine Zeit dafür, sich unnötige Gedanken zu machen. Nachdem er den Rhododendron umgepflanzt hatte, begann Lukas, die verblühten Astern auszuschneiden.

Auf einmal hielt er inne, denn er hatte das seltsame Gefühl, beobachtet zu werden. War Patrick zurückgekehrt, um ihm seine Entscheidung mitzuteilen? Lukas stand auf, um sich umzusehen, doch konnte seinen Chef nicht entdecken.

Seltsam!

Erneut ließ er den Blick durch den Garten schweifen, aber er musste sich geirrt haben. Abermals kniete er sich zu den prachtvoll blühenden Astern, vergrub seine Hände tief in der duftenden Erde. Die Sonne stand tief und warf einen Schatten über das weite Grün des Gartens und das Herrenhaus. Noch immer war Patrick nicht zu sehen. Wahrscheinlich hatte er Lukas wieder einmal vergessen, weil irgendetwas anderes seine Aufmerksamkeit forderte.

Doch sosehr er die Gartenarbeit auch liebte – es fiel Lukas schwer, sich zu konzentrieren, denn dieses irritierende Gefühl wollte einfach nicht vergehen. Also stand er wieder auf, verengte die Augen, und endlich entdeckte er eine Bewegung in der Nähe des Rhododendrons.

»Ach, du bist es«, sagte er leise, um seinen Besuch nicht zu erschrecken. »Warte kurz. Ich habe etwas für dich.«

Vor zwei Wochen war die weiße Katze mit schwarzen Flecken das erste Mal in seinem Garten aufgetaucht. Klein und struppig war sie, mit großen, hungrigen Augen. Obwohl Lukas fürchtete, dass sie den Garten als Katzenklo missbrauchen würde, brachte er es nicht übers Herz, das winzige Wesen davonzujagen.

Also hatte er Katzenfutter gekauft und ihr hinter dem Gartenhaus eine kleine Hütte gebaut, die sie vor Wind und Regen schützen sollte. Obwohl er eine weiche Decke hineingelegt hatte, hatte Lukas noch nie gesehen, dass die Katze darin schlief. Allerdings hatte er sie auch sonst nirgends schlafen sehen. Sie schien gut darin zu sein, sich zu verstecken.

Anfassen ließ sie sich nicht, und wenn er sich ihr näherte, wie vorsichtig auch immer, eilte sie davon. Daher beschränkte er sich darauf, die Samtpfote anzusprechen und ihr Futter zu geben. Langsam, um die Katze nicht zu verjagen, ging er ins Gartenhaus, wo er das Futter für sie aufbewahrte. Er schaufelte eine Portion auf eine Untertasse und kehrte zur Samtpfote zurück, die ihn erwartungsvoll ansah.

»Du hast bestimmt Hunger?«, flüsterte er, »du hast ja immer Hunger.«

Als ein leises Maunzen ertönte, klang das beinahe wie eine Antwort.

»Du musst mir schon folgen«, flüsterte er und bewegte sich in Richtung des Gartenhauses. Die Katze folgte ihm durch das halbhohe Gras. Den Rasen musste er dringend mähen.

Als er am Gartenhaus angelangt war, stellte Lukas den Teller ab und zog sich langsam zurück. Hoffentlich kam Patrick nicht ausgerechnet jetzt. Sein Chef wusste nichts von der Katze, und Lukas konnte sich nicht vorstellen, dass er mit ihr einverstanden wäre. Eine struppige Streunerin passte nicht zu der Zukunftsvision, die Patrick von Gut Boltendorf entwickelt hatte. Schicke Apartments sollten es werden. Lukas hoffte, dass die zukünftigen Käufer seinen Garten zu schätzen wussten.

5

Noch 24 Tage bis zur Feier

Nachdem Natalie das Dossier über das Gut Boltendorf, das Emily erstellt hatte, gelesen hatte, war immer noch niemand vor dem Büro des Campingplatzes aufgetaucht. Kurz überlegte sie, an den Strand zu gehen, doch dafür war die Zeit zu knapp. Sollte diese Svenja nicht in der nächsten halben Stunde aufkreuzen, würde sie sich auf den Weg zu Herrn Schneidereit machen müssen.

Also setzte sie sich vor den Wohnwagen auf ihren Klappstuhl und schloss die Augen. Die Herbstsonne wärmte ihr Gesicht, der Wind brachte den Geruch der Ostsee mit sich. Es tat gut, wieder diese Luft zu atmen.

Plötzlich klingelte ihr Smartphone, um sie daran zu erinnern, dass sie zu ihrem Termin auf Gut Boltendorf aufbrechen musste. Natalie klappte den Stuhl zusammen und kletterte in den Wohnwagen, um Jeans und Pulli gegen ein blaues Kostüm und High Heels zu tauschen. Ihr war immens wichtig, dass sie beim ersten Treffen einen guten Eindruck auf den Gutsbesitzer machte. Am Telefon hatte er nicht besonders zugänglich geklungen, ihr Ansinnen aber immerhin nicht sofort abgelehnt. Dass sie Rügen kannte, hatte ihn für sie eingenommen, trotzdem hatte er betont, dass er eigentlich noch keine Feiern in dem Herrenhaus ausrichten wolle.

Ich schaffe das, redete Natalie sich gut zu. Patrick Schneidereit ist nicht der erste Mensch, den ich zu überzeugen habe. Doch die Nervosität und die Sorge, jemandem von früher zu begegnen, kamen wieder zum Vorschein und ließen ihre Handflächen feucht werden und den Muskel in ihrem Augenlid zucken. Für einen Moment hatte sie alles vergessen, nur die Schönheit des Meeres und der Landschaft betrachtet, aber nun wollte die Erinnerung zurückkehren. Natalie holte tief Luft und stellte sich vor, wie sie die Erinnerungen in eine Schublade packte und diese abschloss.

Etwas entspannter setzte sie sich kurz darauf in ihr Auto und ließ sich von ihrem Navigationsgerät ans Ziel führen. Gut Boltendorf lag wie ein verstecktes Juwel da, umgeben von endlosen Feldern, auf deren gemähten Stoppeln die Strohrundballen verteilt lagen und in der Sonne glänzten. Zehn Minuten vor dem Termin parkte sie ein, sodass ihr Zeit blieb, sich das Gutshaus von außen anzusehen. Es strahlte majestätisch in einem einladenden Sonnengelb, verziert mit weißen Akzenten.

Kein Wunder, dass Leonie hier feiern wollte. Vor dieser Kulisse würde sich jede Frau fühlen wie eine Märchenprinzessin.

Wie ein Film lief die geplante Hochzeit vor Natalies innerem Auge ab. Auf der Rasenfläche könnte man weiße Zelte aufstellen, um die Gäste zu begrüßen. Im Internet hatte sie herausgefunden, dass es hinter dem Haus einen riesigen Garten im englischen Stil gab, der sich perfekt für den Hochzeitsempfang eignete. Nur schade, dass die Rosenblüte fast vorbei war. Nichts passte besser zu einer Hochzeit als blühende Rosen. Allerdings sorgten Astern, Chrysanthemen und Hortensien jetzt im Herbst für eine wunderbare Farbenpracht. Hoffentlich durfte sie den Garten besichtigen, um sich ein Bild davon zu machen, und hoffentlich konnte sie Herrn Schneidereit dazu überreden, den Garten ebenfalls nutzen zu dürfen.

Noch fünf Minuten. Sie atmete tief ein und aus, schnallte den Sicherheitsgurt ab, öffnete die Autotür und ging auf den Eingang des Gutshauses zu. Ob ihr wohl ein Butler öffnen würde? Lächelnd amüsierte sie sich über den Gedanken.

Dann wurde ihre Aufmerksamkeit von den Gerüchen gefangen, die sich vor ihr entfalteten. Der Duft von Lavendel mischte sich mit dem von frisch gemähtem Gras, das die Luft mit einer erdigen Frische erfüllte. Es waren reiche Aromen, die die Sinne erfüllten.

Als sie die schwere Holztür erreicht hatte, holte sie noch einmal tief Luft, bevor sie den Klingelknopf drückte. Ein bisschen enttäuscht war sie schon, hatte sie doch fast einen Löwenkopf als Türklopfer erwartet.

Nichts passierte. Hatte Emily den Termin falsch aufgeschrieben? Nein, aber sicherheitshalber prüfte sie auf ihrem Smartphone kurz ihre Mails und suchte die, in der sie den Termin bestätigt hatte. Ja, heute, 15:00 Uhr. Also drückte sie ein weiteres Mal auf den Klingelknopf und noch ein drittes Mal, als sich nichts tat. Gerade als sie ihr Smartphone erneut aus der Tasche holen wollte, um Herrn Schneidereit anzurufen, erklangen im Inneren des Hauses Schritte, und die Tür wurde aufgerissen.

»Frau Uphoff, nehme ich an?« Vor ihr stand ein mittelgroßer Mann mit dunkelblonden Haaren, Dreitagebart und drei markanten Falten auf der Stirn. Sein hellbrauner Anzug war gut geschnitten, aber falsch geknöpft, als hätte er sich eilig angekleidet. »Entschuldigen Sie die Verspätung. Ich musste noch mit dem Gärtner sprechen.«

»Kein Problem, Herr Schneidereit.« Natalie lächelte ihn an. »Danke, dass Sie so kurzfristig Zeit für mich hatten.«

»Selbstverständlich. Kommen Sie herein.« Galant hielt er ihr die Tür auf und bedeutete ihr, in die Eingangshalle zu treten.

»Was für ein wunderschönes Haus.« Natalie schaute sich begeistert um. Der erste Eindruck war einfach großartig: Innen sah das Gutshaus genauso prachtvoll aus wie außen. Hohe Decken mit Stuckverzierungen und kunstvolle Kronleuchter ließen die Eingangshalle wie aus einer vergangenen Zeit erscheinen. Ein imposanter Kamin aus poliertem Marmor strahlte eine wohlige Wärme aus und erzeugte eine einladende Atmosphäre.

Die Wände waren geschmückt mit Familienporträts, wohl die Ahnenreihe der Schneidereits, die die Geschichte der Bewohner des Hauses zeigten. Warum nur blickten die Menschen auf diesen Gemälden immer so streng, als musterten sie ihre Nachkommen und deren Gäste prüfend? Von der Eingangshalle gingen mehrere Türen ab, eine davon war geöffnet und gewährte Natalie einen Blick auf Plastikplanen, eine Malerleiter und mehrere Farbeimer. Anscheinend waren die Renovierungsarbeiten im Innern noch nicht abgeschlossen. Das wäre für sie jedoch kein Problem.

»Der perfekte Ort für eine Märchenhochzeit.« Natalie drehte sich einmal um sich selbst, um das prachtvolle Anwesen auf sich wirken zu lassen. »Ein echtes Juwel.«

»Es freut mich, dass Ihnen mein Familiengut gefällt.« Patrick lächelte, während er sie von oben bis unten betrachtete. »Wir haben viel Zeit und Arbeit investiert, damit es in altem Glanz erstrahlt. Nach der Wende dauerte es ewig, bis die Besitzverhältnisse geklärt waren.«

Er führte sie in einen großen Raum, dessen dunkles Parkett edel wirkte. Nur wenige Möbel, zwei Sessel in dunklem Rot und ein Regal aus honigbraunem Holz, standen etwas verloren in dem riesigen Zimmer. Hier hingen Gemälde von Pferden an den Wänden, die aussahen, als wären sie aus dem 19. Jahrhundert. Mit kundigem Blick sah Natalie sich um, überlegte, wie sie diesen Raum für eine Feier nutzen könnte. Er wäre perfekt für das Abendessen und den Eröffnungstanz.

Herr Schneidereit deutete auf einen der Sessel und nahm auf dem anderen selbst Platz. »Möchten Sie etwas trinken? Cappuccino? Sekt?«

»Nein danke. Der Umbau ist Ihnen perfekt gelungen.« Natalie suchte nach Argumenten, um den Gutsherrn zu überzeugen. Am besten wäre es, mehr über die Zukunftspläne für das Haus zu erfahren, entschied sie. »Was haben Sie nach der Renovierung vor? Wollen Sie ein Hotel einrichten?«

»Oh nein.« Er stand auf, um sich ein Glas Wasser einzuschenken. »Ich plane Apartments für Menschen, die sich einen exklusiven Rückzugsort leisten können.«

Das erklärte, warum er bereit war, darüber nachzudenken, das Haus für eine Hochzeit zur Verfügung zu stellen. Sicher erhoffte er sich Werbung und möglicherweise einen Bericht in den Medien, die ihm beim Verkauf der Wohnungen helfen würden. Das spielte ihr in die Hände.

»Ich werde dafür sorgen, dass unser Fotograf die Schönheit Ihres Anwesens einfängt.« Sie sah ihn fragend an. »Können Sie sich damit anfreunden, hier eine Hochzeit stattfinden zu lassen?«

»Das kommt auf die Bedingungen an. Eigentlich sollte erst alles fertiggestellt sein, bevor wir das Gut der Öffentlichkeit präsentieren«, erwiderte er mit leicht gehobener Augenbraue und einem schiefen Lächeln. »Ein Fest in den alten Mauern – das klingt allerdings verlockend.«

»Es würde dem Ort neues Leben einhauchen«, entgegnete sie. »Wenn Sie es wünschen, können wir von *Zauberhaft und Unvergesslich* die regionalen Medien einbinden.«

»Dazu braucht es sicherlich viel Fingerspitzengefühl – und eine erfahrene Hochzeitsplanerin«, schmeichelte er.

»Danke. Genau deshalb bin ich hier«, erwiderte sie und lächelte. »Das Brautpaar hat sich in dieses Anwesen verliebt.«

»Das spricht für guten Geschmack.« Er lehnte sich vor. »Eine solche Entscheidung ist nicht leichtfertig zu treffen, Frau Uphoff. Ich muss viele Aspekte bedenken. Das habe ich der anderen Agentur bereits zu erklären versucht.«

Obwohl Natalie sich versucht fühlte, sich zurückzulehnen, blieb sie aufrecht sitzen. Am besten stellte sie jetzt gleich klar, wo ihre Grenzen und Prioritäten lagen. »Herr Schneidereit, ich schätze die Schönheit und Exklusivität Ihres Anwesens. Es ist genau der richtige Ort für die Hochzeit, die ich plane. Doch ich muss dringend Klarheit über die Verfügbarkeit bekommen. Die Zeit drängt.«

Der Gutsbesitzer, der gedankenverloren den Rand seines Kristallglases mit einem Finger nachfuhr, schenkte ihr ein Lächeln. »Ich verstehe Ihre Eile, liebe Frau Uphoff. Und ich habe keinen Zweifel, dass Sie aus einer Hochzeit hier ein wunderbares Fest zaubern würden.«

»Das höre ich gern, aber ich benötige mehr als Komplimente – ich brauche eine feste Zusage.«

»Nun, sehen Sie, ich bin ebenso an den perfekten Anlässen für mein Haus interessiert wie Sie an der perfekten Lokalität für Ihre Hochzeit.« Er machte eine kleine Pause, ließ jedes Wort wirken. »Ich hatte Ihnen ja bereits meine Vorstellungen über die Miete genannt.«

»Das dürfte kein Problem sein.« Auch wenn Natalie seine Preisvorstellung heftig fand, war sie sicher, dass das Brautpaar darauf eingehen würde. »Haben Sie sonst noch Anforderungen, die wir berücksichtigen sollten?«

»Es wäre schön, wenn die Gäste Haus und Garten respektierten.« Patrick Schneidereit lachte. »Allerdings gehe ich davon aus, dass Menschen, die sich eine Feier hier leisten können, dies selbstverständlich tun.«

Natalie lächelte nur zur Antwort. Sie hatte auf Hochzeiten schon die seltsamsten Dinge erlebt und wollte ihre Hand nicht für die Freunde und Familie des Brautpaars ins Feuer legen. Das erschien ihr nur fair.

»Die Braut hat sehr klare Vorstellungen vom Ambiente und der Dekoration.« Erneut lächelte sie. »Möglicherweise müssen wir einiges in den Räumen umstellen.«

»Solange Sie die Wände nicht neu tapezieren wollen, bin ich einverstanden.« Patrick musterte sie. »Das hat die Braut nicht vor, oder?«

»Ich hoffe nicht«, antwortete Natalie diplomatisch. Auch wenn der Gutsherr beinahe überzeugt wirkte, fürchtete sie, dass die überzogenen Forderungen der Braut ihn abschrecken könnten. Je eher sie seine Zusage hatte, desto besser. »Also, was meinen Sie, werden wir uns einig?«

Natalie musste ihn drängen, da noch so viel zu erledigen blieb. Termine mussten geplant, Caterer gebucht und Floristen gefunden werden. Alles hing davon ab, dass sie die richtige Hochzeitslocation fand. Auch wenn die Braut auf dem Gutshaus beharrte, plante Natalie, sich noch weitere Orte anzusehen, um Alternativen zu haben für den Fall, dass doch etwas schiefging.

»Wie viel Bedenkzeit habe ich?«

»Ich will ehrlich zu Ihnen sein, Herr Schneidereit.« Ein unterdrücktes Seufzen entwich Natalies Lippen. »Ohne Ihr Einverständnis kann ich nicht beginnen und die Traumhochzeit verwirklichen, die dieses Haus verdient.«

»Sie sind recht hartnäckig«, entgegnete Patrick Schneidereit schließlich mit einem Anflug von Anerkennung in der Stimme.

»Es gehört zu meinem Job, Dinge zu bewegen – und zu meinem Charakter.« Natalie setzte ihre Hoffnung auf sein Verständnis für ihre Lage und auf seinen Geschäftssinn.

»Was halten Sie davon, wenn ich Ihnen das Haus zeige?« Patrick strich sich nachdenklich über das Kinn, bevor er aufstand und einen Schritt auf sie zu machte. Er hielt ihr die Hand entgegen. »Zum Abschluss präsentiere ich Ihnen dann unseren wundervollen Garten. Und Sie können Lukas, den Gärtner, kennenlernen. Ihn müssen Sie auf jeden Fall überzeugen, selbst wenn ich einverstanden wäre, so viel kann ich jetzt schon sagen.«

6

Lukas kniete im Beet, umgeben von buntem Laub, das wie ein Flickenteppich den Boden schmückte. Morgen würde er die Blätter zusammenrechen, um sie zu zerkleinern und auf den Kompost zu geben, heute genoss er ihren Anblick. Er mochte die Herbstfarben: das Gelb, das Orange, das Rot neben dem Grün. Mit den Händen grub er zehn Zentimeter tiefe Löcher in die sonnenwarme Erde, um die Krokuszwiebeln in kleinen Gruppen einzusetzen.

Obwohl er es liebte, den Grundstock für einen bunten, fröhlichen Frühling zu legen, war Lukas heute nicht ganz bei der Sache. Immer wieder blickte er in Richtung des Herrenhauses und wartete darauf, dass Patrick mit der Hochzeitsplanerin aufkreuzte. Wenn es nach Lukas ginge, würde der Garten nur wenigen auserwählten Menschen gezeigt werden; Menschen, die die Pflanzen und Bäume zu schätzen wussten. Aber er war nicht naiv, und es war ihm klar, dass Patrick den Garten nur als Verkaufsargument für seine Apartments betrachtete.

Sanft kitzelte die Herbstsonne seine Haut, es war wärmer, als er erwartet hatte. Lukas wischte sich mit dem Unterarm den Schweiß von der Stirn und richtete sich auf, um erneut einen Blick zur Tür des Gutshauses zu werfen. Noch immer war niemand zu sehen. Ein Blick auf die Armbanduhr sagte ihm, dass Patrick bald schon fast eine Stunde mit der Hochzeitsplanerin sprach. War das ein gutes oder ein schlechtes Zeichen?

Angespannt zog er die Unterlippe zwischen die Zähne und stieß dann einen Seufzer aus. Er sollte aufhören, sich so viele Gedanken über Dinge zu machen, die nicht in seinem Einflussbereich lagen. Auch wenn Patrick ihn um seine Meinung gebeten hatte, war doch vollkommen klar, dass letztlich der Gutsbesitzer entscheiden würde. Lukas durfte sich um das Stück Land kümmern, es hegen und pflegen, aber nicht darüber bestimmen. Manchmal schmerzte das, denn er fühlte sich verbunden mit der Erde unter seinen Händen und dem stetigen, beruhigenden Rhythmus der Natur. Der Garten war für ihn mehr als nur ein Stück Land; er war ein Kunstwerk, das jeden Tag unter seinen geduldigen Händen wuchs und gedieh.

Er ging wieder auf die Knie, um die letzten Krokuszwiebeln in die Erde zu stecken, träumte von dem Tag im Frühjahr, wenn ihre Blüten sich dem Licht entgegenrecken würden. Violette und weiße Krokusse hatte er ausgewählt, sie passten zum Farbschema des Gartens. Kurz hatte er überlegt, ob er nicht auch gelbe Krokusse einpflanzen sollte, nur wenige, wie winzige Sonnen auf dem Grün des Rasens. Aber nein, im Frühjahr sollte der Garten in Weiß, Blau und Violett erstrahlen, Gelb und Rot waren dem Sommer vorbehalten.

Sollte er jetzt schon das Herbstlaub zusammenkehren? Seine anderen Aufgaben hatte er bereits erledigt, der Rasen war gemäht, und Patrick und diese Hochzeitsplanerin schienen mehr Zeit miteinander zu verbringen, als Lukas gedacht hatte.

Als hätten seine Gedanken sie herbeigerufen, öffnete sich in diesem Moment die Terrassentür, und Patrick kam in Begleitung einer jungen Frau auf ihn zu. Sie strich sich eine lose Strähne ihres dunkelblonden Haares hinter das Ohr und blickte sich aufmerksam um. Das musste Natalie Uphoff sein. Lukas beschattete seine Augen mit der Hand und musterte sie.

Irgendetwas an ihr kam ihm bekannt vor, aber sich an Gesichter zu erinnern, fiel ihm schwer. Prosopagnosie nannte man das, Gesichtsblindheit, wie er seit ein paar Jahren wusste. Früher hatte er gedacht, es ginge allen Menschen so wie ihm. Doch dann war sein alter Hausarzt in Rente gegangen und seine Nachfolgerin hatte ihn zu einem Spezialisten geschickt. Nun wusste Lukas zwar, dass er von dieser Wahrnehmungsstörung betroffen war, aber das half ihm im Alltag auch nicht weiter.

Sosehr er auch grübelte, sein Gedächtnis brachte keine Antwort hervor. Sie war hübsch, zierlich, mit halblangen dunkelblonden Haaren mit blonden Strähnchen und Rundungen an den richtigen Stellen. Doch ein Blick genügte, um zu erkennen, dass sie nicht in diese idyllische Umgebung seines Gartens gehörte. Bei jedem ihrer Schritte bohrten sich die Stöckelschuhe in den gepflegten Rasen. Am liebsten hätte Lukas sie gebeten, sich auf den Weg zu begeben, aber das wagte er dann doch nicht. Auf jeden Fall sammelte sie so keine Pluspunkte bei ihm.

Und trotzdem strahlte sie etwas aus, das sein Interesse weckte. Lukas fragte sich, wie jemand, der so weit von der Natur entfernt schien, eine solche Anziehungskraft auf ihn ausüben konnte. Da beugte sie sich hinunter, um an einer Rose zu schnuppern. Ihre Finger strichen sanft über die weichen Blütenblätter, während ihr Gesicht von einem Lächeln erleuchtet wurde. Lukas konnte sich nicht abwenden. Sein Herz begann schneller zu schlagen, als er das Glück in ihren Augen sah.

»Lukas, ich möchte dir jemanden vorstellen«, sagte Patrick und deutete auf die Frau. »Das ist Natalie Uphoff, die Hochzeitsplanerin. Sie ist begeistert vom Haus und würde hier gern die Hochzeit ausrichten. Frau Uphoff, das ist Lukas Brockmüller, unser Gärtner.«

»Ich freue mich, Sie kennenzulernen«, sagte Lukas zu Natalie und streckte ihr die Hand entgegen.

Sie stutzte einen Moment und betrachtete ihn fragend, als hätte sie ihn erkannt. Dann streckte sie ebenfalls die Hand aus.

»Ich freue mich, hier zu sein«, sagte Natalie. Ihr Händedruck war weich und angenehm. Anerkennend glitt ihr Blick über den Garten. »Was für ein zauberhafter Ort. Es ist, als würde die Natur hier ihre eigene Liebesgeschichte erzählen.«

Eine leichte Wärme stieg in Lukas auf, als sie dieses Lob aussprach. Er hatte nie erwartet, dass sein Garten jemanden so tief berühren könnte. Dieses unerwartete Gefühl der Verbindung, das zwischen ihnen lag, erfüllte ihn mit einer Freude, die er kaum in Worte fassen konnte. Aber sie war eine Stadtfrau, das war nur allzu deutlich zu sehen. Und Stadtfrauen, das wusste er nur zu gut, würden nie seine Liebe zu Rügen und seinem Garten verstehen können. Das hatte ihn eine Sommerliebe im vergangenen Jahr bitter gelehrt.

Auch wenn ihre Worte ihm gefielen, musste er ihr Fragen zur geplanten Feier stellen. »Mit wie vielen Gästen rechnen Sie denn?«, platzte er also heraus.

»Das kann ich Ihnen noch gar nicht sagen.« Natalie lächelte, was ihr Gesicht weicher wirken ließ. Ihre Augen blitzten. »Die Braut plant täglich neu.«

»Es werden schon keine fünfhundert Gäste werden«, warf Patrick ein und grinste breit. Es kam Lukas vor, als wollte sein Chef die Hochzeitsplanerin unbedingt beeindrucken. Etwas, was Lukas ärgerte, aber er konnte sich nicht erklären, weshalb.

»Nein, fünfhundert werden es auf keinen Fall.« Natalie nickte Lukas zu. »Ich rechne mit maximal achtzig Gästen.«

»So viele?« Lukas musste schlucken. Er hatte so viel Zeit und Arbeit in den Garten gesteckt und wollte nicht, dass alles umsonst war. Nicht auszudenken, wenn Großstädter durch die Beete trampelten. Er streckte das Kreuz. »Es ist mir sehr wichtig, dass der Garten in seiner Schönheit erhalten bleibt.«

»Es ist doch nur ein Tag«, sagte Patrick in gönnerhaftem Ton. »Und wofür hat man einen wunderbaren Garten, wenn ihn sich niemand anschaut?«

Lukas presste die Lippen zusammen, damit ihm kein böses Wort entglitt. Sicher meinte es Patrick nur gut, aber er war ja auch nicht derjenige, der die Beete, Blumen und Bäume pflegte, mit ihnen sprach und sich an jeder Blüte erfreute. Patrick stürmte nur ab und zu durch den Garten, hielt kurz an, um ein paar Vorschläge zu machen, die er in einer Gartensendung gesehen hatte, und sonst kümmerte er sich nicht einmal darum, ob Lukas etwas davon umsetzte.

»Machen Sie sich nicht zu viele Sorgen.« Natalie Uphoff betrachtete ihn, als könnte sie seine Gedanken an der Stirn ablesen. »Ich habe einige Hochzeiten organisiert und weiß, wie wichtig es ist, den Garten nicht zu beschädigen.«

Er war erleichtert, als er das hörte, und entspannte sich ein wenig. Sie hatte etwas an sich, das ihm Vertrauen einflößte. Vielleicht hatte Patrick am Ende auch recht, und es wurde Zeit, dass sie den Garten für andere Menschen öffneten.

Er kratzte sich am Kopf und murmelte: »Die Sache ist nur, wir sind noch lange nicht fertig mit der Gestaltung. Da gibt es noch Ecken, die verwildert sind.«

»Ursprünglich, mein lieber Lukas, ursprünglich nenne ich das«, mischte sich Patrick ein. Es kam Lukas vor, als passte es seinem Chef nicht, dass die Hochzeitsplanerin ihn nicht ins Gespräch einbezog. »Wir können gewisse Areale ja absperren.«

»Sicher. Das ist auf jeden Fall möglich.« Natalie wandte sich Patrick zu. »Wir können gemeinsam festlegen, in welchen Bereichen die Gäste sich bewegen dürfen und in welchen nicht.«

»Allerdings wird nicht viel blühen«, erklärte Lukas fest. »Für eine Gartenhochzeit wäre der Frühling eine bessere Wahl.«

Oh nein, wie hörte er sich denn an? Wie ein Mann, der einer Frau ihren Job erklärte? Am liebsten hätte er die Worte zurückgenommen oder sich entschuldigt, aber das erschien ihm auch irgendwie unpassend. Wieder einmal wurde ihm bewusst, warum er lieber mit Pflanzen zusammen war als mit Menschen: Man musste nicht reden, man konnte. Und wenn man mit ihnen sprach, war es vollkommen egal, was man sagte.

»Sie haben absolut recht«, antwortete die Hochzeitsplanerin mit einem Lächeln, das ein Grübchen in ihrer linken Wange zeigte. »Doch die Braut besteht auf diesem Termin und auf diesem wunderschönen Ort. Mein Job ist es, ihr und dem Bräutigam einen unvergesslichen Tag zu bereiten.«

»Unvergesslich im positiven Sinn.« Patrick stieß ein röhrendes Lachen aus. »Wir wollen ja nicht, dass die beiden den Tag als den schrecklichsten Tag ihres Lebens in Erinnerung behalten.«

»Selbstverständlich«, antwortete Natalie mit einem, wie es Lukas vorkam, etwas gequälten Lächeln. Er fühlte sich in der Verantwortung, sie von Patricks Humor zu erlösen, daher sagte er: »Eine Hochzeit in diesem Garten, das ist schon etwas Besonderes, selbst im Herbst.«

Um ehrlich zu sein, mochte er den Herbst sogar lieber als den Frühling. Lukas schätzte die Ruhe, das Gefühl, dass die Natur ein letztes Mal ihre Blütenpracht zeigte und die Farben sanfter und gedämpfter wirkten.

»Hier zu feiern ist der Traum meiner Kundin«, sagte Natalie, während sie sich umsah. »Sie hat als Kind das Haus gesehen und sich sofort verliebt, doch ich bin sicher, der Garten wird sie ebenfalls begeistern. Er ist ein Ort, an dem Neuanfänge gefeiert werden – genau wie die Blumen, die im nächsten Frühling erblühen werden. Was haben Sie hier gepflanzt?«

»Krokusse«, antwortete er, ohne nachzudenken. »Sie sollten im Frühling wiederkommen und sich anschauen, wie sie blühen.« Himmel! Wo kam das denn her?

»Das würde ich sehr gern.« Ihr Lächeln schien nur ihm zu gelten.

»Ist nun alles besprochen?« Wieder gelang es Patrick, den Zauber des Moments zu zerstören. Hippelig wie immer trat er von einem Fuß auf den anderen. »Oder hast du noch Fragen an Frau Uphoff?«

Er hatte tausend Fragen, aber die wollte er nicht in Patricks Anwesenheit stellen. Stattdessen konzentrierte Lukas sich wieder auf seine eigentliche Aufgabe, den Schutz seines Gartens.

»Pflanzen sind Lebewesen«, sagte er. »Einige unserer Bäume und Sträucher sind schon sehr alt und kostbar.«

Natalie nickte verständnisvoll. »Ich verstehe Ihre Sorge. Ich verspreche Ihnen, dass wir alles tun werden, um den Garten zu schützen. Wir werden nur dort dekorieren, wo es nötig ist, und wir werden dafür sorgen, dass nach der Hochzeit alles wieder in seinen ursprünglichen Zustand zurückversetzt wird.«

»Danke.« Lukas nickte. »Ich habe das Gefühl, Sie verstehen, was ich meine.«

»Das hoffe ich.« Sie lächelte, und einen Moment lang gab es nur sie und ihn, bis Patrick sagte: »Nun gut. Da Sie den Garten jetzt kennen, sollten wir uns über die konkreten Vertragsbedingungen unterhalten. Lassen Sie uns ins Haus zurückkehren.«

»Selbstverständlich.« Natalie reichte Lukas die Hand zum Abschied. »Ich würde mich freuen, wenn wir gemeinsam die Hochzeit vorbereiten.«

»Ich mich auch«, erwiderte Lukas, was ihn selbst erstaunte, denn er meinte es wirklich so. Dann sah er ihr nach, als sie mit Patrick zum Gutshaus zurückging, und wünschte sich, sie würde sich noch einmal umdrehen und ihm zuwinken.

7

Noch 24 Tage bis zur Feier

Oh nein, Lukas Brockmüller! Natalie hatte ihn sofort erkannt, obwohl Jahre vergangen waren. Er hingegen zeigte kein Anzeichen von Wiedererkennung. Zum Glück, dachte sie und fuhr sich mit den Fingern durch das Haar, das sie inzwischen kürzer und in einem helleren Ton trug. Ihre Verwandlung schien also doch tiefer zu gehen als bloß bis zur Haarfarbe. Das erleichterte sie einerseits. Andererseits … Möglicherweise lag es auch daran, dass Lukas damals nicht wirklich dazugehört hatte, sondern nur wegen Timo in Florians Clique geduldet worden war.

Mist!

Irgendwie hatte sie trotz aller bösen Vorahnungen gehofft, nicht so schnell mit der Vergangenheit konfrontiert zu werden. Aber sie hatte es gut bewältigt, fand sie. Weder Lukas noch Patrick hatten ihr Zögern bemerkt.

»Frau Uphoff?« Patrick Schneidereit berührte ihren Ellenbogen. »Was denken Sie über den Garten? Hat er Sie so beeindruckt, dass Sie meine Frage überhören?«

»Der Garten ist genauso wundervoll wie Ihr Haus.« Sie musste sich auf die Gegenwart fokussieren, ermahnte sie sich im Stillen. Vom Gelingen der Feier hing ihre Zukunft ab. »Ihr Gärtner scheint mir überhaupt nicht begeistert von der Idee zu sein, Gäste hierzuhaben.«

Sie war sehr beeindruckt davon, wie viel ihm der Garten bedeutete. Auch wenn er Lukas Brockmüller war und sie ihn von früher kannte, hätte sie sich gern länger mit ihm unterhalten. Ohne einen Dritten.

»Es ist nicht *sein* Garten.« Oh, da hatte sie wohl einen wunden Punkt getroffen. »Ja, Sie haben recht. Lukas behandelt den Garten, als wäre es seiner.«

»Das merkt man.« Sie bemühte sich wirklich um Konzentration, doch ihre Gedanken glitten wieder zu Lukas zurück, zu seiner sonoren Stimme. Voller Leidenschaft hatte er über den Garten gesprochen. Warum war er ihr früher nie aufgefallen? Er war attraktiv, mit seinen kräftigen Händen und den sanften Augen. Ach komm, sagte sie sich. *Du weißt genau, warum du damals keinen anderen Mann wahrgenommen hast.*

»Dank Ihres Charmes haben Sie Lukas bestimmt überzeugen können«, sagte Patrick Schneidereit und zog damit Natalies Aufmerksamkeit wieder auf sich. Patrick versuchte, Natalie mit seinem Lächeln und seinem Charisma zu bezirzen. Aber sie hatte keine Zeit für Ablenkungen. Sie musste dafür sorgen, dass alles perfekt für die Hochzeit lief. Dann würde sie endlich Partnerin werden, und ihre eigenen Träume erfüllten sich.

»Ist es mir auch gelungen, Sie zu gewinnen?« Sie setzte ihr bestes Lächeln auf.

Allerdings piepste in diesem Moment sein Smartphone. »Tut mir leid. Ich muss los.« Patrick Schneidereit brachte sie zur Tür, ohne ihr eine verbindliche Zusage zu geben. »Ich brauche noch ein, zwei Tage, um eine Entscheidung zu treffen. Und ich muss mich mit Lukas abstimmen.«

»Selbstverständlich.« Langsam schmerzte ihr Kiefer vom Dauerlächeln. Am liebsten hätte sie sofort den Vertrag abgeschlossen, doch sie wollte ihr Gegenüber nicht drängen. »Machen wir es so.

Ich spreche mit dem Brautpaar, Sie reden noch einmal mit Ihrem Gärtner, und anschließend planen wir weiter.«

»Ich freue mich, dass wir uns bald wiedersehen.«

»Danke. Wir hören voneinander.« Natalie drehte sich um und ging. Als Lukas etwas Ähnliches gesagt hatte, hatte ihr Herz schneller geklopft. Bei Patrick hingegen war ihr Herz stumm geblieben, als er mit ihr flirtete.

Als sie in ihrem Auto saß, zog sie ihr Diktiergerät aus der Handtasche und notierte sich, was sie alles zu tun hatte. Erst musste sie mit der Braut sprechen, dann einen Caterer und einen Floristen finden. Nicht zu vergessen, dass sie die Daumen drücken musste, dass Patrick Schneidereit es sich nicht anders überlegte.

Während sie ihr Smartphone in der Handtasche suchte, kam ihr eine Idee. Noch konnte sie Leonie nichts Konkretes mitteilen, noch war alles in der Schwebe, bis Herr Schneidereit sich entschieden hatte. Also warum nicht den schönen Tag nutzen und an den Strand gehen? Danach blieb noch genug Zeit, um das Brautpaar zu informieren.

Natalie stellte das Smartphone für eine Stunde auf stumm und fuhr in Richtung der Binzer Strandpromenade.

Als sie sofort einen Parkplatz fand, betrachtete sie das als Wink des Schicksals, ihre kleine Auszeit zu genießen. Sie schlenderte an der Strandpromenade entlang und nahm sich die Zeit, die Namen der eleganten Häuser zu lesen: *Strandblick*, *Imperial*, *Frigga*, weiße Schönheiten mit Balkonen und der typischen Holzbrüstung der Bäderarchitektur.

Nun, da sie sozusagen als Touristin in ihre Heimat zurückgekehrt war, fragte sich Natalie, wer den Häusern diese Namen gegeben hatte, wie alt die Namen wohl waren und welche Bedeutung sie besaßen. *Strandblick* erklärte sich von selbst, auch die Frauennamen konnte Natalie sich erklären, aber *Frigga* und *Imperial*, das ließ Interpretationsmöglichkeiten. *Frigga* war eine nordische Göttin, wenn sie sich richtig erinnerte. *Imperial* deutete wohl auf die Vergangenheit hin, als Deutschland noch einen Kaiser hatte.

Irgendwann wollte sie das herausfinden, aber jetzt spazierte sie erst einmal weiter. Am Strandaufgang zwölf informierte sie ein Schild, dass dies ein Textilstrand sei, sagte ihr, wo sich das WC befinde, und machte deutlich, dass es sich hier weder um einen FKK- noch um einen Hundestrand handelte. Sie lächelte und schüttelte den Kopf. Früher hatte es solche Schilder, solche Regeln und klare Abgrenzungen nicht gegeben – was es immer schon gegeben hatte, waren die Holzwege zum Strand.

Als sie den Strand erreichte, breitete sich der Rügen-typische feine, helle Sand vor ihr aus. Sie konnte das Rauschen der Wellen hören, die sanft anrollten und kleine Muscheln und Steine mit sich nahmen. Natalie schlüpfte aus den High Heels, zog ihre Perlonstrümpfe aus und spazierte über den erstaunlich warmen Sand. Als die ersten Wellen ihre Füße trafen, schrak sie vor deren Kühle zurück, aber bald gewöhnte sie sich daran und schlenderte genussvoll durch das Wasser, das ihre Knöchel umspielte.

Fußspuren im Sand zeigten ihr, dass Menschen hier langgegangen waren, doch niemand war zu sehen. Büschel von Strandhafer standen am Rand des Strandes, wo das Meer sanft angerollt kam und in weißen Schaumkronen auflief. Heute war die See so ruhig, als würde sie noch schlafen. Trotzdem gaben die Wellen dieses charakteristische Geräusch von sich, als sie auf den Strand auftrafen. Natalie blieb stehen, um zu lauschen. Wie konnte man es am besten beschreiben? Manchmal klang es fast wie ein Rauschen, dann wieder wie ein Rollen. Die See gluckste und gluckerte – keines dieser Worte allein reichte aus, den Klang zu beschreiben.

Langsam schlenderte sie weiter, genoss das Gefühl der Sonne auf ihrer Haut, roch den salzigen Duft des Meeres mit einem Hauch von Algen und hörte über sich die Schreie der Möwen.

Was war das da vorne?

Natalie spazierte zu der Stelle, wo sie ein Sandkunstwerk vermutete. Es war eine Katze, wie sie erst auf den zweiten Blick erkannte. Jemand hatte aus Sand eine sitzende Katze geformt, erkennbar an dem Schwanz, den spitzen Ohren und dem Schnurrbart, der aus zwei Stücken Treibholz bestand. Sie lächelte. Ihr gefiel, dass jemand seine Zeit am Strand damit verbrachte, eine Katzenfigur zu bauen anstatt eine der üblichen Burgen.

Nachdem sie ein paar Bilder von der Sandskulptur geschossen hatte, kehrte sie zurück zur Wasserkante. An milden Tagen wie heute sah das Meer eher grau als blau aus, jedenfalls vorn am Strand. Je weiter man zum Horizont sah, je näher man der Stelle kam, wo sich Meer und Himmel trafen, desto blauer wurde die See.

Etwas weiter entfernt befand sich der Müther-Turm, eine der besonderen Hochzeitslocations, die Binz zu bieten hatte. Ihn würde sie sich an einem anderen Tag in Ruhe anschauen. Aber das Leben machte es ihr nicht leicht, die Arbeit zu vergessen, führte es sie doch an einem taubenblauen Badewagen mit weißen Streifen vorbei. Sie hatte darüber gelesen, auch hier konnte man heiraten, doch das wäre bestimmt nichts für Leonie und Sebastian.

Nein! Jetzt kein Gedanke an Heiraten, Hochzeiten oder ihre Kundschaft.

Natalie drehte sich einmal um sich selbst und ließ den Blick schweifen. Der helle Strand, das Meer, vorne grau, dann türkis, schließlich blau, am Horizont ein einzelner großer Tanker vor einem blauen Himmel. Das war Rügen. Ihr Herz fühlte sich weit an, und zum ersten Mal seit Jahren konnte sie sich eingestehen, dass sie die Insel mochte. Dass Rügen immer ihre Heimat bleiben würde, ganz gleich, wo sie auch lebte.

Der Anblick der Küstenlinie zog ihren Blick magnetisch an. Die mächtigen Kreidefelsen ragten stolz über dem Meer auf und schimmerten weiß und gräulich vor dem tiefen Blau der Ostsee. Die dunkelgrünen Wälder auf den Felsen ließen sie geheimnisvoll und uralt aussehen. Warum wollte Leonie nicht hier feiern? Etwas Romantischeres als diese Natur konnte man sich kaum vorstellen.

Himmel! War sie etwa nicht mehr in der Lage, ohne Arbeit zu leben und gedanklich abzuschalten? War es schon so weit mit ihr gekommen? Sie musste sich ablenken und entschied sich daher, auf die Seebrücke zu gehen. Auch wenn die Seebrücke Binz nicht so spektakulär war wie die von Sellin, fand Natalie die Binzer am schönsten, wahrscheinlich, weil es ihre Heimatstadt war. Kurz überlegte sie, ob sie es riskieren wollte, dort jemanden aus ihrer Vergangenheit zu treffen. Aber die Gefahr schätzte sie als gering ein, hier fanden sich eher Touristen als Einheimische.

Die Seebrücke war genau genommen nichts anderes als ein langer, langer, langer Steg, der sich ins Meer erstreckte. Hier gab es nichts, was den Blick in die Weite stören konnte wie das Haus und diese seltsame Taucherglocke in Sellin. Diese Brücke diente nur dazu, Menschen die Möglichkeit zu geben, sich mit dem Meer verbunden zu fühlen.

Als sie am Ende der Seebrücke angekommen war, nahm Natalie einen tiefen Atemzug und füllte ihre Lunge mit der frischen Seeluft. Langsam bekam sie Hunger. Daher machte sie sich auf in die Hauptstraße, an der es mehrere Bäckereien und Konditoreien gab, wo sie sicher etwas Leckeres fände.

Auf dem Weg zum Strandaufgang kam ihr ein Mann entgegen, auch er hatte seine Schuhe ausgezogen und die Jeans hochgekrempelt, um im Meer zu waten. Als sie aneinander vorbeigingen, lächelte er sie an und sagte: »Der perfekte Tag für einen Spaziergang am Meer, nicht wahr?«

Bevor sie antworten konnte, klingelte ihr Smartphone, um sie daran zu erinnern, dass ihre Auszeit in fünfzehn Minuten beendet war. Als sie das Telefon endlich aus der Jackentasche gezogen hatte, war der Mann bereits weitergegangen, was Natalie ein wenig bedauerte. Sie hatte die Gelegenheit versäumt, vielleicht ein schönes Gespräch zu führen.

An der Hauptstraße angekommen, fiel ihr Blick auf den Eiswagen, der selbst im Herbst noch am Rondell am Anfang der Straße platziert war. Eigentlich war es dafür zu kalt. Ach Unsinn, dachte sie mit einem Lächeln, es war niemals zu kalt für ein Eis. Kurz entschlossen stellte sie sich an der kleinen Schlange vor dem Wagen an und las die Schilder, auf denen die Eissorten verzeichnet waren.

»Einmal Sanddorn und einmal Erdbeer bitte«, sagte sie, als sie an der Reihe war.

Am Eiswagen wies ein handgeschriebenes Schild sie darauf hin, dass sie Vorsicht walten lassen sollte, denn die Möwen stahlen auch Eis. Also nahm Natalie ihre Waffel fest in die Hände, bevor sie den Blick forschend nach oben richtete, doch sie konnte keine Möwe entdecken. Die Seevögel hatten es wohl aufgegeben, darauf zu hoffen, dass sie einen Touristen fanden, den sie um das Eis erleichtern konnten.

Das Sanddorneis schmeckte köstlich. Sanddornmarmelade oder auch Sanddornsaft empfand Natalie als zu intensiv im Geschmack, aber als Eis war Sanddorn einfach unschlagbar. Während sie sich die kühle Leckerei schmecken ließ, schlenderte sie durch die Straßen von Binz. Jetzt, mit dem Abstand von einigen Jahren, sah sie ihre Heimatstadt mit anderen Augen und verstand, warum Touristen Binz liebten.

Die wunderschönen weißen Häuser mit ihren schmiedeeisernen oder Holzbalkonen und geschnitzten Fassaden, mit Türmchen und Erkern strahlten Schönheit und Lebensfreude aus. Als sie die Straße überquerte, tuckerte die kleine Bäderbahn an ihr vorbei. Die weiße Lokomotive – war es überhaupt eine Lokomotive, wenn sie nicht auf Schienen fuhr? – zog zwei dahintergespannte Wagen, ebenfalls weiß, mit grasgrünen Applikationen.

Langsam spazierte sie die Strandpromenade in der anderen Richtung entlang. Ganz wie eine Touristin blieb sie bei den Kunstwerken stehen, die die Promenade säumten. Es waren Skulpturen, die auf Säulen standen. Natalie las die Beschriftungen, während sie die Eiswaffel aß: Die Wasserschöpferin war eine Frauenfigur. Als Nächstes folgten Kinderfiguren: ein Flöte spielendes Kind, eines, das um etwas zu bitten schien, und mehrere musizierende Kinder. Sie wusste nicht, warum die Kunstwerke an der Strandpromenade standen, und nahm sich vor, das irgendwann einmal herauszufinden.

»Oh, da ist ja noch ein Kunstwerk«, sagte sie zu sich und wechselte auf die andere Straßenseite, um ein Foto zu schießen. An einem Laternenpfahl lehnte ein Damenfahrrad, das als Werbefläche für einen Wollladen diente. Alle Metallteile waren mit regenbogenbunten Farben bestrickt. Pink, kräftiges Grün, zwei unterschiedliche Blautöne und ein wildgemusterter Bezug waren auf den Rahmen, den Lenker und den Sattel gezogen. Sie fragte sich, wie man die Strickschläuche wohl über den Rahmen bekam.

Nachdem sie den letzten Bissen der Eiswaffel verzehrt hatte, kehrte Natalie zu ihrem Auto zurück und fuhr zum Campingplatz. Dort angekommen, ging sie als Erstes zum Büro der Betreiberin, um sich endlich anzumelden. Doch wieder hing ein Schild an der Tür.

WEGEN SONNENSCHEIN GESCHLOSSEN.
MORGEN FRÜH AB 10 BIN ICH FÜR EUCH DA.

Dann also morgen. Natalie lächelte und schlug den Weg zu ihrem mobilen Büro ein. Schließlich hatte sie noch genug damit zu tun, eine Traumhochzeit auf Rügen zu planen.

8

Noch 23 Tage bis zur Feier

Am nächsten Morgen hing ein handgeschriebener Zettel an der Tür ihres Wohnwagens.

Wenn Sie wollen, klingeln Sie einfach bei mir.
Die Wohnung ist neben dem Büro.
Das Tagesmotto heute: Das Geheimrezept für
Zufriedenheit ist einfach: Weniger sollte und mehr könnte –
und ein Spritzer was soll's.

Sie war gespannt, was Svenja Marten für ein Mensch war. Ihr Tagesmotto jedenfalls gefiel Natalie, obwohl sie sofort dachte: Wenn das Leben nur so einfach wäre. Bei dem Gedanken, was sie alles noch tun musste, wurde ihr ganz … blümerant, wie ihre Oma immer gesagt hatte.

Sie nahm den Zettel ab, schloss auf und betrat das Innere ihres Wohnwagens. Nachdem sie die Tür hinter sich zugezogen hatte, schloss sie einen Moment die Augen, um zur Ruhe zu kommen. Als ihr Lid nicht mehr zuckte, öffnete Natalie die Augen, und ihr Herz wurde etwas leichter. Der Wohnwagen bot ihr ein Gefühl von Zuhause. Sie hatte versucht, dem standardisierten Innenraum ihre persönliche Note zu verleihen, hatte ihre

Kreativität und Liebe zur Gestaltung in ihr mobiles Büro einfließen lassen.

Anstelle der braunen Kunstholzoberflächen und der dunkelgrünen Polstergarnitur strahlte das Innere in einem abgedeckten Weiß mit lindgrünen Akzenten. Diese Farbe fand sich nun auch auf den Polstern, allerdings mit einem zarten Rosenmuster, was dem Ganzen etwas Verspieltes und Romantisches verlieh.

Fotos von ihren Urlaubsreisen, sorgfältig ausgewählt und auf Leinwände gezogen, schmückten den Raum. Ebenso wie Schalen mit Urlaubsandenken, ebenfalls in Lindgrün und Weiß, die Natalie auf den Oberflächen verteilte, sobald sie einen Standplatz erreichte.

Der maßgefertigte Einbauschreibtisch entlang der einen Wand war ihr Arbeitsbereich. Auf ihm lag der Laptop, voller Ideen und kreativer Projekte. Notizbücher verschiedener Größen und Farben warteten geduldig darauf, mit ihren Gedanken gefüllt zu werden. Die Pinnwand war ein Mix aus inspirierenden Zitaten, Skizzen und Fotos, die ihren Geist anregten, sowie Ideen für ihren Hochzeitsblog, den sie im Moment wieder einmal sträflich vernachlässigte.

Dieser kleine, aber liebevoll eingerichtete Raum war für sie mehr als nur ein Büro mit Schlafgelegenheit. Er war ihre Zuflucht, eine Heimat, die sie überallhin mitnehmen konnte. Es war ein Ort, an dem sie ihre Träume Wirklichkeit werden ließ und ihre Ideen zum Leben erweckte. Wie jedes Mal, wenn sie in ihrem Wohnwagen unterwegs war, fühlte sie sich freier und glücklicher als in ihrer Wohnung in Schwerin. Hier ließen sich Leben und Arbeiten optimal verbinden.

Als Erstes schloss sie ihr Diktiergerät an, damit es ihre Notizen über ein Textverarbeitungsprogramm in eine Datei umwandelte. Die Zeit, die das Programm benötigte, nutzte sie, um sich in der winzigen, aber gut ausgestatteten Küchenecke einen Tee zu kochen. Da sie fürchtete, dass es ein schwieriges Gespräch mit Leonie würde, wählte sie einen mit dem schönen Namen *Ruhe und Gelassenheit.*

Sie wartete ab, bis der Tee gezogen war, dann griff sie zur verabredeten Zeit zum Telefon und wählte die Nummer der Braut.

»Frau Uphoff, ich hoffe, Sie haben gute Nachrichten?«, platzte Leonie heraus, als sie den Anruf entgegennahm. »Bekommen wir das Herrenhaus?«

»Es sieht gut aus.« Natalie überlegte kurz, ob sie nicht zu positiv dachte. »Ich hatte heute ein vielversprechendes Gespräch mit Herrn Schneidereit.«

Leonie schwieg einen Moment. Natalie hörte sie tief durchatmen. »Hat er zugesagt oder nicht?«, fragte sie schließlich, ihre Stimme klang gleichzeitig barsch und panisch.

»Er hat sich Bedenkzeit erbeten und braucht noch ein paar Eckdaten, bevor er seine Entscheidung trifft.«

»Was will er wissen?« Leonie wirkte ungeduldig. »Ich brauche endlich Sicherheit, damit ich den Gästen den Ort nennen kann. Wie stellen Sie sich das vor? Uns bleibt nicht viel Zeit.«

Obwohl der Kunde König war, musste Natalie tief Luft holen, um der Braut nicht ein paar passende Worte zu sagen. Schließlich war es Leonies Schuld – und die der Vorgängeragenturen –, dass bisher nur der Hochzeitstermin feststand.

»Ich erstelle eine Liste mit seinen Fragen. Bitte beantworten Sie alles so schnell wie möglich.«

»Selbstverständlich. Schicken Sie mir den Kram per Mail.«

»Ich werde mir sicherheitshalber noch ein paar andere Locations ansehen.« Natalie bemühte sich um einen fröhlichen Tonfall. »Rügen hat einiges an romantischen Plätzen zu bieten.«

Leonie schwieg. Plötzlich schluchzte sie auf. »Bitte, Sie sind meine letzte Hoffnung. Das Glück unserer Ehe hängt von dieser

Hochzeit ab. Es muss Gut Boltendorf sein. Als ich dort war, hat Sebastian mir den Antrag gemacht.«

Natalies Kehle schnürte sich zu. Sie wusste, dass die Braut sie emotional zu erpressen versuchte, doch sie konnte sich dem verzweifelten Flehen nicht entziehen. »Ich tue, was ich kann«, sagte sie schließlich.

»Hoffentlich reicht das.« Nun wirkte Leonie wieder schnippisch. Natalie hatte schon einige emotionale Achterbahnen mit nervösen Bräuten hinter sich, aber diese toppte sie alle.

»Die Fragenliste erhalten Sie in einer halben Stunde.«

»Gut. Ich warte darauf.« Leonie legte auf, bevor Natalie sich verabschieden konnte.

Nach zwanzig Minuten hatte sie die Fragen formuliert und an Leonie gesandt. Müde erhob sie sich, um endlich zu Frau Marten zu gehen, damit sie allen Formalitäten genügte.

Inzwischen war die Sonne so tief gesunken, dass sie fast hinter den Bäumen verschwand. Mit einem Frösteln bedauerte Natalie, keine Jacke übergezogen zu haben. Sie hatte vergessen, wie kalt der Wind an der Ostsee werden konnte.

Nachdem sie bei Frau Marten geklingelt hatte, erklang von innen: »Hallo. Hallo.«

Irgendetwas an der Stimme kam Natalie seltsam vor. Frau Marten war das auf gar keinen Fall. Ob die Campingwirtin Kinder hatte?

»Hallo. Hallo. Blödmann.«

»Still, Coco. Wenn du so böse bist, musst du wieder nach draußen.« Die Campingwirtin öffnete die Tür. »Entschuldigen Sie. Die beiden sind immer außer Rand und Band, wenn es klingelt. Kommen Sie schnell rein.«

In natura sah Svenja Marten noch bunter aus als auf dem Foto auf der Internetseite des Campingplatzes. Sie war eine auffallende

Erscheinung mit hennaroten Haaren und einem bunt gemusterten Kaftan. Die Falten in ihrem Gesicht, Zeugen eines intensiv gelebten Lebens, vertieften sich, als sie Natalie anlächelte. Lange Ketten aus Türkis, Amethyst, Lapislazuli und Rosenquarz hingen um ihren Hals und klimperten, als sie sich umdrehte und ins Haus ging.

Nachdem Svenja Marten die Tür hinter Natalie geschlossen hatte, deutete sie auf eine Holztür. »Sie sind nicht allergisch gegen Vögel, oder?«

»Sind das Papageien?«, fragte Natalie, als ein erneutes »Hallo, hallo« erklang. »Sie halten die Vögel in der Wohnung?«

»Selbstverständlich nicht.« Die Campingwirtin schüttelte den Kopf. »Die beiden leben in einer großen Voliere am Haus. Aber ab und zu dürfen sie mich im Wohnzimmer besuchen.«

Vorsichtig schlüpfte sie durch die Tür und bedeutete Natalie, ihr zu folgen. Die zögerte. Sie kannte sich mit Papageien kaum aus, wusste allerdings, dass die Vögel ziemlich kräftige Schnäbel hatten.

Zu ihrer Erleichterung befanden sich die beiden hinter Gittern. Aufgeregt kletterten sie an den Stäben hoch und runter und beobachteten Natalie. Sie waren hübsch, mit hellgrauen Federn, gelben Augen und dunkelroten Schwanzfedern.

Als sie sich näherte, um sich die Papageien genauer anzusehen, flog einer mit lautem Flügelschlag gegen die Gitterstäbe und ließ sie vor Schreck zusammenzucken.

»Vorsicht, Emma hat schlechte Erfahrungen mit Menschen gemacht.«

»Dann halte ich lieber Abstand.« Natalie trat zwei Schritte zurück. »Wo sind die Papiere, die ich ausfüllen soll?«

»*Zauberhaft und Unvergesslich*. Sie sind also Hochzeitsplanerin?« Frau Martens sah sie an.

Einen Moment stutzte Natalie und fragte sich, woher die Vermieterin das wusste, bis ihr einfiel, dass Kathleen sie dazu gezwungen hatte, ihren Wohnwagen mit dem Firmenlogo zu versehen. Das war die Bedingung dafür, dass Natalie ihr mobiles Büro nutzen durfte.

»Ja«, antwortete sie, ebenfalls ziemlich laut. »Ich komme aus Schwerin und soll hier auf Rügen eine Feier ausrichten.«

»Nennen Sie mich Svenja«, bat die Campingwirtin mit erhobener Stimme, um gegen den Lärm der Papageien anzukommen.

Sie ließ es sich nicht nehmen, Kaffee zu kochen, und saß eine Viertelstunde später gemeinsam mit Natalie am Esstisch, Geschirr mit Rosenmuster vor sich. Im Hintergrund ließen die Vögel nicht locker und brachten weiterhin Leben und Lärm in den Raum. Natalie konnte nicht anders, als zu lächeln – trotz des Chaos und der Störung war es ein besonderes Erlebnis, Coco und Emma zu hören.

»Hallo. Hallo«, mischte sich ein Papagei immer wieder ein, während der andere rasselnd Spielzeug durch die Voliere schob.

»Das ist genug.« Svenja stand auf und öffnete eine Tür, durch die die Papageien hinausflatterten. Sofort trat Ruhe ein, allerdings vermisste Natalie die Lebendigkeit, die Coco und Emma verströmt hatten.

»Ich bin etwas neugierig«, sagte die Campingwirtin. »Sie sind die erste Hochzeitsplanerin, die ich kennenlerne. Nutzen alle von ihnen Wohnwagen als Büros?«

»Keine, die ich kenne«, antwortete Natalie mit einem Lächeln. »Aber ich habe gern alles bei mir, wenn ich reise, um die Hochzeit zu organisieren.«

»Hier auf Rügen haben wir ganz wunderbar romantische Orte. Doch das wissen Sie bestimmt. Das Kreidezimmer, die Seebrücke Sellin, das Rosencafé in Putbus oder eines der Schlösser. Und natürlich unser süßes Türmchen.« Svenja trank einen Schluck Kaffee. »Wo wollt ihr denn feiern?«

»Die Braut wünscht sich unbedingt Gut Boltendorf.« Natalie seufzte. »Ich hatte heute ein Gespräch mit Herrn Schneidereit. Aber ich bin mir nicht sicher, ob ich ihn überzeugen konnte.«

»Unter uns …« Svenja beugte sich vor und flüsterte: »Es heißt, er braucht Geld. Die Renovierung des alten Hauses war teurer als geplant.«

»Du meinst also, ich habe Chancen?« Natalies Hoffnung lebte auf. »Die Braut will sich auf nichts anderes einlassen.«

»Man sollte nie nur einen Fußabdruck im Sand hinterlassen.« Svenja wiegte den Kopf von einer Seite zur anderen.

»Ich werde mir auf jeden Fall andere Locations ansehen«, antwortete Natalie, »doch die Braut ist sehr festgelegt.«

»Dann stelle ich mir das nicht leicht vor.«

»Ja, manchmal fürchte ich, es ist gar nicht möglich.«

Ihre Gastgeberin sah sie verschwörerisch an. »Glaube fest daran, dass Sternschnuppen Wünsche erfüllen und dass Abenteuer hinter jeder Ecke lauern – das Leben ist eine Schatzkarte, die darauf wartet, gelesen zu werden. Guter Kalenderspruch, oder?«

Wow, Svenja schien nicht nur ein Tagesmotto zu haben, was Natalie sehr gefiel. »Bei dir klingt das so leicht, aber …«

»Kein Aber, meine Liebe.« Svenja legte ihr die Hand auf den Arm. »Sag mir Bescheid, wenn du Unterstützung bei der Suche nach dem perfekten Ort brauchst. Ich bin Binzerin. Ich kenne mich hier aus.«

Kurz fühlte Natalie sich versucht, ihr zu erzählen, dass sie ebenfalls Binzerin war, doch sie kam nicht dazu, denn Svenja tätschelte ihr die Hand und erhob sich nach einem Blick auf die Uhr. »Oh, tut mir leid. Ich habe eine Verabredung in der Stadt. Ich würde unsere Unterhaltung gern zu einem späteren Zeitpunkt weiterführen.«

»Sehr gern.« Natalie erhob sich ebenfalls. »Ich muss wirklich alternative Orte für die Feier finden, dabei kann ich Tipps gut gebrauchen.«

»Ich kenne viele Menschen auf Rügen.« Die Campingwirtin begleitete Natalie zur Tür. »Alles wird gut.«

»Danke. Auf das Angebot komme ich gern zurück.«

Mit leichterem Herzen trat sie in den Tag. Die meisten Aufgaben hatte sie bereits erledigt. Schnell prüfte sie auf ihrem Smartphone, ob Leonie sich gemeldet hatte. Keine Nachricht. Natalie seufzte. Nun gut, morgen war ein neuer Tag.

9

Über Nacht hatte der Herbst nun auch die letzten Bäume in seinem Garten bunt gefärbt. Die Blätter leuchteten in intensiven Farben – sattes Rot, warmes Orange und tiefes Gold –, ein Anblick, der ihn jedes Jahr aufs Neue begeisterte. Im Licht der Morgensonne wirkte der Garten beinahe verzaubert. Trotzdem war es seine Aufgabe, die Blätter zusammenzurechen und auf den Kompost zu geben.

Eine kühle Brise strich über sein Gesicht und ließ das Laub in seinen Händen leicht tanzen. Er konnte das Rascheln der Blätter unter seinen Schritten hören, ein Geräusch, das für ihn wie kein anderes den Herbst verkörperte.

Mit einem zufriedenen Seufzen lehnte sich Lukas zurück und ließ den Herbstzauber auf sich wirken. Nach der unruhigen Nacht genoss er den Moment des Friedens in seinem Garten, der für ihn ein Rückzugsort war.

Dann machte er sich an die Arbeit und fühlte sich mit jedem Handgriff ein Stück besser. Nachdem er das Laub auf den Kompost gebracht hatte, zog er die Unterlippe zwischen die Zähne. Heute wollte er mit Patrick sprechen. Er hatte seinen Chef bereits dreimal gesehen, aber kein Gespräch führen können. Fast hätte man meinen können, Patrick würde ihm absichtlich aus dem Weg gehen. Lukas wusste, dass das Unsinn sein musste. Er hatte das Gefühl, dass die Zeit langsamer verging, während er auf die Gelegenheit wartete, mit seinem Chef über die geplante Hochzeit zu reden.

Gestern Nacht hatte Lukas lange nicht einschlafen können, weil sein Verstand ihm Bilder von Gästen vorgaukelte, die betrunken in seine Rosenbüsche fielen und rücksichtslos durch die Beete trampelten. Er war sich bewusst, dass er etwas übertrieb, aber er konnte nicht aus seiner Haut. Und wenn er sich nicht um seine Pflanzen sorgte, dann musste er immer an die Hochzeitsplanerin und ihr Lächeln denken. Was war nur los mit ihm?

Dank der unruhigen Nacht stand er den ganzen Tag neben sich und hätte beinahe die Rosen zu tief geschnitten. Als er diesen Fehler knapp vermieden hatte, atmete Lukas tief durch. Vielleicht sollte er es für heute gut sein lassen. Über den Sommer hatte er so viele Überstunden angesammelt, die konnte er nun mal langsam abbummeln.

Nachdem er sich vergewissert hatte, dass Patrick nicht in der Nähe war, fütterte er die streunende Katze, die ihn aus der Sicherheit eines Strauchs beobachtete. Als sie vorsichtig hervorkam, um das Futter in sich hineinzuschlingen, fragte er sich, ob sie noch eine weitere Futterstelle hatte, denn sie erschien ihm ganz schön moppelig für eine Streunerin.

»Bis morgen, Lily«, sagte er, denn es war an der Zeit, ihr einen Namen zu geben. Gerade als er die Gartenhandschuhe auszog und nach Hause gehen wollte, kam Patrick auf ihn zu, wie immer im Laufschritt.

»Lukas, hast du über die Hochzeit nachgedacht?«, fragte er geradeheraus. »Wenn du absolut dagegen bist, sage ich ab. Selbst wenn …«

Obwohl Lukas klar war, dass das nur ein Trick seines Chefs war, konnte er seine Neugier nicht zügeln. »Was meinst du mit ›selbst wenn‹?« Er musterte Patrick und suchte nach Hinweisen darauf, was sein Chef vor ihm verbergen wollte.

»Du weißt selbst, dass die Kosten für die Renovierung des

Hauses …« Patrick schwieg einen Moment, was Lukas ganz kirre machte. »… und die Neugestaltung des Gartens mehr Mittel verschlungen haben, als wir veranschlagt hatten. Unsere neuen Investoren wollen Aktivitäten sehen.«

Es kam Lukas so vor, als hätte Patrick die Neugestaltung des Gartens besonders betont, als trüge er die Schuld daran, dass die Kosten davongelaufen waren. Dann jedoch kam ihm ein Gedanke, der die Schuldfrage vollkommen unwichtig erscheinen ließ. Wollte Patrick ihm etwa kündigen? Lukas konnte sich beim besten Willen nicht vorstellen, wieder als Gärtner für die größeren Hotels zu arbeiten. Dort hatte er ständig mit Menschen zu tun gehabt – und das war einfach nicht sein Ding. Auf Gut Boltendorf konnte er schalten und walten, wie es ihm gefiel, und musste sich nicht ständig abstimmen.

»Wie schlimm ist es, Patrick?« Lukas überlegte, ob er anbieten sollte, auf eine Teilzeitstelle zu gehen, aber dann entschloss er sich, erst einmal abzuwarten, was sein Chef ihm zu sagen hatte.

»Dein Job ist sicher.« Konnte Patrick etwa Gedanken lesen, oder hatten sich Lukas' Sorgen allzu deutlich auf seinem Gesicht abgezeichnet? »Aber wir brauchen Geld, um Investoren zu interessieren. Und die Hochzeit würde uns ziemlich weiterhelfen. Wenn ich Natalie richtig verstanden habe, ist das Brautpaar bereit, eine ordentliche Stange Geld zu zahlen.«

Soso, sie sind also schon bei »Natalie« und »Patrick«, war das Erste, was Lukas in den Sinn kam. Ärger wallte in ihm auf, ein Ärger, der selbst die Sorge um seinen Job verdrängte. Daher sagte er nichts, sondern sah Patrick nur abwartend an.

»Also, Lukas, was meinst du?« Sein Chef klatschte in die Hände. »Stemmen wir gemeinsam eine Feier?«

»Es ist deine Entscheidung, Patrick.« Lukas' Stolz ließ es nicht zu, seinen Chef zu fragen, wie nahe »Natalie« und »Patrick« sich gekommen waren. »Ich erledige, was du mir aufträgst. Und jetzt geh ich nach Hause. Ich bin heute Abend verabredet.«

»Viel Spaß. Grüß mir Timo.« Patrick verzog den Mund, drehte sich auf dem Absatz um und stiefelte mit großen Schritten davon. Erneut fragte sich Lukas, wie sein Chef das wissen konnte. Andererseits war es nicht schwer zu erraten, was er vorhatte, wenn er verabredet war. Entweder besuchte er seine Eltern oder traf sich eben mit seinem besten Freund Timo. Seit Kindheitstagen, als sie als kleine Steppkes Muscheln gesammelt hatten, gehörten Timo und er zusammen wie Pech und Schwefel.

Als Lukas auf dem Gehweg entlangmarschierte, schwelgte er in Erinnerungen an die unbeschwerten Sommertage seiner Kindheit. Er fühlte den warmen Sand unter seinen Füßen, hörte das Rauschen der Wellen und das Kreischen der Möwen, den Hintergrund ihrer gemeinsamen Abenteuer, in denen Timo und er unzählige Muscheln und Hühnergötter im seichten Wasser suchten.

Doch die Zeit war nicht stehen geblieben, und aus den kleinen Steppkes waren Männer geworden, die ihrer eigenen Wege gingen. Aber Rügen und ihrer Freundschaft blieben sie treu.

Vor fünf Jahren hatte Timo seine Sophia in Stralsund kennengelernt und sie nach einem halben Jahr geheiratet. Sophia war ihrem Liebsten nach Binz gefolgt, wo sie ein Floristik-Studio eröffnet hatte. Die beiden waren so glücklich miteinander, dass sie auch für Lukas die Eine, die Richtige suchten. Bisher ohne Erfolg. Denn trotz aller Versuche von Sophia, Lukas mit freundlichen Kundinnen und liebenswerten Freundinnen zu verkuppeln, blieb er weiterhin auf der Suche nach dem einen besonderen Menschen, der sein Herz zum Blühen bringen konnte.

Lukas hatte sich nur eine Viertelstunde hinlegen wollen und dann beinahe verschlafen. Zum Glück hatte er seinen Wecker gestellt, sonst hätte er seinen besten Freund versetzt. Trotzdem musste er sich sputen, wenn er einigermaßen pünktlich im *Wellenbummler* ankommen wollte.

Nach einem kritischen Blick zum Abendhimmel entschied er sich dafür, das Rad zu nehmen.

Die Bewegung tat ihm gut, der frische Wind blies ihm den letzten Rest Müdigkeit aus dem Körper. Kräftig strampelte er gegen die Brise an, und schon bald tauchte die Kneipe vor ihm auf. Die weiße Fassade war mit blauen Wellen verziert, auch das wellenförmige Dach erinnerte an die Bewegungen des Wassers.

Nachdem Lukas sein Fahrrad an eine Laterne angeschlossen hatte, rannte er zur Tür des *Wellenbummlers*. Draußen auf der Terrasse saßen ein paar Gäste, wahrscheinlich Touristen, die nicht wussten, wie kühl die Nächte im Herbst sein konnten. Nun, das würden sie sicher bald bemerken.

Lukas öffnete die schwere Tür und tauchte ein in die einzigartige Atmosphäre. Die Gaststätte wirkte urig und gemütlich durch den dunklen Holzboden, dessen Dielen sicher Zeugen von vielen Abenteuern waren. Die hohen eichefarbenen Stühle luden zum Verweilen ein, ebenso wie die hellen Holztische. Rustikale dunkle Bohlen an der weiß getünchten Decke unterstrichen den maritimen Charakter der Kneipe. Hier und da standen große Fässer, die als Tische dienten, mit hohen Barhockern als Sitzgelegenheit.

Suchend sah Lukas sich um, dann breitete sich ein Lächeln auf seinem Gesicht aus. Timo hatte ihren Stammplatz im Strandkorb freihalten können und winkte ihn heran.

»Ein Bier bitte«, sagte Lukas zu Lasse, dem Wirt, den er ebenfalls aus Kindertagen kannte. »Und etwas zu essen, bitte.«

Er musste die Stimme erheben, um gegen die Geräuschkulisse des *Wellenbummlers* anzukommen. Wie jeden Abend mischten sich der Klang angeregter Gespräche mit leisem Lachen und dem

Klirren von Gläsern. Auf der Theke stand ein Grammophon, das Lasse in Betrieb nahm, wenn er besonders gute Laune hatte.

»Bier kommt sofort.« Der Wirt öffnete den Zapfhahn. »Heute gibt es Rügener Senfeier oder Kohleintopf.«

»Ich nehme die Senfeier.« Lukas lief das Wasser im Mund zusammen, wusste er doch, wie gut Malte, Lasses Lebensgefährte, kochte. »Für Timo auch. Oder hat er schon bestellt?«

»Nur seinen üblichen Tee.« Lasse deutete mit dem Kopf in Timos Richtung. »Geh mal hin, dein Freund ist schon ungeduldig.«

Lukas nickte und ging durch die Gaststätte, vorbei an den Seefahrerkarten, Bildern von weißen Segelbooten und alten Fischernetzen, die wie Kunstwerke an den Wänden hingen. Überall in der Gaststube verteilt standen glänzende Flaschen in unterschiedlichen Formen, Farben und Größen, deren bunte Etiketten es sich zu entdecken lohnte.

»Moin. Du kommst zu spät.« Timo schüttelte den Kopf. »Ich dachte schon, du hast unseren Männerabend vergessen.«

»Als Entschuldigung habe ich uns Essen bestellt. Senfeier.«

»Gute Entscheidung.« Timo deutete auf den Stuhl. »Was hat dich aufgehalten?«

»Ich bin eingenickt.«

»Hast du gestern gefeiert und mir nichts davon erzählt?« Timo grinste, wusste er doch nur zu gut, dass Lukas kein Partytyp war. »Du wirst nicht glauben, was heute an Bord der *Kap Arkona* passiert ist.«

Timo arbeitete als Kapitän an Bord eines Schiffs, das Rundreisen um die Insel und zu den berühmten Kreidefelsen anbot, und erlebte auf beinahe jeder Tour etwas Erzählenswertes. Lukas' Meinung nach sollte sein Freund diese Abenteuer aufschreiben und veröffentlichen. Die Touristen wären sicher begeistert, so eine Erinnerung an ihren Rügen-Aufenthalt mit nach Hause nehmen zu können.

»Bitte, dein Bier. Das Essen braucht noch eine Viertelstunde.« Lasse stellte das Glas auf den Tisch und verzog sich wieder hinter die Theke.

»Prost.« Lukas hob sein Glas. »Also, was ist heute geschehen?«

Während er Timo lauschte, der eine haarsträubende Geschichte über eine Touristin erzählte, die unbedingt von Bord springen wollte, um zu den Kreidefelsen zu schwimmen, wanderten Lukas' Gedanken zur bevorstehenden Feier und zur Hochzeitsplanerin.

»Hallo. Erde an Lukas.« Timo schnipste mit den Fingern vor seinem Gesicht. »Hast du überhaupt zugehört? Was ist nur los mit dir?«

Lukas seufzte und fuhr sich mit der Hand durchs Haar. In knappen Worten berichtete er seinem Freund von Patricks Plänen, eine Hochzeitsfeier auf Gut Boltendorf auszurichten.

»Das klingt doch ganz okay.« Timo zuckte mit den Schultern. »Du hast nicht ernsthaft erwartet, den Garten für immer und ewig für dich allein zu haben, oder?«

»Du hast recht«, musste Lukas eingestehen. Manchmal wünschte er sich, sein Freund wäre nicht so gut darin, Dinge auf den Punkt zu bringen. »Muss es gleich eine so große Feier sein?«

Andererseits würde er durch die Hochzeitsvorbereitungen Zeit mit Natalie Uphoff verbringen können, etwas, auf das er sich freute. Ein Lächeln glitt über sein Gesicht.

»Warum grinst du?« Timo legte fragend den Kopf schief. »Was gibt es noch?«

»Die Hochzeitsplanerin.« Lukas' Lächeln vertiefte sich. »Natalie Uphoff. Sie ist etwas Besonderes.«

»Oha.« Timo wackelte vielsagend mit den Augenbrauen. »Das sind ja ganz neue Töne von dir. Ich dachte, du bist mit deinem Garten verheiratet.«

»Patrick sagte, sie sei von Rügen«, versuchte Lukas, seinen Freund abzulenken. »Sie ist in unserem Alter, aber ich erinnere mich nicht an sie. Du weißt ja, wie schlecht ich mit Gesichtern bin.«

»Uphoffs gibt es viele auf Rügen.« Timo rieb sich mit zwei Fingern über die Stirn. »An eine Natalie kann ich mich nicht erinnern.«

»Bitte schön, Senfeier. Lasst es euch schmecken.« Lasse stellte zwei Teller vor ihnen auf den Tisch, gefüllt mit gekochten Kartoffeln und hart gekochten Eiern, die von der gelbbraunen Senfsoße bedeckt waren. »Der Möhrensalat kommt sofort.«

»Guten Appetit.« Timo schaufelte sich Eier und Kartoffeln auf die Gabel.

»Also, was war mit deiner Touristin?«, fragte Lukas, bevor er sich sein Essen schmecken ließ. »Ist sie nun über Bord gesprungen und geschwommen, oder konntest du es noch verhindern?«

10

Noch 20 Tage bis zur Feier

Natalie saß in ihrem mobilen Büro und starrte auf den Computerbildschirm. Nervös trommelte sie mit den Fingern auf die Resopalplatte des Tisches. Weder Patrick Schneidereit noch Leonie hatten sich bisher gemeldet, obwohl beide es versprochen hatten. Das verstärkte für Natalie das Gefühl, dass alles gegen sie arbeitete. Die Feier, die sie zu planen hatte, schien immer unmöglicher zu werden.

In den vergangenen Tagen hatte sie im Internet gesurft und an ihrem Smartphone gehangen, um so viel wie möglich vorzubereiten, falls Patrick Schneidereit endlich seine Entscheidung traf. Gestern hatte sie sich zwei Hotels und ein Herrenhaus angeschaut, die sie der Braut als Alternative vorschlug. Bisher hatte sie noch nicht darauf reagiert – und die Zeit drängte!

Sollte sie Leonie noch eine SMS senden? Das wäre dann heute die fünfte – und wohl etwas übertrieben. Natalies Anruf hatte die Braut einfach abgelehnt. Mit verengten Augen musterte Natalie die Liste der anstehenden Aufgaben:

- Gut Boltendorf als Location bekommen
- Floristin finden / Blumenschmuck mit Braut abstimmen
- Caterer finden (Essen vegetarisch, vegan, laktosefrei, regional???)

- Probeessen vereinbaren
- Band oder DJ finden
- Playlist erstellen und abstimmen
- Dekoration organisieren
- Fotograf oder Videograf?
- Hochzeitstorte!!!
- Zimmerkontingente für Übernachtungsgäste reservieren
- Transport vom Hotel zum Gut organisieren
- Kutsche? Limousine?
- Extras? Taschentücher für Freudentränen, Gastgeschenke???
- Beauty-Termine für Braut und Bräutigam?
- Wie viele Kinder kommen? Bespaßung organisieren?
- Vermieter für Ausstattung suchen

Etliches davon hätte schon vor Wochen erledigt sein müssen, aber da war *Zauberhaft und Unvergesslich* noch gar nicht im Boot gewesen. Und bei allen Aufgaben, die noch anstanden, war Natalie auf die Zusammenarbeit mit der Braut angewiesen. Leonie musste doch bewusst sein, wie knapp die Zeitplanung war. Manchmal wünschte sie sich, sie wäre weniger verantwortungsvoll und würde sich einfach einen schönen Tag gönnen, wenn andere Menschen ihren Teil des Jobs nicht erledigten. Zum zwölften Mal in einer halben Stunde schaute sie auf ihr Smartphone. Nichts! Gerade als sie begann, die fünfte SMS zu formulieren, kam endlich eine Nachricht von Leonie.

> KEIN ANDERER ORT!!!
> Muss gleich zur Anprobe des Hochzeitskleids. Kann restliche Fragen daher erst heute Abend beantworten.
> An Hotelzimmer für die Gäste haben Sie gedacht?

Dafür benötige ich die Anzahl der Gäste, dachte Natalie und fühlte sich schwer versucht, ihrer Kundin genau das zu schreiben.

Stattdessen atmete sie dreimal tief durch und setzte ein freundliches Lächeln auf, das sich anfühlte wie eine Maske, bevor sie ihre Antwort eintippte.

> Liebe Frau Lembke,
> danke für Ihre Nachricht. Ja, die Hotelzimmer habe ich im Blick. Sie stehen ebenfalls auf der Fragenliste. Haben Sie morgen Zeit für ein Telefonat, damit wir uns abstimmen können?
> Beste Grüße
> Natalie Uphoff

Nachdem sie die Nachricht abgeschickt hatte, starrte Natalie auf ihr Smartphone, als könnte sie es durch reine Willenskraft dazu bringen, das Ping erklingen zu lassen, das eine Antwort ankündigte. Nichts!

Sie musste dringend etwas tun, um sich abzulenken. Am besten etwas, das das Angenehme mit dem Nützlichen verband. Nach kurzem Überlegen kam ihr die zündende Idee, und sie lächelte.

Bevor sie es sich anders überlegen konnte, schnappte sie sich ihre Jacke und einen Schal und verließ ihr Büro, um nach Binz zu fahren. Dort angekommen, schrieb sie eine Nachricht an Kathleen: *Da ich sonst nichts tun kann, schaue ich mir Hochzeitslocations hier auf Rügen an und bin die nächsten zwei Stunden nicht erreichbar.*

Es fühlte sich ein wenig an wie Schuleschwänzen, aber auch sehr entlastend, als sie das Smartphone stummschaltete und zum Strand ging. Heute war der Himmel bezogen, an wenigen Stellen leuchtete ein winziges Stückchen Blau durch das Grauweiß der Wolken hindurch. Das Meer war nun tiefgrün, wie immer an bedeckten Tagen. Herrlich, dachte sie, als sie durchatmete. Wie hatte sie es nur so lange ohne die Ostsee aushalten können?

Das Meer rollte langsam an den Strand; es fehlte der typische Geruch nach Seetang und Salz. Im Herbst wirkte alles sanfter und gedämpfter. Natalie sah nur wenige Menschen dick eingepackt am Strand spazieren gehen, die Blicke gesenkt, die Köpfe zwischen die Schultern gezogen, gegen den Wind ankämpfend, in den Restaurants und Cafés war die Musik ruhiger als in der Saison. Selbst die Möwen, die schwerelos über ihr dahinglitten, stießen nur ab und zu ihr »Kiä« oder »Kiau« aus.

Trotz ihrer dicken Jacke fröstelte Natalie, als sie den Strand erreichte. Der Wind hatte aufgefrischt und zerrte an ihren Haaren und ihrem dünnen Schal. Dennoch ließ sie es sich nicht nehmen, Schuhe und Strümpfe auszuziehen. Wenn man auf der Insel aufgewachsen war, ging man auch bei Herbstwetter ins Meer.

Der Sand unter ihren Füßen fühlte sich kühl und feucht an, als sie ihre Zehen hineinbohrte.

Sie hielt inne, um das Spiel der Möwen am Himmel zu beobachten, deren Rufe sich über das Rauschen der Wellen erhoben. Die Vögel glitten anmutig durch die Lüfte und tauchten von Zeit zu Zeit ins Wasser ein, um nach Nahrung zu suchen. Natalie meinte das Klatschen ihrer Flügel zu hören und liebte den Moment, in dem die Möwen majestätisch emporstiegen, um sich scheinbar schwerelos in die Höhe zu schrauben.

Beim Weiterschlendern bemerkte sie die kleinen Muscheln und Seegrasbündel, die am Strand angespült waren. Sie beugte sich hinunter und hob eine glatte Muschel auf. Ihre Finger strichen über die perfekte, gebogene Form. Das rief Erinnerungen an vergangene Strandspaziergänge hervor, als sie als Kind stundenlang die schönsten Exemplare gesammelt hatte. Sie suchte nach einem Hühnergott, so wie in ihrer Kindheit, aber konnte keinen der Steine entdecken. Binz war dafür nicht der richtige Ort, für Hühnergötter musste sie zum Nationalpark Jasmund fahren.

Natalie atmete tief ein und konnte förmlich die Energie der Ostsee auf ihrer Haut spüren. Die letzten verbliebenen Sonnenstrahlen kämpften gegen die grauen Wolken an, die am Himmel über Rügen aufzogen. Sie zog den Schal enger um ihren Hals und schloss den Reißverschluss der Jacke. Wollte sie wirklich die Füße ins Wasser setzen?

Kurz bevor sie die Wasserkante erreichte, blieb sie stehen und blickte zurück. Jeder ihrer Schritte hatte eine feine Spur im Sand zurückgelassen, wie Erinnerungen, die nun verwehten. Plötzlich spürte sie das eiskalte, prickelnde Wasser, das über ihre Füße brandete und bis zu ihren Unterschenkeln hochschwappte. Sie schüttelte sich vor Kälte und sprang zurück, als die nächste Welle anrollte. Es war definitiv zu kühl, um tiefer ins Wasser zu gehen!

Also zog sie sich vom Meer zurück, trocknete ihre Füße mit dem Schal ab, schüttelte den aus und schlüpfte wieder in Strümpfe und Schuhe. Langsam setzte sie ihren Spaziergang fort und genoss die Stille und Harmonie. Sie war dankbar für den Frieden, den Rügen ihr bot, und fühlte sich mit der Natur verbunden. Jeder Moment am Strand war ein Geschenk, das sie mit offenen Armen empfing und in ihrem Herzen bewahrte.

Ihr Weg führte sie zum Müther-Turm am Strandaufgang 6, einem der ihrer Meinung nach originellsten Hochzeitsorte der Insel. Umgeben von Gras stand auf dem hellgrauen Sand des Strandes der ehemalige Rettungsturm. Er sah aus wie ein Ufo aus einem 1970er-Jahre-Film, das in den Dünen von Binz gelandet und dort gestrandet war, ohne eine Möglichkeit, nach Hause zu kommen. Irgendwie wirkte der Turm rührend hilflos und aus der Zeit gefallen.

Ein Hinweisschild davor informierte sie, dass es ein Bauwerk des Binzer Bauingenieurs Ulrich Müther war, das 1982 als Rettungsturm erbaut worden und bis in die 1990er-Jahre dieser Aufgabe nachgekommen war. Schwarz-Weiß-Fotos zeigten den Bau des

Turms, der aus zwei sogenannten Halbschalenbogen in Zement zusammengesetzt worden war. Weiter konnte Natalie lesen, dass das Standesamt seit 2006 hier eine Außenstelle besaß und der Turm weltweit ein Unikat war. Das würde Leonie sicher gefallen.

Das Besondere an ihm waren die Fensterfronten, an allen vier Seiten war das kleine UFO offen.

Natalie kletterte die schmale Eisentreppe hoch, um durch eines der weiten Fenster zu spähen. Sie zählte acht weiße Stühle für die Gäste, einen schlichten weißen Tisch für den Standesbeamten und das Brautpaar, und entdeckte etwas, was wohl eine Musikanlage für passende Hochzeitsmusik war. Durch das Glas sah man Gras, Bäume, Strandhafer, den Strand, die Seebrücke Binz und das Meer. Sicher, der Ort war nicht geeignet für eine große Gesellschaft, doch der Ausblick, den das Hochzeitspaar und die Gäste genießen konnten, entschädigte für alles. Konnte es etwas Schöneres geben, wenn man heiratete?

Warum auch immer, Natalie verlor ihr Herz an den kleinen Turm und schoss ein Foto nach dem anderen. Das UFO wirkte je nach Himmelsfarbe unterschiedlich. Vor wenigen Minuten, bei blauem Himmel mit weißen Wolken, da sah er fröhlich aus. Nun, da der Himmel sich bedeckt hatte und graue Wolken über den kleinen Turm zogen, wirkte er beinahe traurig.

Nachdem sie noch ein paar Bilder geschossen hatte, beschloss Natalie weiterzugehen, aber sie drehte sich immer wieder um, um den Turm aus unterschiedlichen Winkeln und Entfernungen zu fotografieren. Voller Freude bemerkte sie, dass sie nicht die Einzige war, der das kleine Gebäude gefiel. Ein Touristenpaar kletterte ebenfalls die Treppe hinauf, um ins Innere der Konstruktion zu schauen. Sie lächelten einander zum Gruß zu.

Ihr Herz fühlte sich für kurze Zeit leichter an, doch das Gefühl der Entspannung hielt nicht lange an; viel zu schnell kreisten ihre

Gedanken wieder um die anstehende Feier. Was war, wenn es ihr nicht gelang und der Gutsbesitzer absagte? Und wenn er zusagte, würde Leonie dann endlich kooperieren, sodass sie die wenige verbleibende Zeit nutzen konnte, um alles zu organisieren?

War es ein Fehler gewesen, alles auf diese eine Karte zu setzen? Normalerweise war ihre Arbeit ihr Leben und machte sie glücklich, heute fühlte sie sich irgendwie anders. Sonst waren Probleme Herausforderungen, denen sie sich voller Energie und Kreativität stellte. Heute jedoch fühlte sie sich angestrengt und müde. Die Angst, jemandem von damals zu begegnen, verschwand allmählich. Das konnte es nicht sein. Lag es an der Einsamkeit, die sich hier wie ein Schleier um sie zu wickeln schien?

Als hätten ihre düsteren Gedanken sie herbeigerufen, erspähte Natalie ein weiteres junges Paar, das Hand in Hand am Strand entlangspazierte, immer wieder stehen blieb, um sich zu küssen und gemeinsam zu lachen. Natalie fragte sich zum ersten Mal seit Jahren, ob ihre Arbeit das alles wirklich wert war. Sicher, sie liebte es, sich einzigartige Hochzeiten zu überlegen und zu organisieren, aber die Arbeit für Kathleen laugte sie aus.

Sie malte sich aus, wie es wäre, mit jemandem zusammen zu sein – jemanden an ihrer Seite zu haben während all der Hochzeiten, die noch bevorstanden. Einen Menschen, auf den sie zählen konnte, wenn das Leben schwierig wurde. So jemanden wie Lukas Brockmüller. Huch, warum kam ihr ausgerechnet der Gärtner in den Sinn?

Die kurze Begegnung hatte sie irgendwie berührt … Seine Augen, sein Lächeln, seine Liebe für den Garten. Wie war er vor zehn Jahren gewesen? Ob er noch Kontakt zu Timo und Florian hatte? Vielleicht sollte sie ihn fragen, wenn sie sich wiedersahen. Oder sollte sie besser schweigen, um keine schlafenden Hunde zu wecken?

Genug von der Vergangenheit. Sie war nicht hier, um sich in Erinnerungen zu verlieren, sondern suchte nach Hochzeitsorten. Der kleine Turm war ein wunderbarer Anfang, aber Rügen hatte ja noch mehr zu bieten.

Natalie zog ihr Aufnahmegerät heraus und diktierte: »Prüfen, ob es Hochzeitslocations in der Nähe der Kreidefelsen gibt.«

Als ihr Magen vernehmlich knurrte, entschied sie sich, sich in der Stadt etwas Leckeres zu kaufen. »Ich gönne mir eine heiße Schokolade und ein großes Stück Kuchen«, sprach sie mit sich selbst. »Das habe ich mir verdient.«

Im Internet hatte sie ein Café gefunden, das neben selbst gebackenen Torten auch hausgemachten Rügener Eistee anbot. Sofort stieg ihre Stimmung, und sie eilte mit großen Schritten in Richtung der Binzer Hauptstraße.

11

Noch 20 Tage bis zur Feier

Natalie saß in dem gemütlichen Café und genoss ihren Moment der Entspannung, während der Duft von frisch gebrühtem Kaffee und köstlichen Backwaren ihren Magen erneut knurren ließ. Mit dem Café hatte sie die richtige Wahl getroffen. Es besaß eine warme, freundliche Atmosphäre, mit dunklen Holzmöbeln, Sitzbänken mit rot-orange gestreiftem Überzug und bequemen Stühlen. Auch die Auswahl an Torten und Kuchen war so lecker, dass sie sich kaum entscheiden konnte. Nach reiflichem Überlegen hatte sie die Schneewittchen-Torte gewählt und war gespannt, ob sie mit dem Kuchen mithalten konnte, den ihre Mutter backte.

»Bitte schön, unsere Spezialität.« Die Kellnerin, eine junge Frau mit pink-grün gefärbten Haaren, stellte das Glas vor Natalie auf den Tisch. Der Eistee sah verlockend aus, mit einer Orangenscheibe und einer lila Blüte verziert. Da die Kellnerin sie erwartungsvoll ansah, gönnte Natalie sich einen Schluck, der süß und gleichzeitig erfrischend säuerlich schmeckte.

»Der ist wirklich lecker«, sagte sie. »Zum Kuchen hätte ich gern einen Cappuccino.«

»Kommt sofort.«

Kurze Zeit später brachte die Kellnerin ein großes Stück Schneewittchen-Torte und einen Cappuccino, dessen Schaum kunstvoll mit einem Herz verziert war. »Lassen Sie es sich schmecken.«

Nachdem sie sich bedankt hatte, genoss Natalie die Mischung aus Süße der Schokolade und Frische der Sauerkirschen. Der Kuchen war beinahe so gut wie der ihrer Mutter, was Natalie daran erinnerte, dass sie sich bei ihren Eltern melden sollte.

Um sich zu trösten, gönnte sich Natalie einen großen Bissen des Kuchens. Doch der blieb ihr fast im Hals stecken, als jemand zielstrebig auf sie zukam. Jemand, den sie sofort erkannte. *Mist!*

»Nina! Nina Uphoff! Es ist so lange her!«, rief die Frau so laut, dass sich alle Menschen im Café ihr zuwendeten. »Ich kann es kaum glauben, dich hier zu sehen. Was treibst du auf der Insel?«

Sie hatte ihre frühere Schulkameradin sofort erkannt. Natalies Herz schlug schneller, und sie spürte einen Kloß im Hals, der es ihr unmöglich machte zu antworten. Das Stückchen Torte wurde immer mehr in ihrem Mund, und sie musste sich zwingen, es herunterzuschlucken und die Fassung zu wahren. Mühsam zwang sie ein Lächeln auf ihre Lippen.

»Es ist schön, dich zu sehen, Mandy«, brachte sie schließlich heraus. »Ich bin gerade erst angekommen und beruflich hier. Und du, wie geht es dir?«

Das verstand Mandy wohl als Aufforderung zum Bleiben, denn sie zog sich einen Stuhl heran und nahm Platz. »Sag, was arbeitest du? Wo lebst du? Nachdem deine Eltern weggezogen sind, hat man gar nichts mehr von dir gehört.«

»Ähem«, begann Natalie und suchte nach den richtigen Worten.

Zu ihrem Glück rief eine Frau: »Mandy, hier sind wir«, und wedelte mit den Armen.

»Meine Freundinnen warten.« Mandy winkte zurück und stand auf. »Wenn du länger hierbleibst, lass dich mal blicken. Ich wohne immer noch in Binz.«

»Das mache ich.« Natalie bemühte sich um ein Lächeln und trank einen Schluck Cappuccino. Der Kuchen, der so verführerisch gewesen war, lag nun wie ein schwerer Klumpen in ihrem Magen. Ihr Gaumen fühlte sich taub an, und der Raum schien sich für einen Moment zu drehen, während sie versuchte, die Begegnung zu verdauen.

Nach so einem Schrecken half nur eins: hinaus aufs Meer. Und sie konnte es sogar als Arbeitszeit verbuchen, denn die Kreidefelsen waren ein wunderbarer Hochzeitsort, wie sie durch eine schnelle Internetrecherche herausgefunden hatte. Sie griff zu ihrem Smartphone, um herauszufinden, ob heute noch eine Inselrundfahrt stattfand – und hatte Glück. Wenn sie sich beeilte, würde sie das Schiff noch erreichen.

Natalie fühlte sich in ihre Kindheit zurückversetzt, als das kleine Schiff langsam auf die Seebrücke zufuhr, um dort anzulegen und die wenigen wartenden Passagiere aufzunehmen. Das muss ein gutes Omen sein, dachte sie, denn es war die *Rügensand.*

Auf das Schiff zu gelangen, war ein langwieriges Prozedere. Erst fuhr es längsseits, dann öffneten Matrosen das kleine Tor und verankerten eine schmale Stahlbrücke zwischen Schiff und Seebrücke. Ein Teil der Gäste, die aus Sellin kamen, stieg aus. Zwei Matrosen nahmen den einsteigenden Passagieren die Tickets aus der Hand oder druckten Fahrscheine aus für diejenigen, die wie Natalie nicht vorher im Internet gebucht hatten.

Als Natalie an Bord ging, spürte sie das vertraute leichte Schwanken unter ihren Füßen, während sie nach oben an Deck spazierte, um sich einen Platz zu suchen.

Ihr Herz wurde leicht bei der Erinnerung an die vielen Schifffahrten, als ihr Vater Kapitän gewesen war und die Gäste mit seinem Wissen über die Insel unterhalten hatte. Sie hatte es als Kind geliebt, die Strecke zu den Kreidefelsen mit ihm zu fahren. Ihre Freunde hatten das nicht verstehen können.

»Es ist doch immer die gleiche Strecke«, hatte eine Schulfreundin einmal zu Natalie gesagt.

»Aber das Meer und die Felsen und das Licht sind jeden Tag anders«, hatte sie geantwortet und nicht begreifen können, wie jemand das weder sehen noch verstehen konnte.

Leider spielte das Wetter heute nicht mit, der Himmel war grau, es wehte eine steife Brise und ab und zu öffneten sich die Wolken, um Regentropfen auf sie niederprasseln zu lassen. Trotzdem ließ sie es sich nicht nehmen, nach draußen zu gehen, um den Wind auf der Haut zu spüren, die See zu riechen und das Land, ihre Insel, direkt zu sehen, ohne störende Fenster.

Als sie sich einen Platz suchte, der dem Wind nicht so ausgeliefert war, entdeckte sie ein Schild, das sie warnte:

VORSICHT!!!
ABLAGERUNGEN AUF DEN SITZBÄNKEN MÖGLICH!
BEI AUFENTHALT AUF DEM SONNENDECK
BITTE AUF FLIEGENDE RUSSPARTIKEL ACHTEN!
KEINE HAFTUNG BEI VERSCHMUTZUNG IHRER KLEIDUNG!

Als sie das Wort »Sonnendeck« las, musste sie lachen, denn davon konnte bei dem Wetter keine Rede sein.

Natalie prüfte die Sitzplätze, entdeckte keine Ablagerungen, nahm Platz und fühlte den kühlen Sitz durch den Stoff ihrer Jeans.

Das Tuckern des Motors vermischte sich mit dem rhythmischen Klatschen der Wellen. Das Meer war tiefblau. Trotz des Windes war die See nur wenig bewegt, und die Schaumkronen der Wellen liefen sanft am Strand aus.

Als sie der Weg an Sassnitz vorbeiführte, bewunderte sie die herbstlich bunten Wälder, zwischen denen die Stadt umso weißer aufleuchtete. Sie kamen an dem kleinen Leuchtturm von Sassnitz vorbei, in den strahlenden Farben Grün und Weiß.

An dieser Stelle Rügens waren die Kreidefelsen nicht weiß, sondern braun und beige, ihre wahre Schönheit begann erst später. Trotz des schlechten Wetters konnte Natalie mit verengten Augen vier Menschen erkennen, höchstwahrscheinlich Touristen, die am Strand entlangspazierten, den Blick auf den Boden gerichtet, wohl auf der Suche nach Hühnergöttern.

Sie ließ den Blick über die Ostsee schweifen und verlor sich in Erinnerungen an Fahrten mit ihrem Vater. Die Mischung des Motorengeräusches und der Wellen hatte er immer das »Lied der Küste« genannt.

Warum hatte sie sich von Florian die Liebe zu ihrer Heimatinsel rauben lassen? Vielleicht hatte das Schicksal gewollt, dass Natalie endlich ihren Frieden mit Rügen machte.

Während das Boot weiter entlang der Küste fuhr und sich den Kreidefelsen näherte, drang Möwengeschrei an ihre Ohren. Die Vögel segelten frei und wirbelten um die Klippen, als ob sie die Schönheit des Ortes in vollen Zügen genießen wollten.

Die steilen Klippen erhoben sich majestätisch aus dem türkisfarbenen Wasser, ihr weißgraues Gestein leuchtete in der Sonne. Natalie war einmal in Großbritannien gewesen und musste eingestehen, dass die Kreidefelsen in Dover weißer aussahen als die auf Rügen, aber das hier war ihre Kreide, und daher mochte sie die Rügener Felsen mehr.

Der Wald, der sich über die Felsen erstreckte, leuchtete in den klassischen Herbstfarben Gelb, Orange und Rot. An einzelnen Stellen hielten die Bäume noch an ihrem Sommergrün fest, wie hingetupft zwischen den goldenen Herbsttönen. Der Felsen, der am weitesten ins Meer hineinragte, zeichnete sich durch einen dünneren Baumbestand aus und wirkte wie ein älterer Herr, dessen Haare dünner wurden, und der versuchte, dies unauffällig zu kaschieren. Der Anblick war überwältigend, und Natalie konnte sich nicht sattsehen an der Schönheit der Landschaft.

Vollkommen unerwartet schoss ihr die Frage durch den Kopf, ob sie wieder auf Rügen leben wollte oder ob ihr Besuch eine Stippvisite bleiben würde.

Während sie schaute, ließ Natalie die Informationen, die der Kapitän den Gästen erzählte, an sich vorbeiplätschern. So oft hatte sie das schon gehört, von ihrem Vater. Jedes Mal, wenn sie dabei war, hatte ihr Vater versucht, etwas Neues für sie zu erzählen oder einen kleinen Insiderwitz zum Besten zu geben, den nur die beiden verstanden. Ich werde meine Eltern heute anrufen und ihnen sagen, wie sehr ich die Zeit auf Rügen genieße, nahm sie sich fest vor.

Der winzige Leuchtturm *Kolliker Ort* am Ende der Kreidefelsen rührte sie, irgendwie erinnerte er sie an den Rettungsturm, ein kleines vereinzeltes weißes Ding, das den Gezeiten und dem Wind trotzte.

Unvorstellbar, dachte Natalie, wie alt diese Felsen sind, wie viele Jahre es gedauert hatte, bis sie sich aufgebaut hatten. Und wie schade, dass sie nach und nach abbröckelten, aber das war eben der Lauf der Welt: Das Meer und der Wind holten sich ihren Anteil, jedes Jahr ein bisschen. Die Kreidefelsen hatten sich verändert in den Jahren, in denen sie nicht auf Rügen gewesen war.

Sie erinnerte sich daran, in den Nachrichten gehört zu haben, dass 2023 während einer Sturmflut ein gewaltiges Stück abgebrochen war. Sehr deutlich zeigten sich die dunklen Abbruchstellen vor dem hellen grauen oder beigen Hintergrund der Kreidefelsen. Durch den Regen war braune Erde ausgewaschen und lief in Streifen an den Kreidefelsen herab, wie Tränen in einem Gesicht.

Um sie herum holten die Touristen ihre Smartphones und Kameras hervor, um den Königsstuhl zu fotografieren. Natalie hingegen schaute nur, versuchte, sich die Details einzuprägen, um sich später daran erinnern zu können.

Erst als der Kapitän die Passagiere darauf aufmerksam machte, entdeckte Natalie den *Skywalk Königsstuhl*, eine neue Attraktion auf Rügen, die es zu ihrer Zeit noch nicht gegeben hatte. Vom Schiff aus sah man nur ein Stückchen des Skywalks, der weit über die Kreidefelsen hinausragte. Natalie verengte die Augen. Ja, trotz Regen und Wind standen wirklich Menschen auf der Plattform und schauten zu ihr herüber. Sie winkte, aber war nicht sicher, ob jemand es sah und ihr antwortete. Sie zückte ihr Smartphone und diktierte eine Notiz an sich: Skywalk anschauen, vielleicht ein Angebot für Brautpaare entwickeln?

Langsam drehte das Schiff ab und steuerte zurück zum Ausgangspunkt. Natalie lehnte sich an die Schiffswand und genoss den sanften Wind, der ihre Haut streichelte. Das Zusammenspiel der einzigartigen Kreidefelsen, des Meeres und des Himmels ließ ihr Herz vor Freude höherschlagen. Es waren solche Momente, die Rügen zu einem besonderen Ort machten.

Nach etwas mehr als einer Stunde, die Natalie fröstelnd, aber stur an Deck verbracht hatte, legte die *Rügensand* wieder an der Seebrücke von Binz an.

Der Kapitän sprach einen Abschiedsgruß und trat aus dem Führerhaus, um sich von den Passagieren zu verabschieden. Als er durch die Tür ging, musste er den Kopf einziehen, denn er war fast zwei Meter groß, mit sonnengebleichtem dunkelblondem Haar und dichtem Bart.

Als Natalie auf ihn zuging, stutzte sie. Irgendwie kam der Kapitän ihr bekannt vor, aber möglicherweise lag das an der Uniform, die sie an ihren Vater erinnerte.

In dem Moment grinste er breit, seine blauen Augen glitzerten. »Nina. Mensch, du bist doch Nina Uphoff, oder? Ich hätte dich fast nicht erkannt.«

12

»Ruf mich zurück. Irgendwie telefonieren wir aneinander vorbei«, sprach Lukas auf Timos Anrufbeantworter. Sein Freund hatte gestern Abend versucht, ihn zu erreichen, was Lukas nicht gehört hatte. Heute nun hatte er schon dreimal bei Timo angerufen und nur die Mailbox erreicht. Dabei musste sein Freund erst heute Nachmittag arbeiten. Was wohl so dringend war, dass Timo versucht hatte, ihn zu erreichen?

»Ich muss jetzt zur Arbeit. Melde dich. Tschüs.« Lukas legte auf und sputete sich, damit er pünktlich zum Gut Boltendorf kam. Da der Himmel von wolkenlosem Blau war, holte er sein Fahrrad aus dem Schuppen und schwang sich auf den Sattel. Die Küstenluft war frisch und durchdringend, als er über das Kopfsteinpflaster der schmalen Gasse fuhr. Der Wind wehte in starken Böen vom Meer herüber, stach ihm ins Gesicht und ließ seine Augen tränen. Lukas beugte sich vor, um möglichst wenig Widerstand zu bieten.

Seine Gedanken rasten ebenso schnell wie sein Fahrrad. Ob Patrick wohl schon eine Entscheidung getroffen hatte? Würde es eine Hochzeitsfeier in Lukas' wunderschönem Garten geben?

Er trat kräftiger in die Pedale, als ob er die Geschwindigkeit nutzen könnte, um die Ungewissheit hinter sich zu lassen. Der Wind zerzauste ihm erbarmungslos die Haare und zerrte an seiner Jacke, die um ihn flatterte wie eine Fahne. Die Böe brachte den typischen Geruch der See mit sich: Salz und Tang, was ihn an lange

Sommertage am Wasser erinnerte. Die Möwen kreisten hoch oben, ihre Schreie mischten sich mit dem fernen Rauschen der Wellen, die unermüdlich an die Küste rollten.

Als er in die Hauptstraße einbog, verdrängte der Geruch nach frisch gebrühtem Kaffee den des Meeres. Die Läden und Cafés begannen gerade erst zu öffnen und verströmten verführerische Düfte. Kurz überlegte Lukas, sich einen Coffee to go zu holen, aber auf dem Fahrrad ließ der sich schlecht transportieren. Also radelte er weiter, an den wunderschönen Häusern der Bäderarchitektur vorbei. Selbst nach all den Jahren ein Anblick, der ihn überwältigte. Die strahlend weißen Villen mit ihren verschnörkelten Balkonen waren umgeben von Rosen in sattem Rot und zarten Pastelltönen. Der Duft der blühenden Wildrosen vermischte sich mit dem würzigen Aroma der Kiefernwälder, die an die Stadt grenzten.

Obwohl er sich anstrengen musste, glitt ein Lächeln über sein Gesicht. Er liebte es einfach, mit dem Fahrrad zur Arbeit zu fahren, das Wetter zu erleben und die Nähe des Meeres zu spüren.

Da kam ihm ein Gedanke, der Lukas aus dem Tritt und sein Fahrrad ins Schwanken brachte. Er ließ das Gespräch mit Patrick vor seinem inneren Auge Revue passieren und dachte erneut über dessen Worte nach. Offenbar hatte der Gutsherr sich finanziell übernommen. Auch wenn Patrick das Gegenteil behauptet hatte – würde er ihm am Ende womöglich doch kündigen müssen? Die Vorstellung, als Gärtner für die ansässigen Hotels zu arbeiten, behagte ihm nicht. Auch wenn Patrick seine Eigenheiten hatte, war er der ideale Chef für Lukas, einfach weil er ihn in Ruhe seiner Arbeit nachgehen ließ.

Lukas setzte zum Endspurt an und überlegte, was er tun sollte. Auf jeden Fall musste er Patrick unterstützen, falls dieser sein Okay zur Feier gab. Eventuelle Schäden im Garten durch die Hochzeitsgäste ließen sich reparieren und waren deutlich weniger schlimm als die Vorstellung, seinen Job zu verlieren.

Seufzend lenkte er sein Fahrrad vorbei an den letzten weiß getünchten Häusern von Binz und hinein in die Granitz, wo Schotterwege durch die sanft hügelige Landschaft führten. Noch einmal trat er kräftiger in die Pedale und näherte sich schnell seinem Ziel.

Alte Buchen und Eichen umrahmten die lange Auffahrt, ihre Äste wölbten sich über die Straße wie ein Rundbogen. Die Blätter leuchteten in herbstlichen Farben und raschelten leise im Wind, ein Flüstern, das Lukas willkommen hieß.

Als er die Auffahrt entlangfuhr, knirschte der Sand unter den Reifen des Fahrrads. Er fuhr nicht nach vorn, zum Eingang des Gutshauses, sondern bog rechts ab, um zum Gartenhaus zu gelangen. Dort angekommen, hielt er an und stieg vom Rad, das er an die Wand des Gartenhauses lehnte.

Wie jeden Morgen nahm er sich Zeit, den Garten zu betrachten und die winzigen Veränderungen wahrzunehmen, die sich von Tag zu Tag ergaben. Dann musterte er prüfend den Himmel, der sich in einem strahlenden Blau präsentierte. Nicht eine Wolke war zu sehen. Auch der Wetterbericht hatte für heute Sonnenschein und Wind angesagt, das ideale Wetter, um den Garten herbstfein zu machen. Und möglicherweise auch hochzeitsfein – wenn es denn sein musste.

Nachdem Lukas die Blumenzwiebeln herausgesucht hatte, kniete er sich ins Beet und fuhr mit den Fingern über den frischen, erdigen Boden, spürte die kühle Nässe, die sich darin angesammelt hatte. Heute wollte er die Hyazinthen in die Erde bringen und damit die Aussaat der Frühblüher beenden. Doch kaum hatte er mit seiner Arbeit begonnen, zeigte sich das wechselhafte Rügener Wetter wieder einmal launisch, und dicke Regentropfen fielen auf ihn herab.

»Dann warte ich eben noch etwas«, sagte Lukas zu sich selbst, nahm die Blumenzwiebeln und ging ins Gartenhäuschen, wo die Arbeit schon auf ihn wartete. Wie jedes Jahr im Herbst stand die

Pflege der Werkzeuge an, für ihn mehr als nur ein notwendiges Übel, es war eine Art der Wertschätzung für sein Arbeitsmaterial.

Als Erstes widmete er sich einem Spaten, dessen Stahl im Licht matt glänzte. Nachdem Lukas ihn gründlich gereinigt hatte, nahm er Leinöl und begann, das Metall in langsamen, bedächtigen Kreisen zu polieren. Er bearbeitete eine raue Stelle am Holzstiel mit Schmirgelpapier, bevor er den ganzen Stiel mit einer Mischung aus Leinöl und Terpentinersatz einrieb. Der Geruch, eine Mischung von Heu und Chemie, stieg ihm in die Nase.

»Ein gut gepflegtes Werkzeug ist wie ein treuer Freund«, murmelte Lukas und erinnerte sich an seinen Ausbilder, der ihm diese Weisheit mit auf den Berufsweg gegeben hatte. »Fleißig, verlässlich und immer bereit.«

Als Nächstes wollte er seine Gartenscheren schleifen. Doch bevor er damit beginnen konnte, hörte er draußen jemanden seinen Namen rufen. Er trat vor die Tür und bemerkte, dass der Himmel zwar noch grau war, es aber nicht mehr regnete. Dann entdeckte er Patrick, der vor der Hintertür des Gutshauses stand und sich suchend umschaute.

»Lukas! Moin!« Patrick stürmte auf ihn zu, so eilig, dass seine Jacke hinter ihm aufbauschte, als hätte er einen Buckel. »Da bist du ja endlich.«

»Ich bin bereits seit einer Stunde hier«, murmelte Lukas, auch wenn er wusste, dass es keinen Sinn hatte, mit Patrick zu diskutieren. »Hast du eine Entscheidung getroffen?«

»Was denkst du denn?« Sein Chef blieb vor ihm stehen und grinste breit. »Es wird die erste Hochzeit auf dem renovierten Gut geben. Kannst du dich damit irgendwie arrangieren?«

Lukas stieß einen Seufzer aus, kratzte sich am Kopf und bemühte sich, eine ernste Miene zu ziehen. Das hatte Patrick verdient, weil er ihn so lange hatte warten lassen. Sein Chef musterte ihn und hampelte von einem Fuß auf den anderen, als wollte er gleich wieder losrennen, wohin auch immer.

»Habe ich denn eine Wahl?«, sagte Lukas schließlich. »Aber ich werde dich auf jeden Fall tatkräftig unterstützen.«

»Perfekt!« Patrick sah sichtlich erleichtert aus. »Lukas, ich zähle auf dich.«

»Du kannst dich auf mich verlassen.« Lukas nickte.

»Super! Ich gebe Frau Uphoff Bescheid und verschwinde dann nach Berlin.« Er kramte in der Tasche seiner eleganten dunklen Hose. »Hier, das ist die Nummer von Frau Uphoff. Tu mir einen Gefallen und ruf sie heute noch an, um mit ihr die Einzelheiten zu besprechen.«

»Mach ich.« Lukas nickte bestätigend. »Ich pflanze nur noch die Hyazinthen ein, solange das Wetter hält.«

»Falls es Probleme mit ihr gibt, sag mir Bescheid.« Kaum hatte er ausgesprochen, drehte sich Patrick um und stürmte ins Haus. Lukas sah ihm nach und schüttelte den Kopf. Manchmal fragte er sich, ob mit seinem Chef alles stimmte.

Nun, da Patrick endlich die Entscheidung getroffen hatte, begann Lukas sogar so etwas wie Vorfreude darüber zu empfinden, Natalie Uphoff bei der Hochzeit zu unterstützen. Ob die Gäste wohl die Schönheit des Gartens würdigen würden? Das Brautpaar hatte sicher an dem großen Tag anderes im Kopf, aber Lukas konnte sich schon vorstellen, dass einige der Eingeladenen ein Herz für Blumen und Bäume hatten. Im Kopf fing er an, einen Plan zu erstellen, was er bis zur Feier erledigen musste, damit der Garten in voller Pracht erstrahlte.

Als er die Hyazinthenzwiebeln einsetzte, dachte Lukas darüber nach, was er Natalie Uphoff sagen sollte, wenn er mit ihr telefonierte. Seine Finger umschlossen die festen Knollen, spürten die winzigen Falten und Unebenheiten auf ihrer Oberfläche, während ein Lächeln über sein Gesicht glitt. Seine Gedanken wanderten zu Natalie. Er dachte an ihr Lächeln, daran, wie sie an der Rose geschnuppert hatte. Warum nur kam sie ihm so bekannt vor?

Da kam ihm eine zündende Idee, und erneut versuchte er, Timo zu erreichen. Sein Freund hatte ein besseres Gedächtnis für Gesichter als er. Aber wieder hatte Lukas kein Glück, nur die Mailbox sprang an.

»Ob ich sie einfach frage, woher wir uns kennen?«, murmelte er, während seine Hände instinktiv weiterarbeiteten. Worte schienen ihm oft wie unnachgiebige Werkzeuge, die er nicht richtig zu benutzen wusste. Ach was, er musste ihr nur seine Unterstützung anbieten. Alles andere läge anschließend bei ihr.

»Ja, so mache ich das«, sagte er leise und setzte weitere Hyazinthenzwiebeln in die Erde. Er freute sich darauf, ihr seinen Garten zu zeigen, mit ihr gemeinsam diese Hochzeit zu planen. Sein Herz klopfte schneller bei diesem Gedanken, und die Welt um ihn herum schien für einen Moment stillzustehen. Lukas setzte die letzte Zwiebel in die Erde und schloss mit einem vorsichtigen Druck das kleine Loch.

Dann richtete er sich auf und betrachtete sein Werk. Der Kreis frisch gepflanzter Zwiebeln versprach einen Hauch von Frühling. Wenn er Natalie anrief, würde er kein großer Redner sein, doch er würde ehrlich sein, und vielleicht reichte das aus.

Nun konnte er sich nicht länger vor dem Anruf drücken und zog sein Smartphone hervor. *Mist!* Timo hatte versucht, ihn zu erreichen, und Lukas hatte den Anruf erneut verpasst. Kurz fühlte er sich versucht, erst mit seinem Freund zu telefonieren, aber nein, er sollte den Anruf bei Natalie nicht länger hinausschieben.

»Hallo, Frau Uphoff. Sie wissen ja bestimmt schon Bescheid.« Alles, was Lukas sich zurechtgelegt hatte, war verschwunden, und er sprach aus, was ihm als Erstes in den Sinn kam. »Also wegen der Hochzeit, meine ich. Und wegen des Gartens.«

Oh nein, sie musste ihn für ziemlich schräg halten, bei dem Quatsch, den er von sich gab.

Da sie nichts sagte, redete Lukas einfach weiter. »Patrick hat gesagt, ich soll mich bei Ihnen melden. Doch ich wollte Ihnen auf jeden Fall sagen, dass Sie bei der Hochzeit auf mich zählen können.«

»Hallo, Herr Brockmüller. Das ist sehr nett von Ihnen. Wie bereits gesagt, ich freue mich auf unsere Zusammenarbeit.«

»Wollen Sie morgen früh vorbeikommen, damit wir alles besprechen können?« Warum hatte er das gesagt? Warum ließ er nicht *sie* den Termin vorschlagen? »Also nur, wenn es Ihnen passt.«

»Sehr gern. Um zehn?«

»Das passt. Bis dann.«

Nachdem sie sich verabschiedet hatten, starrte Lukas auf sein Smartphone und schüttelte den Kopf über sich. Warum nur machte sie ihn so nervös?

Diese Frage konnte er vielleicht morgen klären, jetzt war es Zeit, endlich zu erfahren, was Timo von ihm wollte.

»Mensch, Lukas, endlich erreich ich dich«, platzte Timo heraus. »Also, sag schon: Wie konntest du sie nicht wiedererkennen? Deine Hochzeitsplanerin.«

»Was? Wie bitte?« Lukas stand vollkommen auf dem Schlauch. »Timo, ich versteh kein Wort.«

»Sie war gestern auf der *Kap Arkona,* ich habe sie natürlich auf den ersten Blick erkannt.« Timo schwieg einen Moment, bevor er seufzte. »Wenn sie eine Rose oder so was wäre, hättest du sie bestimmt erkannt.«

»Ich hab halt kein Gedächtnis für Gesichter«, musste Lukas zugeben. »Mach es nicht so spannend. Wer ist sie denn?«

»Nina, die Ex von Florian«, ließ Timo die Bombe platzen. »An sie wirst du dich wohl noch erinnern, oder? Du warst doch ein bisschen verknallt in sie, nicht wahr?«

13

Noch 19 Tage bis zur Feier

Erst Mandy, dann Lukas und jetzt Timo! So klein war Binz nun wirklich nicht, dass Natalie alle paar Meter über jemanden aus ihrer Vergangenheit stolpern sollte. Im Gegensatz zu Lukas hatte Timo sie sofort erkannt und ausgefragt, was sie zurück auf die Insel geführt hatte. So war er früher schon gewesen, Neugier könnte sein zweiter Vorname sein. Dabei war er so sympathisch, dass man ihm nicht böse sein konnte.

Das Klingeln ihres Smartphones unterbrach ihre Überlegungen. Sie schaute auf das Display und hielt einen Moment den Atem an.

»Uphoff«, meldete sie sich und klopfte in Gedanken auf Holz.

»Schneidereit hier«, kam als Antwort. »Ich bin auf dem Weg nach Berlin, aber …«

Er legte eine Pause ein, die wohl dramatisch sein sollte.

»Ja?« Sie versuchte, sich ihre Anspannung nicht anmerken zu lassen. »Haben Sie eine Entscheidung getroffen?«

»Ja. Es war nicht einfach, aber Sie können die Hochzeit hier feiern.« Patrick Schneidereit atmete hörbar aus. »Den Vertrag schicken Sie bitte an mich, wegen der Details meldet sich Herr Brockmüller bei Ihnen. Tschüs.«

Und dann legte er auf, bevor sie eine Chance hatte zu antworten.

»Großartig!« Natalie packte das Smartphone zur Seite, stieß einen Jubelschrei aus und tanzte durch ihren Wohnwagen, der dafür nicht wirklich geeignet war. Aber das musste einfach sein, schließlich war die wichtigste Hürde genommen – sie hatte die Zusage für Gut Boltendorf bekommen. Nun konnte sie endlich in die Tiefenplanung einsteigen.

Nachdem die erste Euphorie abgeklungen war, stieß sie einen Seufzer aus, denn jetzt fing die Arbeit erst an – und die Zeit war wirklich knapp.

»Natalie Uphoff hier, liebe Frau Lembke«, sprach sie auf den Anrufbeantworter, denn leider erreichte sie die Braut nicht persönlich, um ihr die gute Nachricht zu überbringen. »Bitte rufen Sie mich so schnell wie möglich zurück.«

Schade, dass sie die Neuigkeit nicht direkt erzählen und sich mit ihrer Kundin freuen konnte. Nun musste sie also wieder einmal auf eine Antwort der Braut warten.

Die Zeit nutzte Natalie, um die nächsten Punkte auf ihrer Liste abzuarbeiten.

- ~~Gut Boltendorf als Location bekommen~~ – *erledigt*
- Floristin finden / Blumenschmuck mit Braut abstimmen – *noch offen*
- Caterer finden (Essen vegetarisch, vegan, laktosefrei, regional???) – *noch offen*
- Probeessen vereinbaren – *noch offen*
- Band oder DJ finden – *noch offen*
- Playlist erstellen und abstimmen – *noch offen*
- Dekoration organisieren – *noch offen*
- Fotograf oder Videograf? – *3 Anfragen gestellt*
- Hochzeitstorte!!! – *Braut fragen! DRINGEND!*
- Zimmerkontingente für Übernachtungsgäste reservieren – *Hotels anfragen*

- Transport vom Hotel zum Gut organisieren / Kutsche? Limousine? – *mit Braut absprechen*
- Extras? Taschentücher für Freudentränen, Gastgeschenke??? – *hat noch Zeit, im Hinterkopf behalten*
- Beauty-Termine für Braut und Bräutigam? – *Braut will das abklären, sicherheitshalber nachfragen*
- Wie viele Kinder kommen? Bespaßung organisieren? – *15 Kinder / Zauberer und Hüpfburg angefragt*
- Vermieter für Ausstattung suchen – *Treffen übermorgen, um Details zu klären*
- Hochzeitsablauf abstimmen: mit Brautpaar und Dienstleistern teilen – *noch offen, zu vieles unklar*
- Ankleideservice für Braut? – *Braut fragen*

Nachdem sie Zimmerkontingente in Hotels in Binz reserviert hatte, suchte sie online nach Catering und Floristik. Es gab einige Angebote, schöner wäre es, auf Empfehlungen zurückgreifen zu können. Natalie rieb sich mit zwei Fingern die Stirn, während sie darüber nachdachte. Endlich kam ihr die zündende Idee: Svenja – ihre Campingwirtin kannte sicher jemanden. Außerdem würde es Spaß machen, wieder mit ihr zu reden und das heutige Tagesmotto zu erfahren.

Natalie war gerade in ihre Regenjacke geschlüpft, als ihr Smartphone klingelte. Leonie? Doch nach einem Blick auf das Display seufzte sie auf, denn es war nicht die Braut, sondern Kathleen. Einen Moment lang fühlte Natalie sich versucht, den Anruf ihrer Chefin abzulehnen, doch dann nahm sie ab.

»Hallo, Kathleen. Haben wir heute einen Termin?«

»Mich hat gerade eben Frau Rieckhoff angerufen und gefragt, wie der Stand der Dinge auf Rügen ist.« Kathleen klang ziemlich sauer. »Muss ich mir Sorgen machen?«

Ruhig bleiben! Ruhig bleiben, redete Natalie sich gut zu, dennoch spürte sie, wie ihre Nackenmuskeln sich verspannten und ihr Augenlid nervös zuckte.

»Musst du nicht«, antwortete sie, nachdem sie tief durchgeatmet hatte. »Gerade eben habe ich die Nachricht bekommen, dass wir Gut Boltendorf als Location nutzen können.«

»Warum weiß die Kundin das noch nicht?«

»Ich habe Frau Lembke angerufen, aber sie geht nicht ans Telefon.« Weshalb nur hörte sie sich so an, als ob sie sich verteidigen müsste? »Daher warte ich auf ihren Rückruf.«

»Warum hast du Frau Rieckhoff nicht Bescheid gegeben?«

»Sie ist die Mutter des Bräutigams.« Natalie verstand die Aufregung nicht. »Ich informiere immer zuerst die Braut. So ist das Standardverfahren.«

»Das ist keine Standardhochzeit.« Kathleen seufzte laut und vernehmlich auf und sprach in einem Tonfall, als müsste sie einem Kleinkind erklären, was es zu tun hätte. »Frau Rieckhoff ist in Schwerin gut vernetzt. Wir können es uns nicht leisten, es uns mit ihr zu verscherzen.«

Als die scharfen Worte sie erreichten, begann ein unangenehmes Kribbeln in Natalies Fingern und ihr Magen verkrampfte sich. Eine kalte Schweißperle rollte ihren Rücken hinunter, hinterließ eine unangenehme Spur auf ihrer Haut. Ihre Kehle schnürte sich zu, als sie versuchte zu antworten, und sie musste tief durchatmen, um die aufkommende Panik zu besänftigen. »Ich tue mein Bestes, damit alles reibungslos läuft«, antwortete sie. »Doch ich kann nur …«

»Ich will Ergebnisse, keine Ausreden«, schnitt ihre Chefin ihr das Wort ab. Etwas, was Natalie hasste. »Du musst dafür sorgen, dass alles perfekt funktioniert. Diese Feier ist eine große Chance für *Zauberhaft und Unvergesslich.*«

»Ich gebe bei jeder Hochzeit mein Bestes.« Ihre Stimme überschlug sich. »Und ich habe das erreicht, was den Agenturen vorher nicht gelungen ist.«

»Das ist ein Anfang. Noch steht die Feier nicht, Natalie«, sagte Kathleen, ihr Tonfall unnachgiebig. »Ich erwarte, dass du die Schwiegereltern stärker einbeziehst. Wes Brot ich ess, des Lied ich sing.«

Einen Moment lang spielte Natalie mit dem Gedanken, alles hinzuwerfen. Sollte Kathleen sich doch um die schwierige Braut und die nicht einfachere Schwiegermutter kümmern und sehen, was sie hinbekam. Aber nein, sie war niemand, der so schnell aufgab, und sie wollte Leonie nicht im Stich lassen, auch wenn sie schwierig war.

»Ich verstehe, wie wichtig die Hochzeit ist, und werde mit Frau Rieckhoff sprechen«, sagte Natalie in gepresstem Tonfall, »allerdings kann ich meine Arbeit nur machen, wenn das Brautpaar mitzieht. Und das tut es nicht. Ich warte auf den Anruf der Braut und einige Antworten auf ausstehende Fragen.«

»Wir beide wissen, wie schwierig Bräute sein können«, bügelte Kathleen ihren Einwand einfach nieder. »Das sollte man bei der Planung einbeziehen.«

Das brachte das Fass zum Überlaufen. Ihre Chefin hatte ihr diese Hochzeit, verbunden mit kaum lösbaren Problemen, aufs Auge gedrückt und schob ihr nun die Schuld zu! Das konnte sie nicht ernst meinen. »Warum kümmerst du dich nicht selbst um die Hochzeit, wenn es dir so wichtig ist?«, platzte Natalie heraus. Vorwürfe und Unterstellungen konnte sie jetzt überhaupt nicht brauchen.

Einen Moment war es still am anderen Ende der Leitung, bis Kathleen antwortete. »Das ist nicht meine Aufgabe, Natalie. Ich vertraue dir, dass du das hinkriegst. Ich wollte dich nur daran erinnern, wie wichtig dieses Projekt ist.« Kathleen holte tief Luft. »Und auch auf die Gefahr hin, dass ich mich wiederhole: Wenn du diese Feier stemmst, mache ich dich zur Partnerin.«

»Wirklich?« Natalie konnte es noch nicht recht glauben. Zu lange hing ihr das Versprechen wie eine Möhre vor der Nase, ohne dass ihre Chefin auch nur einen Schritt in diese Richtung unternommen hatte. »Gibst du mir das schriftlich?«

»Das meinst du hoffentlich nicht ernst?« Kathleens Tonfall klang eisig. »Anstatt dir *meinen* Kopf wegen der Partnerschaft zu zerbrechen, sorge lieber dafür, dass auf Rügen alles reibungslos läuft.«

Das waren Kathleens Abschiedsworte. Wie immer legte sie ohne einen Gruß auf. Natalies Kiefer verspannte sich, die leichten Kopfschmerzen, die den ganzen Tag latent gelauert hatten, traten nun in den Vordergrund. Wie so oft fragte sie sich, warum sie sich das bieten ließ. Warum fand sie nicht den Mut, etwas allein aufzuziehen, etwas, in dem nicht gut vernetzte Persönlichkeiten von Bedeutung waren, sondern das Brautpaar an erster Stelle stand.

Voller Frustration sprang sie auf und marschierte in ihrem Wohnwagen auf und ab. Das war nicht genug, er war dafür einfach zu klein. Sie musste raus, musste sich körperlich auspowern, um den Zorn in ihrer Seele zu besänftigen.

Die Hände zu Fäusten geballt, stieß sie die Tür ihres Wohnwagens schwungvoll auf. Nach dem Vormittag brauchte sie dringend frische Luft. Voller Ärger murmelte sie: »Das reicht. Genug ist genug.«

»Vorsicht. Fast hättest du mich k. o. geschlagen.« Svenja stand wenige Meter vor der Tür und sah sie verwundert an. »Oh, das hört sich nicht gut an. Was ist passiert? Wenn du es mir erzählen willst, natürlich nur.«

»Ärger auf der Arbeit.« Natalie versuchte zu lächeln, aber es wollte ihr nicht gelingen. »Ich fühle mich wie bestellt und nicht abgeholt, habe viel zu tun, kann allerdings nichts machen, weil andere mich am ausgestreckten Arm verhungern lassen.«

»Warum gönnst du dir nicht einfach einen freien Tag?« Svenja zwinkerte ihr zu und deutete mit der Hand zum Himmel. »Wir haben Kaiserwetter. Das muss man nutzen.«

»Ein freier Tag? Das wäre schön, aber ich kann mir das nicht erlauben.« Natalie seufzte. Warum musste sie nur so preußisch-diszipliniert sein? »Gut, dass du da bist. Ich wollte gerade zu dir, um dich etwas zu fragen.«

»Ich stehe dir jederzeit Rede und Antwort.« Svenja, die heute ein wild gemustertes lilafarbenes Oberteil zu einer giftgrün und ebenfalls lilafarben gemusterten Leggings trug, grinste sie an. »Unter einer Bedingung.«

»Ja?«

»Ich antworte dir erst, wenn wir am Strand angekommen sind.«

»Sehr gern.« Schlagartig verflog Natalies schlechte Stimmung, ein Effekt, den Svenjas gute Laune auf sie hatte. »Ich gebe dir ein Eis aus.«

»Perfekt. Eis geht immer.«

Natalie nahm sich ihren Schal und schlang ihn sich um den Hals, bevor sie den Wohnwagen verließ.

»Willst du dir keine Jacke holen?«, fragte sie Svenja und deutete zum Himmel, der sich zuzog. »Es wird bestimmt regnen.«

»Nur wer den Regen zu schätzen weiß, kann die Schönheit eines Sonnenstrahls wirklich erkennen.«

»Das klingt gut. Hast du noch mehr Freundliches über den Regen zu sagen?«

»Oh, ganz viel. Im Unterschied zu den meisten Menschen mag ich das Gefühl von Regen auf meiner Haut.« Svenja hob die Arme und öffnete sie weit, als wollte sie den Regen herbeirufen, um ihn zu umarmen. »Gemeinsam im Regen zu stehen, bedeutet, das Leben mit offenen Armen zu empfangen, ohne Furcht und Vorbehalte.«

»Dann freue ich mich nun gemeinsam mit dir auf einen Regenschauer.« Natalie spürte den Sand unter ihren Schuhen, als sie neben Svenja den Campingplatz verließ. »Hast du noch eine Weisheit, wie man seine Vergangenheit hinter sich lassen kann?«

»Was liegt dir auf dem Herzen?«

»Ich treffe auf Rügen ständig Menschen, die mich an früher erinnern.« Natalie schwieg einen Moment, bevor sie weitersprach. »Dabei wollte ich meine Vergangenheit hinter mir lassen.«

Svenja blieb stehen und musterte sie von oben bis unten. »Ach, Natalie«, sagte sie schließlich und schlenderte langsam weiter, »du entscheidest, wer du bist, nicht die anderen.«

»Wenn es nur so leicht wäre«, antwortete sie mit einem Seufzen. »Genug davon. Ich habe heute die Zusage für das Gut Boltendorf erhalten.«

»Siehst du, das habe ich gewusst.« Svenja blieb stehen, um eine Nacktschnecke aufzuheben und sie auf die andere Seite des Weges zu tragen. Natalie schüttelte sich. Auch sie war Tierfreundin, aber hätte niemals eine fette braune Schnecke ohne Handschuhe angefasst. »Also, warum wolltest du mit mir reden?«

Natalie grinste sie vergnügt an. »Weil die Arbeit für mich erst anfängt«, antwortete sie. »Ich brauche einen Caterer, eine Floristin, eine Band, Dekorationen, Transport, eine Hochzeitskutsche oder eine Limousine und …«

»Erst einmal brauchst du einen Rat«, unterbrach Svenja sie zwinkernd. »Lerne von Katzen: Schlaf, so viel du kannst, dehne dich in den absurdesten Positionen, und sieh beim Anblick deiner vollen To-do-Liste unwiderstehlich süß aus.«

»Wie bitte?« Erst wollte Natalie harsch reagieren, weil Svenja ihren Stress nicht ernst nahm, dann musste sie lachen. »Hast du noch was zum Thema Aufschieben für mich?«

»Lass mich kurz überlegen.« Svenja blieb stehen und schloss die Augen. Schließlich öffnete sie sie, grinste und sah Natalie an. »Prokrastination ist nicht gleich Faulheit; es ist eine komplizierte Methode, den Stress strategisch zu verteilen – meistens auf morgen.«

»Ich sollte dich mal mit meiner Chefin bekannt machen.« Natalie malte sich das Zusammentreffen vor ihrem inneren Auge aus, aber leider drängte sich die Arbeit wieder in ihre Gedanken. »Kannst du mir gute Restaurants und Floristen hier auf Rügen nennen?«

»Beschreib mir deine Braut und ihren Liebsten.«

Inzwischen waren sie an der Strandpromenade angekommen, und Natalie blieb kurz stehen, um den Blick durch die Bäume aufs Meer auf sich wirken zu lassen. Wenn sie sagen sollte, was für sie typisch Binz und damit typisch Rügen war, dann waren es die Bäume, die sich dem Wind gebeugt hatten, aber jedem Sturm standhielten, und deren Grün sich mit dem Blau des Meeres und des Himmels mischte.

»Schön, nicht wahr?« Svenja lächelte. »Also, wie ist dein glückliches Paar?«

»Anstrengend«, platzte Natalie heraus, um erschrocken die Hand vor den Mund zu ziehen. Aber es stimmte doch. Sie suchte nach weiteren Worten und erzählte Svenja alle bisherigen Begegnungen.

»Hmm«, sagte die Campingwirtin nach einer Weile des Überlegens. »Ich würde nichts Traditionelles wählen, eher etwas Modernes, aber mit Rügen-Feeling.«

»Das klingt perfekt.« Natalie drückte die Daumen, dass sich dieses Problem schnell lösen ließe. »Hast du da etwas im Sinn?«

»Den *Strandläufer.*« Svenja nickte. »Aber …«

Natalies Herz wurde wieder schwerer. Es war ja klar, dass es ein Aber geben musste.

»Aber?« Sie sah Svenja fragend an.

»Die Eigentümer sind sehr jung, sie haben gerade erst angefangen. Aber sie sind wirklich gut.«

Na, ob das der perfektionistischen Braut gefallen würde?

14

Noch 19 Tage bis zur Feier

Der Himmel zeigte sich in einem sanften Abendrot, als Natalie in ihren Wohnwagen zurückkehrte. Noch immer hatte Leonie sich nicht gemeldet, daher wollte sie einen letzten Versuch wagen, die Braut zu erreichen. Natalie atmete tief ein, als sie die Nummer eintippte.

»Lembke«, meldete sich Leonie nicht besonders freundlich.

»Uphoff«, begann Natalie mit einem Lächeln, obwohl Leonie das nicht sehen konnte. »Ich habe wunderbare Neuigkeiten.«

»Ich weiß«, unterbrach die Braut sie brüsk. »Meine Schwiegermutter hat mir bereits erzählt, dass Sie eine Zusage für Gut Boltendorf haben.«

Mist! Das musste Kathleen gewesen sein, warum nur mischte sich ihre Chefin immer ein?

»Weshalb erfährt meine Schwiegermutter so etwas Wichtiges vor mir?«

»Es tut mir leid.« Natalie spürte, wie ihre Wangen vor Verlegenheit und unterdrücktem Zorn warm wurden. »Meine Chefin hat offenbar mit ihr gesprochen, ohne mich zu informieren. Ich verstehe, dass Sie verärgert sind.«

»Selbst wenn sie die Hochzeit zahlen, ist es meine Feier.« Leonie schniefte. »Annabell hat kein Recht, sich da einzumischen.«

»Ich verspreche Ihnen, das wird nie wieder passieren. Jede Entscheidung wird von Ihnen kommen, und ich werde dafür sorgen, dass jeder Schritt mit Ihnen abgestimmt wird. Sie sind die Braut, und der Tag gehört Ihnen.«

Leonies Seufzen schien etwas von ihrer angespannten Energie zu lösen. »Danke. Es tut mir leid, wenn ich gerade etwas hitzig war. Es ist nur so wichtig für mich.«

»Schon okay. Ich hätte ebenso reagiert«, entgegnete Natalie. »Wir machen das exakt nach Ihren Vorstellungen.«

Eine kurze Pause trat ein, dann flüsterte Leonie: »Danke für Gut Boltendorf. Das bedeutet mir sehr viel.«

»Es ist ein wichtiger Punkt auf der Hochzeitsliste«, sagte Natalie sanft, »aber es bleibt noch viel zu tun. Ich benötige noch die Informationen von Ihnen, um die Feier perfekt vorbereiten zu können. Es ist wirklich wichtig.«

»Ja, ich setze mich sofort dran.« Leonies Stimme klang entspannter. »Eben war ich zu aufgebracht, um mich darauf zu konzentrieren.«

»Kein Problem, schaffen Sie es bis morgen?«

Nachdem Leonie zugesagt hatte, sprachen sie noch kurz über die überraschende Entscheidung und beendeten das Gespräch deutlich freundlicher, als es begonnen hatte.

Natalie setzte sich an ihr Notebook, um eine geharnischte Mail an Kathleen zu schreiben, die sie allerdings nicht abschickte, sondern bei den siebzehn anderen zornigen Mails abspeicherte.

Dann suchte sie nach Informationen zum *Strandläufer* und war sehr angetan von deren Präsentation im Internet und auch den Bewertungen auf einigen Portalen. Aber – und das war auch Svenjas Befürchtung gewesen – die Betreiber waren wirklich sehr jung. Natalie wollte sich vor Ort ein Bild machen und bat per Mail um einen Termin für ein Treffen. Anschließend suchte sie Floristen in

Binz und Umgebung heraus und schloss ihr Notebook, um ins Bett zu gehen. Arbeitsreiche Tage lagen vor ihr – da war es besser, ausgeschlafen zu sein.

Noch 18 Tage bis zur Feier

Leonie hatte ihr Versprechen gehalten und Natalie wirklich am Morgen die Antworten auf alle Fragen geschickt. Nun konnte sie endlich die Details der Hochzeit weiter vorbereiten. Drei Floristen waren in die engere Auswahl gekommen, die sie Leonie präsentieren würde. Lukas wäre sicher geeignet, sie dabei zu unterstützen, aber inzwischen wusste er bestimmt, wer sie war, und das hielt Natalie von einem Anruf bei ihm ab.

So ein Pech, dass ausgerechnet Timo, einer von Florians Freunden, jetzt Kapitän der *Rügensand* war. Auf den zweiten Blick hatte sie ihn ebenfalls erkannt und kurz mit ihm gesprochen. Er hatte wissen wollen, warum sie ihren Namen geändert hatte, und sie hatte ihm kurz erzählt, dass sie nun ihren zweiten Vornamen nutzte. Neuanfang und so. Im Gegenzug hatte sie erfahren wollen, wer über sie geredet hatte.

Lukas! Mehr hatte Timo nicht gesagt, denn er musste eine weitere Tour fahren. Am liebsten hätte Natalie Lukas sofort angerufen, aber es erschien ihr klüger, eine Nacht darüber zu schlafen. Sie wollte keine Pferde scheu machen, musste sie doch mit Lukas zusammenarbeiten.

Ach, was soll's, dachte sie, dann weiß er es eben. *Das ist ewig her, und ich bin nicht mehr Nina, ich bin inzwischen Natalie.* Trotzdem musste sie tief durchatmen, bevor sie seine Nummer wählte.

»Hallo.« Ihre Stimme zitterte leicht. »Entschuldigen Sie, dass ich störe, aber ich brauche Ihre Hilfe.«

»Hallo.« Lukas klang erfreut, was Natalies Herz schneller schlagen ließ. »Was kann ich für Sie tun?«

»Ich suche die beste Floristin«, antwortete sie. »Für die Dekoration und natürlich für den Brautstrauß. Wen würden Sie mir empfehlen?«

»Das ist einfach«, sagte er, begleitet von einem dunklen, angenehmen Lachen. »Sophia Petersen ist die beste. Die anderen sind auch gut, doch Sophia hat tolle Ideen.«

»Danke.« Jetzt wäre die Gelegenheit, ihn nach seinem Gespräch mit Timo zu fragen, aber Natalie sagte nur: »Das hat mir sehr geholfen.«

Nachdem sie aufgelegt hatte, bedauerte sie, die Gelegenheit verstreichen lassen zu haben. Bestimmt würden sie einander bald häufiger sehen, wenn die Vorbereitungen weiter gediehen waren.

Eine gute Floristin wäre schon einmal ein Anfang. Also suchte Natalie sich die Adresse von Sophia Petersens Blumenladen, der den hübschen Namen *Blatt und Blüte* trug. Da das Geschäft nur etwas mehr als einen Kilometer vom Campingplatz entfernt lag, beschloss Natalie, zu Fuß zu gehen. Die Bewegung an der frischen Luft würde ihr guttun.

Als sie die Strandpromenade erreicht hatte, fragte sie sich allerdings, ob es eine kluge Entscheidung gewesen war, denn an der rechten Seite des Himmels tauchten graue Wolken auf und überzogen die weißen Fassaden der Häuser mit dunklen Schatten. Selbst der Strand wirkte düster. Auf der linken Seite jedoch erhellte ein einzelner Sonnenstrahl eine Wolke und ließ sie weiß erstrahlen. Der Wind war aufgefrischt, und das Meer brandete mit stärkerer Kraft gegen den Strand. Die Möwen dümpelten in den Dünen.

Gern wäre sie noch ein wenig geblieben und hätte die Ruhe

genossen, aber ihr Zeitplan drängte. Was hatte Svenja für einen Rat auf Lager gehabt? »Warum rennen, wenn man auch schlendern und dabei die Blumen zählen kann?« Natalie lächelte und dachte: Vielleicht sollten wir alle mehr wie Svenja sein.

Mit diesem Lächeln betrat sie den Blumenladen, wo sie ein Meer von Farben und Gerüchen empfing. Der Duft von frisch geschnittenen Blumen vermischte sich mit einem Hauch von Zitrone, der von einer Kerze verströmt wurde. Überall waren bunte Sträuße in unterschiedlichen Formen und Größen zu sehen. Lukas hatte recht gehabt, *Blatt und Blüte* war ein wunderbarer Ort.

Natalie konnte sich nicht sattsehen an den prächtigen Blüten der Hortensien, die es nicht nur in Blau und Weiß, sondern auch in Rosa, Pink und einem kraftvollen Rotton gab. Ein Strauß, der eine blaue Hortensie mit dunklen Astern und weißen Sterndolden kombinierte, gefiel ihr auf den ersten Blick. Mit einer weißen Hortensie wäre er der perfekte Brautstrauß. Allerdings für jemand anderen als Leonie, die Natalie detaillierte Anweisungen übermittelt hatte, wie sie sich ihren Strauß vorstellte.

»Moin, kann ich Ihnen helfen?« Eine kleine, rundliche Frau mit kinnlangen hellbraunen Locken und einer Stupsnase schob einen bunten Vorhang zur Seite und kam in den Verkaufsraum. »Was suchen Sie für einen Strauß?«

»Es ist einfach magisch hier«, flüsterte Natalie. »Die Farben, die Düfte, die Atmosphäre – es ist wie ein Traum.«

Ein warmes Lächeln glitt über das Gesicht der Frau. »Das ist es, was ich mit meiner Arbeit erreichen möchte. Ich will den Menschen Freude und Schönheit schenken, genau wie die Natur es uns gibt. Blumen können so viel ausdrücken, wenn man ihnen nur zuhört.« Als sie lächelte, zeigte sich eine Lücke zwischen ihren Schneidezähnen, was sie noch sympathischer machte. »Ich bin übrigens Sophia Petersen, mir gehört *Blatt und Blüte*.«

»Hallo, ich heiße Natalie Uphoff und bin von *Zauberhaft und Unvergesslich.*« Sie holte ihre Karte aus der Handtasche und überreichte sie Frau Petersen. »Wir sind ein Hochzeitsstudio.«

»Aber nicht von hier? Sonst hätten wir bestimmt schon einmal zusammengearbeitet.«

»Ja, ich komme aus Schwerin.« Natalie holte tief Luft. »Lukas Brockmüller hat Sie mir empfohlen. Leider ist die Terminplanung sehr eng. Die Hochzeit soll in drei Wochen stattfinden.«

»Oh, das ist sportlich.« Sophia Petersen wiegte den Kopf hin und her. »Wo soll die Feier denn stattfinden? Wie viele Gäste erwarten Sie?«

»Auf Gut Boltendorf.« Natalie lächelte. »Ich rechne mit sechzig Gästen. Haben Sie Zeit und Kapazitäten?«

Die Floristin überlegte einen Moment, bevor sie nickte. »Das sollten wir schaffen können. Ich mag Herbsthochzeiten, sie besitzen eine einzigartige Farbenpracht.«

Sie ging an Natalie vorbei zu einem großen Tisch, auf dem eine Auswahl an Schnittblumen in Vasen stand. Die Pracht der Blüten verwandelte den Raum in eine lebendige Farbpalette. Sophia Petersen wählte einige Blüten aus und steckte sie lose zusammen.

»Wie gefällt Ihnen das? Hortensien, Chrysanthemen und Astern.« Sie hielt Natalie den Strauß entgegen. »Wir könnten noch Schneebeeren hinzufügen. Oder …«

Sie drehte sich um und nahm eine weiß-schwarze Protea heraus. »Oder wir stellen die *White Night* in den Mittelpunkt.«

»Ich finde beides wunderschön«, sagte Natalie und meinte es aus vollem Herzen, »allerdings hat die Braut sehr klare Vorstellungen, von denen sie nicht abweichen will.«

»Machen Sie sich keine Sorgen.« Die Floristin lächelte. »Es ist nicht meine erste Hochzeit, und ich weiß, wie schwierig Bräute sein können.«

Nun fühlte Natalie sich etwas beruhigter. Sophia Petersen war ihr auf den ersten Blick sympathisch gewesen, und sie konnte sich gut vorstellen, mit ihr zusammen an der Blumendekoration zu arbeiten.

»Die Braut hat einen Roman über die Sprache der Blumen gelesen und wünscht sich daher …« Natalie holte ihr Smartphone und öffnete die Mail. »Sie wünscht sich Vergissmeinnicht, Rosen, Jasmin und Maiglöckchen für ihren Brautstrauß.«

Sophia Petersen sagte nichts, sondern steckte die Protea und die anderen Blumen zurück in die Vasen. Dann wandte sie sich Natalie zu, ihr Gesichtsausdruck wirkte besorgt.

»Es sind unbestritten wunderschöne Pflanzen, doch bis auf die Rose sind es Frühlings- und Sommerblumen.« Sie sah Natalie direkt an. »Im Herbst stehen uns Hortensien, Dahlien, Gerbera und Kugelamaranth zur Verfügung. Sie passen besser zu den Farben und der Stimmung einer Herbsthochzeit.«

Genau so eine Diskussion hatte Natalie befürchtet. Das Bittere war, dass sie eigentlich mit der Floristin übereinstimmte, jedoch die Interessen ihrer Kundin vertreten musste. Egal, wie abstrus deren Wünsche auch waren.

»Ich stimme Ihnen zu, aber die Braut wünscht sich nun einmal diese Blumen für ihren Strauß.« Natalie seufzte leise. »Und auch für die Dekoration.«

»Warum heiratet sie dann nicht im Frühling?« Sophia Petersen schüttelte den Kopf. »Ich könnte die Blumen wahrscheinlich besorgen, über den Großhandel. Zu immensen Kosten und …«

»Und?« Natalie hob die Hände. »Geld ist kein Problem.«

»Es wäre nicht richtig.« Die Floristin schüttelte den Kopf. »Jede Jahreszeit hat ihre Pflanzen, und das sollte sich in der Dekoration widerspiegeln.«

Mit jedem ihrer Worte fühlte Natalie sich unwohler, denn sie musste anerkennen, dass Sophia Petersen recht hatte. Manchmal kam es Natalie vor, als ob Leonie gar nicht heiraten wollte, sondern die Anforderungen immer höher hängte … Fast als wollte sie die Hochzeit boykottieren. Trotzdem musste sie für die Braut einstehen, selbst wenn deren Ideen mehr als fragwürdig waren.

»Bei *Zauberhaft und Unvergesslich* ist der Kunde König.« Natalie drehte eine Strähne ihres Haars um den Zeigefinger, wie immer, wenn ihr etwas unangenehm war. »Wenn Sie das nicht leisten können, muss ich auf jemand anderen zurückgreifen. Sosehr es mir hier auch gefällt.«

15

Die Abendsonne wärmte Lukas' Rücken, während er sich endlich wieder seinem eigenen kleinen Garten widmete. Mit einer Pflanzschaufel grub er Löcher, um Pfingstrosen und Schwertlilien einzusetzen. Die Luft war erfüllt vom frischen Geruch der Erde. Beherzt schloss er die Pflanzlöcher und überlegte, ob seine gute Laune mit dem Telefonat mit Natalie Uphoff zu tun haben könnte. Auch wenn Lukas beruflich als Gärtner arbeitete, ließ er es sich nicht nehmen, seinen eigenen Garten zu pflegen.

Hier konnte er schalten und walten, wie er wollte. Hier redete ihm niemand rein oder plante über seinen Kopf hinweg eine Hochzeit. Dieser Gedanke brachte ihn automatisch zu Natalie Uphoff und seiner Freude darüber, dass sie ihn angerufen und um Unterstützung gebeten hatte.

Er konnte sich gut vorstellen, dass Sophia und sie harmonierten: Beide waren starke Frauen, die ihren Beruf liebten und darin das Beste gaben. Jedenfalls hatte er von Natalie den Eindruck gewonnen. Noch immer konnte er nicht fassen, dass er sie nicht wiedererkannt hatte. Vielleicht lag es an ihrem geänderten Namen. Dabei hatte sie ihm damals leidgetan, und er hatte ein heftig schlechtes Gewissen gehabt, weil er sich nicht gegen Florian gestellt hatte.

Wie lange war das her? Zehn Jahre. Himmel, wo die Zeit blieb. Ob Nina … Natalie … ihn erkannt hatte? Sie hatte sich nichts anmerken lassen, doch das musste ja nicht bedeuten, dass sie nicht wusste, wer er war. Sollte er es ansprechen oder so tun, als wären sie Fremde, die sich auf Gut Boltendorf das erste Mal begegnet waren?

Nachdem er die Erde über den Pfingstrosen und Schwertlilien festgeklopft hatte, begann Lukas, die Teichpflanzen zurückzuschneiden. Wie immer, wenn er am Teich arbeitete, schwammen die drei Koi-Karpfen neugierig näher. Eigentlich war der Teich für die Edelfische etwas zu klein, aber Lukas hatte sie von einer Tierschützerin, die ihn händeringend gebeten hatte, den beschlagnahmten Kois ein besseres Heim zu geben, als sie es kannten. Da hatte er einfach nicht Nein sagen können, und die Karpfen dankten es ihm mit Anhänglichkeit. Die Goldfische hingegen blieben außer Reichweite, sie konnte man nur mit Futter anlocken.

Es kam ihm falsch vor vorzugeben, er wüsste nicht, was Natalie von Rügen vertrieben hatte, doch konnte er es wagen, sie darauf anzusprechen? Lukas seufzte. Pflanzen und Fische waren wirklich viel einfacher zu verstehen als Menschen. Er sammelte die Pflanzenabschnitte zusammen und warf sie auf den Kompost, bevor er den Fischen etwas Futter in den Teich streute.

Die Sonnenstrahlen tanzten auf dem Wasser, und der Wind strich sanft durch das Schilfrohr, was Lukas ein Gefühl der Ruhe und Zufriedenheit brachte. So schwer es ihm auch fiel, er würde abwarten. Nun war es an Natalie, sich wieder bei ihm zu melden.

Hätte Timo ihn nicht angerufen, hätte Lukas sich wohl nicht daran erinnert, wer Natalie war … Nina. Und überraschenderweise dachte er, dass der neue Name besser zu ihr passte als der alte. Es war mehr als zehn Jahre her, dass sie eine Beziehung mit Florian gehabt hatte. Florian war der Anführer ihrer Clique gewesen, der Sohn eines der größten Hoteliers in Binz, gut aussehend, charmant und mit genug Geld, sich alle Wünsche zu erfüllen. Lukas hatte, gemeinsam mit Timo, nur am Rand zu diesem Freundeskreis gehört, aber immerhin war er nah genug gewesen, um mitzubekommen, wie Florian alles tat, um Natalie für sich zu gewinnen.

Natalie, die ganz anders war als Florians frühere Freundinnen: bodenständiger, ehrlicher und – jedenfalls nach Lukas' Ansicht – viel zu gut für den Hotelerben. Irgendwann hatte Natalie seinem Charme nicht widerstehen können und sich auf Florian eingelassen. Für sie war es wohl die große Liebe gewesen, während Florian sie nach Strich und Faden betrog. Noch heute schämte sich Lukas dafür, dass er damals geschwiegen hatte.

Alle aus dem Freundeskreis wussten damals von Florians Untreue, nur Natalie nicht. Lukas hatte nie verstanden, wie Florian es fertigbringen konnte, eine so wunderbare Frau wie Natalie zu betrügen. Er fühlte einen Stich der Wut in sich aufsteigen, als er sich daran erinnerte, wie Florian mit ihren Gefühlen gespielt hatte. Doch Lukas hatte es nicht gewagt, sich einzumischen. Möglicherweise wisse sie ja davon und liebe Florian so sehr, dass sie alles akzeptierte, hatte sich Lukas als Ausrede zurechtgelegt.

Als Natalie endlich die Wahrheit herausfand, packte sie ihre Koffer und verließ von einem Tag auf den anderen die Insel. Lukas konnte sich nicht verzeihen, dass er sie nicht gewarnt hatte. Er hatte immer geglaubt, sie verdiene jemanden, der sie wirklich schätzte und liebte.

Trotzdem war er nicht sicher, ob er Natalie auf die Vergangenheit ansprechen sollte. Ein großer Teil von ihm sehnte sich danach, ihr endlich die Wahrheit zu erzählen. Gleichzeitig gab es Zweifel, die ihm ins Ohr flüsterten.

»Was, wenn sie noch nicht bereit ist, darüber zu reden?«, fragte er sich selbst. »Was, wenn ich alte Wunden aufreiße und sie noch mehr verletze? Vielleicht sollte ich einfach abwarten, bis sie von sich aus das Thema anspricht.«

Lukas fuhr sich durchs Haar und blickte auf die Pflanzen um ihn herum, als ob sie ihm eine Antwort geben könnten. Doch er sah nur ihre Schönheit und Zerbrechlichkeit und erkannte, dass auch Natalies Gefühle ähnlich zerbrechlich waren. Wenn sie über Florian reden wollte, würde er zuhören, er würde sie nicht von sich aus auf ihre gemeinsame Vergangenheit ansprechen. Schließlich hatte Lukas sich damals wirklich nicht mit Ruhm bekleckert. Timo und die anderen Freunde auch nicht, doch das machte es nicht besser.

Mit einem festen Entschluss grub er die Schaufel wieder in die Erde und setzte seine Arbeit fort. Die Blumen um ihn herum strahlten in all ihrer Pracht und erinnerten ihn daran, dass manchmal die schwierigsten Entscheidungen diejenigen waren, die das größte Wachstum ermöglichten.

Als hätten seine Gedanken es herbeigerufen, hörte er den Klingelton seines Smartphones, allerdings sehr dumpf. Mit den Händen klopfte er seine Jackentaschen ab, aber dort war es nicht. Dumpf dudelte es weiter – und da fiel es ihm ein. Er hatte es in seinem Rucksack stecken, der auf einem Gartenstuhl lag. Mit großen Schritten rannte er dorthin, begleitet von dem Rufton. Natürlich war das Smartphone ganz unten im Rucksack, und Lukas fürchtete, dass der Anrufer aufgeben würde, bevor er das Telefon gefunden hatte. Endlich ertasteten seine Finger das Gerät. Lukas zog es hervor, wischte drüber und sagte: »Timo. Ich dachte schon, ich muss zu deinem Kutter kommen, um mit dir zu sprechen.«

Stille am anderen Ende.

»Hier ist nicht Timo«, meldete sich endlich eine weibliche Stimme, bevor es peinlich werden konnte. »Ich bin's, Sophia.«

»Entschuldige, das Telefon war unten im Rucksack, und ich ging davon aus, dass dein Mann mich mal wieder anruft.«

»Das habe ich mir beinahe gedacht«, antwortete sie trocken. »Lukas, wie gut kennst du Natalie Uphoff? Die Hochzeitsplanerin, der du mich empfohlen hast.«

Sophia, normalerweise die Ruhe in Person, klang ziemlich aufgeregt. Hoffentlich hatte Lukas keinen Fehler begangen, als er die beiden Frauen zusammengebracht hatte.

»Warum?«, beantwortete er Sophias Frage mit einer Gegenfrage. Er wollte erst einmal herausfinden, in was für Gewässern er schwamm, bevor er in die Tiefe ging.

»Wenn sie eine Freundin von dir ist ...« Sophia holte hörbar Luft, »dann muss ich mich zurückhalten.«

»Das klingt nicht gut.« Lukas wunderte sich etwas. Natalie hatte sympathisch auf ihn gewirkt, und Sophia kam eigentlich mit allen Menschen gut klar. Sie war eine Frohnatur und fand in jedem etwas, das sie mochte. »Was ist passiert?«

»Sie hat vollkommen utopische Vorstellungen vom Brautstrauß und der Dekoration.« Sophia stieß ein Schnauben aus. »Maiglöckchen und Vergissmeinnicht. Im Oktober!«

Oh nein. So hatte Lukas die Hochzeitsplanerin nicht eingeschätzt. Auf ihn hatte sie – trotz Kostüm und Stöckelschuhen – einen bodenständigen Eindruck gemacht. Sie wirkte wie jemand, der gern mit anderen zusammenarbeitete und deren Meinung respektierte. Schließlich war sie auf seine Bedenken wegen des Gartens eingegangen.

»Vielleicht hast du sie nur auf dem falschen Fuß erwischt.« Lukas versuchte zu vermitteln. »Kann es sein, dass ihr euch missverstanden habt?«

»Was kann man an Vergissmeinnicht missverstehen?«, schimpfte Sophia. »Sie behauptet, die Braut wolle das, weil sie ein Buch über die Sprache der Blumen gelesen hat.«

»Damit kennst du dich doch aus. Hat sie recht?«

Erneut herrschte Stille, als ob Sophia überlegte.

»Ja, schon«, gestand sie schließlich ein. »Es sind klassische Blumen für einen Brautstrauß. Aber …«

Nun klang ihr Tonfall barscher, und Lukas konnte sich ungefähr ausmalen, wie die beiden Frauen miteinander diskutiert hatten.

»Aber?«

»Es sind keine Blumen für den Herbst.« Sophia seufzte. »Ich habe so schöne Ideen für eine jahreszeitliche Dekoration.«

»Vielleicht findet ihr ja einen Kompromiss.« Lukas bemühte sich um einen positiven Tonfall. »Es wird ein großer Auftrag. Den kannst du bestimmt gut gebrauchen, oder?«

»Mist!«, stieß sie mit einem Seufzer hervor. »Du hast ja recht. Ich schlafe eine Nacht drüber und überlege mir morgen, ob wir doch noch zusammenkommen.«

»Denk nicht zu lange nach, die Zeit ist knapp.«

»Ich weiß.« Bevor er antworten konnte, sprach sie schon weiter. »Danke für deine Empfehlung. Du hast was gut bei mir.«

»Aber so was von!«, entgegnete er, da hatte sie bereits aufgelegt. Eigentlich war es Sophias Angelegenheit, doch irgendwie fühlte sich Lukas verantwortlich, weil er sie Natalie empfohlen hatte. Außerdem wäre es schade, wenn die Frau seines Freundes diesen Auftrag nicht bekäme. Sollte Lukas sich einmischen, oder würde er alles nur verschlimmern?

Er lehnte sich gegen den Stamm der alten Ulme und legte seine Hand auf die raue Rinde, als könnte er dort eine Antwort finden. Ach, was sollte es, er musste ohnehin mit Natalie telefonieren.

»Uphoff«, meldete sie sich, ihr Tonfall klang erschöpft.

»Hallo, Frau Uphoff. Hier ist Lukas Brockmüller«, sagte er, »der Gärtner. Von Gut Boltendorf.«

»Ich weiß. Was kann ich für Sie tun?«

Das war eine gute Frage, und er wünschte sich, er hätte eine gute Antwort, die nicht sofort in einem Konflikt enden würde. Am besten: Augen zu und durch.

»Sophia von *Blatt und Blüte* hat mich gerade angerufen.« Er zögerte. »Es ist also nicht gut gelaufen?«

»Das dürfte die Untertreibung des Jahrhunderts sein.« Sie lachte kurz auf, ein müde wirkendes Geräusch. »Und das Schlimme ist, ich muss Frau Petersen vollkommen recht geben. Die Vorstellungen der Braut sind – gelinde gesagt – hanebüchen.«

»Ich bin mir ziemlich sicher, Sophia gibt Ihnen eine zweite Chance.« Ehrlichkeit erschien ihm der beste Weg zum Ziel. »Sie kann es sich nicht leisten, so einen großen Auftrag sausen zu lassen.«

Ein wenig kam es ihm vor wie Verrat an seiner Freundin, aber es war ja nun einmal die Wahrheit.

»Danke schön.« Nun klang sie erleichtert, beinahe fröhlich. »Sie haben etwas gut bei mir.«

16

Noch 17 Tage bis zur Feier

Der goldene Herbstschein legte sich sanft über Bäume und Felder, als Natalie die malerische Allee entlangfuhr. Die Kastanienbäume standen wie Wächter am Wegesrand, ihre Blätter in leuchtenden Rottönen und warmen Gelbtönen gefärbt. Als sie Gut Boltendorf erreichte, atmete sie tief ein. Die Luft war frisch und klar, ein leichtes Rascheln der bunten Blätter begleitete ihre Schritte. Ein Duft von reifen Äpfeln und feuchtem Laub schwebte in der Luft, vermischt mit dem herben Aroma feuchter Erde. Es war ein magischer Ort, und sie konnte verstehen, warum Leonie hier unbedingt ihre Hochzeit feiern wollte.

Ihr Herz schlug schneller, als sie versuchte, ihre Gedanken zu ordnen. Hoffentlich konnte sie sich mit Lukas Brockmüller über die Details der Feier einigen. »Es wird gut werden«, murmelte sie vor sich hin, während sie den schmalen Weg entlangging, der in den Garten führte.

»Frau Uphoff!«, erklang Lukas' dunkle Stimme, als er aus dem Schatten eines Apfelbaums trat. Seine Augen funkelten im Licht der Nachmittagssonne, und seine Hände waren von der Arbeit im Garten voller Erde.

»Herr Brockmüller, es ist so schön hier«, erwiderte sie. »Ich kann mir die Feier wunderbar vorstellen. Sechzig Gäste werden es sein, davon fünfzehn Kinder!«

»So viele? Immerhin keine achtzig.« In seiner Stimme schwang ein Hauch von Panik mit. Sie gab vor, es nicht zu bemerken, und schlenderte über das frisch gemähte Gras, ließ den Blick über die sorgfältig gepflegten Blumenbeete schweifen. »Ich denke, hier in der Mitte wäre das Zelt ideal«, begann sie, die Hände in die Hüften gestemmt, während sie das Gelände musterte. »Die Gäste können hereinkommen, das wird so ein schöner Sektempfang. Daneben bauen wir das Zelt für die Kinder auf.«

»Zwei Zelte?« Er seufzte, ging in die Knie und strich mit der Hand über das saftige, grüne Gras. »Wir riskieren, den Rasen zu zerstören.«

»Ich verstehe Ihre Bedenken«, sagte Natalie sanft, »aber der Hauptteil der Feier findet im Haus statt. Wir brauchen nur einen Platz für den Sektempfang und die Begrüßung. Es muss nicht die ganze Feier im Garten stattfinden.«

»Das stimmt«, murmelte er mit einem leisen Seufzer und erhob sich wieder. »Vielleicht könnten wir Teile des Rasens abstecken? Nur bis die Party vorbei ist. Ich möchte, dass die Kinder Spaß haben können, ohne den Garten zu gefährden.«

»Das klingt nach einem fairen Kompromiss«, antwortete sie und strich mit dem Finger über die Rinde des Apfelbaumes. »Was halten Sie davon, wenn wir einige Lichterketten aufhängen? Es wird die Atmosphäre zauberhaft machen und Ihre Arbeit im Garten noch mehr zur Geltung bringen.«

Ein Lächeln breitete sich auf seinem Gesicht aus, während er über den Vorschlag nachdachte. »Das können wir auf jeden Fall umsetzen. Es wird ein wenig Arbeit brauchen, doch ich halte das für machbar. Aber …« Er zögerte, als wägte er ab, ob er den nächsten Satz aussprechen sollte. »Ich warne Sie, ich werde darauf bestehen, dass Sie nach der Feier alles so wiederherstellen, wie es war.«

»Natürlich! Meine Agentur wird die gesamten Kosten hierfür übernehmen, ich verspreche es Ihnen.«

»Das weiß ich zu schätzen«, murmelte Lukas, der sich offensichtlich entspannter fühlte. »Es ist wichtig, dass Sie verstehen, wie viel mir dieser Ort bedeutet. Er ist mehr als nur ein Garten für mich; er ist eine Geschichte, die es zu bewahren gilt.«

Natalie bemerkte die Leidenschaft in seiner Stimme und fühlte, wie sich etwas zwischen ihnen entfaltete, etwas Wundervolles und Zerbrechliches zugleich. Als die ersten Wolken des Abends über den Himmel zogen, verspürte sie den leisen Wunsch, ihm näher zu sein. »Lassen Sie uns gemeinsam dafür sorgen, dass das Bild dieses Gartens in den Herzen der Menschen bleibt, die hier feiern.«

Noch 15 Tage bis zur Feier

Unglaublich, wie schnell die letzten Tage vergangen waren. Seitdem Herr Schneidereit ihr endlich die Zusage für Gut Boltendorf erteilt hatte, konnte Natalie sich mit aller Kraft an die Hochzeitsvorbereitungen machen. Sie hatte sich mit Lukas getroffen, um zu besprechen, wie sie die Feier so ausrichten konnten, dass der Garten nur wenig leiden würde. Sehr gern hätte Natalie mehr Zeit mit ihm verbracht, aber dafür musste sie einfach zu viele Baustellen bearbeiten.

Mit Sophia Petersen, der Floristin, waren Leonie und sie zu einer Einigung gekommen, der Brautstrauß würde Leonies Wünschen entsprechen, bei der Dekoration konnte Sophia dann vorgehen, wie sie wollte. Inzwischen vertraute Natalie der Floristin so sehr, dass sie deren Vorstellungen sogar gegenüber der Braut verteidigt hatte. Jedenfalls fürs Erste. Bei Leonie wusste man nie, ob sie es sich nicht doch noch anders überlegte. Sie überflutete Natalie mit E-Mails, in denen sie die Hochzeitsplanerin an Selbstverständlichkeiten erinnerte. Da Natalie jede Nachricht beantworten musste, verlor sie kostbare Zeit, aber das gehörte zu ihrem Job dazu.

Drei große Brocken schob sie von ihrer Planungsliste noch vor sich her: Sie hatte noch keine Musik, weil Leonie weiterhin zwischen DJ und Band schwankte. Immerhin hatte die Braut eine Playlist für die Hochzeit erstellt, und Natalie hatte ihr einen Termin gesetzt, bis zu dem sie die Wahl getroffen haben musste.

Auch die Frage der Hochzeitstorte war weiterhin ungeklärt. Leonie favorisierte eine Konditorin aus Schwerin, die sich noch zierte, weil sie zweifelte, ob sie das fünfstöckige Meisterwerk heil nach Rügen transportiert bekäme. Das war ein gutes Argument, fand Natalie, und hatte der Braut Vorschläge für Rügener Konditoreien geschickt, aber die Idee hatte keine Gnade vor Leonies Augen gefunden.

Und schließlich stand der Caterer noch nicht fest. Es hatte Natalie viel Überredung gekostet, Leonie von einem einheimischen Anbieter zu überzeugen. Es wäre ein logistischer Wahnsinn gewesen, Geschirr, Besteck, Gläser und Essen vom Festland nach Rügen bringen zu lassen. Für die Wahl des Caterers hatte Natalie auf Svenja Marten vertraut, die jeden auf Rügen zu kennen schien und Spaß daran hatte, Natalie bei ihren Planungen zu unterstützen. Auch einen DJ hatte Svenja ihr empfohlen, doch bisher hatte Natalie noch nicht mit ihm gesprochen.

Heute Nachmittag war sie daher mit Jana und Nico verabredet, dem Geschwisterpaar, das das kleine Restaurant namens *Strandläufer* führte und einen Catering-Service anbot. Die beiden kamen ihr noch sehr jung vor und waren erst seit Kurzem im Geschäft, aber Svenja hatte ihr versichert, dass die jungen Leute ihr Handwerk verstanden. Natalie konnte nur hoffen, dass das stimmte, denn Leonie würde sicher toben, sollte etwas beim Essen schiefgehen.

Apropos Leonie, Natalie verdrehte die Augen. Die schwierige Braut hatte vor nicht einmal einer halben Stunde eine Mail geschrieben, in der sie dringend um Rückruf bat. Was ihr wohl heute wieder eingefallen war? Selbst eine Perfektionistin wie Leonie musste einsehen, dass ihnen nur noch wenig Zeit blieb und sie daher Abstriche bei der Ausgestaltung der Hochzeit machen mussten. Natalie seufzte und griff zum Telefon.

»Endlich! Warum hat das so lange gedauert?«, maulte Leonie statt einer Begrüßung. »Ich habe Ihnen die Mail schon vor einer halben Stunde geschickt.«

»Vor zwanzig Minuten.« Okay, das hätte sie besser nicht sagen sollen, doch die Braut trampelte wirklich auf ihren Nerven herum. »Worum geht es?«

»Ich bin gestresst, Frau Uphoff. Die Hochzeit rückt immer näher, und ich habe das Gefühl, dass wir noch so viel zu tun haben«, antwortete Leonie pampig. »Ich habe den Eindruck, es geht nicht zügig genug voran.«

Am liebsten hätte Natalie ihr gesagt, dass es einzig und allein Leonies Schuld war, dass die Planungsliste noch offene Punkte aufwies, aber das hätte nicht geholfen. Irgendwie konnte sie die Braut ein wenig verstehen, die sich eine perfekte Hochzeit wünschte. So wie alle Bräute, die die Planung ihres großen Tages in die Hände von *Zauberhaft und Unvergesslich* legten. Im Unterschied zu den meisten anderen Bräuten, mit denen Natalie bisher gearbeitet hatte, war Leonie jedoch nur schwer zu bewegen, von ihrer Idealvorstellung abzuweichen, selbst wenn diese utopisch war.

Je länger sie als Hochzeitsplanerin arbeitete, desto mehr fragte sie sich, ob es nicht bessere Möglichkeiten gäbe, den einen, großen Tag zu gestalten. Zu oft hatte sie Bräute erlebt, die von den Vorbereitungen so gestresst gewesen waren, dass sie die Feier überhaupt nicht genießen konnten. Die meisten Bräutigame hingegen nahmen alles, wie es kam. Das erschien Natalie auf jeden Fall weniger anstrengend, allerdings auch weniger aufregend. Manchmal kamen ihr die Männer vor wie Staffage, die nur wenig entschieden und die Feierlichkeiten über sich ergehen ließen.

»Frau Uphoff? Sind Sie noch da?« Leonie klang, als würde sie entweder gleich in Tränen ausbrechen oder einen Wutanfall bekommen.

Natalie wandte ihr die Aufmerksamkeit zu. »Ja, Entschuldigung, ich war mit den Gedanken beim Catering.«

»Deshalb rufe ich an.« Leonie schwieg einen Moment, bevor sie Natalie mit ihrer neuesten Idee überfiel. »Ich habe mir die Internetseite vom *Strandläufer* angesehen und kann mir nicht vorstellen, dass diese beiden die Richtigen sind.«

Ruhig bleiben, redete Natalie sich gut zu, bevor sie antwortete. »Das kann ich verstehen. Mir ging es ähnlich.« Sie lächelte, denn angeblich merkte der Gesprächspartner das. »Ich fürchtete auch, dass Jana und Nico zu jung sind, aber ich habe Referenzen eingeholt, die in den höchsten Tönen von beiden schwärmen.«

»Vermutlich alles Insulaner«, sagte Leonie so verächtlich, dass Natalie als ehemalige Rügenerin sich beleidigt fühlte. »Wahrscheinlich sind deren Ansprüche eher gering.«

Das war der Moment, in dem Natalie sich eines dieser Stress-Knautsch-Teile wünschte, an dem sie ihren aufziehenden Ärger abarbeiten konnte. Da sie keines der Dinger besaß, blieb ihr nur, die Hände zu Fäusten zu ballen und weiter zu lächeln.

»Haben Sie eine Alternative?« Manchmal musste man das Problem zu den Kundinnen zurückspielen, damit diese von ihren Ansprüchen abließen. »Dann sage ich den Termin heute Nachmittag ab und spreche mit Ihrer Wahl.«

»Nein, nein«, ruderte Leonie zurück, so wie es Natalie erwartet hatte. »Ich wollte Ihnen nur meine Befürchtungen mitteilen.«

Damit *Zauberhaft und Unvergesslich* die Schuld trug, sollte die Hochzeit nicht Leonies Erwartungen entsprechen.

»Wir können gern ein Probeessen vereinbaren«, sagte Natalie und konnte nur hoffen, dass Jana und Nico sich trotz der knappen Zeit darauf einlassen würden. »Nennen Sie mir einen Termin und ich kümmere mich darum.«

»Danke, ich spreche mit Sebastian und melde mich später«, sagte Leonie und klang seltsam zögerlich. »Außerdem habe ich noch ein paar Änderungswünsche für die Tischdekoration.«

Na, da wird Sophia Petersen sich bestimmt freuen, dachte sie. Ach was, das kannte sie nur zu gut. Bei fast jeder Planung gab es diesen Moment, wo man fürchtete, es würde niemals enden und einfach furchtbar werden. Und wie durch ein Wunder fand sich dann doch alles zusammen und endete glücklich.

»Bitte schreiben Sie mir Ihre Wünsche auf, damit ich alles mit der Floristin abstimmen kann. Wir müssen sicherstellen, dass wir genug Zeit haben, um diese Änderungen vorzunehmen«, sagte Natalie und machte sich Notizen.

»Ich verstehe. Aber ich will, dass alles perfekt wird. Meine Mutter hat hohe Erwartungen, und ich möchte sie nicht enttäuschen.«

»Wir werden unser Bestes tun, damit Ihre Hochzeit wunderschön wird.« Nun verspürte Natalie Mitgefühl mit der gestressten Braut und versuchte, Leonie zu beruhigen. »Wir haben den perfekten Ort, die beste Floristin der Insel, und der Rest findet sich auch.«

»Das hoffe ich, Frau Uphoff, das hoffe ich.« Erneut legte Leonie auf, ohne sich zu verabschieden.

Natalie seufzte und lehnte sich in ihrem Stuhl zurück. Hoffentlich würde *Strandläufer* ihren Ansprüchen genügen.

Voller Erwartungen, aber auch Anspannung betrat Natalie das Restaurant *Strandläufer*. Sie hatte es sich auf der Internetseite und auf diversen Reiseportalen angesehen, die Fotos dort konnten die gemütliche und warme Atmosphäre nicht annähernd einfangen. Die Wände waren mit kunstvollen Bildern der umliegenden Küste und der malerischen Landschaft Rügens geschmückt. Die Tische waren liebevoll mit Kerzen und Muscheln dekoriert, was dem Raum einen Hauch von Romantik verlieh. Die gedämpfte Musik im Hintergrund und das leise Plätschern eines kleinen Zimmerbrunnens trugen zu der entspannten Atmosphäre bei.

»Hallo, Frau Uphoff. Ich bin Jana Wittig.« Eine junge Frau mit langen dunkelblonden Haaren, die sie locker hochgesteckt hatte, erwartete sie an der Tür und drückte Natalie die Hand. »Wir freuen uns, dass Sie dem *Strandläufer* Ihr Vertrauen schenken wollen.«

»Danke.« Natalie lächelte. »Ich habe nur Gutes über Sie gehört.«

»Das freut mich. Bitte folgen Sie mir.« Jana leitete Natalie zu einem romantisch gedeckten Tisch direkt am Fenster. Dessen Holz war poliert und glänzte in warmen Tönen, während eine zarte Platzdecke und eine kleine Blumenvase mit einer leuchtend roten Gerbera eine gemütliche Atmosphäre schufen. Der Blick aus dem Fenster enthüllte eine atemberaubende Kulisse – den weitläufigen Strand mit seinem goldenen Sand und das sanfte Blau des Meeres, das sich bis zum Horizont erstreckte.

Während Natalie die Aussicht bestaunte, kam ein junger Mann auf sie und Jana zu, ganz in Weiß gekleidet, wie es sich für einen Koch gehörte – das musste Nico Wittig sein. Natalie musterte ihn. Jana und Nico sahen sogar noch jünger aus als auf den Fotos auf der Internetseite ihres Restaurants. Glücklicherweise war Leonie nicht dabei; sonst hätte die sicherlich ihre schlimmsten Befürchtungen bestätigt gesehen.

Nachdem Nico Natalie begrüßt hatte, setzten sie sich, um die Details des Caterings zu besprechen. Schnell war Natalie von der Freundlichkeit und Professionalität der beiden beeindruckt. Obwohl sie jung waren, besaßen sie viel Erfahrung und waren bereit, sich ganz auf die Wünsche der Kunden einzulassen.

»Wenn ich Sie richtig verstanden habe«, sagte Jana und tippte auf ihr Notebook ein, »rechnen Sie mit sechzig Gästen und wünschen abends ein Fünf-Gänge-Menü mit unterschiedlichen Optionen.«

»Das stimmt.« Natalie nickte bestätigend. »Heutzutage muss man ja die unterschiedlichsten Interessen berücksichtigen.«

»Wir können vegetarisch, vegan, glutenfrei und laktosefrei. Unsere Spezialität ist allerdings Fisch«, mischte Nico sich erstmals ins Gespräch. »Falls es Sonderwünsche oder Allergien zu berücksichtigen gibt, sagen Sie uns bitte rechtzeitig Bescheid.«

»Das mache ich.« Natalie nickte. Gemeinsam diskutierten sie die verschiedenen Optionen und entschieden schließlich, welche Gerichte auf dem Hochzeitsmenü stehen könnten. Nun hatten sie einen Vorschlag, dem Leonie noch zustimmen musste.

»Die Hochzeit beginnt am Nachmittag mit Kuchen, Kleingebäck und Sandwiches. Können Sie mir da etwas anbieten? Was ist mit der Hochzeitstorte?«, fragte Natalie schließlich. »Könnte ich da auch auf Sie zukommen?«

Jana zögerte einen Moment, bevor sie antwortete. »Leider nein. Wir sind Köche, keine Konditoren.«

Obwohl Natalie nachvollziehen konnte, dass Jana und Nico sich auf ihre Kochfähigkeiten konzentrierten, war sie etwas enttäuscht. Sie hatte gehofft, dass Jana auch die Hochzeitstorte liefern könnte, sollte Leonie niemanden dafür finden. Aber Natalie verstand, dass es manchmal Grenzen gab – und es war ihr lieber, jemand sagte ehrlich Nein, anstatt eine halbherzig zusammengepanschte Hochzeitstorte zu bekommen. Das wäre die ultimative Katastrophe.

»Kein Problem«, sagte sie schließlich. »Ich werde einen Konditor finden. Haben Sie einen Tipp?«

»Dafür müsste ich wissen, wie die Hochzeitstorte aussehen soll.« Jana zuckte mit den Schultern. »Jeder Konditor auf der Insel hat seine eigenen Stärken, aber auch Schwächen.« Sie lächelte. »Wenn Sie Hilfe brauchen, lassen Sie es mich wissen. Ich stehe Ihnen gerne zur Verfügung.«

Natalie bedankte sich bei den beiden und verließ den *Strandläufer*, um mit ihrer Arbeit fortzufahren. Sie war erleichtert, immerhin schon mal einen wunderbaren Caterer gefunden zu haben, denn sowohl Hochzeitstorte als auch Musik lagen wie Felsbrocken auf dem Weg zur perfekten Hochzeit. Vielleicht sollte sie mehr auf ihr Glück vertrauen? Bis heute war es ihr gelungen, alle Herausforderungen zu meistern. Irgendwie würde sich alles finden. Himmel, Svenja hatte eindeutig auf sie abgefärbt. Wie hatte ihre neue Freundin so schön gesagt: Hinter jedem Sturm wartet ein strahlender Regenbogen.

17

Noch 14 Tage bis zur Feier

Am nächsten Morgen hatte Natalie eine sehnlich erwartete Mail in ihrem Postfach: Der Ausstatter sagte zu, die Stehtische, die Bestuhlung und die Tischwäsche zu liefern. Auch Geschirr und Gläser konnte er liefern, sofern sie das wünschte. Das musste sie mit Jana besprechen, notierte sich Natalie.

Gerade als sie die Nummer des *Strandläufers* wählen wollte, klingelte ihr Smartphone. Lukas' Name leuchtete auf dem Display auf, und ein freudiges Kribbeln durchzog ihren Magen. In den vergangenen Tagen hatten sie gut zusammengearbeitet, und sie wünschte sich, ihnen bliebe mehr gemeinsame Zeit. Möglicherweise nach der Hochzeit. Ach, wem wollte sie etwas vormachen? Spätestens einen Tag nach der Feier würde Natalie nach Schwerin zurückkehren, um weitere Projekte anzunehmen und neue Brautpaare an ihrem großen Tag zu begleiten.

Warum nur fühlte sich diese Vorstellung irgendwie schal an?

Mit einem Lächeln nahm sie den Anruf an. »Lukas, wie schön, dass Sie sich melden.« Sie stellte sich vor, wie er am anderen Ende der Leitung ebenfalls lächelte, während sie ihren Autoschlüssel in der Tasche suchte. »Ist mit dem Garten alles in Ordnung?«

»Nein! Überhaupt nicht!«, stieß er barsch hervor. Es folgte eine kurze, bedrückende Stille, bevor er leiser, aber nicht minder eindringlich fortfuhr: »Kommen Sie bitte sofort hierher, sonst kann ich für nichts garantieren.«

Ohne Abschiedsgruß legte er auf und ließ sie verwirrt und mit einer steigenden Unruhe zurück. Was mochte vorgefallen sein, dass Lukas, der sonst so ruhig und bedacht war, derart außer sich geriet?

Ihr fiel da eigentlich nur eine Person ein, die andere Menschen rasch und tiefgreifend in Wut versetzen konnte: Leonie. Aber mit der Braut hatte sie heute Morgen telefoniert. Sie würde doch nicht etwa unangekündigt nach Rügen gekommen sein …

Nervös knetete Natalie ihre Unterlippe mit den Zähnen. Ihre Finger zitterten leicht, als sie nach dem Autoschlüssel griff, doch dieser entglitt ihr und fiel klirrend zu Boden. Ein leiser Fluch entkam ihren Lippen, als sie sich bückte, um den Schlüssel aufzuheben.

»Komm runter«, sprach sie leise zu sich selbst. Sie schloss die Augen und nahm die Geräusche um sich herum wahr – das ferne Rauschen des Meeres, das beruhigende Zwitschern der Vögel und das leise Rascheln der Blätter im Wind.

Langsam begann die Anspannung in ihrem Körper nachzulassen. Was war nur heute mit ihr los? Normalerweise meisterte sie die Herausforderungen, die mit einer Hochzeitsplanung einhergingen, ohne sich so ins Bockshorn jagen zu lassen. Schließlich war es nicht die erste Feier, die sie organisierte, aber schon eine der schwierigsten. Sie öffnete die Augen und griff den Autoschlüssel fest in ihrer Hand.

»Okay, Natalie«, murmelte sie, »das schaffst du. Es wird schon nicht so schlimm sein.«

Doch tief in ihrem Inneren beschlich sie ein mulmiges Gefühl: Warum hatte Lukas mit solch einer Dringlichkeit gesprochen? Seine sonst so beruhigende Stimme hatte sich angehört wie ein fernes Gewitter, das langsam und bedrohlich näher rückte. Er würde doch nicht die Zusage für Gut Boltendorf zurückziehen wollen, oder? Das wäre das absolut Schlimmste, was ihr so kurz vor der Feier passieren könnte.

Mit einem Seufzer stieg sie in ihren Wagen und atmete noch einmal tief durch, bevor sie den Gang einlegte und sich konzentriert in den Verkehr von Rügen einfügte. Der gleichmäßige Rhythmus des Motors und das sanfte Schaukeln des Wagens auf den kopfsteingepflasterten Straßen wirkten wie eine beruhigende Melodie. Allmählich ließ die Anspannung nach, und sie machte sich darauf gefasst, der bevorstehenden Auseinandersetzung mit Lukas entgegenzutreten – was immer ihn auch so verärgert hatte.

Zum Glück war es nicht allzu weit bis zum Gut Boltendorf. Als sie angekommen war, bremste Natalie scharf ab und sprang aus dem Auto. Mit großen Schritten eilte sie in den Garten und blieb stehen, als wäre sie gegen eine Wand geprallt.

»Frau Rieckhoff?« Natalie blinzelte zweimal, weil sie ihren Augen nicht traute. »Was machen Sie denn hier?«

Sie hatte die Mutter des Bräutigams in Schwerin kennengelernt, da Frau Rieckhoff trotz des engen Zeitplans darauf bestanden hatte, *Zauberhaft und Unvergesslich* zu besichtigen und vor allem Natalie zu erklären, was sie zu tun hatte.

»Mich um die Dinge kümmern, für die das Mädchen keine Zeit hat.« Die Mutter des Bräutigams verzog das Gesicht. »Oder wofür es sich nicht interessiert.«

Natalie benötigte einen Moment, bis sie erkannte, dass Frau Rieckhoff mit »das Mädchen« Leonie meinte. Bevor sie etwas erwidern konnte, mischte Lukas sich in ihr Gespräch ein.

»Die Dame hat beschlossen, die Blumen im Garten neu zu arrangieren, und kritisiert meine Arbeit.« Er stieß ein frustriertes

Schnauben aus. Seine Haare standen zu Berge, als wäre er sich mehrmals voller Verzweiflung mit den Händen hindurchgefahren. Wenn die Situation nicht so brenzlig wäre, hätte Natalie sich ein Lächeln über diese Frisur gegönnt. Stattdessen wandte sie sich Frau Rieckhoff zu: »Warum haben Sie Ihren Besuch nicht mit mir abgestimmt? Wir können froh sein, dass wir Gut Boltendorf für die Feier bekommen haben.«

»Das ist kein hinreichender Grund, schlechte Arbeit zu akzeptieren.« Obwohl Frau Rieckhoff nicht besonders groß war, schaffte sie es, Natalie das Gefühl zu vermitteln, sie sähe auf sie herab. »Selbst Sie müssen erkennen, wie schrecklich die Blumen und Bäume aussehen. Hier kann man keine repräsentative Feier veranstalten.«

»Es ist Herbst. Da sind die Sommerblumen verblüht, und die Blätter werden bunt.« Natalie konnte Lukas ansehen, wie sehr Frau Rieckhoff ihn auf die Palme brachte. »Wenn Sie einen blühenden Garten wollen, müssen Sie im Sommer oder Frühjahr heiraten.«

»Danke für diesen Tipp«, antwortete Frau Rieckhoff schnippisch. »Zu Ihrer Information: Ich bin bereits verheiratet, und die Hochzeit fand im Mai statt.«

Als Natalie bemerkte, dass Lukas zu einer Antwort ansetzte, sagte sie schnell: »Herr Brockmüller« – Natalie deutete auf Lukas – »wird den Garten bis zur Feier perfekt gestalten.«

»Da bin ich ja mal gespannt.« Frau Rieckhoff streckte den Rücken und rauschte davon wie die Königinmutter, ihr in einem satten Honigblond gefärbter Bob wehte im Wind. Natalie konnte sie nur dafür bewundern, wie elegant sie auf High Heels und in dem eng geschnittenen Designerrock über den Rasen stöckelte.

»Hoffentlich fährt sie zurück nach Schwerin«, entfuhr es Natalie, bevor sie sich zügeln konnte. »Nicht auszudenken, wenn sie wie der Elefant im Porzellanladen wütet und alle meine Bemühungen zunichtemacht.«

»Ich fürchte, genau das hat sie vor.« Lukas sah Natalie voller Mitgefühl an. »Wenn ich sie richtig verstanden habe, ist sie gerade auf dem Weg zu *Blatt und Blüte*, um Sophia zu erklären, wie sie ihren Job zu machen hat.«

»Um Himmels willen.« Erschrocken zog Natalie die Hand vor den Mund. »Ich muss sofort dorthin.«

»Viel Erfolg.« Lukas hatte wieder zu seinem ruhigen Selbst gefunden und lächelte sie breit an. »Falls Sie heute Abend eine Schulter zum Ausweinen brauchen – ich habe noch nichts vor.«

»Darauf komme ich bestimmt zurück. Danke!« Natalie warf ihm eine Kusshand zu und erschrak im gleichen Moment über ihren Mut. Aber Lukas lächelte nur, sodass sie sich wohl keine Sorgen darüber machen musste, dass er sie missverstehen würde. Natalie wandte sich um, rannte zu ihrem Auto und bretterte in die Innenstadt von Binz, um das Schlimmste zu verhindern.

Bei all dem Übel war ihr das Glück wenigstens ein bisschen hold; sie fand sofort einen Parkplatz in der Nähe von Sophia Petersens Blumengeschäft. Ein schneller Blick auf die Armbanduhr zeigte ihr, dass Frau Rieckhoff einen Vorsprung von maximal zehn Minuten hatte. In der Zeit konnte selbst die Mutter des Bräutigams nicht allzu viel Ärger hervorrufen, nicht wahr?

Als sie die Tür zu *Blatt und Blüte* aufstieß, erkannte Natalie auf den ersten Blick, wie falsch sie mit ihrer Einschätzung lag. Sophia und Frau Rieckhoff standen sich gegenüber wie Preisboxer und hatten die zu Fäusten geballten Hände erhoben. Ich verdiene nicht genug für solchen Ärger, schoss Natalie durch den Kopf, gefolgt von dem Impuls, einfach umzudrehen, die Hochzeitsplanung hinzuwerfen und sich irgendeinen Job zu suchen, der weniger Stress auslöste.

Doch ihre Disziplin behielt die Oberhand. Sie bemühte sich um einen gelassenen Tonfall, als sie die beiden Frauen ansprach: »Kann ich vielleicht helfen?«

»Sie könnten Ihren Job machen und eine vernünftige Floristin suchen«, zischte Frau Rieckhoff aus dem Mundwinkel, während sie versuchte, Sophia Petersen niederzustarren. Aber Sophia hielt dem Blick stand.

»Sie sind wohl ausgebildete Floristin, wenn Sie mir meine Arbeit erklären wollen.« Im Unterschied zu Lukas klang Sophia ruhig. Allerdings verrieten ihre zitternden Fäuste, wie aufgeregt sie war. »Wenn Ihnen meine Pflanzen nicht gefallen, suchen Sie sich jemand anders.«

»Frau Rieckhoff, was passt Ihnen hier nicht?« Natalie deutete mit der Hand auf die Vasen und Sträuße. »Ich finde alles sehr ansprechend.«

»Das ist der schlimmste Blumenladen, den ich je gesehen habe. Die Blumen sehen zerrupft und verwelkt aus. Ich kann mir nicht vorstellen, dass hier jemand einkauft«, sagte Frau Rieckhoff mit einem abfälligen Unterton. »Selbst auf einer Insel muss es etwas Besseres geben.«

Natalie konnte nicht glauben, was sie da hörte. In Sophia Petersens Geschäft befand sich nicht eine einzige verblühte Pflanze. Das zu behaupten erschien ihr regelrecht lachhaft.

»Frau Rieckhoff, Sie übertreten hier eine Grenze«, entgegnete Natalie streng. Mit Freundlichkeit würde sie nicht weiterkommen. »Ihnen mag das Farbkonzept nicht gefallen, aber Sie können Frau Petersen keine schlechte Arbeit vorwerfen.«

»Was wissen Sie schon? Sie sind nur eine Hochzeitsplanerin«, sagte Frau Rieckhoff. »Sie haben keine Ahnung von Blumengebinden, nicht wahr?«

Jetzt reichte es Natalie endgültig. Sie verengte die Augen und trat sehr nahe an Frau Rieckhoff heran, so nahe, dass ihre Kontrahentin zwei Schritte zurückwich.

»Ich habe wahrscheinlich deutlich mehr Hochzeitssträuße und Dekorationen gesehen als Sie«, betonte Natalie mit fester Stimme.

»Daher kann ich sehr wohl beurteilen, was für eine Künstlerin Frau Petersen ist. Und ich finde, Sie sollten sich entschuldigen.«

Frau Rieckhoff starrte sie nur an und schien nachzudenken. Dann seufzte sie. »Okay, Entschuldigung. Ich wollte nicht unhöflich sein.« Sie spitzte die Lippen. »Die Feier macht mich einfach … nervös.«

»Das geht uns allen so«, bot Natalie eine Versöhnung an. »Lassen Sie uns deshalb bitte auf Rügen unseren Job machen, und kümmern Sie sich in Schwerin um alles, was dort ansteht.«

Kurz sah es so aus, als wollte Frau Rieckhoff widersprechen, doch sie nickte nur, sagte »Auf Wiedersehen« und verließ das Blumengeschäft, ohne sich noch einmal umzudrehen.

Es kam Natalie vor, als könnte sie leichter atmen, nachdem die Mutter des Bräutigams gegangen war. Sie drehte sich zu Sophia um. »Geht es Ihnen gut?«

»Ja, danke. Ich weiß nicht, was ich ohne Sie getan hätte.«

Natalie lächelte. »Wir sollten uns zusammentun und dafür sorgen, dass Frau Rieckhoff keinen Ärger mehr macht.«

»Wollen wir nicht Du zueinander sagen?« Sophia lächelte zurück. »Schließlich haben wir gemeinsam einen Drachen bezwungen.«

18

War es vorschnell gewesen, Natalie seine Schulter anzubieten, fragte sich Lukas, während er sich seiner Arbeit widmete. Durch die Situation mit Frau Rieckhoff hatte er zum ersten Mal erlebt, mit was für Schwierigkeiten Natalie zu kämpfen hatte. Was hatte ihre Kusshand wohl zu bedeuten? Hatte sie *etwas* zu bedeuten?

Die Nachmittagssonne warf lange Schatten auf den Garten, als er sich über ein Beet beugte. Lukas war so in seine Arbeit und Gedanken vertieft, dass er das Klingeln des Smartphones beinahe überhört hätte. Mit erdverkrusteten Fingern zog er das Gerät aus seiner Jackentasche, und sein Herz machte einen kleinen Sprung, als er Natalies Namen auf dem Display erkannte. Vielleicht hat sie ja nur eine Frage wegen der Hochzeit, versuchte er, seine Erwartungen nicht zu hoch zu schrauben.

»Hallo, Frau Uphoff!« Seine Stimme klang in der sonst so stillen Gartenlandschaft überraschend laut und kräftig. Er räusperte sich, bemüht, einen professionellen Ton anzuschlagen, auch wenn sein Herz ein wenig schneller schlug als gewöhnlich. »Konnten Sie das Schlimmste verhindern?«

In der Sekunde des Wartens, bevor sie antwortete, schien die Welt um ihn herum den Atem anzuhalten. War sein Spruch zu vertraulich gewesen? Gedanken überschlugen sich in seinem Kopf wie die Wellen des Meeres an einem stürmischen Tag. Und dennoch klammerte er sich an den Hoffnungsschimmer, dass es vielleicht eine andere, angenehmere Nachricht war, die sie für ihn hatte.

Sie seufzte. »Ich würde gern auf Ihr Angebot einer starken Schulter zurückkommen.« Das leise Lachen, das darauf folgte, klang wie Musik in seinen Ohren. »Außerdem meine ich, dass wir uns duzen sollten, schließlich haben wir gemeinsam den Drachen bezwungen. Jedenfalls hat Sophia das so genannt.«

»Sehr gern«, antwortete er, bemüht, die Aufregung in seiner Stimme zu verbergen. »Wollen wir uns in Prora treffen, Abgang 66, ein bisschen am Strand langgehen und dann in der *Meermaid* etwas essen?«

»In einer halben Stunde?«

»Perfekt. Bis gleich.«

»Ich freue mich.«

Nachdem sie aufgelegt hatte, ärgerte sich Lukas, dass er ihr nicht angeboten hatte, sie abzuholen. Aber vielleicht war es besser so, wenn sie beide mit ihren Fahrzeugen zum Strand fuhren. Das ließ ihnen mehr Freiheit in dem, was kommen würde. Er schloss die Augen und atmete tief ein. Der Duft von Piniennadeln und dem Gras, auf dem er stand, vermischte sich mit dem Meeresduft, den der Wind mit sich trug. Seine Gedanken wanderten zu seiner spontanen Vision für den Abend – Prora, ein stiller Spaziergang am Strand, der Klang der Wellen, die sich am Ufer brachen, und das sanfte Lächeln von Natalie, das ihn erwartete.

Dann ordnete er abrupt seine Arbeitsgeräte. Wenn er noch duschen wollte – und das sollte er auf jeden Fall –, bevor sie sich trafen, musste er sich beeilen. Lukas verstaute hastig die letzten Utensilien im Gartenhaus, wusch sich die Hände und schwang sich auf sein Fahrrad.

Nachdem er den Strandweg zwischen den Wäldchen entlanggefahren war, stellte er sein Fahrrad in den Ständer am Abgang 66 und sah sich suchend um. Der Strand von Prora erstreckte sich wie eine Leinwand vor ihm, die nur darauf wartete, von den Farben der untergehenden Sonne bemalt zu werden.

Endlich entdeckte er Natalie, die bereits am Wasser stand und auf die Ostsee hinaussah. Das Meer schimmerte und glitzerte im Licht der untergehenden Sonne, zeigte eine Vielzahl von Blautönen – von einem leuchtenden Türkis bis hin zu einem tiefen Marineblau. Möwen dümpelten auf den Wellen und waren zu faul, sich in die Lüfte zu erheben.

Mit klopfendem Herzen ging er auf sie zu.

»Hallo.« Seine Stimme brach leicht, als er Natalie begrüßte. Hoffentlich bemerkte sie es nicht. Andererseits fuhr sie sich schon zum dritten Mal mit der Hand durch die Haare. Sie schien ähnlich nervös wie er.

»Hallo«, antwortete sie und lächelte. Dann schwiegen sie beide.

»Wenn wir uns beeilen, können wir noch den Sonnenuntergang sehen«, sagte er schnell, bemüht, die peinliche Stille zu brechen.

»Das wäre schön.« Sie lächelte ihn an. »Es ist lange her, dass ich Zeit hatte, mir einen Sonnenuntergang anzusehen.«

Bevor Lukas etwas erwidern konnte, hatte sie sich umgedreht und ging voraus am Strand entlang. Ihre Schritte hinterließen flüchtige Abdrücke im weichen Sand, die von den kleinen Wellen verwischt wurden, die ans Ufer strömten. Er beeilte sich, ihr zu folgen.

Langsam sank die Sonne tiefer und zeigte dieses satte Licht, so typisch für Rügen. Lukas suchte nach Worten, dieses Licht zu beschreiben, aber ihm wollte nichts einfallen. Es war das Licht des Nordens, ein sanfter Schimmer, der sich über die Bäume, die Wolken und das Meer legte, ein einzigartiges Leuchten.

Der weiße Sand fühlte sich weich unter seinen Turnschuhen an, vereinzelte Muscheln und glitzernde Kieselsteine lagen am Strand verteilt. Der salzige Duft des Meeres vermischte sich mit dem Geruch von frischem Seegras, als die Meeresbrise leise durch die umliegenden Dünen strich. Während sie schließlich nebeneinanderher gingen, dachte er, dass dieser Moment einer der Ruhe und des Friedens war, in dem die Welt um sie herum verblasste und nur noch sie beide und der Zauber des Sonnenuntergangs existierten.

Ihr Schweigen war nicht unangenehm, einvernehmlich schlenderten sie weiter.

Als die Sonne hinter den Horizont sank, schien sie sich in einer Explosion tiefroter und goldener Strahlen zu verabschieden. Die Strahlen breiteten sich über den gesamten Himmel aus und malten ein beeindruckendes Gemälde voller schillernder Farben. Am Anfang spiegelte sich ein blasses Rosa und Himmelblau auf der ruhigen Oberfläche des Meeres wider. Dann nahm der Himmel einen intensiveren Farbton an – ein warmes Orangerot breitete sich aus und vermischte sich mit einem Hauch von Lila und Pink. Er wagte einen Seitenblick auf Natalie, die nachdenklich wirkte. Ihr Profil war in das warme Licht getaucht, ihre Haare leuchteten auf.

»Es ist wirklich wunderschön hier«, murmelte sie, fast wie ein Geheimnis, das nur für ihn bestimmt war.

Lukas nickte, unfähig, die richtigen Worte zu finden. Stattdessen griff er nach ihrer Hand, fühlte die Wärme und die sanfte Weichheit ihrer Haut unter seinen Fingern. Für einen Augenblick schien die Welt für ihn stillzustehen, das Rauschen der Wellen, das Singen der Möwen und das Lachen anderer Strandbesucher verschwanden in der Ferne.

Sie erwiderte den Druck, als wäre es selbstverständlich. Hand in Hand gingen sie weiter, bis sie einen ruhigen Platz fanden, wo sie den Sonnenuntergang in vollen Zügen genießen konnten. Die Farben wurden intensiver, als die Sonne hinter dem Horizont verschwand und der Himmel ein tiefes, samtiges Blau annahm, das über ihnen aufstieg.

»Danke, dass du mich eingeladen hast«, flüsterte Natalie, ihre Stimme nur ein Hauch im leichten Abendwind. »Ich hätte diesen Moment nicht verpassen wollen.«

Lukas lächelte und drückte ihre Hand noch einmal. »Es freut mich, dass du hier bist. Manchmal sind die einfachsten Freuden die schönsten.«

Sie standen schweigend dort. Jeder Atemzug schien den Augenblick zu verlängern, jede Sekunde dehnte sich aus und verfestigte sich zu einer Erinnerung, die sie in ihren Herzen verankerten. Lukas spürte die Wärme von Natalies Nähe und genoss dieses Wunder einfach. Eine Brise ließ eine lose Haarsträhne aus ihrem Gesicht tanzen, und ohne zu überlegen, hob er die Hand und schob sie vorsichtig hinters Ohr. Ihre Haut war weich, und der kurze Kontakt fühlte sich elektrisierend an, als ein kleiner Funke zwischen ihnen übersprang. Eine leichte Röte stieg in ihre Wangen, die ihm in der goldenen Dämmerung umso schöner erschien.

»Du wolltest mir noch erzählen, was heute mit Sophia und Frau Rieckhoff geschehen ist«, sagte Lukas. »Wie hast du denn den Drachen gezähmt?«

»Mit Mut und Mühe.« Natalie verdrehte die Augen und erzählte ihm, wie die Mutter des Bräutigams auf die arme Sophia losgegangen war. »Ich weiß ja, dass die Nerven kurz vor der Feier oft blank liegen, aber so schlimm habe ich es noch nie erlebt.«

»Das beruhigt mich«, antwortete Lukas trocken. »Ich hatte schon Sorge, dass ich den Garten umgestalten muss.«

Ein leises Lachen brach aus Natalie hervor, ein Klang, den er gern öfter hören würde. Ihr Lachen war ansteckend, und Lukas konnte nicht anders, als mitzulachen. Die Anspannung des Tages löste sich in der angenehmen Gesellschaft und der Ruhe des Abends auf.

»Danke, dass du mich zum Lachen bringst«, sagte Natalie, als sie sich beruhigt hatte. »Manchmal braucht man jemanden, der einem hilft, die Dinge aus einer anderen Perspektive zu sehen.«

Ihre Wange berührte leicht seine Schulter, und für einen Moment lauschten sie dem Rhythmus des Meeres. Der Duft ihres Parfums – eine warme Mischung aus Vanille und Jasmin – verschmolz mit dem frischen Aroma der Ostsee.

»Außerdem würde ich nicht zulassen, dass du etwas an deinem wunderschönen Garten veränderst.« Nun wirkte sie fröhlich und entspannt, zum ersten Mal, seitdem er sie wiedergesehen hatte. »Im Notfall werfe ich alles hin.«

Gemeinsam drehten sie sich um und schlenderten in Richtung der *Meermaid*, deren Außenbeleuchtung ihnen den Weg wies. Das warme Glühen der Lampen ließ ihre Schatten lang und weich erscheinen, beinahe wie in einem Traum.

»Würdest du wirklich hinschmeißen?« Lukas sah sie fragend an. »Du hast so viel Zeit und Energie in diese Hochzeit gesteckt.«

»Das stimmt.« Natalie blieb stehen und scharrte mit ihrem Schuh im Sand. »In letzter Zeit frage ich mich immer öfter, ob es das alles wert ist. Meine Chefin verspricht mir schon so lange, mich zur Partnerin zu machen, und auch wenn ich so sehr darauf hingearbeitet habe, frage ich mich jetzt, ob es wirklich besser wäre als Partnerin …«

»Was würdest du stattdessen tun?« Sein Herz schlug etwas schneller, während er auf ihre Antwort wartete.

Natalie hob den Kopf und sah ihn an, ihre Augen glitzerten im sanften Schein der Lichter. »Ich weiß nicht. Vielleicht bleibe ich auf Rügen und zähle Robben.«

Lukas konnte ein Lachen nicht unterdrücken, das aus tiefstem Herzen kam, warm und herzlich. Die Vorstellung von Natalie, wie sie am Ufer entlangging und die Robben beobachtete, war sowohl bezaubernd als auch irritierend. »Das klingt nach einer herausfordernden Aufgabe«, sagte er mit einem breiten Grinsen.

Natalie lachte ebenfalls. »Ja, vielleicht. Es wäre eine Möglichkeit, der Hektik zu entkommen.«

Sie ging weiter, und Lukas fiel in den Rhythmus ihrer Schritte ein.

»Weißt du«, begann er nachdenklich, »manchmal ist es wichtiger, glücklich zu sein und etwas zu tun, das das Herz erfüllt, als sich an unerreichbaren Zielen aufzureiben.«

Natalie nickte langsam, als ihre Schritte sie näher an die *Meermaid* heranführten. Aus dem Restaurant wehte ihnen ein verführerischer Duft von frisch gebratenem Fisch und Meeresfrüchten entgegen, der dazu führte, dass sein Magen vernehmlich knurrte. Aber Natalie schien es nicht zu bemerken, zu sehr war sie in ihre Gedanken versunken.

»Du hast recht«, flüsterte sie schließlich. »Vielleicht ist es an der Zeit, mein Leben zu ändern.«

»Falls das bedeutet, Robben zu zählen, lasse ich dich hiermit wissen, dass ich immer ein Fernglas zur Hand habe«, scherzte Lukas.

Sie lachten gemeinsam, das Geräusch erfüllte die kühle Nachtluft, und Lukas spürte eine Verbindung, die zwischen ihnen wuchs. Für ihn fühlte es sich an, als könnte das der Anfang von etwas Neuem und Bedeutungsvollem sein. Und dann machte er alles kaputt.

Anstatt die Klappe zu halten, wie es klug gewesen wäre, ignorierte Lukas all seine klugen Überlegungen und platzte heraus: »Ich wollte es schon die ganze Zeit sagen, wusste aber nicht, wie …

Also, Timo hat dich wiedererkannt und mich angerufen. Ich erinnere mich jetzt auch wieder, an dich und an Florian.«

»Na prima«, antwortete sie und seufzte, »es wäre ja wohl zu viel verlangt gewesen, meine Vergangenheit hinter mir zu lassen.«

Mist! Was war nur in ihn gefahren?

19

Noch 14 Tage bis zur Feier

Natalie fühlte sich, als hätte Lukas ihr in den Bauch geboxt, nachdem er Florians Namen genannt hatte. Sicher, sie hatte ihn – und auch Timo – sofort wiedererkannt, aber da Lukas nichts zu erkennen gab, hatte sie die Hoffnung gehegt, die Vergangenheit hinter sich lassen zu können. Die Luft war schwer und salzig, ein unsichtbares Band, das Rügen mit ihren Erinnerungen verknüpfte. Ihre Beine kribbelten vor Anspannung, der unwiderstehliche Drang zu fliehen schoss durch ihren Körper.

Aber das hatte keinen Zweck. Irgendwann musste sie sich ihrer Vergangenheit stellen. Das war ihr bereits an dem Tag klar geworden, als sie den Auftrag angenommen hatte, auf der malerischen Ostseeinsel eine Hochzeit auszurichten. Rügen war zu klein, um den Geistern der Vergangenheit zu entkommen. Spätestens die Begegnung mit Mandy hatte ihr das deutlich gemacht.

Ich kann und will nicht länger davor weglaufen, dachte sie. Das leise Rollen der Wellen, der salzige Geschmack des Meeres auf ihren Lippen, der weite Nachthimmel über ihr erinnerten sie daran, dass hier ihre Vergangenheit auf sie wartete – nicht als Feind, sondern als Zeuge ihrer Kraft, neu anzufangen. Trotzdem musste sie tief Luft holen, bevor sie etwas sagen konnte. »Ich würde es gern vergessen.«

»Das kann ich verstehen.« Lukas schaute zu Boden, als könnte der Strand ihm etwas Wichtiges sagen. »Es tut mir leid, dass niemand von uns dir damals etwas gesagt hat.«

»Es war meine Schuld«, presste Natalie hervor, und der Wunsch zu fliehen wurde schier übermächtig. »Ich war zu naiv, um die Wahrheit zu sehen. Oder vielleicht wollte ich sie auch gar nicht wissen.«

In der Stille, die folgte, wirbelten ihre Gedanken wie verstreute Blätter im Wind. Der Rhythmus der Wellen, die sanft gegen den Strand schlugen, war das Einzige, was sicher war. Lukas schwieg, und auch Natalie überlegte, was sie noch sagen konnte. Dann stellte sie die Frage, die sie eigentlich nicht hatte stellen wollen. »Lebt Florian noch hier?«

Lukas hob den Kopf, sein Blick suchte ihren, während er zu überlegen schien. »Er hat das Hotel seines Vaters übernommen«, sagte er schließlich und schob die Hände in die Taschen seiner Jeans. »Er war verheiratet, ist jetzt geschieden.«

Eine kurze Stille entstand, in der sich die Welt um sie herum wie in Zeitlupe zu bewegen schien. Das Rauschen des Meeres erinnerte Natalie nun an all die Tränen, die sie wegen Florian geweint hatte. Doch jetzt war es keine Traurigkeit mehr, die sie spürte, sondern Erleichterung, denn sie konnte aus vollem Herzen, wenn auch begleitet von einem bitteren Lachen, sagen: »Ich würde ihn nicht zurückwollen. Ich könnte ihm nie wieder vertrauen.«

Allerdings gab es in ihrem Inneren eine winzige Stimme, die neugierig fragte, wie Florian jetzt wohl aussah, ob sein Gesicht noch immer das gleiche, vertraute Lächeln trug und ob er glücklich war. Um die Stimme zum Schweigen zu bringen, sagte sie in aufgesetzt fröhlichem Tonfall: »Wollen wir langsam in die *Meermaid*? Mir ist kalt, und ich habe Hunger.«

Lukas nickte nur, und schweigend gingen sie nebeneinander zu dem Restaurant, das in einem der Blöcke der gigantischen Ferienanlage Prora untergebracht war. Von außen strahlte die *Meermaid* bereits Gemütlichkeit aus; innen konnte man sich sofort heimisch fühlen. Hell gestrichene Wände spiegelten das weiche Licht der Deckenlampen, und die Tische aus hellem Holz, umgeben von üppig gepolsterten, grauen Sesseln, luden zum Verweilen ein. Ein rot-weißer Leuchtturm in der Ecke, behängt mit Postkarten aus aller Herren Länder, war das farbenfrohe Herz des Raumes. Durch die hohen Fenster konnte man die sanften Wellen der Ostsee im Abendlicht glitzern sehen.

»Das wäre ein schöner Ort für eine Hochzeit«, entschlüpfte es Natalie, dann schlug sie die Hand vor den Mund. »Ich kann wohl nicht aus meiner Haut.«

»Aber es fehlt der Garten.« Lukas zwinkerte ihr zu.

»Guten Abend. Haben Sie reserviert?«, fragte der Kellner, der hinter der Theke hervorgekommen war.

»Leider nein«, antwortete Lukas. »Können wir trotzdem einen Tisch bekommen?«

»Kein Problem. Heute ist es ruhig. Bitte folgen Sie mir.« Er führte sie zu einem etwas abgelegenen Tisch, was Natalie nur recht war, denn sie wollte sich in Ruhe unterhalten können. Nachdem der Kellner Lukas und ihr die Speisekarten gegeben hatte, zog er sich zurück. Natalie blätterte durch die Karte, aber sie konnte sich nicht richtig konzentrieren. Das Gespräch mit Lukas hatte die Erinnerungen zurückkehren lassen, die sie nun niederdrückten.

»Wir können auch gehen, wenn dir das lieber ist«, sagte er und musterte sie aufmerksam. »Entschuldigung, dass ich uns den Abend verdorben habe.«

»Nein, nein, ich möchte hier sein.« Sie lächelte und klappte die Speisekarte zu. »Hier mit dir.«

Bevor Lukas etwas erwidern konnte, stand der Kellner neben ihrem Tisch. »Die Herrschaften haben gewählt?«

»Ich hätte gern Omas Backfisch«, sagte Natalie, »und eine Weißweinschorle.«

»Für mich bitte den Kapitäns-Schmaus und ein Bier.«

»Die Getränke kommen sofort, das Essen braucht ein wenig. Es ist frisch.« Er zwinkerte ihnen zu. »Keine Sorge, der Fisch ist bereits gefangen.«

Lukas und Natalie lachten höflich über den Scherz, dann schwiegen sie wieder, bis der Kellner die Getränke brachte und sie sich bedankten. Während Natalie noch nach einem unverfänglichen Thema suchte, durchbrach Lukas die Stille: »Du hast vorhin gesagt, dass du nicht weißt, wann du den letzten Sonnenuntergang gesehen hast.«

»Das stimmt.« Sie spielte mit ihrem Weinglas. »Es kommt mir vor, als ob ich immer nur arbeite. Hochzeitsplanerin, sieben Tage die Woche, vierundzwanzig Stunden am Tag.«

Mit einem Lächeln versuchte sie, die Bitterkeit ihrer Worte abzumildern, aber war selbst erschrocken darüber, wie unglücklich sie klang. Hatte sie erst nach Rügen zurückkehren müssen, um ihr Leben in Schwerin infrage zu stellen?

»Ich dachte, du arbeitest so viel, weil es dir Spaß macht.« Lukas drehte das Bierglas in seinen Händen. »So wie ich auch.«

»Meistens tut es das auch, doch es gibt immer Tage …« Natalie hob die Hände. »So wie heute. Ich hasse es, wenn andere Menschen meine Pläne sabotieren.«

»Das kann ich nur zu gut verstehen.« Lukas zog eine Grimasse. »Sind Brautpaareltern wie Frau Rieckhoff die Ausnahme oder die Regel?«

»Die Ausnahme. Zum Glück.« Nun musste Natalie lachen. »Wenn alle so wären, hätte ich mir längst einen neuen Job gesucht.«

»Was war deine schönste Hochzeit?«, fragte Lukas und lehnte sich etwas vor.

Da musste Natalie nicht lange nachdenken. »Es war keine große Hochzeit und auch einfach zu planen, aber …«

Wie immer, wenn sie an diesen Tag dachte, wurde ihr warm ums Herz und die Augen feucht.

»Ja?« Lukas sah sie mit echtem Interesse an.

»Das Brautpaar war weit über sechzig Jahre alt.« Natalie versank in ihren Erinnerungen. »Sie waren als Jugendliche verliebt gewesen, wurden dann vom Leben getrennt und bekamen eine zweite Chance.«

»Das klingt wunderbar.«

»Das war es auch.« Natalie zog die linke Hand ans Herz, als wollte sie den wärmenden Nachhall dieser Erinnerungen festhalten. »Es war wundervoll, ihnen zuzusehen, wie glücklich sie miteinander waren.«

»Einmal Omas Backfisch und ein Kapitäns-Schmaus.« Der Kellner stellte zwei Teller vor ihnen ab und zerstörte die magische Stimmung. »Guten Appetit.«

»Danke«, sagte Natalie. »Guten Appetit.«

»Dir auch.« Beide ließen es sich schmecken, die Stille nun angenehm und vertraut.

»Das ist wirklich fantastisch«, sagte Lukas und nahm einen weiteren Bissen von seinem Fisch.

Natalie nickte zustimmend, in Gedanken jedoch noch immer bei dem älteren Brautpaar, das sich am Altar zum zweiten Mal die Liebe geschworen hatte.

»Möchten Sie einen Nachtisch?« Der Kellner räumte die Teller ab.

»Ich bin eigentlich satt«, sagte Natalie, »aber der Schneeball klingt so verführerisch. Ich liebe Baisers.«

»Ich auch.« Lukas' Augen glitzerten. »Wollen wir uns einen teilen?«

»Das ist eine großartige Idee.«

Während sie auf die Nachspeise warteten, hüllte die warme Atmosphäre der *Meermaid* sie wie eine weiche Decke ein. Die sanfte Beleuchtung ließ die Holztische warm schimmern, und der Duft von Zimt und frischem Kaffee erfüllte die Luft. Natalie betrachtete Lukas einen Moment lang, dann fragte sie: »Warum bist du Gärtner geworden?«

Lukas überlegte erst, bevor er antwortete. Das hatte sie an ihm zu schätzen gelernt. Er redete nicht um des Redens willen, sondern sprach nur, wenn er etwas zu sagen hatte.

»Ich wollte immer eine Arbeit, die ich draußen machen kann.« Er rieb sich mit der Hand übers Kinn. »Schiffsführer wollte ich nicht werden, da blieb nicht viel Auswahl.«

»Wenn man dir so zusieht, hat man allerdings den Eindruck, du hast deine Berufung gefunden.«

»Das stimmt. Am Anfang habe ich mich etwas schwergetan, mir all die Pflanzennamen zu merken. Es war mir zu viel Theorie und zu wenig Praxis, aber inzwischen bin ich froh, dass die Ausbildung mir das alles beigebracht hat.«

Während er sprach, malte Natalie sich aus, wie er zwischen farbenprächtigen Blumen und dichten Sträuchern stand, die Hände in die Erde grabend, stets umgeben von der natürlichen Schönheit, die er so begeistert pflegte.

»Wie lange arbeitest du schon an dem Garten von Gut Boltendorf?«

»Seit vier Jahren, seitdem Patrick das Gut übernommen hat.« Lukas zuckte mit den Schultern. »Vorher habe ich für Hotels gearbeitet. Das war nicht meins.«

»Wann wird der Garten fertig sein?«

»Wenn es nach mir geht, niemals«, antwortete Lukas mit einem Lächeln. »Es gibt immer etwas zu verändern und zu verbessern. Ein Garten lebt.«

Das Bild eines lebendigen, immerwährenden Projekts, das sich stetig weiterentwickelt, faszinierte sie. »Hast du zu Hause auch einen Garten?«

»Ja, und ich liebe ihn. Er ist zwar entfernt von Perfektion, aber dafür lebt er.« Zum ersten Mal, seitdem sie ihn wiedergesehen hatte, kam Lukas aus sich heraus. »Dort probiere ich etwas aus und mische Pflanzen, die man normalerweise nicht zusammenstehen lässt.«

»Das würde ich gern einmal sehen«, sagte sie, und ihre Worte waren mehr als nur eine Höflichkeit – sie war wirklich neugierig auf das kleine Paradies, das er sich erschaffen hatte.

»Ich würde ihn dir gern einmal zeigen.«

»Ein Schneeball mit zwei Löffeln und zwei Espressi«, sagte der Kellner mit seinem siebten Sinn für schlechtes Timing. »Lassen Sie es sich schmecken.«

»Danke.« Natalie stieß den Löffel durch die knackige Baiserhülle, bis sie die gefrorene Vanillecreme erreichte. Sie ließ sich den Nachtisch auf der Zunge zergehen. »Lecker.«

»Möchtest du den ganzen Schneeball haben?«, bot Lukas ihr an. »Dann bestelle ich mir noch einen.«

»Danke, das wird mir zu viel.« Natalie strich sich über den Bauch. »Genau genommen bin ich wirklich schon satt, aber der Schneeball ist einfach zu köstlich. Du solltest ihn probieren.«

Das ließ er sich nicht zweimal sagen und nahm sich einen Bissen des Desserts.

»Ist das gut! Wir sollten noch einmal hierherkommen, um nur den Nachtisch zu essen.« Lukas lächelte. »Oder ich zeige dir noch weitere Rügener Spezialitäten, die in den letzten Jahren auf der schönen Insel angekommen sind.«

»Das klingt verführerisch.« Natalie lächelte. »Ich komme darauf zurück.«

Er gönnte ihr den letzten Bissen der Süßigkeit und winkte dann den Kellner heran, um die Rechnung zu begleichen. Nachdem sie gezahlt hatten, begleitete Lukas Natalie zu ihrem Auto. Sie bedauerte, dass sie nicht weiter entfernt geparkt hatte, damit sie noch ein wenig länger mit ihm zusammenbleiben konnte.

»Da wären wir«, sagte sie und blieb stehen. Lukas sah sie unverwandt an, und Natalie erwiderte seinen Blick. Ihr Herz schlug schneller, die Spannung zwischen ihnen war greifbar, und Natalies Atem stockte, als sich ihre Blicke trafen.

Während er langsam näher kam, fühlte sie die Wärme seines Atems auf ihrer Haut. Seine Finger strichen über ihre Handfläche und entfachten eine Welle von Gefühlen, die sie übermannten. Als sich ihre Lippen schließlich trafen, kribbelte es auf ihrer Haut. Es war ein sanfter, zarter Kuss, der ihre Lippen vereinte und ihre Herzen im Einklang schlagen ließ. Die Welt um sie herum verschwand, und es gab nur noch sie beide, eingehüllt in diesen Moment.

Sie schmeckte den Hauch von Vanille und Espresso auf Lukas' Lippen und genoss die Süße und Wärme seines Kusses. Ihre Hände wanderten über seinen Rücken und spürten die Kraft der Muskeln. Die Nähe zu ihm war alles, was sie in diesem Augenblick brauchte – und doch schreckte sie zurück.

»Ich kann das nicht.« Sie löste sich aus seiner Umarmung. »Nicht hier auf Rügen, jetzt, da ich meine ganze Kraft für die Feier brauche.«

Lukas sah sie an, und Natalie spürte, wie seine Enttäuschung wuchs. Sie konnte sehen, dass er verwirrt war und sich fragte, was passiert war.

»Ich verstehe«, sagte er schlicht. »Du sollst wissen, dass ich dich wirklich mag.«

Natalie hätte ihm sagen können, dass sie ihn ebenfalls mochte, stattdessen öffnete sie die Autotür, sprang in den Wagen und brauste davon.

20

Noch 14 Tage bis zur Feier

Es war ein Glück für Natalie, dass so wenig Verkehr auf Rügen herrschte, denn sie fuhr automatisch und wie blind. Erst nachdem sie auf dem Campingplatz angekommen war, kam sie wieder zur Besinnung. Sie schaltete den Motor aus und legte den Kopf auf das Lenkrad, verzweifelt darum bemüht, den Atem zu beruhigen. Der Herzschlag dröhnte laut in ihren Ohren, während die Erinnerung an den Kuss mit Lukas sie gefangen hielt. Ihre Lippen erinnerten sich noch immer an die zarte Berührung der seinen, den sanften Druck, der sich langsam verstärkt hatte. Die Leidenschaft, die sie beide in diesem Augenblick teilten. Sie atmete tief durch, versuchte, die plötzliche Klarheit in ihrem Herzen zu verstehen: Der Schritt zurück, den sie gemacht hatte, galt nicht Lukas, sondern ihrer eigenen Angst.

Müde hob sie den Kopf, nur ihre Fingerspitzen berührten das Lenkrad, als ob sie sich dort festhalten wollte. Lukas und sie verband mehr als ein flüchtiger Kuss. Er könnte Teil ihrer Zukunft sein – wenn sie den Mut fand, ihre Bedenken beiseitezuschieben und das Schöne in ihr Leben zu lassen. Ein Gefühl von Sehnsucht, der Wunsch nach Zweisamkeit, nach tief empfundener Nähe, die sie längst verloren geglaubt hatte, erwachte in ihr wie ein Garten nach seinem Winterschlaf. Aber war sie wirklich bereit, erneut einem Mann zu vertrauen? War Lukas der Richtige für einen Neubeginn? Sie konnte sein Lächeln vor ihrem inneren Auge sehen, seine Liebe zu seinem Garten, wenn er mit den Pflanzen sprach, als wären sie alte Freunde.

So alte Freunde, wie Timo und er es mit Florian gewesen waren? Könnte sie das überhaupt ausblenden? Gar nicht zu reden davon, dass jetzt tatsächlich der denkbar schlechteste Zeitpunkt war, um sich zu verlieben. Natalie ballte die Hände zu Fäusten und kämpfte gegen die aufkommenden Tränen an. Himmel! So durcheinander war sie schon ewig nicht mehr gewesen. Sie musste ihre Gefühle sortieren und herausfinden, was dieser Kuss für sie bedeutete. War es nur ein Ausbruch der Leidenschaft, oder steckte mehr dahinter? Sie musste ehrlich zu sich selbst sein und sich ihren eigenen Emotionen stellen. Weggelaufen war sie lange genug.

Aber alles zu seiner Zeit – und zuerst die Hochzeit. Wenn Kathleen ihr dann endlich die Partnerschaft anbot, konnte Natalie die Entscheidung über ihre Zukunft treffen. Nun jedoch musste sie Lukas etwas schreiben, der Arme war sicher vollkommen verwirrt über ihren abrupten Aufbruch, was sie ihm nicht verübeln konnte.

Mit einem Seufzer holte sie ihr Smartphone hervor und starrte für einen Moment auf den schwarzen Bildschirm, als könnte sie darin die Antworten auf all ihre Fragen finden. Ihre Finger glitten über das Display, das sanfte Ticken der Tastatur als einziges Geräusch in der abendlichen Stille.

Lukas, es tut mir leid. Ich habe überreagiert. Lass uns erst die Hochzeit hinter uns bringen und dann sehen, was kommt.
Danke für den schönen Abend.
Natalie

Sie schickte die Nachricht ab und stellte ihr Smartphone aus, weil sie nicht auf seine Antwort warten wollte. Auch so war sie schon nervös genug, das Warten würde sie vollends kirre machen. Also verstaute sie das Telefon wieder in ihrer Tasche und öffnete die Autotür. Nachdem sie den Wagen abgeschlossen hatte, strich sie sich eine Haarsträhne aus dem Gesicht.

Erneut kreisten ihre Gedanken, als sie versuchte, die Widersprüchlichkeit ihrer Gefühle zu verstehen. Ein Teil von ihr sehnte sich nach der Wärme, die Lukas ihr gegeben hatte, nach der Verbindung, die sie in diesem Moment gespürt hatte. Doch ein anderer Teil – der ängstliche und besorgte – zwang sie dazu, vorsichtig zu sein, um keinen Schaden zu nehmen.

Erinnerungen an Florian und dessen Betrug tanzten in ihrem Kopf und ihrem Herzen herum – eine Warnung vor den möglichen Konsequenzen, die Lukas' Kuss mit sich bringen könnte. Tief in ihrem Inneren wusste sie, dass sie den Mut aufbringen musste, ihre Ängste zu überwinden und endlich bereit für das Glück zu sein. Denn nur wenn sie den Mut fand, sich ihren Gefühlen und Lukas zu öffnen, würde sie ihren Frieden mit der Vergangenheit und Rügen machen können.

»Genug davon. Ich halte mich an meine Vorsätze: Erst bringe ich die Feier zu einem Abschluss, dann entscheide ich, welchen Weg ich gehen werde.« Nachdem sie sich gut zugeredet hatte, kam sie langsam zur Ruhe. Sie betrat den Wohnwagen und sah sich um. Einerseits wollte sie nichts lieber, als sich ins Bett zu legen, ihre Gedanken wandern zu lassen und einzuschlafen. Andererseits wäre die Arbeit eine willkommene Ablenkung.

Kurz entschlossen setzte Natalie sich an ihr Notebook. Mit etwas Glück hatte die Braut endlich eine der ausstehenden Entscheidungen getroffen. Sonst könnte Natalie sich anstrengen, wie sie wollte, es würde kaum noch möglich sein, eine Band zu bekommen oder jemanden auf Rügen zu finden, der eine Hochzeitstorte backen konnte.

Nichts!

Sollte sie Leonie erneut eine Nachricht schreiben, um der Braut die Dringlichkeit vor Augen zu führen? Wenn Leonie es allerdings bis jetzt nicht verstanden hatte, würde sie es auch durch eine weitere Mail nicht begreifen. Es blieb Natalie nichts anderes übrig, als zu warten. Manchmal wünschte sie sich, sie besäße die Gelassenheit, den Dingen einfach ihren Lauf zu lassen.

Stattdessen lagen ihre Nerven blank. Seit fast zwei Wochen hatte sie die Hochzeitsfeier von Leonie und Sebastian vorbereitet und alles minutiös geplant. Doch immer wieder musste sie sich mit Sabotageversuchen ihrer Kundin auseinandersetzen. Fehlende Antworten auf Natalies Fragen, immer neue Einfälle für die Dekoration und das Programm der Feier. Eine letzte Chance wollte Natalie der Braut noch geben und öffnete ihr E-Mail-Programm, um eine endgültige Deadline zu setzen.

Gerade als sie zu tippen begann, erhielt sie eine Nachricht von Leonie, als hätte diese gespürt, dass Natalie langsam zornig wurde.

Liebe Frau Uphoff,
Sebastian und ich möchten gern am kommenden Wochenende nach Rügen reisen, für ein Probeessen.
Wir haben uns für einen DJ entschieden und hoffen, Sie werden einen auf Rügen finden. Wir vertrauen auf Ihre Kompetenz.
Gleiches gilt auch für die Hochzeitstorte. Ich lege alles vertrauensvoll in Ihre Hände.
Bei Fragen melden Sie sich einfach.
Beste Grüße
Leonie Lembke

Das durfte doch nicht wahr sein! Ohne weiter nachzudenken, griff Natalie nach ihrem Smartphone und tippte Leonies Nummer ein.

»Frau Uphoff, ist etwas passiert?« Leonies Stimme überschlug sich. Erst nach einem Blick auf ihre Armbanduhr erkannte Natalie, warum die Braut so reagierte. Es war kurz vor 23 Uhr, deutlich zu spät für einen Anruf. Der Kuss hatte Natalie stärker durcheinandergebracht, als sie sich eingestehen wollte. Früher wäre ihr das nie passiert, dass sie eine Kundin durch ein nächtliches Telefonat erschreckte.

»Tut mir leid. Ich wollte Sie nicht in Aufregung versetzen.« Natalies Stimme klang weich vor Müdigkeit. »Ich habe nur gerade Ihre Mail gelesen und wollte kurz mit Ihnen die Details des Probeessens besprechen.«

»Gut, dann muss ich Ihnen meine Wünsche nicht schreiben.« Leonie klang etwas ruhiger. »Wenn wir nach Rügen kommen, organisieren Sie bitte drei Essen zur Auswahl.«

Das meinte sie nicht ernst! Natalie schloss die Augen und ließ die Frustration wie eine Welle über sich hinwegrollen. Dahinter drang das ferne Gemurmel des Meeres an ihr Ohr, als würde es versuchen, sie zu beruhigen. Sie hatte bereits mit Jana und Nico wunderbare Caterer gefunden, hatte jedes Detail mit Bedacht und Liebe zum Detail zu planen begonnen. Doch Leonie schien nicht zufrieden und stellte wieder alles infrage.

»Ich hatte mehrmals nachgefragt, ob Sie ein Probeessen wünschen, und weil uns die Zeit davonläuft und Sie nicht reagiert haben, habe ich bereits einen Vertrag mit den *Strandläufern* abgeschlossen«, sagte Natalie und versuchte, ruhig zu bleiben. »Ich versichere Ihnen, das Essen wird fantastisch.«

Doch Leonie ließ sich nicht beschwichtigen. »Ich will trotzdem weitere Optionen für mein Hochzeitsessen haben«, entgegnete sie. Die Bestimmtheit in ihrer Stimme war wie eine kalte Brise, die

Natalie frösteln ließ. »Es ist schließlich meine Hochzeit, und ich will sichergehen, dass alles perfekt ist.«

Natalie atmete tief durch und sammelte ihre Gedanken. Sie sah die schimmernden Lichter der Binzer Seebrücke vor ihrem inneren Auge, die sich in der Ostsee spiegelten, und versprach sich selbst, dass sie auch diesen Sturm überstehen würde.

»Natürlich, Frau Lembke«, sagte Natalie und bemühte sich um einen neutralen Tonfall. »Ich werde alles arrangieren.«

»Ich möchte auch die Floristin kennenlernen«, antwortete die Braut, ihr Tonfall wieder deutlich gestresster. »Annabell war nicht überzeugt von deren Konzept und Geschäft.«

Annabell? Ach, Frau Rieckhoff, fiel es Natalie ein.

»Frau Petersen gilt als die Beste hier«, entgegnete Natalie und bereute ihren spontanen Anruf. »Sie hat Himmel und Hölle in Bewegung gesetzt, um Ihre Wünsche erfüllen zu können.«

»Dafür zahlen wir ihr ja auch genug.« Damit schien für die Braut alles erledigt zu sein. »Sebastian ist ebenfalls der Meinung, wir sollten uns vor Ort ein Bild machen.«

Natalies Wangen brannten, und in ihren Augenwinkeln prickelte es verdächtig. »Wenn Sie mir nicht vertrauen, sollten Sie sich möglicherweise eine andere Planerin suchen«, platzte es aus ihr heraus. Was zu viel war, war einfach zu viel. Kathleen würde toben, doch selbst ihre Chefin würde einsehen müssen, dass es Grenzen gab und dass manche Projekte zum Scheitern verurteilt waren.

»Wollen Sie mich erpressen?«, fragte Leonie empört. »Von einer professionellen Hochzeitsplanerin hätte ich mir mehr … Professionalität erwartet.«

Sofort kamen Natalie ein Dutzend Antworten in den Sinn, die sie der Braut gern entgegengeschleudert hätte, aber nichts davon wäre zielführend gewesen. Also biss sie die Zähne zusammen und versuchte, eine Lösung zu finden. Vor ihrem inneren Auge blitzten Erinnerungen auf – an all die glücklichen Paare, denen sie geholfen hatte, den schönsten Tag ihres Lebens zu gestalten.

»Sie müssen verstehen«, sagte Natalie mit ruhiger Stimme, »dass wir schon sehr knapp in der Zeit sind. Wir sollten bei getroffenen Entscheidungen bleiben, wenn Sie die Hochzeit zum geplanten Termin durchführen wollen.«

Sekunden der Stille zogen sich zäh und schwer wie klebriger Honig in die Länge. Natalie fürchtete, dass Leonie wütend aufgelegt haben könnte. Doch dann hörte sie das leise, erschöpfte Seufzen am anderen Ende der Leitung. Dieses kleine Geräusch schien die Spannung im Raum aufzulösen wie Eis im warmen Sonnenlicht.

Leonie seufzte erneut auf. »Es tut mir leid. Ich bin sonst nicht so. Diese ganzen Vorbereitungen machen mich verrückt.« Ein leises Lachen, das sie sofort sympathischer wirken ließ. »Ich muss Ihnen vorkommen wie die schlimmste Brautzilla.«

Bevor Natalie sich eine diplomatische Antwort überlegen konnte, sprach Leonie weiter. »Sie haben recht, ich sollte Ihnen vertrauen. Daher möchte ich am kommenden Wochenende nur den Caterer kennenlernen, den Ort und auch die Floristin. Falls das möglich ist.«

Natalie spürte, wie ihr eigenes Lächeln sich seinen Weg durch die Strapazen des Abends bahnte. »Das wird sich einrichten lassen.« Ihr fiel ein Stein vom Herzen, dass sie diese Klippe umschifft hatte. »Sagen Sie mir Bescheid, wenn Sie auf Rügen angekommen sind.«

»Das mache ich. Bis dahin. Vielen Dank und gute Nacht.«

»Gern geschehen. Gute Nacht«, erwiderte Natalie, und dieses Mal kam ihre Antwort aus tiefstem Herzen. Das beruhigende Klicken, als sie das Gespräch beendete, führte dazu, dass der Raum mit einer sanften, friedlichen Stille erfüllt war.

Bevor sie endlich ins Bett ging, rief Natalie noch schnell im *Strandläufer* an.

»Strandläufer, Jana hier«, klang die vertraute Stimme am anderen Ende der Leitung.

»Hier ist Natalie Uphoff, entschuldigen Sie die späte Störung. Und ich weiß, es ist kurzfristig, aber wäre es möglich, ein Probeessen für das Brautpaar zu arrangieren?«

Die Sekunden, die verstrichen, während Jana überlegte, fühlten sich wie eine Ewigkeit an. Endlich schien sich die Zeit wieder in Bewegung zu setzen, als Janas Stimme klar und freundlich erklang: »Natürlich, Frau Uphoff. Ich werde mich um einen Menüvorschlag kümmern und Ihnen bald Rückmeldung geben.«

»Danke, Jana. Das bedeutet mir wirklich viel«, flüsterte sie leise, ihre Stimme voller Dankbarkeit und Erleichterung. Nach einem kurzen weiteren Austausch verabschiedeten sie sich, und Natalie legte ihr Telefon auf den Schreibtisch. Für heute war es wirklich genug!

Als sie schließlich unter die Bettdecke schlüpfte, fühlte sie, wie sich die Anspannung des Tages allmählich von ihr löste. Ihre Augenlider wurden schwerer, doch ihr Geist war hellwach, erfüllt von Gedanken über das bevorstehende Probeessen und die Aufgaben, die noch auf sie warteten.

Doch in diesem Moment konnte sie einen kleinen Sieg für sich verbuchen. Mit einem leisen Seufzer schloss sie die Augen, wissend, dass der morgige Tag wieder viele Herausforderungen mit sich bringen würde, doch auch ein bisschen Hoffnung und einen Funken Freude.

21

Das entfernte Murmeln der Wellen begleitete Lukas, als er auf seinem Fahrrad den Sandweg entlangradelte. Er trat fest in die Pedale, das leise Knarzen der Kette und der Rhythmus seines Herzschlags verschmolzen. Der Scheinwerfer warf einen Strahl aus Licht, der den Pfad vor ihm erhellte wie ein einsamer Leuchtturm inmitten der Dunkelheit.

Ein nächtliches Mosaik aus funkelnden Sternen wölbte sich über ihm, die weiten Felder der Insel Rügen lagen wie ein stiller, dunkler Teppich vor ihm, gut zu sehen im silbernen Licht des Mondes.

Die sternenklare Nacht hatte etwas Magisches, das normalerweise jeden Anflug von Kummer in Luft auflöste. Doch heute wollte die Wirkung nicht einsetzen. Mit einem tiefen Seufzer trat er fester in die Pedale, wünschte sich, schon zu Hause zu sein, sich in seinen Garten zu setzen und dort in Ruhe in den Nachthimmel zu blicken.

Er spürte die kühle Nachtluft auf seiner Haut, sanft wie eine Berührung – und sofort kam ihm Natalie in den Sinn. Sosehr er es verdrängen wollte, immer wieder kehrten seine Gedanken zu dem missglückten Kuss zurück. Nein, das stimmte nicht, der Kuss war einfach perfekt gewesen, nur das, was sich danach abgespielt hatte, überschattete leider den Moment des Glücks.

Mit festem Griff hielt er den Lenker, schloss kurz die Augen und beschwor die Erinnerung an den Kuss mit Natalie herauf, wie einen Film, der sich langsam vor seinem inneren Auge abspulte. Jede Einzelheit dieses Augenblicks war in sein Gedächtnis eingebrannt, lebendig und voller Details, die er nie vergessen würde.

Der Kuss war noch besser gewesen, als er es sich vor zehn Jahren in seiner Schwärmerei für sie ausgemalt hatte. Er erinnerte sich an die zarte Berührung ihrer Hand, die seine Wange gestreift hatte. Noch immer konnte er den Duft ihres Haares riechen, ein Hauch von Jasmin und Vanille. Ihre Lippen waren weich und warm gewesen, der Kuss erst tastend, dann voller Leidenschaft.

»Ich bin selbst schuld«, murmelte er, und der Wind trug seine Worte davon. »Warum musste ich es so überstürzen?«

Das war unfair, das wusste er selbst, doch sein Gefühl wollte sich nicht Argumenten beugen. Ja, Natalie war von Rügen geflohen, aber sie hatte einen guten Grund gehabt. Warum hatte er ihr nicht früher die Wahrheit gesagt? Vielleicht war es ohnehin eine dumme Idee gewesen, sie zu küssen. Schließlich stand die Vergangenheit zwischen ihnen, möglicherweise sogar Florian.

Als er an ihn dachte, verschärfte Lukas das Tempo, bis er außer Atem geriet. Florian war der Grund, warum Natalie der Liebe misstraute – da war Lukas sich sicher. Außerdem war der Sohn eines Hotelbesitzers ein egoistisches Ekel gewesen, ein Großkotz, der mit dem Auto protzte, das sein Vater ihm bezahlt hatte. Seltsam, kam es Lukas in den Sinn, dass er Florian beinahe so lange nicht mehr gesehen hatte wie Natalie. Nachdem sie damals von Rügen geflüchtet war, hatte er sich aus der Clique um Florian zurückgezogen.

Timo war ihm bald gefolgt und hatte dann in Stralsund Sophia kennengelernt, und ihre Leben hatten sich verändert. Für einen Moment regte sich Neugierde, was wohl aus Florian geworden war. Von der Hochzeit und der folgenden Scheidung hatte Lukas von

Timo erfahren, aber es hatte ihn nicht wirklich interessiert. Er war sicher gewesen, mit dieser Zeit in seinem Leben abgeschlossen zu haben … und dann war sie wieder zurückgekehrt. Wenn er sich schon so fühlte, wie musste es erst Natalie gehen?

Morgen früh rufe ich sie an und versuche, mit ihr über alles zu reden, nahm er sich vor, als er auf seine Einfahrt einbog. Er stellte das Fahrrad in den Schuppen und holte sich ein Bier aus dem Kühlschrank, bevor er sich auf die alte Gartenbank setzte, die unter dem kleinen Balkon stand. Die Bank war schon hier gewesen, als er das Haus gekauft hatte, und sie gefiel ihm so gut, dass er sie behielt. Allerdings hatte er ihren Standort verändert, vorher hatte die Bank mitten im Garten gestanden, Wind und Wetter ausgesetzt, was ihrem Holz nicht gut bekommen war. Lukas hatte sie aufarbeiten lassen und ihr einen geschützteren Ort gegeben. Einen Platz, von dem aus er einen wunderbaren Blick in seinen Garten besaß.

Die alten Buchen warfen im Mondlicht lange, schlanke Schatten. Etwas raschelte im Gebüsch, und Lukas verengte die Augen, aber das kleine Tier ließ sich nicht sehen. Wie schön sein Herbstgarten im Dunkeln war. Er sollte sich öfter Zeit nehmen, einfach auf der Bank zu sitzen, ein Bier zu trinken und an nichts zu denken.

Als straften seine Gedanken ihn Lügen, war er voll Hoffnung, als sein Telefon den Piepton von sich gab, der eine eingegangene Nachricht ankündigte. Nach kurzem Zögern griff er nach dem Smartphone, nicht sicher, was ihn erwartete. Als er Natalies Namen auf dem Bildschirm sah, stockte ihm der Atem, ein Strom von Emotionen durchfloss ihn – Hoffnung, Sorge und eine Spur von Resignation.

Er öffnete die Nachricht, die Worte schienen ihm entgegenzuspringen, während sein Herz schneller schlug.

Lukas, es tut mir leid. Ich habe überreagiert. Lass uns erst die Hochzeit hinter uns bringen und dann sehen, was kommt.
Danke für den schönen Abend.
Natalie

Jeder Buchstabe brannte sich in seinen Geist ein, eine Mischung aus Erleichterung und Aufregung wogte in ihm auf und ab. Sie hatte überreagiert. Sie wollte es wiedergutmachen. Er fühlte, wie sein Herz einen hoffnungsvollen Schlag aussetzte, nur um danach schneller weiterzupochen, aber der Atem, der sich in seiner Brust gesammelt hatte, entwich nur langsam.

»Es ist nicht ihr Fehler, dass ich mir zu viel erhofft habe«, gestand er schließlich widerwillig ein. Er musste seine Erwartungen überdenken, lernen, wie ein alter Baum trotz der Stürme tief zu wurzeln. Vielleicht würde er eines Tages jemanden finden, der nicht weglief, sondern blieb. Vor zwei Jahren hatte er geglaubt, diesen Menschen in Daniela gefunden zu haben, einer Lektorin aus Hamburg, die ein neues Leben auf Rügen beginnen wollte. Sie liebte die Insel, so wie er.

»Rügen ist wie ein Gedicht«, hatte sie einmal gesagt, »ein Ort, an dem man die Stille finden kann, wenn die Worte enden.«

Doch schließlich hatte die Sehnsucht nach dem pulsierenden Herzschlag Hamburgs gewonnen, und sie hatte Rügen und auch Lukas verlassen.

»Ich dachte, ich könnte hierbleiben«, hatte sie ihm zugeflüstert, den Blick auf das Meer gerichtet. »Aber sie fehlt mir zu sehr, die Großstadt, ihre Hektik, ihre Möglichkeiten, ihre glitzernden Straßen.«

Nach Daniela hatte er sich geschworen, sein Glück nie wieder mit einer Frau zu versuchen, die auf dem Festland lebte und dort verwurzelt war. Irgendwann würde er eine finden, die Rügen so liebte wie er. Eines Tages, vielleicht. Mit diesem tröstlichen Gedanken stand er auf, um ins Bett zu gehen.

Der Klang von Regentropfen, die gegen das Schlafzimmerfenster prasselten, weckte Lukas auf, bevor sein Wecker sich meldete. Er streckte sich und lauschte dem gleichmäßigen Takt der Tropfen, seine Gedanken glitten wieder zu Natalie. Sollte er auf ihre Nachricht reagieren? Falls ja, wie? Da er sich zu müde fühlte, eine Entscheidung zu treffen, atmete er tief ein und spürte die Kühle des Morgens auf seiner Haut. Als der Wecker klingelte, warf er die schwere Decke zur Seite und enthüllte das altmodische Bettgestell aus dunklem Holz, das er von seinem Großvater geerbt hatte.

Nachdem er geduscht, sich angekleidet und einen Kaffee getrunken hatte, machte er sich auf den Weg zur Arbeit. Da der Regen stärker geworden war, fuhr er mit dem Auto zum Gut Boltendorf. Als er dort ankam, endete der Regen, und ein zaghafter Sonnenstrahl suchte sich seinen Weg durch die grauen Wolken.

Ein leiser Wind raschelte durch die rotgoldenen Blätter der alten Bäume. Lukas sog tief die Luft ein, genoss den Geruch der Erde nach einem Regenguss, der sich mit dem Aroma von feuchtem Laub mischte. Auch der Garten schien dankbar für die Erfrischung zu sein: Die Pflanzen wirkten frischer und lebendiger. Die Blätter glitzerten vor Nässe, als ob sie von winzigen Edelsteinen bedeckt wären. Er liebte diesen Anblick, den Glanz der Natur nach einem Regen, wie die Erde atmete und sich regenerierte.

Der kurze Regenschauer hatte ihn daran erinnert, dass selbst die Natur Zeit für Stille und Erholung benötigte. So wie auch Natalie – und so wie er bereit war, seinem Garten die Zeit zu geben, sollte er auch Natalie gegenüber warten, bis sie den nächsten Schritt unternahm. Gut, dass er ihr gestern nicht geantwortet, sondern sich die Zeit genommen hatte, eine Nacht darüber zu schlafen.

Er zog sein Smartphone heraus und tippte:

Danke für deine Nachricht, Natalie. Ich verstehe, dass es viel auf einmal war. Lass uns die Hochzeit organisieren, und dann können wir sehen, wohin der Weg uns führt. Auch ich danke dir für den schönen Abend.
Liebe Grüße
Lukas

Er las die Nachricht noch einmal durch, prüfte jedes Wort, um sicherzugehen, dass er nichts überhastete. Nachdem er sie verschickt hatte, fühlte er sich leichter, als ob eine Last von seinen Schultern genommen worden wäre. Mit frischem Mut vertiefte er sich in seine Tagesarbeit, grub seine Finger in die feuchte Erde.

Auf einmal hörte er ein vertrautes Geräusch – das leise, fordernde Miauen der Streunerkatze. *Endlich!* Er hatte sich schon Sorgen um sie gemacht. Lächelnd drehte er sich um und beobachtete, wie sie elegant über das Gras schlich.

»Na, Eure Hoheit, da bist du ja«, sagte er leise, ging in die Hocke und streckte die Hand nach ihr aus. Sie kam schnurrend auf ihn zu, wodurch er deutlich sehen konnte, dass sie wieder schlanker geworden war.

»Lily, hast du etwa ein Geheimnis?«, murmelte er, bevor er sich aufmachte, ihr Futter zu geben. »Wo sind deine Babys?«

Während er zusah, wie sie fraß, blickte er auf sein Display, aber noch keine Nachricht von Natalie. Ein Laut der Enttäuschung entkam ihm, doch er wusste, dass er Geduld haben musste – mit ihr, mit sich selbst und mit dem Rhythmus des Lebens, das seinen eigenen Weg ging.

Allerdings brauchte er dringend Ablenkung und jemanden, mit dem er reden konnte. Da gab es nur einen.

Lukas drückte die Kurzwahl für Timos Nummer, in der Hoffnung, der Klang eines guten Freundes und das Versprechen eines kühlen Bieres würden die Unruhe aus seinem Kopf vertreiben.

»Hallo?«, meldete sich eine weibliche Stimme am anderen Ende.

»Sophia? Ich ... ähm, ich wollte eigentlich Timo sprechen.«

»Timo ist nicht da. Ich kann ihm sagen, dass du angerufen hast.«

»Ist nicht so wichtig, ich wollte nur fragen, ob er Lust hat, später mit mir einen trinken zu gehen. Ich könnte etwas Ablenkung gebrauchen.«

»Ablenkung, hm?«, fragte Sophia, ihre Stimme plötzlich schärfer. »Hat es mit Natalie zu tun?«

»Wie kommst du darauf?«

»Du warst vor zehn Jahren in sie verliebt, hat Timo gesagt, und jetzt ist sie wieder da.«

»Timo sollte das niemandem erzählen.«

»Wir sind verheiratet, da teilt man solche Dinge.« Sophia lachte leise. »Bei mir ist dein Geheimnis sicher.«

»Danke.« Diese Neuigkeit musste Lukas erst einmal verdauen. »Sag Timo bitte, dass ich angerufen habe. Tschüs.«

Er gab ihr keine Chance, mehr zu sagen, sondern beendete das Gespräch. *Verdammt! Timo!* Warum hatte sein Freund nicht die Klappe gehalten? Lukas hatte ihm erst vor ein paar Jahren von seiner Schwärmerei für Natalie, damals noch Nina, erzählt. Niemals wäre er damals auf die Idee gekommen, ihr das zu sagen, wusste er doch genau, dass er niemals mit Florian mithalten konnte. Nicht einmal, nachdem dieser Nina betrogen hatte. Es wäre Lukas schäbig vorgekommen, das für seine Zwecke auszunutzen.

Ab und zu hatte er sich gefragt, was aus ihr geworden war, aber dann waren andere Frauen gekommen und auch wieder gegangen. Keine von ihnen war die Eine gewesen, bei keiner waren seine Gefühle so stark wie bei Natalie.

Während der Tag voranschritt, verblassten seine Sorgen langsam. Auch wenn Natalie nicht geantwortet hatte, konnte er immer noch sein Glück mit ihr finden. Er musste nur Geduld haben, in zwei Wochen sollte die Feier stattfinden, so lange zu warten war nicht zu viel verlangt. Außerdem war Geduld seine Stärke.

Es gibt immer Hoffnung, dachte er, während er die letzten Blätter zusammenharkte und der Wind sie in leichten, tanzenden Wirbeln über das Gras blies. Er atmete tief ein und fühlte sich bereit, den Tag so zu nehmen, wie er kommen würde. Mit all seinen Ungewissheiten und kleinen Wundern.

22

Noch 13 Tage bis zur Feier

Inzwischen hatte sie Lukas' Nachricht bestimmt zwölfmal gelesen, hatte jedes einzelne Wort interpretiert und versucht, einen versteckten Sinn darin zu entdecken. Ob es ihm mit ihrer Nachricht ähnlich gegangen war? Himmel! So konnte das nicht weitergehen. Sie konnte sich nicht mehr auf ihre Arbeit konzentrieren, obwohl das Testessen näher rückte. Selbst wenn sie es wollte, konnte sie Lukas nicht aus dem Weg gehen. Spätestens am Tag der Feier würde sie ihm wieder begegnen, also mussten sie einen Weg finden, miteinander umzugehen.

Da es ihr Fehler gewesen war, wollte sie den ersten Schritt gehen. Aber wie sollte sie es anfangen? Während sie noch grübelte, klopfte es an der Tür ihres mobilen Büros.

Lukas?

Sofort sprang sie auf und riss die Tür auf. Doch es war Svenja, die ihr eine Zeitung entgegenhielt. »Schau mal, hier steht etwas über Rügens beste Motivtortenbäckerin. Sie war in einer dieser vielen Backshows im Fernsehen.«

»Danke.« Natalie nahm die Zeitung entgegen und überflog den Artikel. »Woher weißt du, dass ich eine Hochzeitstortenbäckerin suche?«

»Ich habe den siebten Sinn.« Svenja machte seltsame Bewegungen mit ihren Händen, sodass ihre Armreifen klimperten. »Nein, Quatsch. Jana hat es mir erzählt.«

»Rügen ist ein Dorf, stimmt.« Oh nein, wusste Svenja etwa auch von Natalies Kuss?

»Was ist mit dir?« Die Campingwirtin musterte sie aufmerksam. »Du wirkst etwas … durcheinander.«

»Ich habe Lukas geküsst, aber ich muss immer an meinen Ex denken, der mich betrogen hat«, platzte Natalie zu ihrer eigenen Überraschung heraus. Normalerweise öffnete sie sich anderen Menschen gegenüber nicht so schnell. »Nun weiß ich nicht, was ich tun soll.«

Svenja legte den Kopf schräg und schien nachzudenken, bis ihre Augen funkelten, sie ihr die Hände auf die Schultern legte und sie anlächelte. Dann sagte sie in warmem Ton: »Natalie, in der Mode wie in der Liebe – manchmal muss man das Alte ausmisten, um Platz für Neues zu schaffen. Wichtig ist es, den richtigen Zeitpunkt zu finden.«

»Ich fürchte, ich habe es vergeigt.«

»Das erfährst du erst, wenn du mit ihm sprichst.« Svenja zwinkerte ihr zu. »Liebe ist nicht das, was du findest, sondern das, was du baust – und wie beim Zelten braucht es mehr als einen Anker im Boden, es braucht auch Hände, die halten, wenn der Wind bläst.«

»Hmm«, antwortete Natalie, die mit Svenjas Worten nicht allzu viel anfangen konnte, wahrscheinlich, weil sie es in ihrem Leben bisher vermieden hatte, zelten zu gehen. »Du meinst, ich soll mit ihm reden?«

»Selbstverständlich. Und nimm ihm etwas Süßes mit. Mit einer Zimtschnecke lässt sich alles leichter besprechen.«

»Danke, du bist ein Schatz.« Natalie umarmte die Campingwirtin, bevor sie sich ihre Jacke griff und nach ihrem Autoschlüssel suchte.

Lukas, hast Du Zeit für mich? Ich bin in einer Viertelstunde da. Mit Frühstück.

Wenige Momente nach ihrer Nachricht erhielt sie die Antwort, ein schlichtes Ja, das ihr ein Lächeln aufs Gesicht zauberte.

In Binz kaufte sie ein paar süße Teilchen, denn Svenjas Idee hatte etwas für sich. Sie legte die Papiertüte auf den Beifahrersitz, von wo aus der verführerische Duft nach Zimt und Zucker in ihre Nase stieg. Aber Natalie war plötzlich so nervös, dass sie keinen Appetit verspürte.

Endlich war sie am Gutshof angekommen, schnappte sich die Brötchentüte und sprang aus dem Auto. Ihr Magen fühlte sich flau an, eine seltsame Mischung aus Nervosität und Vorfreude. Der süße Duft des Marzipans erinnerte sie an den Kuss, an den Geschmack von Lukas' Lippen. Der Kuss hatte sich so richtig angefühlt, so wunderbar. Sie wusste nur zu gut, dass sie selbst sich im Weg stand.

»Warum nur?«, fragte sie sich. »Warum habe ich solche Angst vor dem, was sich zwischen uns entwickelt?«

Die Frage war leicht zu beantworten: Sie hatte eine Scheißangst, wieder verletzt und betrogen zu werden. Da halfen auch die vielen Hochzeiten nicht, die sie organisiert hatte. Auch wenn sie es sich selbst kaum eingestehen wollte – und niemals Kathleen gegenüber –, so fragte sie sich bei jedem Paar, ob es wirklich das Happy Ever After war oder nur eine Liebe auf Zeit. Außer bei den beiden, denen ihre zweite Chance geschenkt worden war – bei ihnen war Natalie sich sicher.

Vielleicht hatte Svenja recht, und es wurde Zeit, Florian aus ihrem Leben zu verbannen wie ein unmodisches Kleidungsstück. Ja, das würde sie einfach heute ausprobieren.

Begeistert von ihrer Idee schwang sie die Tüte mit den Leckereien, während sie den Garten betrat. Nach dem Regenschauer wirkte alles frisch und lebendig. Selbst Frau Rieckhoff würde der Garten in seiner herbstlichen Pracht gefallen.

Natalie zog ihre Jacke enger um sich, als sie den Weg entlangging, der sich durch den Garten schlängelte.

Am Gartenhaus entdeckte sie Lukas, der mit jemandem zu reden schien. Oh, an diese Möglichkeit hatte Natalie überhaupt nicht gedacht. Alle Szenarien, die sie im Kopf durchgespielt hatte, hatten sich nur um Lukas und sie gedreht. Einen Moment lang fühlte sie sich versucht, das als Zeichen des Schicksals zu sehen, auf der Stelle umzudrehen und sich die Süßigkeiten mit Svenja schmecken zu lassen. Aber was würde er von ihr denken, wenn sie ihre Verabredung nicht einhielt?

Bevor sie eine Entscheidung treffen konnte, wandte er sich zu ihr um, und ein Lächeln glitt über sein Gesicht, als er sie erkannte. Es war so warm und herzlich, dass sie es einfach erwidern musste.

»Ich habe uns Apfelkrapfen und Marzipanschnecken mitgebracht.« Sie schwenkte die Tüte, bis ihr einfiel, dass das Gebäck das ständige Schütteln wohl nicht so gut überstehen würde. »Falls du magst.«

»Hallo.« Sein Blick wirkte etwas unsicher, aber gleichzeitig auch glücklich. Natalie nahm an, dass sie ähnlich schaute. »Im Gartenhaus habe ich einen Wasserkocher. Ich mach uns schnell einen Tee.«

Sie nickte. »Mit wem hast du gesprochen?« Suchend sah sie sich um.

»Mit Lily.«

»Lily?« Es gab eine andere Frau in seinem Leben? »Von ihr hast du noch nie erzählt.«

»Da ist sie.« Sein Lächeln wurde breiter, als er zur Seite trat, um ihr einen Blick auf eine weiße Katze mit schwarzen Flecken zu gewähren. »Ich füttere sie, erzähl es bitte niemals Patrick.«

Er drehte sich um, um ins Gartenhaus zu gehen.

»Ehrenwort.« Ihr fiel ein Stein vom Herzen. Vorsichtig bewegte sie sich auf die Katze zu. »Hallo, du Schöne.«

Anscheinend war sie nicht vorsichtig genug gewesen, denn die Katze schlang noch einen Bissen Futter in sich hinein, bevor sie in den Büschen verschwand.

»Möchtest du drinnen oder draußen Tee trinken?« Lukas war aus dem Gartenhaus zurückgekommen, zwei Tassen in seinen Händen. »Ich schlage vor, wir nutzen das schöne Wetter.«

Er deutete auf zwei Stühle, die an einem Gartentischchen standen.

»Sehr gern.« Natalie nahm Platz. Wollten sie wirklich über das Wetter reden? Andererseits zögerte sie, den ersten Schritt zu machen und anzusprechen, was gestern zwischen ihnen geschehen war.

»Dann hole ich mal Teller.« Es kam ihr vor, als rannte Lukas vor ihr davon, so schnell, wie er ins Gartenhaus eilte.

Nachdem er die Teller auf dem kleinen Tisch verteilt hatte, legte sie die Papiertüte mit den Leckereien auf einen davon. Schweigen breitete sich zwischen ihnen aus.

»Der Tee ist jetzt gut«, sagte Lukas schließlich und deutete auf die Tasse.

»Danke.« Warum nur wollten ihr keine Worte einfallen. »Lukas, ich …«, begann sie, während er gleichzeitig sagte: »Natalie, ich möchte mich entschuldigen. Der Kuss – er hätte nicht passieren dürfen.«

»Nein, es war meine Schuld«, platzte sie heraus. »Ich … ich hänge wohl noch mehr an der Vergangenheit fest, als ich mir selbst eingestehen will.«

»Das kann ich verstehen«, flüsterte Lukas, »mir geht es ähnlich. Natalie …«

»Nein, bitte lass mich erst alles sagen, was mir auf dem Herzen brennt.« Sie sah ihn an und hoffte, dass er ihr diese Chance gewährte. »Ich … also, der Kuss war schön, aber …«

»Ich weiß«, fiel er ihr ins Wort und sah ihr direkt in die Augen, mit einem Blick, der Schmetterlinge in ihrem Magen aufwirbelte. »Du bist hier, um zu arbeiten, und ich möchte der Letzte sein, der dir dabei Probleme bereitet.«

»Nein, du bist keinesfalls ein Problem«, korrigierte Natalie, und ein kleines Lächeln stahl sich auf ihre Lippen. »Ich bin die, die dumm reagiert hat.«

»Ich habe dich überfallen.« Nun sah er an ihr vorbei, zog die Unterlippe zwischen die Zähne und strich sich mit der Hand durchs Haar. »Weil es einfach ein so schöner Abend gewesen war.«

»Das fand ich doch auch.« Sie legte ihre Hände um die Tasse, um sich zu wärmen. »Ich hab überreagiert, weil ich plötzlich Angst bekommen habe.«

»Vor mir?« Nun blickte er auf und sah sie wieder direkt an. »Das wollte ich keinesfalls.«

»Nicht vor dir, eher vor mir.« Sie suchte nach Worten. »Vor meinen Erinnerungen und auch vor dem, was sein könnte.«

»Ich …«, flüsterte er, »ich musste dich küssen, weil ich Angst vor dem Tag der Hochzeit habe. Das wird unser letzter gemeinsamer Tag sein.«

Nun konnte sie ihn nur überrascht anstarren. Damit hatte sie beim besten Willen nicht gerechnet. Nach einigen Sekunden des Schweigens fiel ihr endlich eine passende Antwort ein.

»So weit ist es von Schwerin nach Rügen nicht.« Nervös spielte sie mit der Papiertüte und nahm sich eine Marzipanschnecke, obwohl sie Rosinen nicht besonders mochte. Als das Teilchen vor ihr auf dem Teller lag, hatte sie den Appetit schon wieder verloren.

»Ich weiß, aber ich weiß nicht, ob du mehr willst als einen Insel-Flirt.«

Nun starrte sie ihn schon wieder vollkommen überrascht an. »Nein«, flüsterte sie schließlich. »Zwischen uns ist es mehr, es ist echt, nicht wahr?«

Anstatt etwas zu sagen, beugte er sich zu ihr und gab ihr einen Kuss, sanft und zart, ein Versprechen. Natalie wusste in diesem Augenblick, dass ihr wahres Rügen-Abenteuer gerade erst begann. Nachdem sie sich voneinander gelöst hatten, brauchte sie ein paar Momente, um sich zu sammeln.

»Lass es uns langsam angehen«, bat sie. Sie fühlte sich, als stünde sie am Tor eines unbekannten Gartens, bereit, die Geheimnisse zu erkunden, die sich zwischen den bunten Blüten und den alten Bäumen verbargen.

»Wir machen es ganz so, wie du es wünschst«, antwortete er. »Du bestimmst das Tempo, Natalie.«

Seine Hand fand die ihre, Finger umschlossen Finger in einem Versprechen, das ihr Herz berührte.

Schweigend saßen sie nebeneinander, Hand in Hand, und genossen die Gegenwart des anderen, die Lebendigkeit des Gartens und das sanfte Rauschen der Wellen in der Ferne. Natalies Herz schlug ein wenig schneller, noch immer flackerte die Angst, erneut verletzt zu werden, in ihr auf. Doch ihr Herz sagte ihr, dass dieser Sprung über ihren Schatten mehr war als ein Risiko – es war der erste Schritt auf einem Weg, der sie zurück nach Rügen führen könnte, der sie zu einem Mann brachte, der ehrlich und geerdet war. Das Gegenteil von dem, der sie so tief verletzt hatte.

Es wurde Zeit, das Kapitel Florian in ihrem Leben abzuschließen und ein neues Kapitel oder – um im Bild zu bleiben – sogar ein neues Buch zu beginnen. Mit einem Mann, der es wert war. In diesem Augenblick erkannte sie, dass ein Neubeginn nicht das

Vergessen der Vergangenheit bedeutete, sondern die Kraft zu haben, trotz allem nach vorn zu blicken und die Schönheit der neuen Möglichkeiten zu umarmen.

»Ich muss mich mit dem Ausstatter treffen.« Natalie erhob sich. »Keine Sorge, ich laufe jetzt nicht weg, ich komme auf jeden Fall wieder.«

»Ich werde auf dich warten.«

»Das hoffe ich sehr.« Sie beugte sich zu ihm, um ihre Worte mit einem Kuss zu besiegeln, einem langen, tiefen Kuss.

23

Noch 13 Tage bis zur Feier

Viel lieber wäre sie bei Lukas geblieben, aber die Zeit drängte, und der Ausstatter, Herr Danath, war für das Gelingen der Feier immens wichtig. Da er viel beschäftigt war, hatte er ihr vorgeschlagen, sich im Hotel *Meer-Sehnsucht* zu treffen, in dem er eine Hochzeit ausstattete.

»Dann können Sie sich gleich einen Eindruck von meiner Arbeit verschaffen«, hatte Herr Danath gesagt und Natalie damit überzeugt, auch wenn sie ein mulmiges Gefühl dabei hatte, das Hotel aufzusuchen.

Ach was, redete sie sich gut zu. *Wie groß ist wohl die Gefahr, dass ich Florian begegne? Er wird schon nicht vor der Tür stehen, sondern in seinem Büro sitzen und wichtigen Geschäftsführungsaufgaben nachgehen. Und vielleicht wäre es sogar gut, ihn zu sehen.* Es wäre nicht richtig, einen Neuanfang mit Lukas zu wagen, solange sie nicht wirklich und wahrhaftig mit ihrer Vergangenheit abgeschlossen hatte.

Als sie in die Straße einbog, die zum Hotel führte, sah sie am Horizont die Ostsee schimmern, und ihr Herz wurde weit. Wie hatte sie es nur ohne das Meer aushalten können? Vor zehn Jahren war sie sicher gewesen, nie wieder hierherkommen zu wollen, zu sehr hatten die Menschen hier sie enttäuscht, die sie für ihre

Freunde gehalten hatte, so wie Mandy, aber auch Timo. Letztlich waren sie wohl doch Florians Freunde gewesen, die ihn gedeckt hatten, während er Natalie nach Strich und Faden belog.

Genug davon. Jetzt musste sie sich innerlich auf das Treffen mit Herrn Danath vorbereiten und konnte nicht weiter der Vergangenheit nachhängen. Sie fuhr an den Straßenrand und hielt den Wagen an. Ein Blick auf ihre Armbanduhr zeigte ihr, dass ihr noch eine halbe Stunde bis zu ihrem Termin blieb. Also suchte sie die Fragenliste auf ihrem Tablet, damit ihr nichts Wichtiges im anstehenden Gespräch entging.

Natalie startete den Wagen wieder und fuhr ihn auf den Parkplatz des Hotels. Dort angekommen, schaltete sie den Motor aus und sah sich erst einmal um, um sich einen Überblick zu verschaffen. Das *Meer-Sehnsucht* war renoviert worden und erstrahlte in einem blendenden Weiß. Aber noch immer gab es die große Einfahrt mit den grünen Büschen, die selbst im Herbst einen Farbtupfer bildeten.

Obwohl sie die Vergangenheit hinter sich lassen wollte, konnte sie es nicht verhindern, dass Bilder in ihren Kopf strömten, Erinnerungen an die Zeit mit Florian. Sein charmantes Lächeln, als er ihr stolz das Hotel gezeigt und von seinen Plänen erzählt hatte. Sie beide, die sich in einem Hotelzimmer liebten. Die Feier zu seinem Geburtstag im großen Saal des Hotels. Als sie ihn erwischt hatte, wie er angetrunken mit einer Kellnerin geknutscht hatte. Seine glaubwürdigen Beteuerungen, dass es das erste Mal gewesen sei und wie sehr er den Fehltritt bereue.

Wie ein Film spielten sich die weiteren Szenen seines Betrugs in ihrem Kopf ab: das Kichern einer unbekannten Stimme am Telefon, Florians eiliges Wegdrücken von Anrufen und sein Blick – schuldbewusst und trotzdem siegessicher. Lange hatte er geleugnet, bis sie ihm gefolgt war und ihn mit einer anderen ertappt hatte. Warum nur schmerzte das nach all den Jahren immer noch?

Laut stieß sie den Atem aus und drehte eine Haarsträhne um den Zeigefinger, bemüht, ihre Gedanken wieder in die Gegenwart zu lenken. Sie schuldete es Leonie und Sebastian, sich voll und ganz auf die Feier zu konzentrieren. Nachdem sie einmal tief Luft geholt hatte, nahm sie ihre Aktentasche und wollte die Autotür öffnen, um stattdessen wie erstarrt sitzen zu bleiben.

Aus der Glastür des Hotels traten drei Menschen heraus. Einen von ihnen erkannte sie sofort, obwohl er sich verändert hatte. Natalie ließ das Fenster herunter, um ihn besser sehen zu können. Seine einst so scharfen Gesichtszüge waren weicher geworden, das dunkle Haar trug er länger als vor zehn Jahren. Neu war auch der Dreitagebart, der seine vollen Lippen betonte. Seine blaugrünen Augen, die Farbe der Ostsee an einem klaren Sommertag, hatten nichts von ihrer Intensität verloren. Sein Blick ruhte auf den Gästen, die er verabschiedete, und sein Lächeln war noch so charmant wie vor zehn Jahren.

Leise Fetzen von Musik drangen aus dem Hotel an ihr Ohr, ein melancholisches Klavierstück, das perfekt zu ihrer Stimmung passte. Ja, Florian war ein attraktiver Mann mit einem unglaublichen Lächeln, aber ihr Herz gehörte ihm nicht mehr. Sie lehnte sich ein wenig aus dem Wagenfenster, um einen letzten Blick auf ihn zu werfen. Als würde er sie spüren, sah er auf und schaute sie direkt an. Automatisch zuckte sie zurück und wollte den Motor anlassen, doch es war zu spät.

Florian erstarrte, sein Lächeln erlosch, und mit langen Schritten kam er auf sie zu, seine Augen groß vor Erstaunen und einer Spur von Schuld.

»Nina«, seine Stimme war rauer, tiefer als in ihrer Erinnerung, jedoch immer noch seltsam vertraut. »Du bist es wirklich.«

Eine Welle von Emotionen überrollte sie – Wut, Schmerz, Sehnsucht und eine unerwartete Woge von Nostalgie. »Florian«, antwortete sie leise, während ihre Finger nervös mit einer Haarsträhne spielten, die der Wind in ihr Gesicht geweht hatte. »Ich … ich heiße jetzt Natalie.«

»Ich dachte, du magst deinen zweiten Vornamen nicht?«

»Ich habe mich verändert, und zu meinem neuen Ich passt Natalie besser.« Da sie nicht weiter zu ihm aufschauen wollte, öffnete sie die Autotür und stieg aus. Der Duft seines Parfums – eine Mischung aus Zitrone und Sandelholz – umfing sie, weckte Erinnerungen an vergangene Zeiten. Etwas in seinem Blick sagte ihr, dass es ihm ähnlich ging.

»Ich hätte nie gedacht, dich hier je wiederzusehen.« Er deutete auf das Hotel. »Bitte, komm doch mit rein. Ich spendiere dir einen Kaffee oder einen Cocktail, was immer du willst.«

»Ich … ich habe nur kurz Zeit. Ich bin mit Herrn Danath verabredet.« Erneut sah sie auf die Armbanduhr. »Eine Viertelstunde habe ich noch.«

»Das ist kurz, aber besser als nichts.« Er lächelte und bot ihr seinen Arm. Mit einem Kopfschütteln lehnte sie ab und folgte ihm. Von der Eingangshalle aus bog er nach links, dort gab es eine kleine Bar mit mehreren Lounge-Sofas und Sesseln.

»Was möchtest du?« Florian deutete auf ein orangefarbenes Sofa. »Setz dich doch.«

»Danke. Einen Cappuccino und ein Glas Wasser bitte.«

»Kommt sofort.« Sie sah ihm nach, als er zur Bar ging, um dort zu bestellen. Die junge Frau hinter dem Tresen lächelte, als Florian sie ansprach, und berührte ihn mehrmals mit den Fingern. War das früher auch so gewesen, und sie hatte es nur nicht bemerkt, weil sie es nicht bemerken wollte?

»Bitte schön.« Er stellte den Cappuccino und das Wasser vor ihr auf den Tisch. Für sich selbst hatte er ebenfalls ein Wasser geholt. »Wie lange bist du schon hier? Was machst du hier?«

»Schon ein paar Tage.« Sie trank einen Schluck Wasser, weil ihre Kehle sich trocken anfühlte. »Ich arbeite als Hochzeitsplanerin und richte eine Feier auf Gut Boltendorf aus.«

»Also hast du dir deinen Traum erfüllt.« Er lächelte. »Das freut mich für dich.«

»Danke.« Irgendwie fühlte es sich seltsam an, mit ihm zu plaudern wie mit einem alten Bekannten. »Und du? Bist du jetzt Geschäftsführer des *Meer-Sehnsucht*?«

»Ja.« Er spielte mit dem Wasserglas. »Obwohl es nie mein Traum war. Ich wollte weg von Rügen, wenn du dich noch erinnerst.«

»Du wolltest die Welt sehen, ich war hier zu Hause.« Ihr Blick glitt aus dem Fenster, sie sah den hellen Strand und das blaugraue Meer, das heute genauso aufgewühlt wirkte wie ihr Herz. Sie beobachtete, wie eine Möwe sich in die Brandung stürzte, und wandte sich dann Florian zu. »Aber das Leben hat wohl seine eigenen Pläne.«

Florian nickte langsam, ein Schatten des Bedauerns zog über sein Gesicht, seine Schultern verkrampften sich. »Nina … Natalie, es gibt so vieles, was ich dir sagen möchte …« Zögernd hob er die Hand, als wollte er sie berühren, doch stattdessen ließ er sie wieder sinken. »Es gibt keine Entschuldigung. Ich habe mich verhalten wie ein Arsch.«

»Das hast du.« Man konnte ihm nicht vorwerfen, dass er Ausreden suchte oder sein Verhalten beschönigte. »Was ich nie verstanden habe: Warum wolltest du mich überhaupt? Du hattest genug andere Möglichkeiten.«

»Weil du mich nicht wolltest.« Sein Lächeln war entschuldigend, ebenso sein Schulterzucken. »Das hat mich herausgefordert. Ich wünschte, ich könnte es ungeschehen machen.«

»Florian, das war vor zehn Jahren«, sagte sie und spürte, wie die Worte sie gleichermaßen verletzt wie befreit fühlen ließen. »Damals waren wir beide andere Menschen.«

»Ich bin froh, dass unser Wiedersehen mir die Chance gibt, mich zu entschuldigen«, flüsterte er und räumte einen Teil der Trümmer ihrer gemeinsamen Vergangenheit beiseite. »Es war nicht richtig, wie alles geendet ist.«

Da war er, der Moment, auf den Natalie so lange gewartet hatte. Aber sie fühlte sich nicht siegreich, nur still und stark – erwachsen. So charmant er auch lächelte, ihr Herz schlug nicht einmal ein winziges bisschen schneller. Seine Anziehungskraft war verschwunden, und ebenso der Zorn.

»Manchmal ist ein Ende der einzige Weg zu einem neuen Anfang«, erwiderte sie. »Ich bin froh, dass wir beide weitergegangen sind.«

»Es gibt also jemand Neuen in deinem Leben?«

»Vielleicht«, antwortete sie, um sich dann zu korrigieren. »Ich hoffe es.«

»Das freut mich zu hören«, sagte er schließlich, »und ich wünsche dir alles Glück dieser Welt.«

Auch wenn Florian ihr nichts mehr bedeutete, fühlte es sich richtig an, einen versöhnlichen Abschluss mit ihm gefunden zu haben.

»Danke, das wünsche ich dir auch.« Sie erhob sich, ohne den Cappuccino ausgetrunken zu haben.

»Bleib doch noch.« Auch er stand auf. »Ich würde gern erfahren, was du in den letzten Jahren so gemacht hast.«

»Vielleicht irgendwann einmal.« Sie lächelte ihm zu, aber würde nicht weiter Zeit mit ihm verbringen. Warum hatte sie zehn Jahre lang an ihn gedacht, hatte Rügen seinetwegen gemieden? Das konnte sie nun beim besten Willen nicht mehr verstehen. »Leb wohl, Florian. Ich muss zu meinem Termin.«

Sie wartete nicht auf seine Antwort, sondern drehte sich um und ging zur Rezeption. »Guten Tag, ich bin mit Herrn Danath von *Danaths Eventzauber* verabredet. Können Sie mir bitte sagen, wo ich ihn finde?«

»Sie sind Frau Uphoff?« Die Rezeptionistin schaute auf ihren Monitor. »Herr Danath lässt ausrichten, dass er sich etwas verspätet. Bitte nehmen Sie Platz. Möchten Sie einen Kaffee, während Sie warten?«

»Nein danke.« Natalie nickte der Frau zu, bevor sie zu der Sitzgruppe ging. Ihr Herz schlug schneller, als sie an Lukas dachte. Da sie unvermutet Zeit gewonnen hatte, wollte sie ihn schnell anrufen, um sich für morgen mit ihm zu verabreden. Als sie ihr Smartphone aus der Aktentasche zog, entdeckte sie, dass Kathleen ihr sieben Nachrichten geschrieben hatte und verlangte, dass Natalie sich sofort meldete.

Sie seufzte auf, verdrehte die Augen und versuchte, Lukas auf seinem Smartphone zu erreichen. Doch er ging nicht ran, also schickte sie ihm eine Nachricht.

24

Was hatte es nur mit Natalie auf sich, dass sie immer abrupt aufbrach und davonbrauste, fragte sich Lukas, nachdem sie ihn verlassen hatte. Immerhin hatte sie ihm heute versprochen, dass sie zurückkommen würde. Der Gedanke zauberte ein Lächeln auf sein Gesicht, führte allerdings auch dazu, dass Lukas im Abstand von zwei Minuten auf seine Armbanduhr schaute.

Es blieb ihm nichts anderes, als abzuwarten, bis sie sich wieder meldete. So lange ging er seiner Arbeit nach, als wäre heute ein Tag wie jeder andere auch. Eigentlich hatte er keine größeren Veränderungen mehr am Garten vornehmen wollen, bis die Hochzeit endlich vorbei war, aber heute musste er sich körperlich betätigen. Der ideale Tag, um endlich den Mandelbaum zu pflanzen, den Patrick vergangene Woche gekauft hatte. Eigentlich passte der Baum überhaupt nicht zum Konzept des Gartens, doch sein Chef wollte ihn unbedingt haben.

Also suchte Lukas seine Arbeitsmaterialien zusammen und legte los. Als er den Spaten in die Hände nahm, spürte er die Kühle des Metallgriffs durch den dünnen Baumwollstoff der Arbeitshandschuhe hindurch. Die Sonne wärmte seinen Rücken und ließ seinen Schatten auf den grasbedeckten Boden fallen. Der Geruch der aufgeworfenen Erde erinnerte ihn an sonnige Sommertage in seiner Kindheit.

Er trat fest auf den Spaten und spürte die Erde unter seinen Füßen nachgeben, als er langsam ein Loch grub. Mit jedem Schaufelstich nahm die Grube Gestalt an – eine tiefe, runde Mulde –, bereit, den jungen Apfelbaum aufzunehmen.

Doch plötzlich störte etwas die Kontemplation, in die er versunken war. Ein leises, kaum hörbares Fiepen drang aus einem Busch. Irritiert unterbrach er seine Arbeit und blickte sich suchend um. Es klang nach einem Tier, das sich wohl in den Garten geschlichen hatte. Nicht auszudenken, sollte ein Maulwurf die Hochzeitsvorbereitungen stören.

Lukas legte den Spaten beiseite und versuchte, der Ursache des Geräuschs auf die Spur zu kommen. Er kniete sich vor den Busch, schob vorsichtig die Blätter beiseite und entdeckte zwei winzige, zitternde Katzenbabys, kaum größer als seine Handfläche. Ihre Augen waren noch geschlossen, sie schmiegten sich eng aneinander, suchend nach Wärme und Sicherheit. Immer wieder stießen sie ein leises Wimmern aus, als wären sie hungrig.

»Seid ihr Lilys Babys?«, flüsterte er. Was sollte er nur tun? Lukas ahnte, dass die Katzenmutter irgendwo in der Nähe sein musste. Wahrscheinlich war sie auf der Suche nach Nahrung, oder etwas hatte sie erschreckt und gezwungen, ihre Kleinen kurzzeitig zu verlassen. Wenn er die Katzenbabys mitnahm, riskierte er, die Mutter zu verunsichern und die Familie dauerhaft zu trennen. Wenn er sie jedoch allein ließ, bestand die Gefahr, dass sie erfroren oder verhungerten.

Erneut blickte er sich suchend um, aber entdeckte Lily nicht. Auf keinen Fall konnte er die Kitten allein hierlassen. Sie wirkten müde, schmutzig und waren wahrscheinlich hungrig. Vorsichtig streckte er die Hand nach ihnen aus und ergriff eines nach dem anderen, spürte die winzigen Herzschläge. Die Babys wogen kaum etwas und fühlten sich kalt an. Wahrscheinlich hatten sie schon länger unter dem Busch ausgeharrt – und die Nächte waren herbstlich kühl.

Entschlossen entledigte er sich seiner Jacke und formte daraus eine provisorische, warme Höhle, in die er die Kätzchen hineinbettete. Als er den Weg zum Gartenhaus einschlug, hoffte er, dass Lily zurückfinden würde. Doch für den Augenblick hatte er eine Entscheidung getroffen – eine, die ihm das Herz schwer machte, aber dennoch richtig erschien. Bis ihre Mutter wiederauftauchte, würde er sich um die Kitten kümmern.

Im Gartenhäuschen angekommen, polsterte er eine Kiste mit alten Decken aus, damit die Kätzchen es warm hatten. Er sah sich um, ob die Kleinen nicht aus dem Haus verschwinden konnten, bevor er sich aufmachte, ihnen etwas zu essen zu besorgen.

»Patrick erzähle ich besser nichts von den beiden«, überlegte er laut, während er auf dem Rad nach Binz fuhr, um Milch oder was immer kleine Kätzchen brauchten zu kaufen.

Als er vor der Tierhandlung angekommen war, holte er sein Portemonnaie aus der Tasche. Das Smartphone fiel heraus, und er konnte es gerade noch auffangen, bevor es auf dem Boden aufschlug.

Mist!

Natalie hatte versucht, ihn anzurufen, ihn jedoch nicht erreicht. Sofort rief er zurück, doch bei ihr war besetzt. Das Briefsymbol zeigte ihm an, dass er eine Nachricht erhalten hatte. Hoffentlich hatte sie es sich nicht anders überlegt und wollte ihm mitteilen, dass er nicht auf sie warten sollte.

Verflucht!

Warum dachte er stets sofort an das Schlimmste? Warum konnte er nicht erwarten, dass sie ihn sofort sehen wollte? Genug davon, er las die Nachricht, und sein Herz wurde leichter.

Lieber Lukas,
alles ist geklärt. Leider konnte ich dich nicht erreichen und muss jetzt mit Kathleen telefonieren. Das wird mich den Abend kosten.
Morgen habe ich den ganzen Tag Termine, aber würde gern den Sonnenuntergang mit dir übermorgen anschauen. Hast du Zeit und Lust?
Ich freue mich
Natalie

Eine halbe Stunde später verließ Lukas die Tierhandlung, zwei prall gefüllte Einkaufstüten in den Händen, etliche Euros ärmer und um viele Informationen reicher. Der Nachmittagshimmel war aufgeklart, und neue Energie erfüllte ihn. Er war sich nun sicher, dass er alles in seiner Macht Stehende tun würde, um den beiden Kätzchen eine Chance auf ein glückliches Leben zu geben.

Zurück im Gartenhaus bereitete er alles vor, um die Kätzchen zu füttern. Als Erstes stellte er alle benötigten Dinge bereit: die Katzenmilch, die Spritze und ein paar weiche Tücher, um die Katzenbabys zu säubern. Dann holte er das erste Kitten aus dem Nest und setzte sich mit ihm an seinen Arbeitstisch. Das Kleine zitterte und maunzte, als Lukas ihm über das weiche Fell strich.

»Es ist wichtig, dass Sie die Kitten behutsam und regelmäßig füttern – alle zwei bis vier Stunden«, hatte die freundliche Frau in der Tierhandlung ihm erklärt. »Stellen Sie sicher, dass die Kleinen warm gehalten werden. Eine Heizdecke oder eine Wärmflasche, in ein Handtuch gewickelt, reicht. Und seien Sie geduldig – das Füttern kann eine Weile dauern.«

»Also gut, schauen wir mal, dass wir euch satt kriegen.«

Lukas füllte die kleine Spritze mit der aufgewärmten Milch, die einen leicht süßlichen Duft verströmte. Er hob das erste Kätzchen behutsam an, hielt es sanft in seiner linken Hand und näherte die Spritze vorsichtig dem winzigen rosa Mäulchen. Doch das Kitten warf den Kopf hin und her und versuchte zu entkommen. Sein Miauen wurde lauter und drängender.

»Schon gut, Kleines«, murmelte Lukas. »Ich tue dir nichts, versprochen.«

Er versuchte es erneut, hielt das Kätzchen vorsichtig etwas fester. Diesmal gelang es ihm, die Spitze der Spritze in das kleine Maul zu führen, um Milch hineinzuträufeln. Einen Moment zögerte das Kätzchen, dann begann es zu saugen. Lukas spürte, wie sich der winzige Körper unter seinen Fingern anspannte und wieder entspannte, während es gierig trank.

Doch das Füttern ging nicht ohne Zwischenfälle vonstatten. Immer wieder stieß das Kätzchen die Spritze weg und versprühte winzige Spritzer Milch, die sich auf Lukas' Hände und Hemdsärmel verteilten. Das warme, klebrige Gefühl breitete sich schnell aus, und ein schmatzendes Geräusch erfüllte die Luft.

Auch beim zweiten Kätzchen wiederholte sich dasselbe Spiel. Es fauchte und kämpfte zuerst, bald gab es nach und sog hungrig die Milch aus der Spritze. Die kleinen Mäuler hinterließen milchfeuchte Spuren auf seinen Händen, einige Tropfen fielen auf den Holztisch, von wo aus sie langsam herabtropften.

»Ihr hattet wirklich Hunger, nicht wahr?« sagte Lukas lächelnd, als beide Kätzchen endlich begannen, ruhiger zu werden. Nun blieb ihm nur noch eines zu tun – die Bauchmassage.

»Was ganz wichtig ist«, hatte die Verkäuferin in ernstem Tonfall gesagt, »überlebenswichtig sogar, ist die Massage des Bauchs nach dem Füttern. Sonst gibt es Verstopfung. Merken Sie sich die goldene Regel: Je länger, desto besser. Mindestens eine halbe Stunde, am besten eine ganze. Probieren Sie es mal aus.«

In nächster Zeit würde er wohl nicht viel zum Schlafen kommen: alle vier Stunden füttern, eine Stunde massieren …

»Na kommt, ihr Mini-Stubentiger«, flüsterte er und nahm sich das erste Kätzchen. Dessen Miauen verwandelte sich in behagliches Schnurren, als er es sanft massierte. Nachdem er das erledigt hatte, legte er das erste Kitten zurück ins Körbchen, wo es sofort einschlief. Danach widmete er dem zweiten Kitten eine weitere halbe Stunde, bis es ebenfalls einschlief.

Das war gut, denn er hatte noch einen Mandelbaum einzupflanzen. Während er den Spaten in die Erde stach, überlegte er, was es bedeutete, sollte er die Tierchen behalten. Auf jeden Fall musste er mit ihnen zum Tierarzt, um zu überprüfen, ob sie gesund waren. Am besten erledigte er das in den nächsten Tagen.

Als das Loch schließlich groß genug war, um den Baum aufzunehmen, legte Lukas den Spaten zur Seite. Er pflanzte den jungen Baum ein, klopfte die Erde fest und kehrte ins Gartenhaus zurück, wo die Kleinen noch immer schliefen.

»Lily! Lily!«, rief er, aber die Katze war nirgends zu sehen. Er würde ihr noch bis zur Dunkelheit Zeit geben, dann nähme er die Kitten mit zu sich nach Hause.

Ein Gutes hatte die ganze Sache, dachte er, ich habe gar nicht mehr darauf gewartet, dass Natalie mich anruft. Nun allerdings, da die Katzen sicher auf ihrem Schlafkissen schnarchten, nahm er sich die Zeit, es noch einmal bei ihr zu probieren.

Besetzt!

So gern er auch mit ihr sprechen würde, er fürchtete, sie würde wohl den ganzen Abend telefonieren. Daher sandte er ihr eine Nachricht.

Liebe Natalie,
wir kommen am Telefon wohl nicht zusammen.
Ich freue mich auf übermorgen.
Treffen wir uns um 18:00 Uhr? So haben wir Zeit für
einen Strandspaziergang vor dem Sonnenuntergang.
Liebe Grüße
Lukas

Schnell schickte er sie ab, bevor er wieder jedes Wort auf die Goldwaage legen würde.

25

Noch 11 Tage bis zur Feier

Natalie stand in der milden Abenddämmerung am Fuße des Müther-Turms, ihre Finger strichen leicht über das kühle, glatte Metall der Struktur. Der Himmel zog in zarten Pastellfarben auf, als die Sonne die Wolken in Rosé und Lavendel färbte. Eine leichte Brise spielte mit ihrem Haar, ließ es in sanften Wellen um ihr Gesicht tanzen, als ob der Wind selbst ihre Gedanken erhaschen wollte.

Wie schade, dass es ihnen gestern nicht gelungen war, sich zu erreichen, dachte Natalie. Sie hatte ewig mit Kathleen telefoniert, was ihr die Laune so verhagelt hatte, dass sie danach nur noch ins Bett gegangen war.

Obwohl sie heute mit Jana und Nico verabredet war, hatte Natalie Lukas eine Nachricht geschickt, dass sie gern am Strand spazieren gehen wollte. Falls er akzeptierte, dass ihre Zeit begrenzt war.

Lieber ein kurzer Spaziergang mit dir als ein Tag ohne dich, hatte seine Antwort gelautet.

Heute hatte sie sich den ganzen Tag auf das Treffen gefreut und konnte es kaum erwarten, ihn wiederzusehen. Und was gab es Romantischeres als einen Sonnenuntergang am Strand? Jedenfalls hatte sie das gedacht, bis vor zehn Minuten Regenwolken aufgezogen waren. Nun konnte sie nur hoffen, dass das Wetter sich schnell wieder drehte, so wie es auf Rügen oft der Fall war.

Während sie noch überlegte, ob sie es schaffte, zum Auto zu laufen, um den Schirm zu holen, und trotzdem pünktlich zurück zu sein, sah sie Lukas' hochgewachsene Gestalt auf sich zukommen. In ihrem Bauch flatterten die Schmetterlinge auf, ihr Herz schien zu stolpern, und sie fühlte ein Glück, wie sie es noch nie zuvor gespürt hatte.

»Lukas. Wie schön, dass es geklappt hat.« Sie beugte sich vor, um ihn zu umarmen, während er ihr die Hand entgegenstreckte. Daher stießen sie unsanft aneinander, mussten lachen, und so gelang es ihnen, den seltsamen Moment des Wiedersehens zu überspielen. Nur allzu gern hätte sie ihn geküsst, doch passte das nicht.

»Ein ungewöhnlicher Treffpunkt«, sagte er. »Ich vergesse immer, dass es den Turm gibt.«

»Ich habe ihn mir als Hochzeitslocation angeschaut«, antwortete sie. »Der Turm … er ist so niedlich, nicht wahr?«

Lukas lachte, ein tiefer, melodischer Klang. »Niedlich? Hmm, ich würde eher so etwas sagen wie ›ungewöhnlich‹ oder ›innovativ‹.«

»Nein, niedlich«, beharrte sie, allerdings mit einem Lächeln. »Sieht er nicht aus wie ein kleines Ufo, das hier in Binz gestrandet ist? Irgendwie verloren, aber irgendwie auch perfekt am richtigen Ort.«

»Ein Ufo?« Lukas hob überrascht die Augenbrauen. »Das ist mal eine ungewöhnliche Vorstellung.«

»Ja, ein kleines Ufo«, wiederholte sie mit einem verschmitzten Lächeln. »Sieh ihn dir an, mit seinen futuristischen Formen und dem betonierten Glanz. Als hätte die Zukunft hier eine kleine Verbeugung gemacht und beschlossen, zu bleiben.«

Anstatt zu antworten, sah er sich den kleinen Turm an, ging einmal um ihn herum und stellte sich neben Natalie. »Ja, du hast recht. Ich werde ihn von heute an mit anderen Augen sehen.«

»Das freut mich.« Ihr Herz klopfte wieder einmal etwas schneller, wie so oft in seiner Nähe.

»Wie war dein Telefonat mit deiner Chefin?«, fragte Lukas. »Wollen wir bis zur Seebrücke gehen?«

»Sehr gern.« Sie machte eine abwehrende Handbewegung. »Bitte frag nicht nach Kathleen, das verdirbt die Stimmung. Erzähl mir lieber – wie weit bist du mit dem Garten?«

»Wenn das Wetter hält, bin ich übermorgen mit den Vorbereitungen für die Hochzeit fertig.« Er lächelte. »Die Lichterketten hängen bereits, das Laub ist gekehrt, der Rasen geschnitten, frischer Kies auf den Wegen …«

»Schon gut, schon gut«, unterbrach sie ihn mit einem Lächeln. »Ich bin mir sicher, der Garten ist bei dir in besten Händen. Dann muss nur noch das Wetter mitspielen.«

»Das wird schon.« Er zwinkerte ihr zu. »Bei der ersten Feier auf Gut Boltendorf muss einfach die Sonne scheinen.«

»Oh, bitte beschwöre es bloß nicht.« Suchend blickte sie sich um. »Wo ist Holz, wenn man es braucht?«

»Du bist abergläubisch?« Seine Stimme klang warm und hüllte sie ein. »Guck, dort liegt Treibholz.«

Während sie über die anstehende Hochzeit sprachen, spazierten sie an der belebten Strandpromenade entlang, wo sich charmante Cafés, Restaurants und Geschäfte aneinanderreihten. Der Duft von frisch gebrühtem Kaffee und Gebäck strömte aus den Cafés und vermischte sich mit dem salzigen Aroma des Meeres. Das Lachen der Menschen und das Klappern des Geschirrs verliehen dem Ort eine einzigartige Atmosphäre.

»Lass uns hier abbiegen.« Lukas berührte ihren Ellenbogen. »In der Seitenstraße stehen ein paar meiner liebsten Häuser.«

»Hauptsache, wir sind rechtzeitig zum Sonnenuntergang am Strand.« Natalie nahm seine Hand und drückte sie. Als er den

Druck erwiderte, überflutete sie eine Welle des Glücks. »Was für eine wunderschöne Straße. Ich erinnere mich nicht an sie.«

Langsam schlenderten sie weiter, blieben immer wieder stehen, um sich besonders beeindruckende Beispiele der Bäderarchitektur von Binz anzusehen. Die pastellfarbenen Villen mit filigranen Holzbalkonen und verzierten Fassaden erzählten Geschichten aus vergangenen Zeiten.

Die Fassaden schienen in der Abendsonne zu glühen, während die leuchtenden Fensterläden und die filigranen Verzierungen der Häuser eine fast magische Atmosphäre schufen.

»Siehst du die Verzierungen dort oben?« Natalie deutete auf ein Haus mit geschnitzten Giebeln, deren Details liebevoll herausgearbeitet worden waren. »Damit sieht das Haus aus wie eine Puppenstube.«

»Ja, das tut es tatsächlich«, stimmte Lukas zu, seine Augen leuchteten beim Betrachten der kunstvollen Details. »Jedes dieser Häuser erzählt seine eigene Geschichte.«

»Und hat seine eigene Persönlichkeit, das habe ich immer gedacht«, erwiderte Natalie begeistert. »Die Holzarbeiten, die kunstvollen Ornamente – als wären diese Gebäude lebendige Erinnerungen an eine glanzvolle Ära.«

»Ja«, sagte er und deutete mit der Hand auf eine Villa. »Ich mag dieses dort mit dem Erker an der Front, den runden Fenstern und den schmiedeeisernen Balkonen.«

»In dieser Umgebung fühle ich mich wie in einer anderen Zeit«, sagte Natalie leise, »als ob die Vergangenheit lebendig geblieben ist und uns ihren Charme zeigt.«

Lukas drückte ihre Hand. »Manchmal stelle ich mir vor, wie es wäre, in der Gründerzeit gelebt zu haben. In einer dieser prachtvollen Villen, mit großen Bällen im Garten und stilvollen Teegesellschaften in den Salons.«

»Das wäre ein Traum«, antwortete sie, um nach kurzem Nachdenken zu ergänzen: »Ich liebe diese Verbindung zur Geschichte, zu einer Zeit, die wir nur durch Bücher und Bilder kennen, aber durch die Architektur erleben können.«

»Komm, sonst verpassen wir den Sonnenuntergang.« Er legte den Arm um ihre Taille, sie schmiegte sich an ihn, passte den Rhythmus ihrer Schritte den seinen an, bis sie die märchenhafte Seebrücke von Binz erreichten.

»Was für ein wunderschöner Ort.« Natalie lächelte ihn an.

»Die zweitschönste Seebrücke der Insel.« Lukas erwiderte ihr Lächeln. »Die in Sellin ist schöner.«

»Sie ist prächtiger.« Natalie nickte. »Aber die in Binz gefällt mir besser. Hier ist man dem Meer näher. Wollen wir bis ans Ende gehen?«

Sie betraten die lange Holzkonstruktion, die sich über das türkisfarbene Wasser erstreckte. Ihre Schritte erzeugten ein dumpfes Echo, das von den unzähligen Pfählen aufgenommen wurde. Als sie am Ende angekommen waren, blieben sie eng beieinander stehen, Hand in Hand, ihre Schultern berührten sich. Mit einem sanften Rauschen schlugen die Wellen an die Pfeiler der Seebrücke, begleitet von gelegentlich ertönenden Rufen der Möwen, die über ihnen in den Wolken schwebten.

Natalie atmete tief ein, sog die unverwechselbare Meeresluft mit ihrem Salz- und Algengeruch ein, während der Wind mit ihrem Haar spielte. Langsam näherte sich die Sonne dem Horizont, färbte die Wolken in Orange- und Rottönen und ließ die Ostsee dunkler schimmern.

»Ich habe immer geglaubt, dass Strand und Meer hier auf Rügen zu jeder Tageszeit magisch sind«, sagte Natalie und warf Lukas einen Blick zu. »Aber im Schein des Sonnenuntergangs ist es, als ob …«

»… als ob die Welt für einen Moment stillsteht«, vollendete Lukas ihren Satz.

Ein Lächeln huschte über Natalies Lippen. »Genau das wollte ich auch sagen.«

Sie wandte sich ihm zu, und sie sahen sich an. In diesem Blick lagen Wärme und eine Gemeinsamkeit, die Worte nicht fassen konnten.

»Wenn man auf Rügen lebt, kennt man viele dieser Momente.« Er strich ihr eine Haarsträhne aus dem Gesicht. »Wie kommt es, dass du dir heute den Abend freinimmst?«

»Svenja hat mich daran erinnert, das Leben zu genießen«, antwortete sie. »Ihre exakten Worte waren: Träume groß, lache laut und iss das letzte Stück Pizza – das Leben ist zu kurz für weniger.«

»Das klingt einhundertprozentig nach Svenja«, erwiderte Lukas mit einem Lachen. »Egal, wie wild sie es ausdrückt, recht hat sie.«

»Aber es ist leichter gesagt als getan.«

»Und wie möchtest du das Leben nutzen?«, fragte er leise. Seine Hand suchte die ihre, und es fühlte sich an, als würde er nicht nur ihre Hand halten, sondern auch die flüchtigen Augenblicke, die sonst so leicht durch die Finger rannen.

Bevor sie antworten konnte, zog er sie zu sich heran, seine Hand ruhte auf ihrem Rücken. Seine Augen sahen sie voller Wärme an, und sie erwiderte diesen Blick. Der Augenblick dehnte sich, ein Herzschlag, der sich wie eine Ewigkeit anfühlte. Natalie schloss die Augen, und seine Lippen trafen ihre in einem Kuss, der sanft und so kraftvoll war, dass er alle Worte überflüssig machte.

Natalies Hände strichen über Lukas' Rücken, als sie sich enger an ihn schmiegte. Als sich ihre Lippen schließlich trennten, öffnete sie langsam die Augen und sah, dass sein Blick noch immer in ihrem verharrte, tief und voller Zärtlichkeit.

»Natalie«, flüsterte er, und sein Atem strich warm über ihre Wange.

»Ja?«, hauchte sie, gespannt, was er ihr sagen wollte.

In dem Moment erklang ein schrilles Piepen, so laut, dass sie auseinanderfuhren und Natalie erschrocken aufschrie, bis sie bemerkte, dass es nur sein Smartphone gewesen war.

»Oh nein!«, rief er. »Es tut mir leid. Ich muss zurück nach Hause, die Babys füttern.«

»Wie bitte?« Natalie schaute ihn aus großen Augen an. »Habe ich das richtig verstanden?«

»Katzenbabys«, sagte Lukas schnell. »Nicht dass du falsche Vorstellungen hast. Sie sind noch klein und benötigen alle vier Stunden etwas zu fressen.«

»Noch ein paar Streuner, um die du dich kümmerst?« Natalie legte fragend den Kopf schief. »Du hast bisher gar nichts von ihnen erzählt.«

»Das liegt daran, dass ich sie erst vorgestern gefunden habe.« Lukas lächelte sie an und erzählte kurz, wie er die Katzen entdeckt hatte. »Willst du sie sehen?«

»Das würde ich gern«, antwortete Natalie und meinte es aus vollem Herzen. »Allerdings muss ich noch bei Jana und Nico vorbeigehen, um mit ihnen das Menü zu besprechen.«

»Hast du das nicht bereits?«

»Doch, aber …« Natalie schloss kurz die Augen. »Das Brautpaar besteht auf einem Probeessen. Du würdest mir einen Riesengefallen tun, wenn du mich begleitest.«

»Wie bitte?« Nun schaute er sie verwirrt an.

»Es wäre schön, dich an meiner Seite zu wissen.« Sie lächelte. »Gemeinsam mit dir kann ich das überstehen.«

»Selbstverständlich«, antwortete er und sah sie an, als wollte er sie erneut küssen, jedoch piepte sein Smartphone zum zweiten

Mal. »Ich würde wirklich gern bleiben, aber ich muss sie füttern und ihnen den Bauch massieren. Das dauert eine Stunde.«

»Wie bitte?« Nun war Natalie sicher, sich verhört zu haben.

»Das erkläre ich dir später.« Er wandte sich zum Gehen, aber blieb dann stehen. »Ich kann dich von Jana und Nico abholen, wenn du magst. Du musst mir eine Stunde Zeit geben.«

»Mach ich. Bis gleich!«, rief sie ihm nach. Langsam schlenderte sie über die Seebrücke zurück zur Promenade, ihr Herz voller Glück und Vorfreude auf später.

26

Noch 11 Tage bis zur Feier

Ein Blick auf ihre Armbanduhr zeigte Natalie, dass ihr noch Zeit blieb, bis sie sich mit Jana und Nico treffen wollte. Also nutzte sie die Gelegenheit, noch ein wenig am Strand entlangzubummeln, ein wenig Atem zu holen, bevor sie sich wieder an die Hochzeitsvorbereitungen machte. Die bunten Strandkörbe, die entlang des Strandes aufgestellt waren, luden zu einer kleinen Pause ein. Sie ließ sich in einem der bequemen Körbe nieder, um den weiten Blick auf das endlose Meer zu genießen. Die milde Nachtluft auf ihrer Haut ließ sie fast vergessen, dass es bereits Herbst war.

Natalie schloss die Augen, lauschte auf das Geräusch der Wellen und genoss den Moment des Friedens. Einfach einmal zehn Minuten nicht an die Arbeit denken, sondern an etwas, das sie glücklich machte.

Katzenbabys, dachte sie mit einem Lächeln. *Lukas gelingt es immer wieder, mich zu überraschen.* Sie fand es sehr sympathisch, dass er sich um die hilflosen Tierchen kümmerte. So war er einfach, jemand, der etwas Gutes tat, ohne groß darüber zu reden. Sie konnte es kaum erwarten zu sehen, wie er die Kitten fütterte und ihnen den Bauch massierte. Hatte sie das richtig verstanden, dafür benötigte er eine Stunde?

Nur zu gern wäre sie noch ein bisschen sitzen geblieben und hätte sich Lukas und die Katzenbabys vorgestellt, aber Jana und Nico erwarteten sie. Natalie öffnete die Augen, atmete tief durch und erhob sich. Ein Muskel in ihrem Augenlid zuckte nervös, als sie daran dachte, wie wichtig dieses Probeessen war. Sollte die Küche der beiden Rügener dem Brautpaar nicht gefallen, dann stünde wahrscheinlich die ganze Hochzeit auf dem Spiel.

Nein, sie durfte sich nicht verrückt machen. Natalie war überzeugt davon, dass Jana und Nico das Catering wunderbar gestalten würden. Ebenso wie Sophia eine großartige Blumendekoration liefern würde und Lukas für das ansprechende Ambiente sorgte. Inzwischen sorgte sich Natalie mehr darum, ob Leonie oder Frau Rieckhoff wieder irgendetwas einfallen würde, um die Hochzeitsplanung in letzter Minute zu boykottieren.

Ich muss positiv denken, redete Natalie sich zu. Jana und Nico haben meine volle Aufmerksamkeit verdient. Als sie die Tür zum *Strandläufer* öffnete, glitt ein Lächeln auf Natalies Gesicht, und ihr Magen grummelte vernehmlich. Es roch einfach zu verführerisch nach frisch gebackenem Brot, gebratenem Knoblauch und frischen Kräutern.

Jana und Nico erwarteten Natalie an dem Tisch, an dem sie sich bereits beim letzten Mal getroffen hatten. Vor ihnen stand ein Korb mit Brot, Schalen mit Olivenöl, getrockneten Tomaten, Oliven sowie zwei Dips.

»Frau Uphoff, schön, Sie wiederzusehen!« Jana erhob sich und deutete mit einem Lächeln auf die Leckereien. »Bitte bedienen Sie sich. Möchten Sie etwas trinken?«

»Danke. Ein Wasser bitte.« Natalie nahm sich etwas Brot. »Danke auch dafür, dass Sie so kurzfristig ein Probeessen ermöglichen.«

»Das Brautpaar will extra für ein Probeessen anreisen?«, fragte Nico. »Müssen wir beweisen, dass wir gut genug sind?«

Natalie verschluckte sich fast an dem köstlichen Brot und hustete. Kurz fühlte sie sich versucht, Nicos Bedenken abzuwiegeln, aber dann entschied sie sich dafür, die Wahrheit zu sagen.

»Das ist nicht ungewöhnlich. Probeessen organisiere ich häufig.« Sie lächelte den beiden zu. »Das Brautpaar kennt Sie ja noch nicht. Die Braut ist übernervös und möchte am liebsten alles kontrollieren.«

Nico und Jana sahen sich an. Wenn Natalie den Blick richtig deutete, waren beide nicht besonders begeistert von der Idee, das Brautpaar so kurzfristig von sich überzeugen zu müssen.

»Wenn es Ihnen hilft, ich bin ein Fan von Ihnen und Ihrem Essen.« Natalie hoffte, die Rügener so auf ihre Seite zu bekommen. »Der Kunde ist König. Das wissen Sie ja.«

»Wollen wir nicht Du zueinander sagen?« Jana sah Natalie fragend an, die bestätigend nickte. »Ich bin froh, dass du ehrlich bist, so brauchen wir nicht um den heißen Brei herumzureden.«

»Gut.« Natalie fiel ein Stein vom Herzen, dass die Caterer die ganze Sache so sportlich nahmen. »Es tut mir leid, dass ich euch so unter Druck setze, Samstag muss perfekt werden.«

»Das ist uns schon klar.« Nico zwinkerte ihr zu. »Wir haben uns ein Drei-Gänge-Menü für das Probeessen überlegt. Da kann nichts schiefgehen.«

»Toi, toi, toi.« Natalie klopfte auf das Holz des Tisches. »Nur nichts heraufbeschwören. Was habt ihr geplant?«

Obwohl sie wirklich von Nicos Kochkünsten begeistert war, blieb ein Rest Nervosität bestehen, einfach weil es Natalie vorkam, als suchte Leonie nur nach einem Anlass, die gesamte Feier infrage zu stellen, aus welchem Grund auch immer. Das Einzige, was Natalie tun konnte, war, ihr Bestes zu geben und zu hoffen, dass die Braut es zu schätzen lernte.

»Für die Vorspeise dachten wir an einen Wildkräutersalat mit Balsamico-Dressing und Granatapfelkernen.« Jana zählte die Vorschläge an den Fingern ab. »Alternativ bieten wir einen geflämmten Ziegenweichkäse mit karamellisierter Nuss und Rügener Lavendelhonig. Dazu reichen wir unser hausgebackenes Walnussbrot.«

Die Vorspeisen klangen einfach verführerisch. Natalie konnte die geschmackvolle Kombination von Aromen förmlich auf der Zunge spüren.

»Ich könnte mich nicht zwischen den beiden Alternativen entscheiden«, sagte sie. »Ich möchte beide probieren.«

»Das sollte machbar sein.« Jana lächelte. »Mir geht es genauso wie dir.«

»Und als Hauptgang haben wir ebenfalls zwei Möglichkeiten zur Auswahl«, ergänzte Nico. »Schweinefilet-Medaillons mit grünem Pfefferrahm-Saisongemüse und Bratkartoffeln. Oder Dorschfilet in Senfsoße mit Gurken-Dill-Salat und ebenfalls Bratkartoffeln. Alternativ können wir Pellkartoffeln reichen.«

»Das klingt alles so lecker!« Natalie hätte am liebsten sofort alles probiert. »Was habt ihr euch als vegetarische Variante überlegt?«

»Da fällt mir bestimmt etwas ein.« Nico nickte. »Vegetarisch oder vegan?«

»Wenn vegan möglich ist, wäre das großartig«, antwortete Natalie nach kurzem Überlegen. »Nun bin ich gespannt auf den Nachtisch.«

Nico und Jana wechselten einen Blick, und Jana bedeutete ihrem Bruder mit einem Kopfnicken, dass er das Angebot vorstellen sollte.

»Da die meisten Menschen gern mehrere Nachspeisen zur Auswahl wünschen«, sagte Nico, »schließen wir das Essen mit dem *Strandläufer*-Teller ab, unserer Dessert-Variation.«

»Das macht mich neugierig.« Natalie nahm sich noch ein Stück Brot. »Was ist alles auf dem Teller?«

»Danke, dass du fragst«, antwortete Jana. »Du hast die Qual der Wahl zwischen zwei Alternativen.«

»Ja? Spann mich bitte nicht weiter auf die Folter.«

»Wir haben einmal die traditionelle Version.« Nun war wieder Nico an der Reihe zu reden. »Apfel-Crumble mit Vanilleeis, Tiramisu, rote Grütze und eine weiße Schokoladenmousse.«

»Ich glaube, die andere Möglichkeit braucht ihr mir nicht zu sagen. Die ist es.« Natalie leckte sich die Lippen, weil sie vor ihrem inneren Auge bereits den wunderbaren Dessert-Teller vor sich sah.

»Nicht so schnell.« Jana wackelte mit den Augenbrauen wie ein Bösewicht in einem B-Movie. »Lass mich dir erst einmal die exotische Variante vorstellen. Wir dachten an eine Kokos-Mango-Pavlova, einen schwarzen Sesam-Pudding, ein Matcha-Tiramisu und einen Passionsfrucht-Cheesecake.«

»Oh, nein. Jetzt möchte ich wieder alles.« Natalie klatschte begeistert in die Hände. »Das klingt perfekt! Ich freue mich sehr. Bevor ich es vergesse: Wir werden Freitag zu viert kommen. Lukas wird an meiner Seite sein.«

»Das haben wir uns gedacht.« Jana und Nico wechselten einen vielsagenden Blick, bevor sie eine Kellnerin heranwinkten. »Wir haben da etwas vorbereitet.«

»Ihr habt doch nicht wirklich …« Natalie konnte ihren Satz nicht beenden, weil die Kellnerin zwei Teller vor sie stellte.

»Guten Appetit«, wünschte die Bedienung, während Jana und Nico ergänzten: »Den wünschen wir dir auch.«

Das ließ sich Natalie nicht zweimal sagen und probierte die Schokoladenmousse. Einfach köstlich. Sie schloss einen Moment die Augen, um sich ganz der verführerischen Süße hinzugeben.

»Unglaublich, einfach unglaublich.« Natalie lehnte sich zurück und musste sich davon abhalten, die Teller abzuschlecken. »Am liebsten würde ich noch einmal von vorn anfangen.«

»Das lässt sich arrangieren.« Nico zwinkerte ihr zu. »Soll ich die Küche darum bitten?«

»Danke, dann platze ich.« Natalie erhob sich. »Vielen, vielen Dank. Ich freue mich auf unser Probeessen.«

»Wir freuen uns auf euch.« Jana begleitete sie zur Tür. »Wenn du noch Fragen oder Änderungswünsche hast, melde dich einfach.«

»Vielen Dank.« Natalie umarmte sie. »Ich weiß es sehr zu schätzen, was ihr für mich und die Hochzeit tut.«

»Gern geschehen.« Jana lächelte. »Alles wird gut.«

»Toi, toi, toi.«

Nachdem Natalie gegen das Holz der Tür geklopft hatte, ging sie hinaus, um dort auf Lukas zu warten. Schon nach kurzer Zeit sah sie ihn auf seinem Fahrrad angeradelt kommen. Als er sie erreichte, sprang er vom Rad, das er an die Wand lehnte, und zog Natalie in seine Arme. Sein Kuss schmeckte süß, trotzdem rümpfte sie die Nase und schob ihn von sich weg.

»Sei mir nicht böse, du riechst irgendwie seltsam.«

»Das ist die Katzenmilch.« Er deutete auf seine Ärmel, die voller weißer Spritzer waren. »Ich wollte mich eigentlich umziehen, aber ich wollte dich auch nicht warten lassen.«

»Wenn das so ist, werde ich mich wohl mit dem Geruch arrangieren müssen.« Sie konnte ein Grinsen nicht verbergen. »Beim nächsten Mal lass mich lieber etwas warten.«

»Ist es so schlimm?« Er hob den Ärmel, um daran zu schnüffeln. »Oh nein, eben roch es noch nicht so fies.«

»Das ist wohl der Preis, wenn man überraschend Adoptivvater wird.«

»Würdest du … würdest du gerne die Kätzchen kennenlernen?«, fragte Lukas. »Also nur wenn es passt. Sonst ein anderes Mal.«

»Sehr gern.« Natalie lächelte und nahm seine Hand. »Ich würde mich freuen.«

»Dann fahre ich mit dem Fahrrad vor, und du kommst mit dem Auto nach.« Lukas zwinkerte ihr zu. »Lass dir Zeit, damit ich mich noch umziehen kann.«

»Auf jeden Fall.« Nach einem langen Abschiedskuss sah sie ihm nach, wie er davonradelte.

Manchmal sind es die kleinen Dinge, wie mit dem Rad zu mir zu kommen, die einen Moment so besonders machen. Wie schön, dass Lukas das verstanden hat.

Noch 10 Tage bis zur Feier

Als ein leises Maunzen ertönte, erwachte Natalie und brauchte ein paar Sekunden, bevor sie das Geräusch zuordnen konnte. Sie verengte die Augen, um im Halbdunkel des Zimmers etwas erkennen zu können, spürte die Bettwäsche auf ihrer Haut, weich und warm, und hörte das leise, gleichmäßige Atmen von Lukas neben sich.

»Wow«, dachte sie, während sie die Decke über ihren Körper zog. Die Erinnerung an die wundervolle Nacht überflutete sie und brachte ihr ein warmes Gefühl. Nur wenige Stunden zuvor hatten sie gelacht und sich tief in die Augen geschaut, als ob die Welt um sie herum nicht existierte. Der Funke zwischen ihnen hatte sich in ein Feuer verwandelt, in eine Nacht voller leidenschaftlicher Küsse und zärtlicher Berührungen.

»Vielleicht ist das der Beginn von etwas Wundervollem«, flüsterte sie in die Stille des Raumes. Ihre Hand fuhr über die weichen Bettlaken, und sie spürte Hoffnung in sich aufsteigen. Was Lukas und sie verband, war mehr als nur eine Nacht, es waren echte Gefühle. Mit diesem Gedanken wandte sie sich ihm zu. Er lag auf der Seite, das Kissen leicht zerdrückt unter seinem Kopf, die

Augen noch geschlossen. Strähnen seines dunkelbraunen Haares fielen ihm ins Gesicht, und ein Lächeln spielte um seine Lippen, als träumte er von etwas Schönem.

Sie bedauerte es, ihn aufwecken zu müssen, doch es schien, als ob die Kitten Hunger hätten.

»Lukas.« Sanft rüttelte sie an seiner Schulter, doch er gab nur eine Art Grunzen von sich, was sie zum Schmunzeln brachte. »Lukas! Wach auf!«

Himmel! Was hatte der Mann für einen tiefen Schlaf. Ihr blieb nichts anderes, als ihr Smartphone zu suchen und den Alarm ertönen zu lassen. Sofort war er wach, schoss hoch und rieb sich die Augen.

»Natalie?«

»Hast du unsere gemeinsame Nacht so schnell vergessen?«

»Quatsch.« Er zog sie an sich, um sie mit Küssen zu bedecken. Obwohl es ihr schwerfiel, schob sie ihn von sich.

»Sorry, aber deine Kleinen sind hungrig.« Sie setzte sich auf, strich sich eine Haarsträhne aus dem Gesicht. »Die Katzen jammern furchtbar.«

Bisher hatte Lukas den beiden noch keine Namen gegeben, weil er nicht wusste, ob es Kater oder Katzen waren.

»Dann muss ich wohl meinen Vaterpflichten nachkommen.« Er gähnte, küsste sie noch einmal und stand auf. Sie beobachtete, wie er sich ankleidete und in die Küche ging, um die Katzenmilch zuzubereiten. Natalie kuschelte sich in die Kissen und erinnerte sich voller Glück an die vergangene Nacht.

Sie musste wieder eingeschlafen sein, denn der Geruch von frisch gebrühtem Kaffee und – hmm, lecker – Croissants drang an ihre Nase.

»Aufwachen, du Schlafmütze.« Lukas' Atem strich über ihre Wange, als er sie küsste.

Sie öffnete die Augen, erfüllt von einem Gefühl der tiefsten Zufriedenheit und Liebe. Sie betrachtete jeden Zug seines Gesichts – die geschwungenen Brauen, die markanten Wangenknochen und die Bartstoppel auf seinem Kinn, die ihm einen unwiderstehlich charmanten Ausdruck verliehen.

»Hier ist Frühstück für dich.« Er wartete, bis sie sich aufgesetzt hatte, und stellte ein Tablett auf das Bett, auf dem allerlei Leckereien standen: frisches Obst, knusprige Croissants, ein Glas Marmelade und zwei Tassen Kaffee.

»Das ist wundervoll«, sagte Natalie. »Danke, Lukas.«

»Es ist nur der Anfang eines perfekten Tages, die Ruhe vor dem Sturm«, erwiderte er und reichte ihr eine Tasse Kaffee. »Übermorgen früh muss ich zur Tierärztin, und dann helfe ich dir, alles für das Probeessen vorzubereiten.«

»Musstest du das *jetzt* erwähnen?«, antwortete sie, denn der Gedanke schlug ihr auf den Magen.

27

»Lily! Lillllly!«, rief Lukas, doch die Katze ließ sich nicht sehen. Ob ihr etwas passiert war? Hatte er einen Fehler gemacht, als er die Kitten zu sich genommen hatte? Man las immer wieder von Katzen, die in Kellern festsaßen oder in Garagen. Morgen würde er einen Suchzettel für Lily entwerfen, ausdrucken und in der Umgebung aufhängen. Auch wenn er kein Foto von der Streunerin hatte – im Internet fand sich bestimmt ein Bild, das ihr ähnelte.

Nachdem er diesen Entschluss gefasst hatte, holte er die Kätzchen, damit er die beiden bei der Tierärztin vorstellen konnte. Hoffentlich waren die Kleinen gesund. Sie maunzten zwar ein wenig, als er sie in die Transportkörbe bugsierte, aber blieben während der Fahrt überraschend ruhig.

Auch im Wartezimmer gaben sie keinen Laut von sich, während ein dicker Kater die ganze Zeit miaute, als wollte er seinen Protest kundtun, dass er hier sein musste.

»Herr Brockmüller bitte.« Die Tierarzthelferin führte ihn in ein Sprechzimmer, wo eine junge blonde Frau vor einem Computer saß.

»Die Katzen haben noch keine Namen?« Die Tierärztin sah auf und lächelte. »Was ist mit den beiden?«

»Ich habe sie in meinem Garten gefunden und weiß nicht, ob sie gesund sind.« Er öffnete den Transportkorb, und ein Kätzchen spazierte heraus, als ob ihm die Welt gehörte. »Ihre Mutter ist eine Streunerin, die ich seit Tagen nicht mehr gesehen habe.«

»Wie alt sind die Kleinen?«

»Das weiß ich nicht. Deshalb bin ich auch hier.« Er zuckte mit den Schultern. »Außerdem wüsste ich gern, ob es Jungen oder Mädchen sind.«

»Dann schaue ich sie mir mal an.« Die Tierärztin hob das Kätzchen hoch. »Das ist auf jeden Fall ein Junge, etwa acht Tage alt, denn er hat die Augen schon auf.«

»Braucht er eine Impfung oder so etwas?«

»Dafür ist es noch zu früh«, sagte sie und nahm das zweite Kätzchen. »Ein Mädchen. Mit acht Wochen kann ich sie impfen, mit zwölf Wochen können sie allein überleben.«

Oh, noch so viele Wochen alle vier Stunden füttern und massieren. Aber das würde er auch überstehen.

»Viel Vergnügen mit den beiden.« Die Tierärztin lächelte. »Wie sollen sie denn heißen?«

Da hatte er noch nicht drüber nachgedacht und nannte die beiden ersten Namen, die ihm einfielen. »Doreen und Ernesto.«

»Solche Namen hatten wir noch nicht.« Die Tierärztin tippte sie in den Computer ein. »Kommen Sie in sieben Wochen zur Impfung wieder.«

Der Motor des Wagens brummte leise, während Lukas die Straße zu seinem Haus entlangfuhr. Die leuchtenden Farben des Herbstlaubs gaben dem Tag eine fast magische Atmosphäre. Auf dem Beifahrersitz standen die Transportkörbe, aus denen ab und zu leises Miauen drang. Er warf einen kurzen Blick auf Ernesto, der ihn aus babyblauen Augen ansah. Doreen streckte eine kleine Pfote aus dem Käfig, als wollte sie sicherstellen, dass Lukas noch immer an ihrer Seite war. Ein Lächeln huschte über sein Gesicht. »Alles ist gut, kleine Maus. Wir sind gleich zu Hause.«

Seine Gedanken weilten bereits bei dem Probeessen, das so wichtig für Natalie war. Er würde ihr beistehen, so gut er konnte, wusste er doch, wie sehr sie sich wünschte, dass alles perfekt lief – nicht nur für das Brautpaar, sondern auch für sie selbst.

Daheim angekommen, brachte er Ernesto und Doreen ins Wohnzimmer und legte sie auf die Wärmedecke. Nachdem er sie gefüttert hatte, was deutlich einfacher war als noch gestern, duschte er, um nicht nach Katzenmilch zu riechen, wenn er in den *Strandläufer* kam. Noch eine halbe Stunde bis zu ihrer Verabredung.

Zum ersten Mal seit Jahren stand Lukas vor dem Kleiderschrank und fragte sich, was er anziehen sollte. Durch das Fenster fiel herbstliches Licht auf die ordentlich gefalteten Stapel aus Pullovern und T-Shirts. Der Duft von frischer Baumwolle mischte sich mit einem Hauch von Zedernholz, das er gegen Motten aufgehängt hatte.

Hmm, Jeans hatte er, Pullis, ein paar Hemden und einen dunklen Anzug für Feiern, der ihm allerdings zu fein für ein Probeessen erschien. Sein Blick fiel auf die hellbraune Chinohose, sie hatte etwas Zeitloses, etwas Vertrautes. Genau das brauchte er heute. Natalie sollte wissen, dass er sich in ihrer Nähe fühlte, als sei er im Einklang mit der Welt – einfach, ehrlich, er selbst. Dazu passten ein helles Hemd und sein sandfarbener Blazer. Krawatte oder keine? Nein, damit fühlte er sich immer, als ob er stranguliert würde.

Obwohl der Himmel blau und wolkenlos war, fuhr er mit dem Auto bis zum *Strandläufer*. Trotz der Gewissheit, dass das Probeessen bei Jana und Nico fantastisch sein würde, konnte Lukas die leichte Spannung, die in der Luft hing, nicht leugnen. Eigentlich hatte er sich darauf gefreut, Natalie bald zu sehen, doch der Anlass fügte der Vorfreude eine Prise Nervosität hinzu. Gerade war eine

Nachricht von ihr auf seinem Handy eingegangen: Die Braut und der Bräutigam würden pünktlich eintreffen.

Als er am Restaurant ankam, sah er sich nach Natalie um, aber konnte sie nicht entdecken. Stattdessen kam Jana aus dem *Strandläufer* und atmete erleichtert auf, als sie ihn sah.

»Wird das Brautpaar pünktlich sein?« Nervös spielte sie mit einem schmalen Silberring an ihrem Finger. »Hast du etwas von Natalie gehört?«

»Sie hat mir gerade eine Nachricht geschickt. Bestimmt kommen sie gleich an.«

»Gut, das sage ich Nico, der dreht schon am Rad.« Jana nickte ihm zu. »Der Auftrag ist immens wichtig für uns. Drück uns die Daumen.«

»Das mache ich.« Nachdem Jana ins Restaurant gegangen war, ging Lukas davor auf und ab, ihre Nervosität war wohl ansteckend. Endlich bog Natalies Wagen um die Ecke, sie fuhr auf den Parkplatz und stieg aus. Als sie ihn mit einem strahlenden Lächeln begrüßte, beschleunigte sich sein Puls. Der Wind wehte ihren hellen Mantel zurück und enthüllte ein sonnengelbes Kleid, bestickt mit zarten blauen Glockenblumen. Sie sah einfach atemberaubend aus.

»Hallo, du siehst ja schick aus«, sagte sie, während sie die Autotür zuschlug. »Ist das Brautpaar schon angekommen?«

Er zog sie in seine Arme und küsste sie, bevor er antwortete: »Nein, sie sind noch nicht da. Jana hat bereits nach ihnen gefragt.«

»Okay, dann warten wir noch ein paar Minuten.« Kaum hatte Natalie gesprochen, da rollte ein silberner BMW auf den Parkplatz. Eine Frau winkte aus dem Fenster heraus, was Natalie mit einem fröhlichen Winken erwiderte. Sie griff nach Lukas' Hand, um sie zu drücken.

»Alles wird gut«, flüsterte er ihr zu, »vertrau Jana und Nico. Und dir.«

»Danke.« Sie holte tief Luft. Inzwischen hatte der BMW eingeparkt. Ein Mann und eine Frau stiegen aus und kamen Hand in Hand auf sie zu. Das Brautpaar war wirklich ausnehmend gut aussehend, dachte Lukas. Die Braut war eine zierliche Blondine, überaus elegant gekleidet für ein schlichtes Probeessen. Lukas war froh, dass er nicht in Jeans und Pullover aufgetaucht war. Der Bräutigam überragte sie um zwei Köpfe, er sah aus, als wollte er auf das Cover eines Segelmagazins.

»Herzlich willkommen, Frau Lembke und Herr Rieckhoff«, sagte Natalie. »Das ist Lukas Brockmüller, er ist verantwortlich für den wunderschönen Garten, in dem Sie heiraten werden.«

»Hallo. Schön, Sie kennenzulernen«, sagte Leonie lächelnd. »Wollen wir uns nicht duzen? Wir sind Leonie und Sebastian.«

Fragend sah Lukas Natalie an – das war ihre Entscheidung. Soweit er wusste, bevorzugte sie eine professionelle Distanz zu den Brautpaaren, für die sie Hochzeiten plante.

»Sehr gern. Ich bin Natalie.« Ihre Stimme zitterte ein wenig, wohl der Anspannung geschuldet. »Ist es für dich auch in Ordnung, Lukas?«

»Selbstverständlich.« Er nickte dem Brautpaar zu. »Wir sollten Jana und Nico nicht länger warten lassen.«

»Ich bin schon sehr gespannt, was uns erwartet«, sagte Sebastian. »Bitte, nach euch.«

Gemeinsam betraten sie das Restaurant, wo Jana und Nico ihnen bereits entgegensahen. Die beiden öffneten einladend die Tür zu einem weiteren Raum des Lokals. Lukas bewunderte die Dekoration, mit denen die Inhaber des *Strandläufer* das Brautpaar sicher beeindrucken würden: weiße Tischtücher, silberne Leuchter mit Kerzen und edles Porzellan. Blumen in herbstlichen Farben und perfekt abgestimmte Servietten rundeten das Bild ab.

»Wow, das sieht fantastisch aus«, sagte Leonie mit weicher

Stimme, als sie sich setzten. Tränen glitzerten in ihren Augen. »Das ist noch schöner, als ich es mir vorgestellt habe.«

»Danke«, erwiderte Natalie warm. »Das freut mich sehr.«

Lukas spürte einen Anflug von Stolz auf sie, weil sie diese Herausforderung so großartig bewältigt hatte. Am liebsten hätte er sie geküsst, aber dafür war wohl nicht der richtige Zeitpunkt. Stattdessen griff er nach ihrer Hand und drückte sie, um ihr zu zeigen, dass er an ihrer Seite war.

»Möchten Sie einen Aperitif? Es ist Sekt mit einem Spritzer Sanddornlikör.« Jana bot ihnen die Getränke auf einem silbernen Tablett an. »Bitte nehmen Sie Platz. Die Vorspeise wird gleich serviert.«

Nachdem sie sich hingesetzt hatten, kam Nico aus der Küche, er sah beeindruckend aus in seiner weißen Koch-Uniform.

Freundlich begrüßte er das Brautpaar. »Hallo, ich bin Nico. Ich habe das Menü für die Hochzeit zusammengestellt und das Probeessen für heute zubereitet. Ich hoffe, es wird allen schmecken.«

»Das hoffe ich auch«, sagte Natalie, woraufhin Lukas erneut ihre Hand in seine nahm und sie beruhigend drückte. Sie warf ihm ein dankbares Lächeln zu, und er konnte sehen, wie der letzte Rest ihrer Nervosität verschwand, während sie gespannt auf das kommende Mahl warteten.

Lukas atmete tief durch und spürte ein befriedigendes Gefühl der Erleichterung, als alles reibungslos zu verlaufen schien. Leonie und Sebastian blätterten in den kalligrafisch gestalteten Menükarten und nickten zustimmend bei den einzelnen Gängen, was Lukas als gutes Zeichen betrachtete.

»Ein Gruß aus der Küche«, verkündete die Kellnerin und platzierte drei Sorten Brot und kleine Töpfchen mit Butter vor ihnen. Dazu gab es geräucherte Heilbuttscheiben, deren aromatischer Duft Lukas' Appetit weckte.

Nachdem sie ihre Getränke gewählt hatten, fragte Leonie Natalie nach dem Stand der Hochzeitsvorbereitungen. Sebastian dagegen wandte sich ihm zu, neugierig auf Rügen und Segelmöglichkeiten vor Ort. Lukas genoss die Plauderei, bis er bemerkte, dass Natalies linkes Augenlid leicht zuckte. Er wusste, dass sie erst wieder richtig durchatmen würde, wenn das Probeessen einen erfolgreichen Abschluss fand.

»Bitte sehr, zweimal der Wildkräutersalat«, sagte die Kellnerin und stellte die Teller vor Natalie und Leonie ab. Ihr Kollege servierte Lukas und Sebastian den gratinierten Ziegenkäse. »Lassen Sie es sich schmecken.«

»Danke«, murmelte Lukas und griff nach seiner Gabel. Ein zufriedenes Lächeln breitete sich auf seinem Gesicht aus, als er den ersten Happen des Käses probierte. Der intensive, cremige Geschmack war ein Genuss. Er warf Natalie einen fragenden Blick zu, doch sie schien in ihrem Salat zu stochern, ohne wirklich etwas zu schmecken. Ihre Anspannung war deutlich zu erkennen. Er wünschte sich, er könnte irgendetwas tun, um ihr die Last zu erleichtern, aber er konnte nur an ihrer Seite sein und hoffen, dass das genug war.

»Das war wirklich köstlich«, sagte Leonie und tupfte sich die Mundwinkel mit einer Serviette ab. »Ich hoffe, der Caterer kann diese Qualität halten.«

»Da bin ich sicher.« Natalies Stimme klang ruhiger, allerdings bemerkte Lukas, wie verkrampft ihre Schultern aussahen.

»Beim Hauptgang haben Sie die Wahl zwischen Fleisch, Fisch oder vegan.« Jana kümmerte sich persönlich um die Gäste. »Als Fleisch haben wir Medaillons vom Schwein, der Fisch ist Dorsch, fangfrisch, und als vegane Option bieten wir eine geröstete Aubergine.«

»Für mich bitte die Aubergine«, sagte Sebastian zu Lukas' Überraschung, während Leonie sich für Fleisch entschied. Als Inselkinder bestellten Natalie und er den Dorsch. Nun wandte sich auch Sebastian an Natalie, um Details der anstehenden Hochzeitsfeier zu besprechen.

Lukas lehnte sich zurück und ließ das Gespräch an sich vorbeirauschen. Der Duft der Gerichte, das sanfte Licht im Raum und die warme Atmosphäre – all das trug dazu bei, dass sich eine wohlige Zufriedenheit in ihm ausbreitete. Und dann, als Natalie einen Moment die Augen schloss und tief durchatmete, wusste er, dass sie diesen Meilenstein gemeinsam überstanden hatten.

28

Noch 8 Tage bis zur Feier

Als die Dessertteller abgeräumt wurden, konnte Natalie endlich beruhigt aufatmen. Nichts war schiefgegangen, alle Gänge hatten Zustimmung gefunden, die Getränke hatten perfekt mit dem Essen harmoniert.

»Nun?« Sie sah Leonie und Sebastian fragend an. »Wie hat es euch gefallen?«

Das Brautpaar wechselte einen Blick. Natalie tastete unter dem Tisch nach Lukas' Hand, sie brauchte jetzt seine Unterstützung und war froh, ihn an ihrer Seite zu haben.

»Es war wirklich unglaublich«, sagte Sebastian und nickte Natalie zu. »Ich bin sehr beeindruckt von der Qualität des Essens.«

»Ja, es ist fantastisch«, stimmte Leonie zu. »Aber ich habe eine Frage – wird es bei der Hochzeit auch glutenfreie Optionen geben?«

»Ich werde es mit Nico und Jana besprechen«, antwortete Natalie schnell. »Ich bin mir sicher, das sollte machbar sein.«

»Damit haben wir ja einen großen Brocken bewältigt«, sagte Leonie erleichtert. »Danke, Natalie. Sebastian und ich möchten das schöne Wetter nutzen und uns Rügen ansehen. Wir treffen uns Montagfrüh im Garten?«

»Zehn Uhr?« Lukas lächelte Natalie zu. »Das Wetter soll so bleiben.«

Auch wenn sie lieber nur so Zeit mit ihm verbringen würde, musste sie gleich mit ihm darüber sprechen, wie sie den Garten optimal präsentieren konnten. Diese Hochzeitsvorbereitung war ein reiner Hürdenlauf: eine überwunden, dann tauchte die nächste auf, und sie musste springen, egal, wie erschöpft sie war. Also schob sie die Sorgen beiseite und erwiderte sein Lächeln, bevor sie sich an das Brautpaar wandte: »Zehn Uhr. Ich freue mich und wünsche euch eine wunderbare Zeit auf unserer schönen Insel.«

»Perfekt.« Leonie und Sebastian erhoben sich. »Bitte danken Sie dem Caterer in unserem Namen.«

Nachdem die beiden gegangen waren, sah Lukas Natalie an. »Das ist doch gut gelaufen, oder?«

Sie seufzte erleichtert auf. Nun, da die Anspannung langsam von ihr abfiel, bemerkte sie erst, wie groß der Stress gewesen war. Und dabei stand ihr die Hochzeit noch bevor. »Ich hatte es mir schlimmer vorgestellt.«

»Meinst du, wir sollten anstoßen?«

»Auf jeden Fall!« Sie schloss einen Moment überwältigt die Augen. »Danke, dass du mich nicht allein gelassen hast.«

»Du kannst immer auf mich zählen.« Er drückte ihre Hand, sein Blick voller Wärme. »Was machen wir mit dem angebrochenen Tag?«

Als sie antworten wollte, piepste sein Smartphone.

»Oh Mist.« Lukas hob entschuldigend die Hände. »Ich muss nach Hause, die Katzen füttern.«

»Ich werde noch kurz mit Jana und Nico sprechen und komme dann nach.« Sie beugte sich über den Tisch, um ihn zu küssen. »Wir müssen noch über den Garten reden, das Wochenende nehme ich mir frei. Für uns.«

»Das macht mich glücklich, aber du musst es nicht tun.« Er

küsste sie sanft. »Ich wusste, worauf ich mich in den nächsten Tagen einlasse, als ich mich in dich verliebt habe.«

Erneut piepste sein Telefon, sodass sie nicht antworten konnte. Nachdem er den Ton ausgeschaltet hatte, brummte ihr Smartphone. Überrascht holte sie es aus der Handtasche und sah auf das Display. Es war eine Nachricht von Kathleen: *Ruf mich sofort zurück!*

Was hatte das nun wieder zu bedeuten? Es war alles perfekt gelaufen, die wichtigsten Vorbereitungen für die Hochzeit getroffen. Warum also dieser harsche Tonfall?

»Es wird wohl noch etwas dauern, bis ich zu dir und den Katzen komme.« Natalie seufzte. »Wenn ich mit Jana und Nico gesprochen habe, muss ich meine Chefin anrufen. Es klingt so, als könnte das länger dauern.«

»Okay. Wenn du Unterstützung brauchst, egal wobei, gib mir Bescheid.«

»Danke. Grüß deine Katzen von mir. Haben sie schon Namen?«

»Ja, aber du musst mir versprechen, nicht zu lachen.«

»Versprochen.«

»Sie heißen Ernesto und Doreen.«

»Wie bist du auf die Namen gekommen?«

»Das erzähle ich dir nachher. Ich muss los.«

Nach einem langen Abschiedskuss sah sie ihm nach, als er zur Tür ging, und wünschte sich, sie könnte ihn begleiten. Manchmal hasste sie ihre preußische Arbeitsdisziplin und wäre gern mehr wie Svenja, die entspannt durchs Leben ging.

»War alles in Ordnung?« Jana setzte sich neben Natalie, zwei gefüllte Sektgläser in der Hand. »Ich dachte, egal, was das Brautpaar sagt, den Sekt haben wir uns verdient.«

»Sie waren begeistert, das soll ich dir ausrichten.« Natalie nahm das Sektglas und stieß mit Jana an. »Nur eine Frage gibt es noch.«

»Ja?« Jana trank einen Schluck. Sie rollte mit den Augen. »Bitte, sag mir nicht, dass sie das ganze Konzept umwerfen und etwas Neues wollen.«

»Keine Sorge.« Natalie hob ihr Sektglas als Salut. »Wird es etwas Glutenfreies für die Hochzeit geben?«

»Kein Problem.« Jana stieß mit ihr an und zwinkerte Natalie zu. »Du machst sicher drei Kreuze, wenn alles vorbei ist.«

Natalie überlegte einen Moment. »Schon, aber irgendwie bringt es auch Spaß. Jedenfalls, wenn es dann vorbei ist. Wenn alles so abgelaufen ist, wie ich es geplant habe, und das Brautpaar glücklich ist.«

»Darauf trinke ich.« Jana erhob ihr Glas, und Natalie stieß erneut mit ihr an.

Nachdem sie das weitere Vorgehen besprochen hatten, verließ Natalie das Restaurant und wurde von einem kräftigen Wind überrascht. Das tat ihr ganz gut, denn inzwischen spürte sie den Sekt und wollte keinesfalls mit dem Auto fahren. Ein Spaziergang zum Campingplatz schien ihr eine gute Idee. Außerdem konnte sie dabei das Telefonat mit Kathleen hinter sich bringen. Natalie konnte es kaum erwarten, ihrer Chefin von ihrem Triumph zu berichten.

»Kathleen«, sagte Natalie in Hochstimmung. »Ich wollte dich ohnehin anrufen. Das Probeessen war ein voller Erfolg.«

»Das glaubst du wirklich?« Kathleens ohnehin scharfe Stimme klang schneidend wie Glas. Sie ließ eine kurze, beunruhigende Pause folgen. »Da habe ich etwas anderes gehört.«

Natalies Herz setzte einen Schlag aus. Sie musste sich verhört haben. Leonie und Sebastian hatten leuchtende Augen gehabt, ehrlich begeistert von jedem Gang des Menüs. Wie konnten sie nur vorgeben, sie seien zufrieden, um dann sofort Kathleen anzurufen und sich zu beschweren? Das erschien Natalie undenkbar.

»Was meinst du damit?« Natalie holte tief Luft. »Mir gegenüber hat das Brautpaar sich äußerst zufrieden geäußert.«

»Und nach all deinen Jahren Berufserfahrung bist du nicht auf die Idee gekommen, die Eltern dazuzubitten?« Kathleens Tonfall schwebte zwischen schneidend und spöttisch. »Ich hatte gerade eben eine schluchzende Frau Rieckhoff am Telefon, die es bedauerte, an dem großen Tag ihres Kinds nicht dabei sein zu dürfen.«

Natalies Körper versteifte sich, schlagartig war ihre gute Stimmung verflogen. Das durfte doch nicht wahr sein! Sie blieb abrupt stehen und ließ den Blick über den Horizont gleiten, an dem dunkle Wolken aufzogen. So wie in ihrem Herzen.

»Kathleen. Das kann nicht dein Ernst sein«, entgegnete Natalie. Sie blieb stehen, denn für dieses Gespräch benötigte sie ihre ganze Konzentration. »Heute war ein Probeessen, nicht die Hochzeitsfeier. Die Braut hatte es kurzfristig anberaumt. Ich war froh, dass die Strandläufer das mitgemacht haben.«

»Schon gut, beruhige dich«, lenkte Kathleen ein, hörbar überrascht von Natalies harschem Tonfall. »Aber du musst zugeben, es war ein Fehler.«

War es wirklich so, fragte sich Natalie. Wäre es ihre Verantwortung gewesen, die Eltern des Brautpaares ebenfalls einzuladen? Allein bei der Vorstellung, was Frau Rieckhoff alles zu mäkeln gehabt hätte, wurde Natalie ganz schwummerig.

»Nein, das war kein Fehler.« Natalie wurde ruhiger. »Es war die pragmatischste Entscheidung unter den gegebenen Umständen. Uns bleiben nur ein paar Tage bis zur Feier.«

»Das mag sein, doch konzentriere dich nicht nur auf das Brautpaar.« Nun klang Kathleen etwas versöhnlicher. »Wir wissen doch beide, dass die Eltern mindestens genauso viel Pflege benötigen.«

Zum Bedauern war es zu spät, sie konnte nur versuchen, etwas wiedergutzumachen. »Soll ich Frau Rieckhoff anrufen und mich entschuldigen?« Das würde Natalie schwerfallen, allerdings würde sie es tun, um die Hochzeit nicht zu gefährden.

»Das übernehme ich.« Kathleen seufzte. »Du hast genug zu tun.«

Natalies Magen zog sich zusammen. Sie hatte gehofft, wenigstens etwas Ruhe nach dem anstrengenden Probeessen zu genießen. »Montagfrüh treffe ich mich mit dem Brautpaar, am Wochenende wollen die beiden sich die Insel anschauen«, entgegnete sie und versuchte, ihre Enttäuschung zu verbergen. »Also hätte ich etwas Freizeit und wollte eigentlich …«

Kathleen unterbrach sie schroff: »Es gibt keine Zeit für Freizeitvergnügungen, Natalie. Wir sind auf der Zielgeraden zur Feier, aber noch steht nicht alles fest. Für den Gartenbesuch brauchst du ein Dossier mit allen aktuellen Informationen.«

»Das wäre nur eine Momentaufnahme.« Natalies Widerstand regte sich. »Die kann ich dem Brautpaar mündlich mitteilen. Kathleen, ich muss mich einen Tag erholen, damit nichts schiefgeht.«

»Ja, das weiß ich, aber du musst die Sitzordnung noch einmal durchgehen. Leonies Mutter hat sie kurzfristig geändert, und das muss ins System eingepflegt werden.«

»Ist sie denn jetzt fix, oder kommt es noch zu Änderungen?«

»Falls ja, müssen wir uns eben anpassen.« Kathleen klopfte mit einem Stift auf den Tisch, eine nervtötende Angewohnheit. »Außerdem muss die Menükarte überprüft werden, weil Frau Rieckhoff Allergien hat, die das Brautpaar nicht berücksichtigt hat.«

Natalie fühlte sich, als würde sie unter einer Welle von To-dos ertrinken, und rang nach Luft. »Kathleen, das sind Aufgaben, die ich auch Emily geben kann.«

»Falsch«, schnitt Kathleen das Wort ab. »Aufschieben führt zu Fehlern. Ich will, dass alles dieses Wochenende erledigt wird.«

»Kathleen, ich kann nicht jedes Wochenende meine persönliche

Zeit opfern«, sagte sie schließlich, deutliche Frustration in ihrer Stimme. »Es gibt Grenzen. Wenigstens ein freier Tag muss drin sein.«

Stille füllte die Luft, bevor Kathleen in einem kälteren Ton antwortete: »Grenzen sind für Schwächlinge, Natalie. Wenn du es nicht schaffst, diese Aufgaben zu erfüllen, bist du einfach kein Partnerinnenmaterial.«

»In Ordnung, Kathleen«, flüsterte sie, »ich werde mich darum kümmern.«

»Viel Erfolg für Montag. Könnte es Probleme geben?«

Natalie überlegte. »Eigentlich nicht, doch das habe ich für heute auch gedacht.«

»Geh alles noch einmal durch.« Kathleens Stimme wurde wieder schärfer. »Was macht die Hochzeitstorte?«

»Ich bin dran.« Das war nicht gelogen, allerdings hatte sie bisher noch keinen Konditor gefunden und hoffte auf die kommende Woche. Um ihre Chefin abzulenken, sagte sie: »Bitte erinnere dich daran, dass das Probeessen ein voller Erfolg war. Das Paar ist glücklich, und das ist doch am wichtigsten, oder?«

Eine Pause legte sich über die Stille, erfüllt mit dem Klang der Wellen und des entfernten Möwengeschreis. »Ihr Glück ist wichtig, aber Professionalität und Detailtreue sind es ebenso«, kam die Antwort schließlich kühl zurück. »Lass uns sicherstellen, dass dies nicht wieder vorkommt. Wir sprechen uns Montag.«

Kathleen hatte aufgelegt, bevor Natalie sich verabschieden konnte. Nach dem Gespräch war Natalies Hochstimmung verflogen, und sie zögerte. Die Vorstellung, jetzt allein in ihrem Wohnwagen zu sitzen, gefiel ihr nicht. Sie musste sich ablenken von ihren kreisenden Gedanken, von ihrem Zorn auf Frau Rieckhoff, die ihr in den Rücken gefallen war, und auf Kathleen, die nicht zu ihr gehalten hatte. War ihr Job das alles wert?

Das Schlimmste stand ihr noch bevor. Sie nahm ihr Smartphone aus der Tasche und rief Lukas an.

»Na, du«, sagte Lukas, seine Stimme wie eine beruhigende Umarmung, die sich um ihr Herz legte. »Ist alles gut?«

»Leider nein. Kathleen hat mich mit Aufgaben überschüttet. Ich kann heute leider nicht kommen, vielleicht morgen, wenn alles gut geht. Ich wollte dir nur Bescheid sagen, dass ich dieses Wochenende wieder arbeiten muss.«

Eine kurze, nachdenkliche Pause folgte. Natalie konnte förmlich sehen, wie Lukas am anderen Ende der Leitung nach den richtigen Worten suchte. »Das ist schade, aber ich verstehe«, sagte er schließlich. Seine Stimme klang sanft, ohne einen Hauch von Vorwurf, was ihren Kummer nur verstärkte. »Brauchst du nachher etwas zu essen? Ich könnte dir etwas vorbeibringen.«

Natalie biss sich auf die Unterlippe und spürte einen Kloß in ihrem Hals aufsteigen. Die Vorstellung, Lukas' selbst gemachtes Essen zu genießen und für einen Moment all den Stress vergessen zu können, war verlockend. Doch sie wusste, dass sie sich keine Ablenkung leisten konnte.

»Das ist lieb von dir«, sagte sie mit einem Hauch von Bedauern in der Stimme, »doch ich habe wirklich viel zu tun. Ich schaffe das irgendwie.«

»Okay, du weißt, wo ich bin, falls du mich brauchst, richtig?«

»Danke, Lukas«, flüsterte sie. »Ich weiß das wirklich zu schätzen. Ich vermisse dich. Schlaf gut.«

»Du auch, Natalie«, antwortete er. Es kam ihr vor, als ob er noch etwas sagen wollte, dann ertönte ein Miau aus dem Hintergrund. »Sorry, Ernesto will etwas von mir.«

»Streichel die Kleinen von mir.« Natalie legte auf und ließ das Handy in ihre Tasche gleiten. Sie ging in Richtung des Strandes, um auf die unendliche Weite der Ostsee zu blicken. Die Bewegung der Wellen hatte normalerweise eine beruhigende Wirkung auf sie, jetzt fühlte sich ihre Brust eng an, als ob ein unsichtbares Gewicht auf ihr lastete.

»Warum stelle ich immer die Arbeit an erste Stelle?«, fragte sie sich selbst, ihre Stimme kaum mehr als ein Flüstern, das in der Nacht verhallte. War es das wirklich wert, all die Mühe, die schlaflosen Nächte, die Versäumnisse? Die Freude und Zufriedenheit der Brautpaare, die sie betreute, waren ihr Antrieb, hatte sie dabei das wichtige Gleichgewicht in ihrem Leben verloren?

29

Noch 6 Tage bis zur Feier

Das Klingeln ihres Weckers riss Natalie aus einem unruhigen Schlaf. Sie hatte gestern bis Mitternacht an den Aufgaben gearbeitet, die Kathleen ihr aufgetragen hatte, allerdings nicht halb so viel geschafft wie gehofft. Gestern hatte sie Lukas wieder vertröstet, weil sich ihre Gedanken um die Aufgaben drehten und sie zu nervös für einen romantischen Abend war.

Sie öffnete die Augen, gähnte und fragte sich, ob sie auch den Sonntag damit verbringen müsste, die Hochzeit vorzubereiten, oder ob sie ein wenig Zeit für Lukas abzwacken könnte. Wenn sie noch länger liegen blieb, würde sie es garantiert nicht schaffen. Also gähnte sie noch einmal, starrte auf den Wecker, der ihr 7:07 Uhr anzeigte, und stand auf.

Nachdem sie sich gewaschen und einen Kaffee gekocht hatte, setzte sie sich vor ihr Notebook, um ihre Liste auf den aktuellen Stand zu bringen.

- ~~Gut Boltendorf als Location bekommen~~ – *erledigt*
- ~~Floristin finden / Blumenschmuck mit Braut abstimmen~~ – *erledigt*
- ~~Caterer finden~~ (Essen vegetarisch, vegan, laktosefrei, regional???) – *erledigt*

- ~~Probeessen vereinbaren~~ – *erledigt*
- ~~Band oder~~ DJ finden – *noch offen*
- Playlist erstellen und abstimmen – *noch offen*
- ~~Dekoration organisieren~~ – *erledigt*
- ~~Fotograf oder Videograf?~~ – *erledigt*
- Hochzeitstorte!!! – *noch offen! DRINGEND!!!*
- ~~Zimmerkontingente für Übernachtungsgäste reservieren~~ – *erledigt*
- Transport vom Hotel zum Gut organisieren / Kutsche? Limousine? – *mit Braut absprechen / Montag danach fragen*
- Extras? Taschentücher für Freudentränen, Gastgeschenke??? – *hat noch Zeit, im Hinterkopf behalten / Montag danach fragen*
- Beauty-Termine für Braut und Bräutigam? – *Braut will das abklären, sicherheitshalber nachfragen ⇨ Montag*
- Wie viele Kinder kommen? Bespaßung organisieren? – *15 Kinder / Zauberer und Hüpfburg ~~angefragt~~ – Rückmeldung spätestens Dienstag nachfragen*
- ~~Vermieter für Ausstattung suchen – *Treffen übermorgen, um Details zu klären*~~ – *erledigt*
- Hochzeitsablauf abstimmen: mit Brautpaar und Dienstleistern teilen – *noch offen, zu vieles unklar / Montag mit Brautpaar abstimmen*
- ~~Ankleideservice für Braut? – *Braut fragen*~~ – *erledigt*
- Detaillierten Zeitplan für die Feier erstellen und mit Brautpaar sowie den Dienstleistern teilen – *Montag besprechen*
- Alle Dienstleister noch einmal anrufen, um Details zu klären – *ab Mittwoch*
- Tisch- und Sitzplan überarbeiten – *Montag mit Brautpaar abstimmen*

- Hochzeitsfoto Motivauswahl – *Montag mit Brautpaar abstimmen*
- Notfallkit nicht vergessen

Während sie noch überlegte, ob sie etwas vergessen hatte, wurde ihr Bildschirm plötzlich schwarz, obwohl sie den Stecker eingesteckt hatte. Sie probierte es an einer anderen Steckdose. Nichts. Also musste etwas mit der Stromzufuhr nicht stimmen. Auch das noch. Natalie trank einen Schluck Kaffee, bevor sie sich zu Svenjas Büro aufmachte. Hoffentlich war die Campingwirtin überhaupt schon wach.

Als sie an der Rezeption ankam, sah Natalie, wie Svenja dort einen geschnitzten Halloween-Kürbis aufstellte, obwohl noch sechsundzwanzig Tage bis Halloween blieben. Svenja rückte den Kürbis, der ein grinsendes Gesicht zeigte, gerade und blickte auf, sodass sie Natalie entdeckte.

»Moin, Natalie!«, rief Svenja und winkte sie zu sich heran. »Komm her, ich habe einen aufmunternden Tee gekocht.«

Natalie lächelte müde und umarmte die Wirtin. »Guten Morgen, Svenja. Leider bin ich nicht zum Teetrinken hier.«

»Du siehst aus, als könntest du eine Verschnaufpause gebrauchen. War das Probeessen so anstrengend?« Svenjas Stimme hatte einen beruhigenden Ton wie das sanfte Murmeln des Bachs. Sie reichte Natalie eine Tasse, auf der eine grinsende Katze abgebildet war. »Hier, trink das. Es wird dir guttun.«

»Danke. Das Essen war besser als befürchtet, aber ich habe seitdem kaum eine Minute für mich gehabt.« Natalie schnupperte daran, es roch nach Kräutern und ein wenig Zimt. Sie nahm einen Schluck, und die Flüssigkeit wärmte sie. »Es ist nur schwer, abzuschalten. Kathleen, meine Chefin, hat mir gestern eine gewaltige Aufgabenliste aufgebrummt.«

»Weißt du, manchmal muss man einfach die Seele baumeln lassen. Das Leben besteht nicht nur aus To-do-Listen und Terminen.«

Natalie seufzte und rieb sich die Schläfen. »Ich weiß, doch diese Hochzeit muss perfekt werden.«

»Perfektion ergibt sich aus der Liebe, die du in deine Arbeit steckst, Natalie, nicht aus dem Erledigen Tausender Kleinigkeiten«, erwiderte Svenja mit einem verständnisvollen Lächeln. »Das Gras wächst nicht schneller, wenn man daran zieht. Gönn dir mal eine Auszeit.«

»Grundsätzlich stimme ich dir zu, aber an diesem Wochenende muss ich noch einmal alles geben.« Natalie seufzte. »Deswegen bin ich hier, ich kann nicht arbeiten, denn irgendetwas stimmt mit dem Strom nicht.«

»Das kann gut sein. Ab und zu steigt er aus.« Svenja zuckte mit den Schultern. »Ich betrachte das immer als ein Zeichen des Lebens, mir eine Pause zu gönnen.«

»Das kann ich mir aktuell nicht leisten.« Natalie rieb sich mit der Hand den schmerzenden Nacken. »Kannst du den Strom wieder zum Laufen bringen?«

Svenja musterte sie eine Weile, ihre graugrünen Augen blitzten auf.

»Ja, das bekomme ich hin«, beantwortete sie schließlich Natalies Frage. »Bitte denk dran: Das wahre Glück liegt nicht im Jagen der Minuten, sondern im Umarmen der kostbaren Augenblicke.«

Auch wenn Natalie im Moment gar nicht nach Sinnsprüchen war, nahm sie sich die Zeit, über Svenjas Worte nachzudenken. »Was, wenn etwas schiefgeht? Was, wenn die Feier ein Misserfolg wird?«

Svenja sah nachdenklich in den grauen Himmel. »Jede Braut und jeder Bräutigam glauben, dass sie sich eine perfekte Hochzeit wünschen. Doch was sie sich wirklich am meisten wünschen, ist, dass ihre Liebe gefeiert wird. Deine Aufgabe ist es, eine Atmosphäre zu schaffen, in der sich alle wohlfühlen. Der Rest wird sich von selbst ergeben.«

Natalie ließ die Worte auf sich wirken. »Du meinst, ich sollte mehr auf das Gefühl als auf die Details achten?«

»Auf jeden Fall.« Svenja nickte und legte eine Hand auf Natalies Arm. »Die Gäste werden sich vor allem daran erinnern, wie sie sich an diesem Tag gefühlt haben. Eine Hochzeit ist wie ein Tanz. Wenn du die Musik fühlst, werden die Schritte folgen.«

Natalie schloss die Augen und atmete tief ein, eine unsichtbare Last fiel von ihren Schultern. Svenja hatte recht, und eigentlich wusste sie es ja selbst. »Ich werde versuchen, mehr Vertrauen zu haben.«

»Wie der Mond das Meer bestimmt, kümmere dich um die Gezeiten deiner Herausforderungen, wenn sie dich erreichen.« Svenja klatschte in die Hände und lachte. »So, das war genug Weisheit für heute. Du, überleg dir, wie du diesen wunderschönen Sonntag verbringen willst.«

»Es nieselt.« Natalie deutete zum Himmel, der ein herbstliches Grau zeigte. »Das kannst selbst du nicht schön finden.«

»Mit dem richtigen Menschen kann jeder Tag ein wunderschöner Sonntag sein.« Svenja zwinkerte ihr zu. »Das muss ich dir nicht sagen, oder?«

»Du hast recht.« Natalie sprang auf, umarmte die Campingwirtin zum Abschied kurz und lief schnell zu ihrem Wohnwagen. Dort angekommen, schnappte sie sich ihr Smartphone und schrieb eine Nachricht an Lukas. Für einen Anruf war sie noch zu angespannt.

Lieber Lukas,
wann hast du heute ein bisschen Zeit für mich?
Kuss
Natalie

Während sie auf die Antwort wartete, suchte sie nach passender Kleidung: etwas, das sie auch bei Regen tragen konnte, das aber gleichzeitig schick genug war, um Lukas zu beeindrucken. Schließlich entschied sie sich für eine Jeans, einen wollweißen Pullover mit Zopfmuster und eine dunkelblaue Regenjacke. Sie hatte sich gerade angezogen, als ihr Smartphone piepste.

Liebe Natalie,
ich freue mich. Ernesto und Doreen sind gefüttert und massiert, sodass mir jetzt zweieinhalb Stunden bleiben.
Ich freue mich.
Kuss Lukas

Voller Vorfreude schrieb sie eine Antwort.

Ich bin in zehn Minuten bei dir.

Natalies Herz wurde leichter vor Freude, Lukas zu sehen und eine kurze gemeinsame Zeit mit ihm verbringen zu können. Ja, Svenja hatte recht: Man musste sich immer wieder Augenblicke des Glücks gönnen, vor allem, wenn man für das Glück anderer Menschen sorgen wollte.

Als sie vor Lukas' Tür stand und tief durchatmete, kitzelte der kühle Hauch der Morgenluft ihre Wangen. Ihr Herz pochte schneller bei dem Gedanken, ihn mit diesem spontanen Ausflug zu überraschen. Sie klingelte und lauschte den leisen Geräuschen hinter der Tür. Lukas öffnete, und sein verschlafenes Gesicht erhellte sich sofort bei ihrem Anblick.

»Hey, du bist früh dran«, sagte er und zog sie in seine Arme, um ihr einen leidenschaftlichen und liebevollen Begrüßungskuss zu geben. »Komm rein.«

»Eigentlich hatte ich eine andere Idee«, antwortete Natalie und schüttelte den Kopf. »Wie wäre es mit einem spontanen Ausflug nach Sassnitz? Ich möchte endlich einen Hühnergott finden.«

»Wir müssen aber in spätestens drei Stunden zurück sein.« Lukas runzelte erst die Stirn, doch bald funkelten seine Augen vor Interesse. »Ein Hühnergott also? Du machst mich neugierig. Gib mir ein paar Minuten.«

»Ich warte auf dich.«

»Willst du den Katzen Guten Tag sagen?«

»Erst finden wir einen Hühnergott, dann verbringe ich Zeit mit Ernesto und Doreen.«

Er warf ihr ein liebevolles Lächeln zu. »Du hast dir ihre Namen gemerkt?«

»Was für dich wichtig ist, ist mir auch wichtig.« Natalie machte eine scheuchende Bewegung mit den Händen. »Nun, los, beeil dich, sonst finden wir heute nicht unser Glück.«

»Sofort. Nur eines noch.« Erneut zog er sie an sich, um sie zu küssen – und sie überlegte, ob es nicht etwas Besseres gäbe, den Nachmittag zu verbringen, als Hühnergötter im Regen zu suchen. Aber nein, das wünschte sie sich schon so lange.

»Beeil dich«, flüsterte sie, nachdem er sie aus seinen Armen gelassen hatte. »Nachher haben wir noch Zeit für uns.«

»Ich bin sofort wieder da.«

Wenige Minuten später sausten sie die Landstraßen entlang, rechts glitzerte das Meer in unterschiedlichen Grüntönen, links lagen die dunklen Wälder Rügens. Als meinte er es gut mit ihnen, klarte der Himmel langsam auf und wechselte von einem trüben Grau zu einem hellen Blau.

Lukas, der am Steuer saß, tastete nach ihrer Hand, die sie ihm gern überließ. Als er ihr den Blick zuwendete, lächelte sie ihn an.

»Was meinst du, wo habe ich die größten Chancen, einen Hühnergott zu finden?«

»Wir sollten durch Sassnitz zur Piratenschlucht fahren«, schlug er vor. »Am Strand unter den Kreidefelsen gibt es immer noch ein paar, die die Touristen uns übrig gelassen haben.«

»Das hoffe ich sehr.« Sie drückte seine Finger, fühlte sich glücklich und frei. »Wie weit ist es noch?«

»Wir sind gleich da.« Lukas bog ab und parkte das Auto unter hohen Bäumen ein, deren Blätter im sanften Wind raschelten. Sie stiegen aus und atmeten die klare Morgenluft tief ein. Nach einem langen Kuss machten sie sich Hand in Hand auf den Weg hinunter zum Strand, der unterhalb der malerischen Wissower Klinken lag. Eine unglaubliche Aussicht öffnete sich vor ihnen, als sie den Steilweg verließen: Die berühmten Kreidefelsen von Rügen ragten imposant in den blauen Himmel und bildeten einen atemberaubenden Kontrast zum tiefen Grün des Waldes.

»Das ist wunderschön«, flüsterte Natalie und blickte zu Lukas, während sie ihre Finger mit seinen verschränkte. »Ich kann mir keinen besseren Ort vorstellen, um einen Hühnergott zu suchen.«

»Dann lass uns einen finden.« Lukas richtete den Blick zu Boden und ließ ihre Hand los, was sie bedauerte. Natalie beugte sich über die unzähligen glatt geschliffenen Steine, ihre Hände suchten und strichen über deren kühle, nasse Oberfläche. Möwen segelten mit kreischenden Rufen über ihren Köpfen hinweg, während die Sonne höher stieg und die Kreidefelsen in ein sanftes Licht tauchte. Zu ihrem Bedauern fand Natalie zwar viele schön geformte Kiesel, doch nicht einen Hühnergott.

Gerade als sie aufgeben wollte, blitzte etwas auf, und sie bückte sich. Behutsam nahm sie den Stein in die Hand, spürte die raue Oberfläche, die von den Jahren im Meer geformt worden war. Der Stein fühlte sich warm in ihrer Hand an und kam ihr vor wie ein kleines Geschenk der Natur. Natalie hob den Hühnergott vor ihr Gesicht und betrachtete ihn genauer. Das tiefe Grau des Steins schimmerte in der Sonne und zeigte zarte Linien und Maserungen. Am linken Rand befand sich das kleine Loch, das ihn zu einem Hühnergott machte.

»Lukas, schau, was ich gefunden habe.« Sie hielt ihm den Stein entgegen, und er zog sie in seine Arme.

»Unser persönlicher Glücksbringer«, murmelte er in ihr Haar.

»Er lag einfach dort, als würde er darauf warten, von mir entdeckt zu werden. Es ist wie ein Geschenk des Meeres.«

Überwältigt von Freude steckte Natalie den Hühnergott in ihre Tasche und beschloss, ihn als ein kleines Stückchen der Rügen-Magie bei sich zu tragen. Eines hatte sie heute gelernt: Ihre Arbeit war es nicht wert, deshalb auf ihr Glück zu verzichten. Sie zog Lukas an sich, und ihre Lippen berührten sich in einem zarten Kuss, der langsam immer leidenschaftlicher wurde.

»Nun würde ich gern Ernesto und Doreen gemeinsam mit dir füttern«, sagte sie, nachdem sie sich voneinander gelöst hatten. »Es sei denn, du willst erst deinen Hühnergott finden.«

»Dafür ist immer noch Zeit«, entgegnete Lukas mit rauer Stimme. »Lass uns gehen.«

30

Als Lukas erwachte, war es draußen noch halbdunkel. Ein sanfter Schimmer war das erste Anzeichen dafür, dass der Morgen nahte. Er lag auf der Seite und lauschte dem tiefen, beruhigenden Klang von Natalies Atem. Mit einem Lächeln drehte er sich zu ihr um, verengte die Augen, um die Konturen ihres Körpers unter der Bettdecke auszumachen.

Nachdem seine Augen sich ans Halbdunkel gewöhnt hatten, betrachtete er sie mit einer Mischung aus Zärtlichkeit und Staunen. Unglaublich, was für ein Glück er hatte, dass diese wunderbare Frau ihn auserwählt hatte. Vorsichtig streckte er die Hand aus, um ihr über die Wange zu streicheln, spürte die weiche Haut unter seinen Fingern. Als sie sich bewegte und etwas murmelte, zog er die Hand zurück. Er schaute auf die Armbanduhr, ihm blieb noch eine halbe Stunde, bis er aufstehen musste.

Gern hätte er Natalie geweckt, um sie innig zu küssen und liebevoll mit ihr das Frühstück zu genießen. Doch er wusste, dass ihr ein schwerer Tag bevorstand und jede Minute Schlaf kostbar für sie war. Zärtlich beugte er sich zu ihr hinunter, seine Lippen berührten leicht ihre Stirn.

»Schlaf weiter, Dornröschen«, flüsterte er. Der zarte Duft ihres Haars – eine Mischung aus Vanille und Jasmin – umfing ihn, während er sich behutsam zurückzog.

Selbst dieser Hauch einer Zärtlichkeit weckte sie aus ihrem Schlummer.

»Wie spät ist es?«, murmelte sie, ihre Augen öffneten sich langsam. Sie waren noch verschleiert vom Schlaf, und ihr Blick wirkte etwas verwirrt. »Muss ich schon los?«

Lukas schob die Decke zur Seite, bevor er sich auf die Bettkante setzte und sich wieder über sie beugte. Seine Finger strichen ihr eine Haarsträhne aus der Stirn, dann gab er ihr einen Kuss auf die Wange.

»Du hast noch eine Stunde«, flüsterte er, seine Stimme kaum mehr als ein Murmeln, damit sie wieder einschlafen konnte. »Entschuldige, ich wollte dich nicht wecken.«

»Hast du nicht.« Sie blinzelte schlaftrunken und gähnte hinter vorgehaltener Hand. »Ich wäre ohnehin wach geworden.«

»Leg dich noch einmal hin«, sagte er. »Ich koche dir einen frischen Kaffee.«

Doch Natalie schüttelte den Kopf, wobei ihre verwuschelten Haare in Wellen über ihre Schultern tanzten. »Danke, aber ich stehe auf«, sagte sie und setzte sich aufrecht, zog die Decke um sich, als ob sie sich wärmen wollte. »Ich kann ohnehin nicht mehr schlafen, bin zu nervös.«

Lukas legte seine Hand auf ihre Schulter, spürte die Anspannung in ihren Muskeln. »Es wird alles gut«, murmelte er eindringlich. »Du hast Braut und Bräutigam beim Testessen überzeugt. Und ich werde dafür sorgen, dass der Garten sie heute umhaut.«

Ihre Lippen verzogen sich zu einem dankbaren Lächeln, ein Hauch von Erleichterung glitt über ihr Gesicht. »Danke dir«, murmelte sie, bevor sie ihn zu sich herunterzog und ihre Lippen seine fanden – ein inniger Kuss voller Vertrauen und Zärtlichkeit. Dann schob sie ihn sanft von sich, ein leises Bedauern lag in ihrem Tonfall. »Ich muss schnell duschen und mich mit dem Ausstatter treffen.«

»Lass dir Zeit. Ich füttere die Kätzchen und mach uns Frühstück«, sagte Lukas, während sein Blick ihr folgte, sein Herz voller Liebe für sie, gemischt mit Sorge, ob sie gemeinsam den Tag zu einem Erfolg für sie machen könnten. Er würde alles Menschenmögliche tun, um Natalie zu unterstützen.

Ein gutes Frühstück wäre schon mal ein Anfang. Er reckte sich, gähnte und ging aus dem Schlafzimmer in die kleine Küche. Die vertraute Wärme des Raumes empfing ihn, das Licht des Morgens fiel durch die halb geöffneten Vorhänge und malte Muster auf die Arbeitsplatte. Als Erstes bereitete er die Katzenmilch zu, dann gab er Kaffeebohnen in die Mühle und füllte Pulver und Wasser in die Maschine. Der aromatische Duft des frisch aufgebrühten Kaffees vertrieb die letzten Überreste der nächtlichen Müdigkeit. Lukas öffnete das Gefrierfach, nahm die tiefgefrorenen Brötchen heraus und schob sie in den Backofen. Bald schon zog der unwiderstehliche Geruch frisch aufgebackener Brötchen durch die Küche und ließ seinen Magen knurren.

Liebevoll dekorierte er Gouda-Scheiben und Camembert-Stücke auf einen Teller, bevor er Tomaten und Paprika in rote und grüne Scheiben schnitt. Nachdem er Sanddornmarmelade und Holunderblütengelee auf den kleinen Küchentisch gestellt hatte, schnippelte er mit geschickten Bewegungen Äpfel, Bananen und Orangen, die er in einen bunten Obstsalat verwandelte, den er mit Pekannüssen garnierte.

Er stellte Teller und Tassen auf den Tisch und seufzte kurz, denn sein Blick fiel auf die leere Mitte des Tisches – ein Strauß frischer Blumen hätte das Bild perfekt gemacht. Aber gut, es musste so gehen.

Als das Frühstück vorbereitet war, fütterte er Ernesto und Doreen, was von Mal zu Mal besser klappte. Während er ihnen die kleinen Bäuche massierte, trat Natalie in die Küche, ein Handtuch in der Hand, mit dem sie ihr noch duschfeuchtes Haar trocken rieb. Ihre Augen leuchteten, als sie das liebevoll zubereitete Frühstück sah, und ihre Lippen verzogen sich zu einem Lächeln.

»Wow, das sieht fantastisch aus«, sagte sie. Sie sog die Luft tief in ihre Lunge ein und schloss einen Moment die Augen. »Soll ich dir bei den Katzen helfen?«

»Danke, das schaffe ich allein.« Lukas legte die Kitten auf ihrem Wärmekissen ab, um zu Natalie zu gehen. Er zog sie an sich, platzierte einen liebevollen Kuss auf ihren Lippen. Seine Finger glitten durch ihre nassen Haare, die sich kühl anfühlten. »Setz dich und lass es dir schmecken.«

Die Luft war frisch und klar, sie roch nach Tau und Erde, wie die Verheißung eines neuen Anfangs. Lukas atmete tief ein, bevor er den Rasenmäher aus dem Gartenhaus holte. Das sanfte Brummen des Elektromotors durchbrach die Stille des Morgens und gab ihm Zeit, sich ganz seinen Gedanken hinzugeben. Das gemeinsame Frühstück war viel zu kurz gewesen, aber voll wunderbarer Zweisamkeit. Natalie bedeutete ihm von Tag zu Tag mehr, und Lukas versuchte, die Frage zur Seite zu schieben, wie es nach der Hochzeit weitergehen würde.

Sosehr die Hochzeitsvorbereitungen Natalie auch anstrengten – sie liebte ihren Beruf, was er akzeptierte. Nach der Hochzeit würde sie nach Schwerin zurückkehren – und er? Lukas konnte sich nicht vorstellen, woanders als auf Rügen zu leben, aber noch weniger wollte er sich ausmalen, wie es wäre, ohne Natalie zu leben.

Genug von diesen Grübeleien, das hatte noch Zeit. Jetzt war es am wichtigsten, den Garten von seiner schönsten Seite zu präsentieren, damit das Brautpaar vollkommen überzeugt sein würde. Mit jedem Zug des Mähers wuchs die Zufriedenheit in Lukas – der

Rasen lag bald in perfekten Bahnen, akkurat und einladend für die anstehende Feier.

Als der Rasen gemäht war, trat Lukas einen Schritt zurück und betrachtete sein Werk. Sein Garten war einfach perfekt: ein Hauch von englischem Landhausstil, romantisch, idyllisch, einladend – der perfekte Ort für eine Hochzeit. Ein Blick auf die Armbanduhr verriet ihm, dass ihm noch etwas Zeit blieb, ehe das Brautpaar eintreffen sollte. Das bot ihm die Chance, nach Doreen und Ernesto zu sehen. Er hatte die Kätzchen mit zur Arbeit genommen, weil er nicht wusste, wie lange die Gartenbesichtigung dauern sollte.

Als er ins Gartenhäuschen trat, tapsten ihm die Kleinen bereits entgegen. Es kam ihm vor, als wüchsen sie von Tag zu Tag und würden immer agiler, was die Betreuung nicht leichter machte.

Lukas kniete sich nieder und streckte die Hand aus, ließ Ernesto an seinen Fingern schnuppern, bevor er über das weiche Fell strich. Das Schnurren des Kätzchens erfüllte die Luft wie ein leises Murmeln. Doreen sah ihn aus sicherer Entfernung an, sie war vorsichtiger als ihr Bruder. Nachdem er ein bisschen mit ihnen gespielt hatte, meldete sich sein Smartphone.

»Natalie, wo bist du?«

»Im Garten. Wo bist *du*?« Ihr Tonfall klang panisch. »Leonie und Sebastian sind in fünf Minuten hier.«

»Im Gartenhäuschen. Ich bin gleich da.« Er legte die Kätzchen zurück in ihr Körbchen und erhob sich. Als er vor die Tür trat, sah er Natalie auf sich zukommen, und ein Glücksgefühl durchströmte ihn.

»Da bist du ja«, sagte sie. »Doreen und Ernesto hast du wohl mitgebracht?«

»Sie werden die Besichtigung nicht stören, ich habe sie sicher eingesperrt.«

»Tut mir leid, ich bin einfach nervös.« Sie schmiegte sich an ihn, ihre Augen schimmerten, und die Berührung ihrer weichen Lippen auf seinen gab ihm ein Gefühl des Glücks, das nicht in Worte zu fassen war. »Ist alles bereit für heute?«

»Überzeug dich selbst«, antwortete Lukas. Als hätten sie das Wetter bestellt, zog die Sonne über einen blauen, wolkenlosen Himmel. Der Garten präsentierte sich wie ein Märchenland, eine perfekte Kulisse für den großen Tag – das mussten auch Leonie und Sebastian anerkennen.

Als sie den Weg zum Herrenhaus entlanggingen, überwältigten Lukas die Worte, die tief in seinem Inneren schlummerten. Es gab so vieles, was er Natalie sagen wollte, aber jetzt war nicht der richtige Zeitpunkt dafür.

Natalie hielt inne und sah ihn an. »Dieser Garten ist ein wahrer Traum, Lukas«, flüsterte sie. »Ich kann kaum glauben, wie perfekt alles aussieht.«

Bevor er antworten konnte, piepste ihr Smartphone. Sie schaute auf das Display und atmete tief ein und aus. »Sie sind angekommen und warten vor dem Haupteingang.«

»Soll ich mitkommen?«

»Bitte. Ich wäre dir unendlich dankbar.« Sie lächelte und hielt ihm ihre Hand entgegen. Er nahm sie, und schweigend machten sie sich auf den Weg zur Eingangstür, das Knirschen des Kieswegs unter ihren Füßen begleitete sie. Ein Blick auf Natalie zeigte Lukas deutlich, wie angespannt sie sich fühlte.

Da er Braut und Bräutigam kennengelernt hatte, konnte Lukas das gut verstehen. Leonie kam ihm vor wie eine Perfektionistin, während Sebastian alles eher entspannt sah. Das war ziemlich typisch für Paare, hatte Natalie ihm erzählt. Lukas meinte, dass er sich mehr um die Hochzeitsfeier kümmern würde als Sebastian, aber das war eine Überlegung für viel, viel später.

»Alles wird gut«, flüsterte er ihr zu und reichte ihr den Schlüssel zum Haus, den Patrick ihm überlassen hatte. Sein Chef war von Berlin aus nach Mallorca gereist, um dort mit weiteren Investoren zu verhandeln. »Wir haben alles perfekt vorbereitet.«

»Ich weiß«, antwortete sie, ihre Stimme nur ein Hauch. »Wir schaffen das zusammen.«

Natalie öffnete die großen Eichenholztüren des Gutshofs. Leonie und Sebastian blickten ihnen neugierig entgegen.

»Herzlich willkommen«, sagte Natalie, ihre Stimme klang fest und sicher, was Lukas mit Stolz erfüllte. »Als Erstes zeige ich das Haus. Den Garten heben wir uns bis zum krönenden Abschluss auf.«

Nachdem alle einander begrüßt hatten, übernahm Natalie die Führung. Der altehrwürdige Charme des Gebäudes zeigte sich in den Holzdecken, dem Parkett, den Porträts an den Wänden und der wunderschönen Wendeltreppe. Das Brautpaar schien von der Atmosphäre ergriffen – zumindest Sebastian, der glücklich lächelte.

Doch Leonie war ein anderes Kapitel. Skeptisch musterte sie jeden Winkel des Hauses, ihre Augen blitzten kritisch bei jedem Detail. Lukas spürte ihre Zurückhaltung und Anspannung, die der Natalies gleichkam.

»Und hier ist der Empfangsbereich«, sagte Natalie mit einem freundlichen Lächeln, während sie die schwere, verzierte Tür zu einem eleganten Raum öffnete. Hohe Decken, kunstvoll stuckverziert mit einem beeindruckenden Kristallkronleuchter, der funkelte und das Licht in Regenbogenfarben zerstreute. Die Wände waren in warmen Tönen gehalten, Goldakzente schufen eine herrschaftliche Atmosphäre.

»Das sieht beeindruckend aus«, sagte Sebastian, während er sich mit großen Augen umsah.

»Ja, es ist schön«, stimmte Leonie zu, doch ihre Stimme klang nicht überzeugt.

Lukas tauschte einen Blick mit Natalie, die ihm zunickte, bevor sie die Braut fragte: »Ist alles in Ordnung? Gefällt dir etwas nicht?«

Leonie zögerte einen Moment. »Es ist nicht so, dass es mir nicht gefällt, es ist alles ein bisschen zu groß und zu formell. Ich wollte etwas Gemütlicheres und Persönlicheres.«

Lukas musste an sich halten, um sie nicht zu fragen, warum sie das Gut ausgewählt hatte. Gemütlich konnte man das Herrenhaus nun wirklich nicht nennen. Doch er hielt sich zurück, denn das war ja Natalies Spielwiese, und sie wusste am besten, wie man mit anspruchsvollen Bräuten umging.

»Ich verstehe.« Natalie nickte. »Die Feier selbst wird im Haus stattfinden. Um wetterunabhängig zu bleiben, bauen wir im Garten Zelte auf.«

»Das stelle ich mir schön vor«, sagte Leonie erleichtert.

»Lasst uns in den Garten gehen.« Natalie bedeutete Lukas mit einer Kopfbewegung, dass er vorausgehen sollte. Langsam wurde auch er nervös. Würde sein geliebter Garten Gnade vor den Augen der überkritischen Braut finden? Er wünschte es sich um Natalies willen.

Nachdem das Brautpaar Natalie und ihm in den Garten gefolgt war, musterte Lukas die beiden. Während Sebastian sich neugierig umsah, schien Leonie nur auf der Suche nach Fehlern zu sein.

»Ich hatte es mir etwas blühender erhofft«, sagte die Braut schließlich. »Der Garten wirkt so … so herbstlich.«

Meinte sie das ernst? Hilfe suchend wandte sich Lukas an Natalie, die nur mit den Schultern zuckte.

»Nun, wir haben bereits Oktober«, erwiderte Lukas und bemühte sich, gelassen und freundlich zu bleiben. »Die Natur bereitet sich auf die Winterruhe vor.«

»Aber richtig festlich ist das nicht.«

Himmel, wenn die Frau ein Blütenmeer wollte, sollte sie im Mai heiraten.

»Wie wäre es mit noch mehr Lichterketten?«, schlug Sebastian vor. »Das wäre sicher romantisch.«

»Das ist eine tolle Idee«, stimmte Leonie zu und entspannte sich, bis sie plötzlich aufkreischte und zur Seite sprang, als eine weiße Katze mit schwarzen Flecken aus den Büschen sprang.

»Lily!«, rief Lukas, überrascht und glücklich. Sofort kam die Samtpfote auf ihn zu. Die Streunerin sah mager aus, ihr Fell zerrupft, die Augen groß und hungrig.

»Ist das deine?« Sebastian runzelte die Stirn. »Bitte bring sie weg. Leonie hat Angst vor Katzen.«

Natalie bedeutete Lukas mit hektischen Handbewegungen, dass er Lily möglichst schnell wegbringen sollte.

»Tut mir leid«, sagte Lukas. »Am Tag der Hochzeit werden die Katzen nicht hier sein. Das verspreche ich.«

»Das will ich stark hoffen.« Leonie rang nach Atem. »Das würde mir die Feier verderben.«

»Komm mit, Lily.« Lukas versuchte, die Katze in das Gartenhäuschen zu locken.

»Folgen Sie mir, ich zeige Ihnen, wo wir das Buffet aufbauen werden«, hörte Lukas Natalie sagen, als er Lily ins Gartenhaus führte, um ihr etwas Futter zu geben. Doch die Katze raste an ihm vorbei, auf das Körbchen zu. Ob sie ihre Kinder wiedererkannte? Oh nein, nicht, dass sie den Kleinen etwas tat. Lukas eilte ihr nach, um zu entdecken, dass Lily Ernesto mit großen Zungenstrichen putzte, während sie gleichzeitig Doreen mit der Pfote berührte.

Am liebsten wäre Lukas dortgeblieben, um das Katzenglück zu teilen und sich nicht weiter Leonies kritische Bemerkungen anhören zu müssen, aber er konnte Natalie nicht im Stich lassen.

»Hier, Lily, etwas zur Stärkung.« Er öffnete eine Dose, leerte den Inhalt auf einen Teller und brachte ihn der Katze, die sich darauf stürzte, als hätte sie tagelang nichts zu essen bekommen. Was wahrscheinlich auch so gewesen war. »Ich wüsste zu gern, wo du gewesen bist. Und wir müssen uns etwas mit dir einfallen lassen wegen der Feier.«

31

Noch 4 Tage bis zur Feier

Als Natalie erwachte, fühlte sie die warme Umarmung von Lukas' Arm um ihre Taille und drehte sich vorsichtig zu ihm, um ihn anzusehen. Eigentlich war das Bett in ihrem Wohnwagen viel zu schmal für zwei Personen, aber irgendwie war es ihnen gelungen, dort gemeinsam einzuschlafen. Für einen Moment schien die Zeit stillzustehen, als sie Lukas ins verschlafene Gesicht blickte. Sein Haar war auf der rechten Seite platt gedrückt, während es auf der linken in alle Richtungen strubbelte. Sie konnte nicht anders, sie musste lächeln vor Glück. Er bemerkte ihren Blick, öffnete die Augen und blinzelte sie verschlafen an.

»Guten Morgen, du Schöne«, sagte er und zog sie näher an sich heran. »Hast du gut geschlafen?«

»Besser als erwartet.« Sie kuschelte sich an ihn, spürte die Wärme seines Körpers. »Danke, dass du mir gestern beigestanden hast.«

»Das war doch selbstverständlich.« Auch er lächelte. »Ich bewundere dich, dass du mit solchen anstrengenden Menschen arbeiten kannst. Mir hat gestern vollkommen gereicht.«

Natalie dachte an Leonie, die mit einem Hauch von Diva-Allüren und endlosen Wünschen den Tag dominiert hatte. »Nicht alle Bräute sind wie Leonie«, sagte sie, und ihr Lächeln verblasste ein wenig bei dem Gedanken an die noch bevorstehenden Aufgaben. Der Druck der Feier lastete auf ihr wie ein dichter Nebel, der jedoch von Lukas' Anwesenheit ein wenig gelichtet wurde. »Möchtest du einen Kaffee?«

»Das klingt himmlisch«, murmelte Lukas und verbarg ein lang gezogenes Gähnen hinter vorgehaltener Hand. Sein Smartphone piepste, was ihn zu einem Seufzer veranlasste. »Aber ich muss los, Doreen und Ernesto füttern.«

Obwohl Lily, die Mutter der Kätzchen, wiederaufgetaucht war, war Lukas nicht davon befreit, den Kleinen weiter Milch zu geben. Zufüttern nannte man das, wie Natalie gelernt hatte, da Lily erst wieder Milch in ausreichender Menge produzieren musste. Immerhin reichte es, wenn Lukas alle acht Stunden fütterte, eine echte Erleichterung. Er beugte sich über sie, gab ihr einen Kuss und noch einen, und fast hätten sie die Aufgaben, die zu erledigen waren, vergessen können. Doch wieder einmal piepste sein Smartphone und erinnerte ihn an die Katzen, die im Gartenhaus auf ihn warteten.

»Die Pflicht ruft«, sagte er mit einem Hauch von Bedauern, während er sich aus dem Bett schwang. »Ich springe schnell unter die Dusche und fahre dann in den Garten.« Seine Bewegungen waren energisch, doch der warme Blick in seinen Augen ließ sie wissen, wie schwer ihm der Abschied fiel.

Natalie beobachtete ihn, wie er mit großen Schritten den Wohnwagen durchquerte, wobei er seine Kleidungsstücke aufsammelte, die auf dem Fußboden verteilt lagen. Das leise Plätschern der Dusche durchbrach die morgendliche Stille. Am liebsten hätte sie mit ihm geduscht, aber dafür war der Wohnwagen wirklich nicht ausgelegt. Also kuschelte sie sich in die Kissen, die noch seinen Geruch trugen.

Als Lukas wenig später frisch geduscht zurückkehrte, sagte er: »Ich habe dir noch Wasser übrig gelassen.«

»Danke«, antwortete sie, »ich habe gestern den Tank nachgefüllt.«

Als er sich über sie beugte und sie noch einmal voller Liebe küsste, dachte sie nicht mehr an die praktischen Dinge. »Ich werde dich vermissen«, flüsterte er ihr zu. »Sehen wir uns heute Abend?«

»Du wirst mir auch fehlen«, antwortete Natalie. »Ist es okay, wenn ich dich nachher wegen heute Abend anrufe?«

»Sicher.« Ein letzter Kuss, und er war gegangen. Wie konnte es sein, dass sie ihn bereits jetzt vermisste? Was würde werden, wenn die Hochzeit endlich gefeiert und ihr Auftrag erledigt war? War es ihre Arbeit bei *Zauberhaft und Unvergesslich* wirklich wert, dafür auf die Liebe ihres Lebens zu verzichten? War eine Fernbeziehung denkbar?

Diese Fragen begleiteten sie seit dem ersten Kuss, doch Natalie schob die Antworten vor sich her. Erst musste sie die Hochzeit erfolgreich über die Bühne bringen, dann konnte sie sich Gedanken über ihre Zukunft machen. Natalie stieß ein leises Lachen aus. Vor wenigen Tagen hatte sie noch gesagt, erst die Feier, später möglicherweise eine Beziehung zu Lukas, allerdings hatte das Leben sich ihrem Plan widersetzt.

»Auf, auf, Zeit zum Ausschlafen ist nach der Hochzeit!«, versuchte sie sich zu motivieren, aber es endete in einem langen Gähnen. Endlich erhob sie sich, duschte und setzte Kaffee auf. Eine Tasse des frisch gebrühten Getränks und ein Müsliriegel mussten als Frühstück reichen, ein Absturz nach dem wunderbaren Frühstück, das Lukas für sie zubereitet hatte. Der Gedanke an ihn brachte das Lächeln zurück auf ihr Gesicht, während sie ihre Hochzeits-Checkliste betrachtete, die ihr vorkam wie eine Hydra: Für jede erledigte Aufgabe wuchsen zwei nach.

- ~~Gut Boltendorf als Location bekommen~~ – *erledigt*
- ~~Floristin finden / Blumenschmuck mit Braut abstimmen~~ – *erledigt*
- ~~Caterer finden (Essen vegetarisch, vegan, laktosefrei, regional???)~~ – *erledigt*
- ~~Probeessen vereinbaren~~ – *erledigt*
- ~~Band oder DJ finden~~ – *erledigt*
- Playlist erstellen und abstimmen – *heute*
- ~~Dekoration organisieren~~ – *erledigt*
- ~~Fotograf oder Videograf?~~ – *erledigt*
- Hochzeitstorte!!! – *~~noch offen! DRINGEND!!!~~* – *Frau Rieckhoff hat Konditorin in Schwerin ausgesucht*
- ~~Zimmerkontingente für Übernachtungsgäste reservieren~~ – *erledigt*
- ~~Transport vom Hotel zum Gut organisieren / Kutsche? Limousine?~~ – *~~mit Braut absprechen / Montag danach fragen~~* – *erledigt*
- Extras? Taschentücher für Freudentränen, Gastgeschenke??? – *~~hat noch Zeit, im Hinterkopf behalten / Montag danach fragen~~* – *Taschentücher organisieren, Kleinigkeiten für Gäste besorgen, etwas Rügen-Typisches / Sanddorn vielleicht*
- ~~Beauty-Termine für Braut und Bräutigam?~~ – *~~Braut will das abklären, sicherheitshalber nachfragen ⇨ Montag~~* – *erledigt*
- ~~Wie viele Kinder kommen? Bespaßung organisieren?~~ – *~~15 Kinder / Zauberer und Hüpfburg angefragt – Rückmeldung spätestens Dienstag nachfragen~~* – *erledigt*
- ~~Vermieter für Ausstattung suchen~~ – *~~Treffen übermorgen, um Details zu klären~~* – *erledigt*
- Hochzeitsablauf abstimmen: mit Brautpaar und Dienstleistern teilen – *~~noch offen, zu vieles unklar / Montag mit Brautpaar abstimmen~~* – *zu 80 % erledigt*

- ~~Ankleideservice für Braut?~~ – ~~*Braut fragen*~~ – *erledigt*
- ~~Detaillierten Zeitplan für die Feier erstellen und mit Brautpaar sowie den Dienstleistern teilen~~ – ~~*Montag besprechen*~~ – *erledigt*
- Alle Dienstleister noch einmal anrufen, um Details zu klären – *ab Mittwoch*
- Tisch- und Sitzplan überarbeiten – ~~*Montag mit Brautpaar abstimmen*~~ – *an Ausstatter mailen, ausdrucken und zur Feier mitnehmen*
- Hochzeitsfoto Motivauswahl – ~~*Montag mit Brautpaar abstimmen*~~ – *mit Fotografen besprechen*
- Notfallkit nicht vergessen – *Taschentücher, Deo, Strumpfhose, Haarspray, Lippenpflege, Nähset und Sicherheitsnadeln, Tabletten, Pflaster, Pfefferminz, Fusselrolle – morgen*
- Menükarten und Tischkarten aus der Druckerei holen – *heute?*
- Gut Boltendorf: Finaler Check: prüfen, ob Ausstatter alles geliefert und nach Plan aufgestellt hat – *Freitag*
- Mit Sophia Tischdekoration und weitere Blumen abstimmen – *heute*
- Gästebuch auslegen – *Freitag*

Nachdem sie tief eingeatmet hatte, rief sie den DJ an, um mit ihm die Playlist durchzugehen. Zu ihrer Erleichterung war er gut vorbereitet, kannte alle Songs und würde seine Anlage mitbringen.

»Der Wetterbericht sieht gut aus«, sagte der junge Mann zum Abschied. »Und das Knie von meinem Opa meckert auch nicht.«

»Wie bitte?«

»Mein Opa hat Rheuma und merkt daher Regen und Sturm viel früher als der Wetterbericht«, erklärte er, seine Worte von einem Lachen begleitet.

»Hoffen wir mal, dass sein Knie zuverlässig ist«, sagte Natalie und lachte gelöst, was die Anspannung der letzten Wochen ein wenig zu mildern schien. »Wann kommen Sie am Samstag?«

»Ich bin eine Stunde vorher da, um alles aufzubauen«, antwortete er mit der Selbstsicherheit eines Profis.

»Prima, ich freu mich. Bis dann.«

»Ciao, ciao«, sagte der DJ.

Das Gespräch hatte Natalies Zuversicht gestärkt, das Gefühl, dass alles geplant war und funktionieren würde, mit sich gebracht. Dennoch spürte sie eine leise, nagende Sorge, die jedoch immer an den letzten Tagen vor der Feier einsetzte. Hatte sie wirklich an jeden Notfall gedacht? Am liebsten hätte sie den DJ gefragt, ob er eine Vertretung hätte, falls er krank würde, doch sie unterdrückte diesen Impuls. Sie musste sich eingestehen, dass man nicht alle Eventualitäten einplanen konnte. Manchmal musste man dem Fluss des Lebens vertrauen, so unberechenbar er auch sein mochte. Sicher kannte Svenja dafür einen passenden Spruch.

Mit einem tiefen Atemzug wandte sich Natalie wieder ihren Aufgaben zu. Die Liste vor ihr schien länger als beim letzten Blick, aber sie wusste, dass sie mit jedem abgeschlossenen Punkt einen Schritt näher an die Verwirklichung der Feier kam. Nachdem sie den Transport des Brautpaars – ganz traditionell eine Kutsche mit weißen Pferden – organisiert hatte, mit Jana noch einmal über das Menü und die hoffentlich allerletzten Änderungswünsche der Braut gesprochen hatte, blieb ihr eine halbe Stunde Zeit bis zu ihrem Treffen mit Sophia, um die letzten Details des Blumenschmucks zu besprechen. Ein kleines Gefühl von Freiheit breitete sich in ihrem Herzen aus – dreißig Minuten ohne weitere Verpflichtungen, eine seltene Kostbarkeit in der hektischen Phase der Hochzeitsvorbereitungen. Ein Lächeln überzog ihr Gesicht, und sie wusste sofort, wie sie diese Zeit nutzen wollte.

Lukas – allein der Gedanke an ihn reichte, um sie glücklich zu machen.

Gerade als Natalie ihm eine Nachricht senden wollte, klingelte ihr Telefon. Die Nummer war ihr unbekannt, aber sie erkannte die Vorwahl von Schwerin. Neugierig nahm sie den Anruf an.

»*Zauberhaft und Unvergesslich*. Natalie Uphoff. Was kann ich für Sie tun?«

»Hier ist Martin Lembke, der Vater von Leonie.« Seine Stimme klang, als wäre er kurz vor einem Zusammenbruch. »Sie müssen mir helfen.«

»Was ist los, Herr Lembke?«, fragte Natalie besorgt.

»Was los ist? Meine Tochter ist nervlich ein Wrack, und ihr teures Brautkleid wird nicht mehr passen, wenn sie weiter so viel Schokolade in sich hineinstopft. Wie konnten Sie das zulassen?«, brüllte der Brautvater ins Telefon.

»Entschuldigung, aber was ist geschehen?« Natalie fiel nichts ein, was diese Aufregung verdiente. Ihr waren Braut und Bräutigam zufrieden vorgekommen, nachdem sie den Garten gesehen hatten. »Leonie war glücklich mit dem Probeessen, und der Garten gefiel ihr ebenfalls.«

»Wir haben keine Hochzeitstorte.« Seine Stimme überschlug sich. »Die verdammte Konditorin hat es sich anders überlegt. Mein armes Mädchen ist vollkommen am Boden zerstört.«

»Die Konditorin hat abgesagt?« *Oh nein, wie furchtbar!* Der Schock ließ Natalies Herzschlag schneller werden. Die arme Leonie, ohne Torte wäre es für sie niemals die perfekte Feier.

Zum Glück bin ich nicht schuld daran, dachte sie dann. Frau Rieckhoff hatte auf der Konditorin bestanden. Aber es half nichts, wenn sie das sagte. Mit Schuldzuweisungen käme sie nicht weiter.

»Es ist gut, dass Sie sich gleich bei mir melden. Ich werde dafür eine Lösung finden«, versprach sie. »Ich habe bereits recherchiert, wer hier auf Rügen für eine Hochzeitstorte sorgen kann.«

Jedenfalls hoffte sie das, weil alles sehr, sehr kurzfristig war. Sie würde der Konditorin einen Express-Bonus anbieten müssen, damit die Torte rechtzeitig fertig würde.

»Nicht irgendeine Hochzeitstorte, sondern genau die, die mein kleines Mädchen sich wünscht.«

»Ich versichere Ihnen, dass ich alles tun werde, um die Situation zu verbessern«, sagte Natalie und versuchte, ihn zu beruhigen.

»Das reicht nicht, Frau Uphoff. Meine Tochter ist am Boden zerstört, und ich erwarte, dass Sie etwas unternehmen, um die Situation zu retten.« Der Brautvater legte auf.

Damit ging ihre freie Zeit den Bach herunter, dachte Natalie, während sie ihre Liste der Konditoreien auf Rügen durchging. Glücklicherweise kannte sie Leonies Wünsche über ihre Hochzeitstorte und konnte daher detailliert nachfragen.

»Tut mir leid, so kurzfristig schaffe ich das nicht«, »Hochzeitstorten übernehmen wir nicht mehr«, »Wir sind auf Monate verplant.« Nachdem sie nur Absagen kassiert hatte, begann sich Natalie zu sorgen, ob sie ihr Versprechen dem Brautvater gegenüber halten könnte. Das war die größte anzunehmende Katastrophe – eine Hochzeit ohne Torte.

Auch wenn sie wusste, dass es nicht an ihr lag, begann Natalies Augenlid wieder mit seinem nervösen Flattern. Sie versuchte, Jana zu erreichen, doch bekam nur die Mailbox an den Apparat.

»Natalie Uphoff hier«, platzte sie heraus. »Ich brauche dringend eine Hochzeitstorte und wäre für jeden Tipp dankbar.«

Im Kopf ging sie ihre Optionen durch. Noch blieben ihr zwei Konditoreien, bei denen niemand ans Telefon gegangen war. Alternativ konnte sie aufs Festland ausweichen und musste darauf vertrauen, die richtige Wahl zu treffen. Oder sie rief Kathleen an, um das Problem mit ihrer Chefin zu besprechen.

Auf gar keinen Fall! Natalie würde eine Lösung finden. Aber erst einmal musste sie sich mit Sophia treffen. Wenn sie schon keine Torte hatten, sollte die Dekoration wenigstens perfekt sein. Sicherheitshalber suchte Natalie noch ein paar Telefonnummern von Konditoreien in Stralsund heraus, bevor sie sich auf den Weg in die Stadt machte.

Sophia hatte vorgeschlagen, dass sie sich in einem Café an der Strandpromenade trafen und ihre Besprechung mit einem gemeinsamen Essen begleiteten. Die Floristin hatte das *Ostseeglück* empfohlen, ein Café in der Nähe der Seebrücke, was Natalie an Lukas erinnerte. Das hob ihre Stimmung sofort ein bisschen.

Obwohl Natalies Augenlid immer noch zuckte, knurrte ihr Magen, und sie freute sich auf eine Mahlzeit und war gespannt, was das *Ostseeglück* zu bieten hatte. Sophia saß bereits an einem Tisch und winkte Natalie zu sich heran.

»Hallo«, begrüßte die Floristin sie. »Was ist passiert? Du siehst ziemlich erschüttert aus.«

»Sieht man mir das so sehr an?« Natalie seufzte. »Ich muss erst etwas essen, bevor ich über Probleme rede.«

»Ich empfehle dir den karamellisierten Ziegenkäse.« Sophia deutete auf die Speisekarte. »Ein Traum.«

»Das klingt gut.« Natalie setzte sich und bestellte erst einmal einen Cappuccino bei der Kellnerin. Nachdem Sophia und sie das Essen ausgewählt und ihre Getränke erhalten hatten, sagte Sophia: »Die Dekoration steht. Es sei denn, die Braut oder ihre Schwiegermutter haben erneut alles über den Haufen geworfen?«

»Bisher noch nicht, aber das kann ja noch kommen.« Natalie trank einen Schluck Cappuccino und genoss die Mischung aus

Espresso und aufgeschäumter Milch. »Ich bin froh, dass du alles im Griff hast.«

Sophia lächelte und holte ihr Smartphone aus der Tasche. Sie öffnete es und zeigte Natalie eine Reihe von Bildern, die Blumengestecke in wunderschönen Herbstfarben zeigten.

»Großartig. Ich kann mich nicht entscheiden, was mir am besten gefällt.«

»Dann überlass mir die Wahl.« Sophia legte Natalie die Hand auf den Arm. »Lass mich meinen Job machen und mach du deinen. Du siehst wirklich ziemlich gestresst aus.«

Bevor Natalie antworten konnte, stellte die Kellnerin Teller auf den Tisch, von denen ein verführerischer Duft aufstieg.

»Guten Appetit.« Die Kellnerin zog sich zurück.

Natalie und Sophia dankten und ließen es sich schmecken. Nachdem Natalie ihren ersten Hunger gestillt hatte, atmete sie tief durch, seufzte und fragte schließlich: »Du kennst nicht zufällig jemanden, der auf die Schnelle eine Hochzeitstorte zaubern kann?«

»Wollte die Braut nicht die Torte aus Schwerin mitbringen?« Sophia hielt die Gabel auf halbem Weg zum Mund an. »Eine verrückte Idee, wenn du mich fragst.«

»Da stimme ich dir zu.« Natalie strich sich den köstlichen Ziegenkäse aufs Brot. »Und jetzt hat die Konditorin sie im Stich gelassen.«

Sophia runzelte die Stirn. »Es wird schwer, so kurzfristig jemanden zu finden.«

»Bisher habe ich nur Absagen kassiert.« Obwohl das Essen wirklich lecker war, verging Natalie der Appetit. »Ich überlege schon, in Stralsund anzufragen.«

Sophia legte die Gabel auf den Teller und rieb sich mit zwei Fingern über die Stirn. »Ich hab da eine Idee.«

»Ja?« Natalie sah sie voller Hoffnung an. »Du kennst eine Konditorin?«

»Sie ist kein Profi.« Sophia wiegte den Kopf von einer Seite zur anderen. »Aber sie hat vor zwei Jahren den zweiten Platz in so einem TV-Backwettbewerb gewonnen. Mit einer Hochzeitstorte.«

Oh nein, schoss Natalie durch den Kopf. Svenja hatte ihr bereits von der Frau erzählt, aber Natalie hatte es durch den ganzen Trubel vollkommen vergessen. Wahrscheinlich, weil eine Hobby-Bäckerin nicht zu der geplanten Feier passte. Wenn Leonie oder Frau Rieckhoff das erführen, würden sie schäumen. Besser der Spatz in der Hand als gar keine Hochzeitstorte. »Könntest du mir ihre Telefonnummer geben?«

»Am besten frage ich sie. Manchmal ist Mareike etwas eigen.«

Natalie nickte. Dann sah sie Sophia an. »Bist du sicher, dass sie das kann?«

»Sie ist genauso perfektionistisch wie du.« Sophia lächelte. »Ich melde mich bei dir, sobald ich etwas weiß.«

»Danke.« Natalie stand auf, um die Floristin zu umarmen. »Ich lade dich ein.«

32

Noch 3 Tage bis zur Feier

Nur noch drei Tage trennten Natalie von der Hochzeitsfeier, ihre Nervosität stieg an, und die Zeit schien ihr davonzulaufen, während ihre To-do-Liste stetig wuchs. Daher saß sie auch schon am frühen Morgen an ihrem Notebook, hatte bisher weder geduscht noch gefrühstückt. Erneut prüfte sie den Wetterbericht für die kommenden Tage: Er klang verheißungsvoll – strahlender Sonnenschein sollte Rügen am Hochzeitstag in goldenes Licht tauchen. Doch Natalie kannte das launische Wetter der rauen Insel nur zu gut und entschied daher, noch mehr Zelte aufbauen zu lassen.

Patrick Schneidereit ließ ihr freie Hand bei der Innengestaltung, und sie hatte sich für den großen Empfangssaal entschieden, der perfekte Ort für das Abendessen und die Tänze. Heute Nachmittag wollte sie in Gut Boltendorf vorbeischauen und sich vergewissern, dass alles in Ordnung war. Außerdem gab ihr das die Chance, Lukas endlich wiederzusehen. In den letzten Tagen war er viel zu kurz gekommen, weil sie sich in ihrem Wohnmobil eingeigelt hatte, vollkommen von den Vorbereitungen absorbiert.

Gerade als sie unter der Dusche stand, piepste ihr Smartphone. *Na super!* Eilig schlang sie sich ein Handtuch um und tropfte den Fußboden des Wohnwagens voll, in Sorge, dass wieder etwas schiefgegangen war. Zu ihrer Überraschung war es eine Nachricht von Leonies Eltern.

Hallo, Frau Uphoff,
wir sind eben in Binz im Kaiserin Auguste
Victoria-Hotel angekommen.
Können Sie uns heute um 14:00 Uhr treffen?
Es ist wichtig.
Freundliche Grüße
Jessica und Martin Lembke

»Oh nein!« Natalie stöhnte auf. Ein kalter Schauer rann ihr über den Rücken und ließ ihre Haut prickeln. Was hatte diese kryptische Mitteilung wohl zu bedeuten? Das Herz schlug ihr bis zum Hals, sie fühlte sich, als würde eine Welle eiskalten Wassers über sie hinwegschwappen. Warum, um Himmels willen, waren die Brauteltern heute schon angekommen? Eingeplant waren sie erst für Freitag. Für einen Moment verspürte sie den Wunsch, die Nachricht zu ignorieren und sich weiter in die Vorbereitungen zu vertiefen, als gäbe es keine neuen Probleme. Aber eines wusste sie: Die Eltern der Braut oder die des Bräutigams sollte man besser nicht vernachlässigen.

Daher schloss sie kurz die Augen, trocknete sich ab und föhnte sich schnell die Haare, bevor sie auf die Nachricht reagierte.

Sehr geehrte Familie Lembke,
selbstverständlich nehme ich mir die Zeit für Sie.
Können Sie mir bitte einen Hinweis geben, worum es
geht? Dann kann ich mich darauf vorbereiten.
Freundliche Grüße
Natalie Uphoff

Kaum hatte sie die Nachricht abgesendet, begann die nervenzehrende Anspannung des Wartens auf die Antwort. Ihren Blick fest auf das Display gerichtet, spürte Natalie das rhythmische Schlagen ihres Herzens. Die Minuten zogen sich in die Länge, als ob die Zeit selbst ihren Atem anhielte. Sie nutzte die Zeit, um sich hastig anzuziehen. Endlich meldete sich ihr Smartphone erneut mit einem piepsenden Ton.

Danke. Es geht um die Feier. Bis nachher.

Na prima, das war jetzt nicht wirklich hilfreich. Ihre Gedanken galoppierten in unterschiedlichste Richtungen. Ging es um eine erneute Änderung der Sitzordnung, gefiel ihnen der Menü-Vorschlag nicht mehr, gab es nicht genügend Beschäftigung für die kleinen Gäste …?

Obwohl sie sich sagte, dass sie die Antworten heute Nachmittag erfahren würde, zitterten ihre Finger leicht, als sie das Handy beiseitelegte. So vieles blieb noch zu tun, da konnte sie diese Irritation wirklich nicht gebrauchen.

Also verzichtete sie auf einen Kaffee und kochte stattdessen einen Tee mit dem vielversprechenden Namen *Innere Ruhe*. Dann machte sie sich daran, die nächsten Aufgaben ihrer Liste zu erledigen. Als Erstes prüfte sie, ob alle Hotels die Reservierungen bestätigt hatten. Das war glücklicherweise geschehen, mit einem Stoßseufzer hakte sie diesen Punkt ab, bevor sie die Nummer des Limousinenservices wählte. Während das Freizeichen ertönte, durchzog eine leichte Brise den Wohnwagen und brachte eine erfrischende Kühle mit sich.

»Guten Tag, hier ist Natalie Uphoff. Ich wollte nur die Details der Fahrt für die Hochzeit abstimmen«, sagte sie ruhig, obwohl ihr Inneres immer noch von einer Unruhe geplagt wurde.

Gespräche und Bestätigungen flogen vorbei wie die Blätter eines Kalenders, was Natalie wie immer genoss. Trotzdem glitten ihre Gedanken immer wieder zu dem bevorstehenden Treffen. Schließlich legte sie das Smartphone nach weiteren Vereinbarungen behutsam auf den Tisch und massierte sich kurz die Schläfen.

»Ich schaffe das«, murmelte sie, als wollte sie sich selbst ermutigen. »Diese eine Hochzeit noch, und dann bestimme ich als Partnerin selbst über meine Aufträge.« Nur noch ein offener Punkt, den sie am Telefon klären konnte, alles andere erforderte ihre persönliche Anwesenheit.

Ohne zu zögern, griff sie erneut zum Telefon und wählte die Nummer der Druckerei.

»Natalie Uphoff. Hallo. Sind die Menü- und Platzkarten für die Hochzeit am Wochenende schon fertig und abholbereit?«

Die warme Stimme am anderen Ende der Leitung versicherte ihr, dass alles nach Plan laufe und sie die Karten morgen abholen könne. Ein leises Aufatmen entwich ihr, doch die Sorge um das Treffen mit den Brauteltern blieb bestehen wie ein unerwünschter Schatten.

Als ihr Smartphone sie durch einen Piepston an den Termin erinnerte, zuckte Natalie zusammen. Der Blick auf ihre To-do-Liste ließ ihr Herz schwer werden: Sie hatte nur etwas mehr als die Hälfte geschafft. *Tja, immerhin.* Ein Seufzen entwich ihren Lippen, und sie stellte sich die Frage, wie wichtig dieses Gespräch wirklich sein konnte. Aber es half nichts, sie musste sich den Brauteltern stellen.

Die Sonne schob sich durch die Wolken, als Natalie im Laufschritt vom Parkplatz in Richtung Hotel eilte. Der kalte Wind schnitt ihr ins Gesicht und wirbelte lose Strähnen ihres Haares wild durcheinander. Sie bedauerte, dass sie kein Fahrrad dabeihatte, das sie schneller und weniger außer Puste ans Ziel bringen würde. Ihr Atem formte kleine Wolken in der frostigen Luft, während ihre Schritte auf dem harten Pflaster widerhallten.

Das elegante, in strahlendem Weiß gehaltene Hotel »Kaiserin Auguste Victoria« erhob sich majestätisch an der Promenade und überragte alle anderen Häuser. Natalie verlangsamte ihr Tempo, als sie sich den prächtigen Säulen des Eingangs näherte. Ein verschwitztes und abgehetztes Auftauchen war definitiv kein guter Eindruck, besonders nicht bei den Eltern der Braut.

Sie blieb für einen Moment stehen und atmete tief ein und aus. Der würzige Duft der nahen Kiefern vermischte sich mit der salzigen Frische des Meeres, beruhigte ihre flatternden Nerven ein wenig. Dann strich sie sich das Haar aus dem Gesicht, zog ihren Mantel enger um sich und trat mit festem Schritt durch die schwingende Glastür des Hotels.

Auch innen vermittelte das Hotel den Eindruck von zeitloser Eleganz mit seinen weißen Wänden, den dunklen Holzfußböden und dezenten Kunstwerken. Die hohen Decken und kristallenen Lüster, die das gedämpfte Licht in zahllosen kleinen Regenbogen brachen, schufen eine ganz besondere Atmosphäre.

Natalie trat an die Rezeption, ein kunstvoller Tresen aus Marmor und dunklem Holz, hinter dem eine freundliche Angestellte mit einem ermutigenden Lächeln stand. »Guten Tag, wie kann ich Ihnen helfen?«, fragte die Rezeptionistin.

»Mein Name ist Natalie Uphoff«, antwortete sie. »Ich habe einen Termin mit Herrn und Frau Lembke.«

Die Rezeptionistin sah kurz in ihren Computer. »Natürlich, Frau Uphoff. Die Herrschaften erwarten Sie bereits auf dem Zimmer. Ich melde Sie an.«

»Danke«, antwortete Natalie, etwas irritiert über den ungewöhnlichen Treffpunkt. Die meisten Treffen fanden in der Lobby oder in einem der hauseigenen Salons statt. Aber der Kunde war

König, und so schob sie die Verwunderung beiseite. Sie nahm den Fahrstuhl, einen glitzernden, verspiegelten Raum, dessen Wände das goldene Licht geschickt angebrachter Leuchten reflektierten.

Als die Türen sich lautlos öffneten, trat Natalie in einen mit einem bordeauxroten Teppich ausgelegten Flur. Er war so dick, dass er jeden ihrer Schritte zu verschlucken schien. Kunstvolle Leuchter an den Wänden warfen ein gedämpftes Licht, das die elegante Atmosphäre des Hotels verstärkte.

Als sie am Zimmer ankam, hob sie die Hand, um anzuklopfen, aber da wurde die Tür bereits aufgerissen. Herr Lembke, der sichtlich angespannt wirkte, winkte sie herein.

Das Zimmer war genauso elegant wie die Lobby und wunderschön detailliert gestaltet. Die hohen Decken trugen kunstvolle Stuckarbeiten, die die Eleganz vergangener Zeiten einfingen. Die Wände waren in zarten Creme- und Goldtönen gehalten und harmonisierten perfekt mit den dunklen Möbeln.

»Hallo, Frau Uphoff.« Frau Lembke saß in einem dunkelgrünen Samtsessel und erhob sich, als Natalie eintrat. »Danke, dass Sie so kurzfristig kommen konnten. Nehmen Sie bitte Platz.«

Sie deutete auf einen weiteren Sessel, und Natalie setzte sich, während Herr Lembke stehen blieb.

»Guten Tag. Ich hoffe, Sie hatten eine angenehme Anreise.« Natalie setzte sich auf den freien Sessel. »Ihre Nachricht hat mich überrascht. Ich habe erst Freitag mit Ihnen gerechnet.«

Herr Lembke nickte knapp, und seine Frau antwortete mit einem kurzen Lächeln. »Ja, danke. Das Hotel ist wirklich wunderbar, das haben Sie gut ausgewählt. Wir … also …«

»Bekommt mein kleines Mädchen seine Hochzeitstorte?«, unterbrach Herr Lembke seine Frau. »Oder endet die Feier in einem Desaster?«

»Ich habe jemanden für die Torte gefunden.« Natalie bemühte

sich um ein aufmunterndes Lächeln und betete, dass niemand nach Details fragte.

»Eine Konditorei vor Ort?« Herr Lembke musterte sie kritisch. »Haben Sie sich Referenzen zeigen lassen?«

Für einen Moment fühlte Natalie sich versucht zu lügen, aber dafür war sie zu ehrlich.

»Keine Konditorin, eine sehr erfahrene Hobby-Bäckerin.«

Das Wort »Hobby« hing in der Luft zwischen ihnen, und Natalie konnte spüren, wie sich Spannung aufbaute. Frau Lembke nahm ihre Hand und drückte sie leicht, ein beruhigendes Zeichen, dass sie die Ehrlichkeit schätzte.

»Das darf nicht wahr sein!«, brüllte Herr Lembke. »Ich habe den Eindruck, Sie sind mit den Vorbereitungen überfordert.«

Natalie bemerkte, wie Hitze langsam in ihren Wangen aufstieg, während ihre Geduld wie feiner Sand durch ihre Finger rieselte. Sie hatte sich so viel Arbeit gemacht, sich bemüht, jedem der abstrusen Wünsche der Braut nachzukommen, und nun das!

»Es war Ihre Tochter, die die Vorbereitungen verschleppt hat«, sagte sie mit eisiger Stimme. »Und es war Frau Rieckhoff, die auf der Konditorin aus Schwerin bestanden hat.«

Für ein paar Sekunden herrschte Stille, dann schnauzte Herr Lembke seine Frau an: »Ich habe es immer gesagt, diese Ehe sollte nicht sein.«

»Ach, verdammt, gib endlich Ruhe. Sie sind verheiratet und gut ist«, erwiderte Frau Lembke scharf. »Du willst einfach nicht einsehen, dass Leonie kein kleines Mädchen mehr ist.«

»Das weiß ich«, entgegnete der Vater der Braut. »Sebastian ist nicht die richtige Wahl … Er ist nicht … passend.«

»In deinen Augen ist keiner gut genug.« Seine Ehefrau stemmte die Hände in die Hüften. »Sebastian ist der Richtige, und er liebt Leonie wirklich.«

»Das mag sein, aber warum muss die Feier hier sein?« Herr Lembke rieb sich mit zwei Fingern die Stirn. »Was ist falsch am *Goldenen Saal* im Neustädtischen Palais?«

»Es ist Leonies großer Tag«, sagte Natalie mit sanfter Stimme. »Sollte es da nicht nach ihren Wünschen gehen?«

»Sie haben ja recht«, gestand Herr Lembke schließlich ein, »das weiß ich, doch je näher die Hochzeit rückt …«

»Lassen Sie uns gemeinsam daran arbeiten, den Tag für Ihre Tochter unvergesslich zu gestalten.« Natalie lächelte. »Vertrauen Sie mir, es wird ein Fest der Liebe werden, bei dem sich alle wohlfühlen. Und ich beschaffe eine sehr schöne und köstliche Hochzeitstorte.«

Hoffentlich konnten Mareike Köhns Backkünste wirklich den Ansprüchen dieser Familie gerecht werden.

33

Lukas überließ sich der Stille seines Gartens, der im Licht des Nachmittags herbstlich und durch die weißen Zelte, die auf der Rasenfläche verteilt waren, ein wenig verwunschen wirkte. Für heute war sein Tagwerk getan, alles für die Hochzeit war vorbereitet und er konnte die Ruhe genießen. Trotzdem fiel es ihm schwer, sich zu entspannen, fragte er sich doch, wie es Natalie mit den Brauteltern ergangen war. Vorhin hatten sie kurz telefoniert, dabei hatte sich ihre Stimme sehr angespannt angehört. Ob es bei jedem ihrer Jobs so war, fragte er sich. So einen Stress würde er nicht aushalten, er war froh, möglichst wenig mit Menschen arbeiten zu müssen.

Die Angestellten der Ausstatterfirma, die die Zelte aufgebaut und den Saal nach den Wünschen der Braut dekoriert hatten, waren ihm schon zu viel gewesen, und er wollte gar nicht daran denken, wie es am Hochzeitstag sein würde. Aber das wäre ja nur ein Tag – und dann könnte er wieder zu seiner Routine zurückkehren. Allerdings war das auch der Tag, an dem Natalies Arbeit auf Rügen endete. Bisher hatten sie nie darüber geredet, wie es danach mit ihnen weitergehen sollte. Aus Rücksicht auf ihren Stress hatte er das Thema nicht angesprochen, obwohl es ihm auf dem Herzen lag.

Bevor er sich zum hundertsten Mal mit der Frage beschäftigen konnte, ob er sie nicht doch danach fragen sollte, raschelte es leise im Gebüsch.

»Lily, da bist du ja.« Noch immer wusste er nicht, wohin die Katze verschwunden war, aber seitdem war sie jedes Mal pünktlich zur Fütterungszeit zurückgekehrt. Inzwischen produzierte sie auch wieder Milch, sodass Lukas die Kleinen nur einmal am Tag füttern musste. »Na, komm mit. Zeit fürs Essen.«

Er stand auf, reckte sich und ging in Richtung des Gartenhauses. Die Katze miaute, als hätte sie ihn verstanden, bevor sie ihm folgte. Im Gartenhaus standen die Dose mit ihrem Futter und die Katzenmilch für Doreen und Ernesto bereits bereit. Er öffnete die Dose und löffelte den Inhalt auf eine Untertasse. Lily stürzte sich darauf, als hätte sie tagelang nichts zu fressen bekommen. Die Kitten, die in ihrem Körbchen lagen, miauten aufgeregt, während sie versuchten, über dessen Rand zu klettern.

»Ihr bekommt ja auch gleich was.« Nachdem Lukas die Katzenmilch zubereitet hatte, hob er das größere Kätzchen hoch, um es zu füttern. »Hallo, kleiner Abenteurer, du bist immer hungrig, nicht wahr?«

Doch Ernesto drehte seinen Kopf weg und weigerte sich, aus der Spritze zu trinken.

»Hoffen wir, dass deine Schwester hungriger ist.« Lukas legte Ernesto zurück und hob Doreen hoch. Er fühlte das flauschige Fell unter seinen Fingern und das zarte Zittern ihres Körpers. Ihre blauen Augen sahen ihn voller Vertrauen an, was direkt in sein Herz ging. Wieder setzte er die Spritze vorsichtig an, aber auch das Katzenmädchen verweigerte die Nahrungsaufnahme.

Also wartete Lukas ab, bis Lily aufgefressen hatte, um die Kleinen dann zu ihr auf den Fußboden zu setzen. Lily legte sich sofort auf die Seite, damit ihre Kitten trinken konnten. Nach kurzer Zeit erfüllte zufriedenes Schnurren das Gartenhaus. Eigentlich hatte er sich nie für einen Katzenmenschen gehalten, aber Lukas musste eingestehen, dass dieses Geräusch etwas extrem Beruhigendes an sich hatte. Wenn man den Kätzchen so zusah, konnte man alles andere vergessen. Er setzte sich im Schneidersitz auf den Boden und beobachtete die Katzenfamilie eine Weile.

Während er dort saß, drängten sich erneut Gedanken über die Zukunft in seinen Kopf, die in der unausweichlichen Frage mündeten: »Kann ich mir vorstellen, nicht mehr auf Rügen zu leben?«

Vorsichtig strich er Lily über das weiche Fell und versank tiefer in seinen Überlegungen. Rügen war seine Heimat, sein Zufluchtsort voller Erinnerungen und vertrauter Landschaften. Die raue Schönheit der Insel, die eindrucksvollen Kreidefelsen, die sanften Wellen des endlosen Meeres – all das war ein Teil von ihm.

Er malte sich ein Leben ohne die tägliche Nähe zur Ostsee aus, ohne die vertrauten Düfte und Geräusche, die ihn seit seiner Kindheit begleiteten. Würde er das alles zurücklassen können? War die Liebe zu Natalie stark genug, um an einem anderen Ort Wurzeln zu schlagen?

Als die Katzenmutter mit lautem Schnurren begann, die Kleinen zu putzen, brachte ihn das in die Gegenwart zurück. »Vielleicht«, überlegte Lukas, »ist Heimat nicht nur ein Ort, sondern auch die Menschen, die man liebt …«

Woher kam das denn, fragte er sich und lachte dann laut auf. Bestimmt war das eines von Svenjas Tagesmottos gewesen.

Vielleicht brauchte man nur den Mut, etwas zu verlassen, das man liebte, um das eigene Herz zu finden und zusammen mit seinem Herzensmenschen etwas Neues zu gestalten. Der Gedanke an ein Leben mit Natalie – auch wenn es fernab von Rügen wäre – erfüllte ihn mit Glück, das allmählich seine Zweifel übertönte. Der Weg mochte ungewiss sein, doch Lukas fühlte sich bereit, diesen Schritt zu wagen. Er hatte wirklich lange genug allein gelebt, nur er und sein kleiner Alltag. Nicht nur für Natalie, auch für sich selbst und für ein gemeinsames Morgen, das nur darauf wartete, zusammen erträumt und gelebt zu werden, wäre er bereit. Die Vorstellung, seinen Garten zurückzulassen, schmerzte.

Mit einem Seufzer stand er auf, stellte frisches Wasser und Trockenfutter hin, bevor er die Tür des Gartenhauses hinter sich schloss, um draußen auf Natalie zu warten. Er setzte sich auf die Bank, streckte die Beine vor sich aus und schloss die Augen, genoss die Stille des Gartens und den Geruch nach Erde und Gras.

Da durchschnitt das Geräusch von Reifen auf Kies die Ruhe, eine Tür schlug zu, woraufhin er die Augen öffnete.

Natalie stieg aus ihrem Wagen, ihr Gesicht war leicht gerötet, die Schritte jedoch federnd und entspannt.

Lukas erhob sich, um ihr entgegenzugehen. Sie küsste ihn, aber schob ihn gleich wieder von sich, ihre Finger tanzten ruhelos auf seinen Schultern.

»Ich habe es geschafft«, sagte sie mit einem Lachen. »*Diese* Krise ist abgewendet.«

»Hast du Zeit zum Feiern, oder wartet bereits die nächste Herausforderung auf dich?«

»Heute Abend habe ich eine Telefonkonferenz mit Kathleen.« Natalie runzelte die Stirn. »Zeit für einen Strandspaziergang oder einen Kaffee habe ich noch. Du entscheidest.«

»Hast du überhaupt schon etwas gegessen?«

»Habe ich.« Sie nickte. »Danke, dass du dich um mich kümmerst. Wie geht es der Katzenfamilie?«

»Alle wohlauf. Ich fürchte, sie brauchen mich nicht mehr.« Er stieß einen gespielten Seufzer aus. »Keine einstündigen Bauchmassagen alle vier Stunden mehr. Wie werde ich das vermissen.«

Ihr Lachen klang wie ein Lied in seinen Ohren, und er zog sie zu sich heran. Sie war dicht bei ihm, so nah, dass er ihre Erleichterung spüren und den Vanille- und Jasminduft ihres Parfums riechen konnte. Mit jedem Atemzug schwebte das Aroma zu ihm, ein Versprechen blühender Gärten im Frühling.

Und dann fanden ihre Lippen zueinander. Es war ein Kuss, der Sanftheit und Sehnsucht in sich vereinte. Lukas schloss die Augen, überwältigt von seinen Gefühlen. Er dachte, dass er sie nie mehr loslassen wollte. Als Natalie sich aus der Umarmung löste, fühlte er sich beinahe einsam, obwohl sie nah bei ihm stand.

»Mit dir«, murmelte sie, »fühlt sich alles richtig an.«

Sie spürte es also auch. Da seine Emotionen ihn zu überwältigen drohten und er fürchtete, dass ihm Fragen über ihre gemeinsame Zukunft entglitten, sagte er nur: »Lass uns zum Strand gehen, für eine halbe Stunde, bevor du zu deinem nächsten Termin musst. Fahr du vor, ich folge dir mit dem Fahrrad. Am Müther-Turm?«

»Am Müther-Turm.« Sie gab ihm einen flüchtigen Kuss, bevor sie sich umwandte, um zu ihrem Auto zu eilen. Ihr Körper war wieder angespannt, wie immer in den vergangenen Tagen. Wenn er nur etwas tun könnte, um ihr zu helfen!

Als er am Hochzeitsturm ankam, sah er sie dort, wie sie Fotos von dem kleinen Ufo, wie sie es nannte, schoss. Ein Lächeln glitt über sein Gesicht, denn sie musste bestimmt schon Dutzende von Bildern haben. Hinter dem Turm, über dem Grünblau der Ostsee, ballten sich graue Wolken zusammen, was Lukas mit Skepsis beobachtete. Aber vielleicht hatten sie ja Glück, und die frische Brise würde den Regen vertreiben.

»Er hat es dir wirklich angetan«, sagte er zu Natalie, nachdem er sie zur Begrüßung innig geküsst hatte. »Du kannst bestimmt einen Fotoband mit Bildern des Turms füllen.«

»Das liegt daran, dass er jedes Mal anders aussieht«, antwortete sie. »Bei Regen und grauen Wolken wirkt er geheimnisvoll, bei Sonnenschein harmlos und niedlich.«

»Also jetzt sieht er definitiv grummelig aus, so wie der Himmel.« Lukas deutete zu den Wolken. »Wollen wir es trotzdem wagen?«

»Wenn es anfängt zu regnen, suchen wir uns ein Café.« Natalie hakte sich bei ihm ein und schmiegte sich an ihn. Gemeinsam gingen sie am Strand entlang, ihre Füße versanken bei jedem Schritt im weichen Sand, während das sanfte Rauschen der Wellen wie eine beruhigende Melodie klang. Der Duft von salziger Meeresluft und das Lachen von Kindern, die ungeachtet des Wetters unermüdlich ihre Drachen steigen ließen, erfüllte die Luft. Lukas spürte die kühle Brise, die durch sein Haar strich und Strähnen von Natalies Haar in sein Gesicht wehte.

Er schloss kurz die Augen, atmete tief ein und ließ das Gefühl vollkommener Zufriedenheit durch seinen Körper fließen. Aber der leise Zweifel nagte in seinem Inneren, und ehe er seine Worte zurückhalten konnte, stellte er die Frage: »Natalie, was sind deine Pläne für die Zeit nach der Hochzeit?«

Ihre Schritte verlangsamten sich, bis sie stehen blieb und sich von ihm löste. »Lukas, ich wollte dir davon erzählen, aber ich wusste nicht, wann der richtige Moment ist.«

Er nahm ihre Hand, drückte sie sanft, ermutigend, und sie fuhr fort, während sie weiterging: »Seit ich denken kann, war es mein Traum, Hochzeiten zu planen und Menschen unvergessliche Erinnerungen zu schenken. Wenn Kathleen mir die Partnerschaft endlich gibt, kann ich mir die Projekte aussuchen.«

Die Leidenschaft in ihrer Stimme ließ sein Herz schneller schlagen. Er konnte förmlich fühlen, wie ihre Vision vor seinen Augen Gestalt annahm – die wunderschöne Hochzeitsorte, die duftenden Blumenarrangements und die strahlenden Gesichter verliebter Paare.

Am liebsten wollte er fragen: »Gibt es ein Uns in deinen Plänen?«, doch das wagte er nicht.

»Das klingt wunderbar«, sagte er daher nur. »Du hast es verdient, dass sich dein Traum erfüllt.«

»Mit dir an meiner Seite kann ich es schaffen.«

Sie sahen schweigend hinaus auf das glitzernde Wasser, das selbst bei bedecktem Himmel funkelte.

Das Klingeln ihres Smartphones zerstörte den Moment. Sie nahm es hervor, sah auf das Display, gab ihm einen hastigen Kuss und sagte: »Ich muss los, es tut mir leid. Ich ruf dich nachher an wegen heute Abend.«

»Bis später«, sagte er, aber sie war bereits außer Hörweite.

Obwohl Lukas es gewohnt war, die meisten Dinge mit sich selbst auszumachen, hatte er das Gefühl, hier kam er allein nicht weiter. Er brauchte den Rat eines Freundes. Kurz entschlossen griff er zu seinem Telefon.

»Timo, hast du eine halbe Stunde Zeit für mich?«

»Klar, komm vorbei. Sophia ist auch hier. Sie hat heute ihren freien Nachmittag.«

Oh nein, Sophia wollte er nicht unbedingt treffen, hatte Lukas doch den Eindruck, sie habe sich mit Natalie angefreundet. Doch ihm kam der Gedanke, dass sie als Frau Natalie besser verstand als er und ihm daher einen Tipp geben konnte. Vielleicht wäre es gar nicht so schlecht, wenn sie da war. »Ich bin in zehn Minuten bei euch. Soll ich Kuchen mitbringen?«

»Jederzeit gern.«

»Dann brauche ich fünfzehn Minuten.«

»Wir laufen nicht weg.«

Auf dem Weg zu seinen Freunden hielt er kurz bei seiner Lieblingsbäckerei, um den versprochenen Kuchen zu kaufen. Zum Glück gab es Timos Lieblingskuchen.

Exakt dreizehn Minuten später kam Lukas bei dem kleinen Häuschen außerhalb von Binz an, in dem seine Freunde wohnten.

Timo wartete bereits vor der Tür, und gemeinsam gingen sie in die gemütlich eingerichtete Küche. Sophia deckte den Tisch, lächelte, als sie die beiden Männer sah, und goss ihnen Kaffee ein.

»Hat dein überraschender Besuch mit Natalie zu tun?«, fragte sie mit einem feinen Lächeln.

»Lass ihn sich erst einmal hinsetzen«, grummelte Timo, »und vor allem den Kuchen auspacken. Was ist es denn?«

»Du denkst immer nur an deinen Magen.« Sophia schüttelte gespielt erschüttert den Kopf.

»Ihr habt beide recht«, antwortete Lukas diplomatisch. »Ich bin wegen Natalie hier und habe Omas Mohnkuchen und Kirschstreuselkuchen mitgebracht.«

Nachdem sie den Kuchen ausgepackt und auf den Tellern verteilt hatten, sah Sophia ihn auffordernd an.

»Ich habe Natalie heute gefragt, wie sie sich die Zukunft vorstellt«, sagte Lukas sehr leise. »Sie kann es nicht erwarten, Partnerin in Schwerin zu werden.«

Sophia legte ihre Hand sanft auf Lukas' Arm, ihre Berührung strahlte Wärme und Trost aus. »Das ist ihr Traum, aber weißt du, Lukas«, sagte sie und sah ihn wissend und eindringlich an, »für die große Liebe muss man manchmal kämpfen und sich verändern. Sich bewegen.«

34

Noch 2 Tage bis zur Feier

Natalie erwachte, als der Geruch frisch gebrühten Kaffees ihre Nase erreichte. Blinzelnd öffnete sie die Augen und unterdrückte ein Gähnen. Lukas stand neben dem Bett, in den Händen hielt er einen Becher, von dem die aromatischen Schwaden aufstiegen.

»Du hast mich gestern Nacht fast aus dem Bett getreten«, sagte er mit einem leisen Lächeln.

»Tut mir leid. Das war keine Absicht. Danke.« Sie setzte sich auf, nahm den Becher, trank einen Schluck und fühlte sich sofort besser. »Die Hochzeitstorte verfolgt mich wohl bis in den Schlaf.«

Lukas setzte sich auf die Bettkante, sein Gewicht drückte die Matratze nieder. Er legte seine Hand auf ihre, was in ihr den Wunsch weckte, den Tag gemeinsam mit ihm im Bett zu verbringen. Aber leider war sie weder ein spontaner Typ noch könnte sie so eine Auszeit genießen, solange noch so viel zu tun war.

»Sophia wird sich bestimmt heute Vormittag melden.« Lukas nahm ihr sanft den Kaffee aus der Hand, den er auf dem Tisch abstellte. Mit einem liebevollen Lächeln auf den Lippen neigte er sich näher, seine Hände berührten zart ihre Wangen, und seine Lippen fanden den Weg zu ihren in einem Kuss, der süß schmeckte wie Sanddorneis.

Doch trotz seines Kusses konnte Natalie die Nervosität nicht abschütteln. Mit einem kleinen Lächeln, das Entschuldigung und

Zuneigung gleichzeitig ausdrücken sollte, löste sie sich aus seinen Armen. »Tut mir leid, ich …«

Lukas lächelte verständnisvoll, seine Augen strahlten die Ruhe aus, die sie so sehr ersehnte. »Schon gut«, erwiderte er, und seine Finger strichen leicht über ihre Hand. »Ich mache ebenfalls drei Kreuze, wenn diese Feier endlich vorbei ist.«

»Und ich erst«, sagte sie. Noch wollte sie nicht darüber nachdenken, dass sofort nach der Hochzeit neue Projekte auf sie warten würden. Denn so war es immer: War eine Feier abgeschlossen, erwarteten sie neue. Hoffentlich würden die weniger anstrengend. »Es kommt mir endlos vor, und gleichzeitig rast die Zeit.«

»Die beiden Tage überstehen wir noch.« Er drückte ihre Hand, stand auf und ging zur Tür. Dort blieb er stehen, um ihr einen letzten, ermutigenden Blick zuzuwerfen. »Möchtest du mit mir frühstücken, oder willst du gleich ins Büro?«

So verführerisch es auch klang, den Tag gemeinsam mit ihm mit einem ausgiebigen Frühstück zu beginnen – Natalie schüttelte den Kopf. »Würde ich gern, aber ich male mir ständig aus, was noch alles schiefgehen kann. Neben der fehlenden Hochzeitstorte natürlich.«

Lukas, der gerade die Türschwelle überschreiten wollte, hielt inne. Ohne ein weiteres Wort drehte er sich um und kehrte zum Bett zurück. Sanft nahm er sie in die Arme, und die Wärme seiner Umarmung vertrieb einige der Schatten in ihrem Herzen. Der frische Duft seines Aftershaves mischte sich mit dem Aroma des Kaffees und schuf eine Atmosphäre, die irgendwie tröstlich war. Ihre Anspannung ließ deutlich nach.

»Ich werde nicht sagen, dass alles gut wird, weil du abergläubisch bist«, flüsterte er, »doch du bist eine unglaubliche Hochzeitsplanerin.«

Trotz ihrer Nervosität musste sie lachen. »Wie viele kennst du denn?« Ihre Augen funkelten, während Lukas sie mit jener unerschütterlichen Zuneigung betrachtete, die sie immer wieder verzauberte.

»Hmm, nur dich, allerdings erkenne ich, wenn etwas großartig ist.«

»Schmeichler.« Sie gab ihm einen Kuss und rollte sich aus dem Bett. »Was hast du heute vor?«

Lukas lehnte sich gegen den Türrahmen, sein Blick folgte jeder ihrer Bewegungen. »Das Übliche«, sagte er. »Katzen füttern, Garten gestalten, auf die Frau meines Herzens warten und beten, dass nichts furchtbar schiefgeht.«

Bei seiner Liebeserklärung durchrieselte sie ein Gefühl, das sie nicht beschreiben konnte, so gut fühlte es sich an. »Dann hoffe ich, dass du damit erfolgreich bist«, erwiderte sie mit einem Schmunzeln, näherte sich ihm und schenkte ihm einen langen Kuss. Mit einem letzten, sehnsüchtigen Blick schlüpfte sie unter die Dusche. Das warme Wasser, das über ihre Haut rann, munterte sie auf, der frische Duft seines Duschgels vertrieb die letzten Reste der Müdigkeit. Sie schaltete das Wasser ab, band sich ein Handtuch um die Haare und trocknete sich ab.

»Wollen wir zusammen frühstücken?« Lukas kam ins Bad. »Sobald ich geduscht habe.«

»Es tut mir leid, ich bin mit Sophia verabredet.« Sie zog ihn an sich heran, um ihn zu küssen. Mit geschlossenen Augen genoss sie seine Nähe und kam in Versuchung, Sophia eine Nachricht zu schreiben, dass sie sich verspäten würde. Doch leider stand sie unter Zeitdruck. Mit einem bedauernden Seufzer löste sie sich von Lukas. »Ich muss los.«

Als sie ins Schlafzimmer trat, erinnerte der offene Schrank, in dem nur seine Kleidung hing, sie daran, dass sie zwar gerade gemeinsam durch den Alltag gingen, jedoch getrennt lebten. Sollte sie ein paar Kleider hier unterbringen? Oder war dies ein zu großer

Schritt, ein Zuviel an Nähe, an Verpflichtung? Darüber wollte sie nicht nachdenken, weil das zwangsläufig zu der Frage geführt hätte, wie es nach der großen Feier weitergehen sollte.

Denn bisher hatte Lukas nur einmal eine vage Andeutung gemacht, woraufhin sie voller Panik von der Partnerschaft bei *Zauberhaft und Unvergesslich* geredet hatte, weil alles andere ihr Angst machte. Der Gedanke, wieder in Schwerin zu sein, ohne Lukas, war einfach zu schmerzhaft. Aber sie konnte sich genauso wenig vorstellen, ihre geliebte Arbeit aufzugeben. Selbst bei einer so schwierigen Kundin wie Leonie gab es immer wieder schöne Momente.

Das leise Rauschen des Wassers aus dem Badezimmer begleitete Natalie, während sie in der Küche stand, die Hände um eine Tasse Kaffee geschlungen. Sie nahm einen tiefen Schluck von dem Getränk, stellte die Tasse ab, um ihm eine Nachricht zu schreiben. Kurz dachte sie daran, auf ihn zu warten, bis er aus der Dusche kam, doch sie musste in ihr mobiles Büro, wo sie mit Sophia verabredet war. Also schrieb sie noch ein PS an die Nachricht, nahm ihre Tasche und fuhr zum Campingplatz.

Dort erwartete Sophia sie bereits, ein so breites Lächeln auf dem Gesicht, dass Natalie erleichtert aufatmete.

»Wir bekommen unsere Torte?«, fragte sie statt einer Begrüßung. »Bitte, Sophia, sag mir, dass alles geklappt hat.«

Sophias Lächeln wurde breiter. »Mareike ist ganz begeistert davon, sich an einer fünfstöckigen Torte austoben zu können. Ich bin gleich hergekommen, um es dir persönlich zu erzählen.«

»Komm bitte rein. Ich koch uns einen Kaffee.«

Gemeinsam betraten sie den Wohnwagen. Nachdem sie den Espresso aufgesetzt und Milch in den Milchaufschäumer gegeben hatte, schloss Natalie kurz die Augen und gab sich der Erleichterung hin. Das Bild einer kunstvoll verzierten mehrstöckigen

Torte schwebte vor ihrem inneren Auge, und sie stellte sich die erstaunten und glücklichen Gesichter der Gäste vor. Die Erleichterung breitete sich in ihrem ganzen Körper aus, wie die angenehme Wärme, die sich bei einem Feuer im Kamin entfaltet. Doch sofort griffen die Sorgen wieder nach ihr.

»Du hast ihr alle Wünsche der Braut genannt …« Mit Grauen dachte Natalie an die lange Liste, die Leonie erstellt hatte. Angefangen von den Geschmacksrichtungen der fünf Tortenböden über die Farben der einzelnen Böden bis hin zu detaillierten Beschreibungen der Dekoration. »… und sie ist nicht schreiend davongelaufen?«

»Im Gegenteil. Mareike liebt Herausforderungen.«

»Und du bist sicher, sie wird dieser Herausforderung gewachsen sein?« Im Notfall hatte Natalie eine Konditorin in Stralsund gefunden, die kurzfristig eine Torte backen könnte. Sicher, es würde logistisch nicht einfach werden, die Torte nach Binz zu bringen, aber irgendwie würde sie auch das schaffen.

»Natalie, vertrau ihr.« Sophia strich ihr beruhigend über den Arm. »Mareike hat in dieser Back-Show unter enormem Zeitdruck großartige Torten kreiert. Niemand sonst hier ist besser geeignet als sie.«

Langsam beruhigte sich Natalies Herz, als sie Sophias aufbauende Worte hörte. Eine Welle von Dankbarkeit durchströmte sie. »Danke schön«, flüsterte sie. Impulsiv trat sie näher und umarmte die Floristin fest. »Du hast mir das Leben gerettet.«

»Darauf komme ich zurück«, antwortete Sophia. »Und wenn du mal Ruhe hast, würde ich gern mit dir reden. Mir ist da eine Idee gekommen.«

Natalies Interesse war geweckt, für einen Moment trat ihre besorgte Anspannung in den Hintergrund. »Ich bin gespannt«, sagte sie erwartungsvoll und erwiderte Sophias Blick.

»Das verschieben wir auf später. Aber hier ist Mareike Köhns Adresse.« Sophia drückte ihr einen Zettel in die Hand. »Geh vorbei, wenn du Zeit hast. Mareike mag keine Telefonate.«

Natalie nickte, ihr Herz war etwas leichter nach dem Gespräch mit Sophia. Der Gedanke, die Bäckerin persönlich zu treffen, ließ eine gewisse Neugierde in ihr aufkeimen, gemischt mit leichter Nervosität. »Okay. Hauptsache, sie kann backen«, antwortete sie mit einem schwachen Lächeln, während sie den Zettel sorgfältig in ihrer Tasche verstaute.

»Ich muss los, die letzten Handgriffe für die Hochzeitsdekoration warten auf mich.« Sophia nickte ihr zu. »Vertrau auf das Leben. Du hast getan, was du konntest.«

»Danke.« Natalie strich sich mit der Hand durchs Haar und runzelte die Stirn. »Hast du das von Svenja? Egal. Wenn irgendwas ist, melde dich.«

»Mach ich.« Sophia winkte ihr lachend zu, setzte sich auf ihr E-Bike und radelte davon. Natalie sah ihr nach, glücklich, in Sophia eine Freundin gefunden zu haben, die sie stärkte und unterstützte. Ihre Finger schlossen sich um den Zettel, der die sprichwörtliche Rettung in letzter Sekunde versprach. Nach diesem erlösenden Beginn erschien ihr der Tag ein wenig freundlicher.

Bereits drei Stunden später musste Natalie die Einschätzung revidieren. Als es an der Tür ihres Wohnwagens klopfte, freute sie sich, denn sie rechnete mit Svenja oder Sophia und hoffte auf eine kurze Ablenkung von den letzten Vorbereitungen. Doch als sie zur Tür ging und sie öffnete, hätte Natalie sie am liebsten sofort wieder zugeschlagen.

»Kathleen. Was machst du hier?«

Ihre Chefin, die sonst für jede Kleinigkeit anrief, hatte ihren Besuch nicht angekündigt.

»Du weißt schon, dass ich auf den letzten Metern der Hochzeitsvorbereitungen bin.«

»Willst du mich nicht hineinbitten?« Kathleen musterte Natalie von oben bis unten, woraufhin sie bedauerte, sich für eine Jogginghose entschieden zu haben. »Ich bin schon eine Weile unterwegs.«

Das sah man ihr nicht an. Ihr schwarzer Anzug, makellos und voller Schick, strahlte eine kalte, geschäftsmäßige Perfektion aus. Selbst ihre High Heels schienen den staubigen Boden des Campingplatzes kaum berührt zu haben, sahen sie doch aus wie frisch geputzt.

Natalie konnte sich ein Schmunzeln nicht verkneifen, als sie sich vorstellte, wie Svenja und Kathleen aufeinandertreffen würden – eine Begegnung, die sicherlich Funken sprühen lassen würde. Doch sie schob diesen Gedanken schnell beiseite und fasste sich. »Natürlich, komm herein. Möchtest du einen Kaffee?« Sie deutete auf die einladenden Stühle, die in einer gemütlichen Ecke des Wohnwagens standen. »Bitte nimm Platz.«

»Danke. Parallel kannst du mich auf den Stand der Dinge bringen«, erwiderte Kathleen, ihre Stimme glatt und professionell, als sie sich elegant setzte.

Die Espressomaschine summte im Hintergrund, und der kräftige Duft frisch gemahlener Kaffeebohnen erfüllte den Raum. »Warum bist du hier?«, fragte Natalie, während sie die Milch für den Cappuccino aufschäumte. »Meinst du, die Hochzeit wird ein Fiasko ohne deine Unterstützung?« Ihre Hände arbeiteten automatisch, obwohl ihr Herz schneller schlug.

»Natalie«, sagte Kathleen mit einem Seufzer. »Dass ich hier bin, bedeutet nicht, dass ich dir nicht vertraue.«

»Nicht?« Natalie musste an sich halten, nicht laut zu werden, schließlich konnte man den überraschenden Besuch kaum anders interpretieren. »Du hättest mich wenigstens vorwarnen können.«

»Ich habe morgen einen Termin in Göhren, um mir dort das Hochzeitszimmer im Hotelturm anzusehen.« Kathleen schlug ihre langen, schlanken Beine übereinander und wippte mit dem Fuß, was Natalies Nervosität nur verstärkte. »Das hat sich kurzfristig ergeben, und ich dachte, ich nutze die Chance.«

Natalie zählte innerlich bis zehn, um ihr Herz zu beruhigen. »Kekse?«, fragte sie, um das Gespräch vorübergehend in harmlosere Bahnen zu lenken. »Bleibst du bis zur Feier?«

»Ja.« Ihre Chefin seufzte. »Natalie, ich will dich wirklich nicht kontrollieren. Es ist Zufall, dass ich mir die Locations auf Rügen anschaue.«

Zum Glück sorgte die Espressomaschine mit ihrem beruhigenden Gurgeln für eine kleine Pause in der Unterhaltung, sodass Natalie ihre aufgewühlten Gedanken sortieren konnte. Sie stellte schließlich eine Tasse Cappuccino vor Kathleen hin und nahm die andere Tasse für sich selbst.

»Heute kam die Zusage für die Hochzeitstorte. Alles läuft.« Sie trank einen Schluck, bevor sie fortfuhr. »Das einzig Unplanbare ist das Rügener Wetter. Aber selbst dafür habe ich einen Plan B und auch Plan C. Soll ich dir das Dossier zeigen?«

35

Tag der Feier

Ein letztes Mal ging Natalie, begleitet von Lukas, durch den Garten, bevor die Hochzeitsgesellschaft eintreffen sollte. Das Herz schlug ihr bis zum Hals, obwohl alles bisher wunderbar funktioniert hatte. Vor ihnen breitete sich der weitläufige Garten aus, der im Licht der Oktobersonne noch märchenhafter als sonst aussah. Die weißen Zelte leuchteten vor dem kräftigen Grün des Rasens und den bunten Blättern der Bäume. Der Geruch von frisch gemähtem Gras und blühenden Rosen mischte sich mit dem verlockenden Aroma der Häppchen, die Jana und Nico zur Begrüßung reichen würden. Einladend sahen die festlich geschmückten Tische aus, die Sophia, Jana und Nico mit wunderbaren Details versehen hatten – zarte Blumenarrangements, kristallene Kerzenhalter und elegantes Geschirr.

»Wie kommt es, dass eine Rose so spät im Jahr noch blüht und so wunderbar duftet?«, fragte sie, um ihre Gedanken von alldem abzulenken, was immer noch schiefgehen konnte. »Ich dachte, der Sommer ist Rosenzeit.«

»Wenn man sie richtig pflegt, blühen einige Sorten sogar noch im November.« Lukas nahm ihre Hand und zog sie zum Rosenstrauch mit den auffallend fuchsiaroten Blüten. »Darf ich vorstellen, das ist *Rose de Resht*, eine alte Sorte.«

»Wirklich wunderschön.« Natalie wandte sich um. »Lass uns nach vorne gehen, um dort auf die Gäste zu warten.«

Er nickte nur und folgte ihr.

»Alles wird gut«, flüsterte Lukas ihr zu, als sie nervös von einem Fuß auf den anderen trippelte. Sie standen gemeinsam vor dem Herrenhaus und erwarteten die Gäste. In zehn Minuten sollten sie eintreffen, wenn alles nach Plan lief.

Warum ertönte noch keine Musik, fragte sie sich. Schließlich war der DJ bereits vor einer Stunde angekommen und hatte ein beeindruckend aussehendes Equipment aufgebaut.

»Ich gehe noch einmal rein, um mit dem DJ zu reden.« Natalie wollte sich umdrehen, doch Lukas hielt sie auf, denn die ersten Klänge sanfter Klaviermusik schwebten aus dem Herrenhaus zu ihnen. Also blieb sie stehen und sah aus dem Augenwinkel, wie Lukas unbewusst im Takt wippte.

»Nachher tanzen wir«, sagte er. »Im Gartenhäuschen, wo uns niemand sieht.«

Die Vorstellung, dass dieser bodenständige, zurückhaltende Mann den Wunsch verspürte, mit ihr zu tanzen, entlockte ihr trotz ihrer Anspannung ein glückliches Lächeln.

»Darauf freue ich mich.« Sie schmiegte sich an ihn, genoss einen Moment seine Stärke, bevor sie von ihm abrückte, um einen professionellen Eindruck zu machen. »Bis dahin …«

»Ja?«

»Du hast keine Vorstellung davon, was alles passieren kann.« Natalie lehnte sich an ihn. »Tut mir leid, dass ich so ein Nervenbündel bin, aber …«

»Es ist okay.« Lukas gab ihr einen Kuss auf die Stirn. »Schau, da kommen sie.«

»Danke«, flüsterte sie und atmete tief ein und aus.

»Ich überlasse dir jetzt das Feld.« Während sie sich um die Gäste kümmerte, wollte er im Garten auf sie warten. Das hatten sie vorher so besprochen. »Natalie, es ist dein großer Tag. Versuche, ihn zu genießen.«

Natalie sah ihm nach, wie er mit großen Schritten davonging, ganz ungewohnt in dunklem Anzug und weißem Hemd. Er zerrte an dessen engem Kragen, eine Geste, die ihr zeigte, wie wenig er sich in dieser förmlichen Kleidung wohlfühlte. Und doch hatte er sich für sie in Schale geschmissen, selbst wenn er sich verkleidet vorkam. Ihr Herz floss über vor Liebe zu ihm, doch das konnte sie ihm erst später sagen.

Mit einem tiefen Atemzug wandte sie ihre Aufmerksamkeit den ankommenden Gästen zu, wobei sie die Daumen drückte, dass dieser Tag die Magie entfachen würde, die das Brautpaar sich wünschte.

Nun war ihr Auftritt gekommen. Natalie warf einen letzten Blick über die Schulter, suchte nach Lukas, der sich an den Rand verzogen hatte. Ermutigend lächelte er ihr zu, und ihr Herz wurde leicht. Mit diesem stillen Moment der Verbundenheit wurde ihr bewusst, wie sehr sie sich auf ihn verlassen konnte. Mit ihm an ihrer Seite würde sie auch diesen Tag überstehen. Ein Anflug von Vorfreude durchströmte sie – der Gedanke, sich später mit ihm ein Stückchen der Hochzeitstorte zu teilen und in einem langsamen Tanz über den Rasen zu gleiten, erfüllte sie mit wohliger Wärme.

Aber bis dahin war es noch ein weiter Weg. Entschlossen streckte Natalie den Rücken durch, setzte ihr professionelles Lächeln auf und ging der Kutsche entgegen, die Leonie und Sebastian zum Gut gebracht hatte.

Als die weiße Kutsche vorfuhr, fühlte sie sich in ein früheres Jahrhundert versetzt und erwartete beinahe, dass der Kaiser und die Kaiserin unter den Gästen sein würden. Wären die nachfolgenden modernen Autos nicht gewesen, hätte der Eindruck bestehen bleiben können. Die weißen Pferde schnaubten und stampften mit den Hufen, nachdem der Kutscher angehalten hatte und vom Kutschbock stieg.

Als der Kutscher die Tür geöffnet hatte, hielt Natalie die Luft an. Jetzt war der Moment der Wahrheit, der Augenblick, in dem sich entschied, ob der Tag ein Erfolg oder ein Desaster war.

Dann sah sie es – das strahlende Lächeln auf Leonies Gesicht, so hell und herzlich, dass es alle Bedenken und Ängste sofort in Luft auflöste. Ein gewaltiger Stein fiel von Natalies Herz, und sie atmete erleichtert aus, eine frische Brise der Zuversicht durchströmte sie. Leonie stieg elegant aus der Kutsche, ihr Brautkleid ein Traum aus weißer Seide, gefolgt von Sebastian, dessen Gesicht voll Glück erstrahlte.

Die Gäste, die bereits aus ihren Autos gestiegen waren, begrüßten das Paar mit Applaus und freudigen Ausrufen. Sie scharten sich um Leonie und Sebastian wie funkelnde Glühwürmchen in der Dämmerung – und ähnlich glitzernd war auch die Stimmung. Doch inmitten dieser erfolgreichen Ankunft verblieb eine bedeutende Frage für Natalie: Würde die Hochzeitstorte ihren Kunden gefallen?

Sie hatte einen sehr positiven Eindruck von der Bäckerin Mareike Köhn gewonnen, als sie die Frau besucht hatte. Aber das endgültige Urteil würde erst gefällt, wenn die Hochzeitstorte angekommen und angeschnitten war. Bis dahin musste Natalie wohl mit dem unruhigen Zucken des Muskels in ihrem Augenlid zurechtkommen.

»Herzlichen Glückwunsch.« Natalie reichte erst Leonie, der strahlenden Braut, die Hand, dann dem Bräutigam. Anschließend trat sie zur Seite und ließ das Brautpaar voraus ins Haus gehen, während das Personal Champagner und Orangensaft verteilte. Die Gläser klirrten leise, als das Brautpaar die Gäste begrüßte und

Glückwünsche entgegennahm. Die Luft war erfüllt von Lachen und glücklichen Stimmen; Frau Rieckhoff und Frau Lembke betupften sich die Augenwinkel mit Taschentüchern, und auch die Augen ihrer Ehemänner glitzerten verdächtig.

»Eine wunderschöne Feier.« Frau Rieckhoff klopfte Natalie auf die Schulter. »Das haben Sie prima hinbekommen.«

»Toi, toi, toi«, antwortete Natalie und klopfte an das Holz des Türrahmens. »Erst nach der Torte können wir das sagen.«

»Ich bin auch abergläubisch.« Frau Rieckhoff zwinkerte ihr zu. Nun, da die Anspannung der Vorbereitungen von ihr abgefallen war, wirkte sie freundlicher und offener.

Die Kellnerinnen bewegten sich elegant wie Ballerinen durch den Raum, führten die Gäste zu den Tischen im großen Festsaal zu den Stühlen, deren weiße Stuhlhussen im sanften Licht erstrahlten. Pastellfarbene Schleifen schmückten die Rückenlehnen, die perfekt zur liebevoll ausgewählten Farbpalette der Hochzeit passten. Auf den Tischen setzten Sophias Blumenarrangements in satten Herbstfarben wunderschöne Akzente – goldene Chrysanthemen, tiefrote Dahlien und orangefarbene Astern. Die Platzkarten mit goldener Schrift auf weißem Grund fügten sich perfekt ein.

Natalie setzte sich an einen Tisch am Rand, von dem aus sie das Geschehen im Blick hatte und im Notfall eingreifen konnte, wobei sie hoffte, dass es nicht dazu kommen würde. Nach dem Kaffeetrinken sollte der Garten eröffnet werden, um den Gästen die Möglichkeit zu geben, spazieren zu gehen und sich zwanglos zu unterhalten. Trotz der Anspannung, die sie während der Vorbereitungen begleitet hatte, fühlte sie nun eine tiefe Zufriedenheit in sich aufsteigen. Die vielen Stunden der Arbeit und Planung schienen sich in diesem Moment auszuzahlen.

Nachdem alle Gäste ihre Plätze gefunden hatten, flossen die Gespräche, unterbrochen von gelegentlichem Lachen und freudigen

Ausrufen, während man sich über alte Zeiten austauschte und neue Freundschaften knüpfte.

Als der Brautvater sich erhob, um seine Rede zu halten, durchzog eine Atmosphäre von gespannter Erwartung den Raum. Mit stolzer Stimme sprach er über die Liebe und das Glück, welches er in seiner Tochter und ihrem Ehemann sah. Seine warmen Worte ließen die Gäste schmunzeln, und Natalie hatte den Eindruck, dass er sich nun endlich mit Sebastian arrangiert hatte.

Auch Frau Rieckhoff, die Trauzeugen und Freunde des Brautpaars richteten liebevolle oder humorvolle Worte an das frisch vermählte Paar. Doch Natalie hörte nur mit halbem Ohr zu. Sie konnte nicht anders, als immer wieder auf ihre Armbanduhr zu blicken, ihre Nervosität wuchs mit den verstreichenden Minuten. Die Hochzeitstorte war noch nicht geliefert worden, wo blieb Mareike Köhn nur?

Schließlich erhoben sich Leonie und Sebastian, ihre Hände ineinander verschlungen. »Wir danken euch von Herzen für eure wunderbaren Worte und eure Anwesenheit an unserem besonderen Tag«, sagte Leonie, dann übermannte sie Rührung und sie sah ihren Ehemann an. Er lächelte liebevoll, bevor er sagte: »Wir wünschen euch viel Spaß und unvergessliche Erinnerungen. Lasst uns den Tag gemeinsam genießen.«

Das Klirren von Kristallglas und fröhliche Stimmen erfüllten die Luft, als die Gäste aufstanden, ihre Gläser erhoben und miteinander anstießen. Natalie blieb am Rand, ihr Blick suchte nach Mareike und der Torte. Stattdessen erblickte sie Lukas, der im Türrahmen stand, ihr einen aufmunternden Blick zuwarf und ihr ein kleines, verschwörerisches Lächeln schenkte. Sein Vertrauen gab ihr Halt, während sie auf den entscheidenden Moment wartete.

Endlich öffneten sich die großen Saaltüren, und das Servicepersonal rollte ein fahrbares Podest mit der fünfstöckigen Hochzeitstorte herein. »Ahs« und »Ohs« begleiteten das Kunstwerk auf seinem Weg in die Mitte des Saals. Natalie stieß einen Seufzer der Erleichterung aus. Mareike Köhn hatte sich selbst übertroffen: Die Torte war über und über mit wunderschönen pastellfarbenen Verzierungen geschmückt. Jede der fünf Etagen war ein Miniaturkunstwerk, das die Gäste zum Staunen brachte.

Die unterste Schicht, ein zartes Pastellrosa, war mit filigranen goldfarbenen Mustern verziert, die an feinste Spitzenarbeiten erinnerten. Einzelne Zuckerrosen rankten sich um die Schicht herum und setzten einen romantischen Akzent. Die zweite Schicht überraschte die Gäste mit einem Ineinanderfließen von Pastellblau und Lavendel, verziert mit winzigen essbaren Perlen, die wie funkelnde Sterne wirkten. Ein zartes Pastellgelb und Zuckerblumen verzierten die dritte Ebene; jede Blüte war so lebensecht gestaltet, dass man glaubte, ihren Duft zu riechen.

Kleine Blütenknospen in Weiß- und Rosatönen schwebten über der lindgrünen vierten Etage, wie zarte Schmetterlinge. Und schließlich die oberste Schicht, die Krönung der Torte, in einem zarten Pastellviolettton, ebenfalls verziert mit goldenen Ornamenten. Auf der Spitze waren winzige, vergoldete Zuckerfiguren von Braut und Bräutigam angebracht, die anmutig miteinander tanzten und die Liebe und Zuneigung des Paares symbolisierten.

Natalie fing den Blick von Frau Rieckhoff auf, die ihr anerkennend zunickte, was Natalie mit einem Lächeln quittierte. Trotzdem blieb ihre Nervosität, denn nun musste Mareike Köhns Meisterwerk noch den Geschmackstest bestehen.

Leonie und Sebastian erhoben sich von ihren Plätzen. Als sie Hand in Hand zur Torte schritten, ging ein erwartungsvolles Murmeln durch die Menge. Gemeinsam ergriffen sie das silberne Tortenmesser. In einer fließenden Bewegung schnitten sie in die unterste Schicht der Torte, das Messer glitt mühelos durch die weiche, köstlich duftende Masse. Sie fütterten sich gegenseitig mit Kuchenstücken, und Leonie rief: »Diese Torte ist so lecker. Beeilt euch, sonst esse ich sie alleine.«

Das ließen sich die Gäste nicht zweimal sagen und stellten sich an.

Natalie schrieb eine SMS mit »Danke« an Mareike und nutzte die Gelegenheit, um kurz mit Jana und Nico zu sprechen. Die Caterer hatten das Anschneiden der Torte genutzt, um das Sandwich- und Kuchenbuffet aufzubauen. Alles lief wie am Schnürchen, und Natalie hatte sich eine Pause verdient. Sie stellte sich in die Tortenschlange, um ein Stück Hochzeitskuchen für sich und Lukas zu holen.

Der verlockende Duft von süßer Buttercreme und gerösteten Walnüssen schwebte in der Luft, als Natalie endlich an der Reihe war, die Hochzeitstorte zu kosten. Doch in diesem Moment vibrierte ihr Smartphone. Also gab sie ihren Platz frei und nahm das Telefonat an.

»Kathleen, alles ist perfekt.«

»Kannst du bitte kurz nach draußen kommen?« Die Stimme ihrer Chefin klang wie immer kühl und professionell, was Natalie sofort alarmierte. Was konnte so dringend sein, dass Kathleen sie an diesem besonderen Tag störte?

»Ich bin sofort da.« Natalie nickte den anderen Gästen zu, murmelte »Entschuldigung« und eilte zur Gartentür hinaus.

Kathleen, wie immer in einem eleganten Anzug, diesmal dunkelblau, lehnte an der Tür ihres Porsches und sah ihr entgegen. Ihre kühle Haltung stand in starkem Gegensatz zur warmen Festlichkeit des Abends.

»Möchtest du reinkommen und die Torte probieren?«, fragte Natalie höflich, auch wenn ihr Innerstes sich gegen die Vorstellung wehrte, dass Kathleen als Kontrolleurin in die Feier platzen könnte.

»Nein, ich bin extra auf Rügen geblieben, um es dir persönlich zu sagen.« Sie lächelte sie an, bevor sie feierlich verkündete: »Natalie, ich mache dich zur Partnerin, und du baust unsere Filiale in Lübeck auf.«

»In Lübeck?« Natalies Augen weiteten sich vor Überraschung. Lübeck war deutlich weiter von Rügen entfernt als Schwerin. »Wie bitte?«

Kathleen war bereits halb ins Auto gestiegen, als sie weitersprach: »Du wolltest doch immer mehr Verantwortung. Viel Erfolg heute. Grüß das Brautpaar.« Ohne Natalie die Gelegenheit zu einer Antwort zu geben, sprang Kathleen lachend in ihren Porsche und brauste davon, der Motor brummte, während das Fahrzeug in der Dunkelheit verschwand.

Lübeck? Gedankenverloren stellte Natalie sich wieder in die Reihe und holte ihr Stück Torte. Es duftete köstlich, aber der Appetit war ihr vergangen.

36

»Dräng mich nicht, ich bin ja fast fertig«, sagte Lukas, während er den Löffel in die Dose mit Lilys Lieblingsfutter tauchte. Als er die Pampe auf den Unterteller schaufelte, breitete sich der Geruch, eine Mischung aus saftigen Fleischstückchen und Kräutern, in der Luft aus. Die Katze presste sich gegen seine Unterschenkel, wobei sie durchdringend miaute. Mit einer Pfote tippte sie an Lukas' Hose, als wollte sie ihm zu verstehen geben: »Beeil dich.«

Doreen und Ernesto hingegen interessierten sich nicht für das Fressen, sondern tollten durch das Gartenhaus, ihre winzigen Pfoten machten huschende Geräusche auf dem Boden.

Als Lukas die Schale mit dem Futter vor Lily platzierte, stürzte sie sich sofort darauf. Gierig begann sie zu fressen, ihre Zunge arbeitete blitzschnell, begleitet von einem leisen Schmatzen.

Lukas nutzte die Gelegenheit, aus der Tür des Gartenhauses zu schlüpfen, die er hinter sich absperrte, damit die Katzenfamilie auf gar keinen Fall die Feier störte. Das durfte er Natalie nicht antun, sie war ohnehin schon am Ende ihrer Kraft. Er trat vor das Gartenhaus, suchte und fand Ruhe in seinem Garten. Im Licht der Sonne schimmerten die herbstfarbenen Blätter, die weißen Zelte leuchteten, und die Rose erstrahlte in tiefem Fuchsia. Von der See her waren die Rufe der Möwen zu hören, und Lukas meinte, etwas Salz und Tang im Wind zu riechen, der sein Gesicht streichelte und seine Haare durcheinanderbrachte.

Vom Herrenhaus klangen die Geräusche der Feier an seine Ohren: Musik, das Lachen und Gesprächsfetzen der Gäste, vermischt mit dem Klirren von Gläsern und Geschirr. Es war nur eine Frage von Minuten, bis sein Garten voller Leben sein würde. Wenn es nicht um Natalie ginge, wäre er schon längst geflohen. Menschenmengen waren nun einmal nichts für ihn. Für Natalie wollte er bleiben, wollte ihr zur Seite stehen, damit sie an diesem Tag nicht allein war. Überhaupt, fragte er sich, wie hielt sie diesen Stress nur aus?

»Warum tut sie sich das an?«, fragte er, während er eine Rosenblüte abschnitt, die er ihr schenken wollte. »Warum liebt sie diese Arbeit, die sie so sehr erschöpft?« Er erinnerte sich an ihre funkelnden Augen, die Leidenschaft, die sie ausstrahlte, wenn sie über die Liebesgeschichten der Paare sprach, von Glückstränen in den Augen von Braut und Bräutigam und von dem Lachen der Kinder. War es diese Freude, die sie antrieb, diese leuchtenden Momente des puren Glücks, die sie mit ihren Ideen zauberte?

Als das Brautpaar angekommen war, hatte er zwar dessen Eleganz bewundert, aber gleichzeitig bemerkt, wie weit diese Welt der festlichen Eleganz und teuren Kleider von seinem ruhigen Leben auf Rügen, mit seinem Garten und seinen Freunden war.

Sah Natalie das ebenso, fragte sie sich auch, ob ihre Leben vereinbar waren, ob aus ihnen mehr werden könnte als eine wunderschöne, allerdings zeitlich begrenzte Rügen-Romanze? Nachdenklich setzte er sich auf die Bank und schloss die Augen. Mit zwei Fingern lockerte er die Krawatte, um sich wieder mehr wie er selbst zu fühlen. Er drehte die frisch geschnittene Rose zwischen den Fingern, ihre Dornen piekten in seine Haut.

»Hast du die armen Katzen eingesperrt?«, hörte er plötzlich Natalies Stimme, zärtlich und ein wenig erschöpft. »Das hättest du nicht für mich tun müssen, Lukas.«

»Alles für dich, Natalie.« Er öffnete die Augen und stand auf, ging zu ihr und überreichte ihr die Rosenblüte. »Für mich stehst du im Mittelpunkt.«

»Danke, Lukas.« Vorsichtig nahm sie die Blume, legte ihren Kopf an seine Brust, entspannte sich kurz und schob ihn sanft zurück. »Ich habe uns Hochzeitskuchen mitgebracht.« Sie deutete auf einen Teller, der auf dem Gartentisch stand.

»War Mareikes Torte so spektakulär, wie du dir erhofft hast?« Neugierig trat er näher, um sich den Kuchen anzuschauen. Er war von einer Farbe, die ihn an Flieder erinnerte, roch allerdings verführerisch nach Marzipan und Walnuss. »Hat er Leonie und Sebastian gefallen?«

»Die Torte ist perfekt und hat ihnen geschmeckt.« Natalie stieß einen erleichterten Seufzer aus. »Nun ist das Schlimmste überstanden.«

»Können wir gehen? Natürlich erst, nachdem wir uns den Kuchen geteilt haben.« Mit der Gabel brach er ein Stückchen ab, mit dem er sie fütterte. Genießerisch leckte sie sich die Lippen, sodass er sich ebenfalls ein Stückchen gönnte.

»Wow«, sagte er. »Wenn das der zweite Platz war, wie großartig muss der erste gewesen sein? Geht es überhaupt noch besser?«

»Ja, die Torte ist köstlich«, antwortete Natalie, aber es kam ihm vor, als wäre sie nicht ganz bei der Sache. Als er ihr noch eine Gabel voll Kuchen anbot, schüttelte sie den Kopf und sah ihn an.

»Was ist los?«, fragte er. »Du siehst aus, als hättest du ein Gespenst gesehen.«

»Kathleen war hier.«

»Oh, das tut mir leid.« Am liebsten wollte er Natalies Chefin anrufen und ihr ein paar passende Worte sagen.

»Nein, sie hat nichts zu meckern gehabt.« Natalie strich sich mit beiden Händen über die Haare. »Eher im Gegenteil. Sie gibt mir endlich die Partnerschaft. Ich soll eine Filiale in Lübeck aufbauen.«

Einen Augenblick starrte Lukas sie nur an, hoffte, dass er sich verhört hatte. Er hielt den Atem an, und selbst der Garten um sie herum schien stiller zu werden, als würde die Natur selbst diesen Augenblick würdigen wollen.

»Das ist toll, Natalie«, sagte er schließlich und bemühte sich, seine Worte aufmunternd und unterstützend klingen zu lassen, als er seine Enttäuschung zu verbergen versuchte. »Endlich wirst du für all deine harte Arbeit belohnt.«

Die Worte schmeckten bittersüß auf seiner Zunge, während er versuchte, sie mit einem Lächeln zu begleiten.

Natalie lächelte gezwungen. »Ja, das ist eine große Chance für mich. Aber …«

»Ich wünschte, du würdest hierbleiben«, platzte es aus ihm heraus, als ob die Worte sich selbst den Weg bahnten. Natalies Augen weiteten sich überrascht, und er wünschte, er könnte die Worte zurücknehmen, obwohl sie aus vollem Herzen kamen.

»Warum hast du mir das nicht früher gesagt?«, flüsterte sie, ihre Stimme kaum mehr als ein Hauch.

»Ich wusste nicht, wie oder wann«, gestand er offen, sein Tonfall dunkel von all den verpassten Gelegenheiten und den Momenten, in denen er sich zurückgehalten hatte. »Du hattest so viel um die Ohren, da wollte ich dich nicht belasten.«

»Oh, Lukas.« Natalie trat näher, und der zarte Duft ihres Parfums, ein Hauch von Vanille und weißen Blumen, hüllte ihn ein, erfüllte sein Herz mit bittersüßer Sehnsucht. »Ohne dich hätte ich das alles nie durchgestanden.«

Da erklangen die ersten Takte eines Walzers, so deutlich, als würde ein Orchester im Gartenhaus sitzen und nur für sie beide spielen.

»Ich hatte dir versprochen, dass wir tanzen«, sagte er mit einem Lächeln und reichte ihr die Hand. »Walzer ist der einzige Tanz, den ich beherrsche. Darf ich bitten?«

Natalies Antwort war ein Lächeln, das sein Herz erwärmte. »Du darfst«, flüsterte sie zurück, ihre Stimme warm und weich.

Sie ergriff seine Hand, und er führte sie auf den weichen, grünen Rasen, verborgen hinter den weißen Zelten. Sanft zog er sie in seine Arme und die erste Drehung des Walzers. Sie überließ sich ihm in diesem Tanz, ihre Körper bewegten sich im Einklang mit der Musik, als hätten sie schon immer zusammengehört. Ihre Schritte passten sich mühelos an seine an, jede Drehung gelang ohne Zögern oder Stolpern.

Natalie schmiegte sich enger an Lukas, und die Welt verschwamm um sie herum, seine Hand lag an ihrer Taille, er konnte ihre Wärme spüren. Sie legte den Kopf an seine Brust, während sie sich schweigend der Melodie hingaben, nur begleitet vom Klang der Musik und dem leisen Rascheln der Seide ihres Kleides.

Als sie an der Rose vorbeitanzten, atmete Lukas deren starken Duft ein, hoffte, dass diese Blume, dieses Symbol der Liebe, ihm Glück brächte. Nachdem der Walzer langsam verklungen war, übertönt vom Applaus der Gäste, hielt Lukas Natalie eng an sich gezogen, als wollte er keinen Abstand zwischen ihnen lassen, keinen Raum für Zweifel oder Trennung.

Doch Natalie brach den Zauber, als sie einen Schritt von ihm zurücktrat, um ihn anzusehen. »Lukas, ich … ich muss dir etwas sagen«, flüsterte sie.

»Bitte, nein, lass erst mich reden«, unterbrach er sie, denn während des Walzers hatte er endlich eine Entscheidung gefällt, über die er seit ein paar Tagen nachdachte. »Du bist alles, was ich jemals brauchen werde.«

Er fühlte ihre Hand fest in seiner, und diese kleine Berührung sprach mehr als tausend Worte.

»Und du bist mein Anker, Lukas«, antwortete Natalie leise, ihre Augen glänzten im weichen Licht, das ihre goldenen Töne einfing. »In deinen Armen finde ich mein Zuhause.«

Sein Herz floss über vor Liebe und drohte, ihm die Worte zu rauben, dabei war es so wichtig, dass er jetzt endlich seine Zukunft in ihre Hände legte.

»Ich habe nachgedacht«, sagte er und musste sich räuspern. »In jeder Stadt wachsen Blumen; in Lübeck gibt es bestimmt auch Gärten und Parks. Ich könnte Arbeit als Gärtner finden und … Wenn du das willst, natürlich nur.«

Gespannt sah er sie an, wartete darauf, dass sie etwas sagte, dass sie sich in seine Arme stürzte, irgendetwas tat, aber sie stand still, den Kopf gesenkt. War er zu vorschnell gewesen? Hatte er sie mit seinen Worten überfahren und damit alles zerstört, was zwischen ihnen sein könnte?

Gerade als er sich entschuldigen oder erklären wollte, hob sie den Kopf und sah ihn aus tränenumflorten Augen an. »Du würdest deinen geliebten Garten aufgeben? Für mich?«, fragte sie, ihre Stimme kaum hörbar.

»Für uns, Natalie«, korrigierte Lukas leise, sein Blick fest auf sie gerichtet. »Gärten kann man pflanzen, wo immer man ist, doch eine Liebe wie unsere findet man nicht so leicht.«

Zu seiner Überraschung lachte sie auf, während immer noch Tränen über ihre Wangen rollten.

»Oh, du … du … wunderbarer Mann.« Sie stürzte sich in seine Arme und gab ihm einen langen Kuss. »Wenn du mich nur einmal zu Wort kommen lassen würdest.«

»Du machst mich neugierig.« Nun, da er seinen Entschluss gefasst hatte, fühlte er sich leichter, obwohl er seine Insel vermissen würde, das wechselnde Wetter, den Klang der Wellen, den Geruch der Ostsee, die Kreidefelsen. All das konnte er auch besuchen. Dann würde er eben mit Rügen eine Wochenend- und Urlaubsliebe führen. Besser mit der Insel als mit der wundervollen Frau, der er sein Herz geschenkt hatte.

»Du bist nicht der Einzige, der sich Gedanken über unsere Zukunft gemacht hat.« Sie lächelte. »Sophia hat da eine Idee.«

Sie beugte sich zu ihm und küsste ihn voller Hingabe, sodass Lukas alles andere vergaß.

37

10 Wochen später

Der schönste Tag stand in goldenen Lettern auf der Schaufensterscheibe, und Natalie strahlte vor Stolz. Sophia und sie hatten lange, lange über den perfekten Namen für ihr Hochzeitsstudio mit Floristik diskutiert. Schließlich war es *Der schönste Tag* geworden, obwohl Natalie *Traut euch!* favorisiert hatte. Aber Sophia meinte, das würde nicht seriös genug klingen.

Die nachmittägliche Sonne warf ein warmes, liebevolles Licht auf die Fassade der Villa, die mit ihrer pastellfarbenen Eleganz und den filigranen Stuckdetails wie ein Kunstwerk wirkte. Das Haus gehörte einem Onkel von Timo, der ihnen einen guten Mietpreis dafür gemacht hatte.

Passend zur Jahreszeit hatten sie die Fassade mit funkelnden Lichterketten geschmückt, und in den Fenstern hingen kunstvoll gestaltete Schneeflocken aus glitzerndem Papier. Das Erdgeschoss der Villa, im Herzen von Binz, war das Zuhause ihres Projekts, in das sie und Sophia ihr ganzes Herzblut gesteckt hatten. In den vergangenen Wochen hatten sie beinahe jeden Tag hier verbracht, damit die fünf Räume ihren Vorstellungen entsprachen.

Heute nun war der große Tag der Eröffnungsfeier. Natalie wechselte einen Blick mit Sophia, lächelte und sagte: »Bitte, es war deine Idee. Also gebührt dir die Ehre, die Tür aufzuschließen.«

Sophia erwiderte ihr Lächeln, bevor sie die Tür zu ihrem gemeinsamen Traum öffnete. Als Sophia ihr den Vorschlag gemacht hatte, zusammen etwas in Binz aufzubauen, hatte Natalie nicht lange überlegen müssen. Sie hatte sehr gern mit der Floristin zusammengearbeitet und sich schon immer gewünscht, ein eigenes Geschäft zu haben. Doch nicht nur die berufliche Zukunft hatte ihre Entscheidung beeinflusst. Die Insel Rügen mit ihren schroffen Küsten, dem salzigen Meeresduft und den zurückweichenden Wellen, die sanft an den Strand schlugen, war die Heimat des besonderen Menschen in ihrem Leben – Lukas. Die Möglichkeit, bei ihm zu bleiben, war der entscheidende Grund gewesen, gemeinsam mit ihrer Freundin etwas zu wagen.

Und hier standen sie nun: Natalie Uphoff und Sophia Petersen, Inhaberinnen von *Der schönste Tag*. Kathleen war wenig begeistert gewesen, aber Natalie hatte ihr eine Kooperation für Hochzeiten auf Rügen angeboten und so ihre frühere Chefin für sich gewinnen können. Wenn *Zauberhaft und Unvergesslich* eine Feier auf der Insel ausrichten wollte, standen ihnen Natalie und Sophia zur Seite, denn Natalie wollte auf gar keinen Fall einen Neuanfang machen, der auf einem Streit basierte. Dieses Mal sollte ihr Leben perfekt werden.

Nachdem Natalie durch die Tür getreten war, befand sie sich in Sophias Reich – im ersten Raum waren die Blumen und Dekorationsartikel untergebracht. Ein warmes Licht erfüllte das Zimmer, das von den funkelnden Lichterketten und den Kerzen in den Adventskränzen ausging. In der Mitte erstrahlte ein großer Tannenbaum mit funkelnden weißen und goldenen Kugeln. Die Wände waren mit roten, goldenen und grünen Girlanden geschmückt, die kunstvoll um die Fensterrahmen und Regale drapiert waren. Rote Weihnachtssterne, leuchtende Amaryllis und weiße Lilien schufen eine festliche Atmosphäre. Auf tiefgrünen Tannenzweigen funkelten künstliche Schneeflocken und schimmernde Silberkugeln, die im flackernden Kerzenlicht wie Sternenstaub glitzerten. In den Regalen reihten sich filigran gearbeitete Engel, goldene Sterne und bunte Weihnachtskugeln, die für noch mehr Weihnachtsgefühl sorgten.

»Ich dreh eine Runde und überprüfe alles.« Sophia wendete sich den Blumenvasen und Gestecken zu. »Nicht dass wir welke Blüten haben, wenn die Gäste kommen.«

»Okay, dann verschwinde ich in mein Reich.« Natalie zwinkerte ihr zu und ging in den zweiten Raum, den größten des Studios. Die Wände waren in einem zarten Cremeweiß gestrichen und mit einer goldfarbenen Bordüre verziert, die dem Raum einen feinen Hauch von Luxus und Eleganz verlieh. Ein weißer Laufsteg, der von funkelnden Lichtern umrahmt war, war der Blickfang. Hier würden bald Bräute ihre Traumkleider anprobieren, während dezente Musik und Sekt ihre Freunde und Familie erfreuten. Noch war nicht alles fertiggestellt, aber man konnte bereits erkennen, wie es aussehen würde.

Natalie und Sophia hatten sich dafür entschieden, eine kleine, sehr feine Auswahl an Brautkleidern in verschiedenen Schattierungen von Weiß und Elfenbein anzubieten. Passende Schleier, Diademe und handgefertigte Taschen, jedes Stück ein Meisterwerk, vervollständigten die Ausstattung. Sie strich über die Spitze eines Kleides und spürte die feine Textur unter ihren Fingerspitzen.

Weiße Vorhänge mit goldenen Verzierungen umrahmten die Umkleidekabine, von der aus die zukünftige Braut direkt auf einen großen Spiegel zuging. So konnte sie sich ausmalen, wie sie an ihrem Hochzeitstag aussehen würde. Eine warme, sanfte Beleuchtung setzte die Kleider und Accessoires perfekt in Szene und schuf eine verträumte Atmosphäre. Entlang der Wände hingen Bilder von glücklichen Bräuten in ihren Kleidern, jedes Bild ein eingefrorener Moment voller Glück und Magie.

Ja, dachte Natalie und ließ den Blick langsam durch den Raum gleiten, in dem ihre Träume Gestalt angenommen hatten. Sie sah sich noch einmal um, ihre Augen nahmen jedes Detail in sich auf, bevor sie durch das Besprechungszimmer in die Küche ging, um Wasser für Tee aufzusetzen.

»Warte, ich helfe dir.« Sophia trat an ihre Seite. »Und, was denkst du? Hast du die richtige Entscheidung getroffen?«

»Sophia, es ist einfach atemberaubend«, flüsterte Natalie. »Ich kann kaum glauben, dass wir dieses wundervolle Studio zusammen aufgebaut haben.«

»Es muss einfach ein Erfolg werden.« Sophia gab Kaffeebohnen in die Maschine, deren Geräusch alles andere übertönte.

»Toi, toi, toi«, antwortete Natalie und klopfte auf das Holz des Küchenschranks. Dann umarmte sie Sophia, dankbar, dass sie gemeinsam ihren Traum verwirklicht hatten. Das Piepsen des Smartphones erinnerte sie beide daran, warum sie hier waren.

»Es ist so weit.« Natalie holte tief Luft. »Bist du bereit?«

Sie hakte sich bei Sophia unter, und gemeinsam gingen sie nach vorn, um die Tür zu öffnen und die Gäste zu begrüßen. Als die Tür aufschwang, wurden sie von einer Welle von Stimmen und lachenden Gesichtern begrüßt. Eine sanfte Meeresbrise strömte herein und vermischte sich mit dem Duft der Blumen. Sie waren überwältigt, wie viele Menschen gekommen waren, um ihre Eröffnung zu feiern. Da waren alte Freunde, die sie lange nicht mehr gesehen hatten, und neue Freunde, die sie erst vor Kurzem kennengelernt hatten.

»Herzlich willkommen! Wir freuen uns sehr, dass ihr alle hier seid, um mit uns zu feiern«, sagte Natalie mit einem strahlenden Lächeln, schüttelte Hände, erzählte über die Idee hinter *Der schönste Tag* und kam langsam zur Ruhe.

»Natalie,«, rief jemand nach ihr. Durch die Menge, die sich plaudernd und lachend im Studio versammelt hatte, drängten sich Sina und Finn zu ihr, ein Paar in ihrer Begleitung. »Natalie, es ist wunderschön hier. Ich möchte dir Anna und Jannis vorstellen, sie sind Freunde von uns und planen, hier auf Rügen zu heiraten. Wir haben ihnen von dir vorgeschwärmt.«

»Danke. Anna, Jannis, es ist mir eine Freude, euch kennenzulernen.« Natalie lächelte Sina an. »Rügen bietet viele wundervolle Hochzeitsorte.«

»Anna wünscht sich den Hochzeitsturm in Göhren.« Jannis zwinkerte ihr zu. »Meinst du, das ist machbar?«

Bevor Natalie antworten konnte, hob Sophia ihr Sektglas, klopfte mit einem Löffel dagegen und sagte: »Herzlich willkommen. Esst, trinkt und freut euch mit uns. Wo ist meine Geschäftspartnerin, die sich wohl vor der Begrüßung drücken will?«

»Wir sprechen später.« Natalie nickte Anna zu. »Aber eines kann ich dir versprechen: Den Turm in Göhren bekomme ich für dich.«

»Das wäre traumhaft«, flüsterte Anna, ihre Wangen röteten sich vor Aufregung und Glück. »Ich könnte mir nichts Schöneres vorstellen.«

Nachdem Natalie ihren Teil zur Begrüßung beigetragen hatte, kamen ihre Eltern auf sie zu, die Augen leuchteten vor Stolz.

»Kleines, ich bin so froh, dass du Rügen noch eine Chance gegeben hast.« Ihr Vater sah sich staunend um und zog sie in seine Arme. »Du hast die Insel als Kind so geliebt.«

»Wo ist denn dein Lukas?« Ihre Mutter wendete sich suchend um. »Er wird dich an deinem großen Tag doch nicht allein lassen?«

Vor drei Tagen waren ihre Eltern nach Rügen gekommen, um gemeinsam mit Natalie die Eröffnung des Hochzeitsstudios und dann Weihnachten zu feiern. Sie hatte ihnen Lukas vorgestellt, und zu ihrer großen Freude hatten sie sich alle wunderbar verstanden und die ganze Nacht geredet, als würden sie sich schon ihr Leben lang kennen.

»Liebes«, hatte ihre Mutter sie zärtlich genannt und sie unter dem Vorwand, gemeinsam abzuwaschen, in die Küche gelockt, »Liebes, Lukas ist der Richtige. Dem Florian habe ich nie über den Weg getraut.«

»Warum hast du das nie gesagt?«, fragte Natalie verwirrt, vollkommen überrascht von den Worten, und runzelte die Stirn.

»Weil es dein Leben ist, mein Schatz.« Ihre Mutter hatte gelächelt. »So schwer es mir auch fiel, ich musste dich deine Fehler machen lassen.«

Als hätte die Frage ihrer Mutter ihn herbeigerufen, erspähte sie Lukas, der ihr von draußen zuwinkte.

»Sie sind da. Tut mir leid, Mama.« Mit einem Lächeln drängelte sie sich an den Gästen vorbei zur Eingangstür, wo Lukas und Mareike endlich eingetroffen waren.

»Timo, es ist so weit!«, rief Natalie, bevor sie die Tür öffnete. Wie abgesprochen holte Timo seine nichts ahnende Ehefrau, die wild gestikulierend auf ihn einredete, wohl, weil sie sich wieder mit ihren Gästen beschäftigen wollte.

»Sophia, bitte komm hierher.« Natalie freute sich unglaublich über die Überraschung, die ihre Partnerin und Freundin erwartete. »Dich zu finden war für mich, wie das letzte Einhorn zu finden. Daher habe ich etwas für dich.«

Sie öffnete die Tür, damit Lukas und Mareike und mit ihnen die Torte eintreten konnte. Es war eine dreistöckige Torte voller Glitzer, Blumen und Einhörnern aus Marzipan, in einem pastelligen Orange, Sophias Lieblingsfarbe.

»Für mich?« Sophia schluchzte auf, während ihre Augen sich mit Tränen füllten. »Du bist verrückt.«

»Nein, nur überglücklich.« Natalie umarmte ihre Freundin und flüsterte ihr dabei ins Ohr: »Ohne dich hätte Lukas bestimmt aufgegeben, als ich ein reines Nervenbündel war, und alles wäre anders gekommen.«

»Kann jemand meiner Frau bitte ein Taschentuch geben?«, erklang Timos dröhnender Bass, der Raum füllte sich mit freundlichem Lachen. »Ich möchte kein Erinnerungsfoto mit Tränen.« Seine Stimme hallte durch den Raum und brach die emotionale Spannung mit einem Lächeln, während er selbst ein Taschentuch hervorholte und es Sophia überreichte.

»Tränen sind das Fensterputzen der Seele; danach sieht man einfach klarer«, erklang Svenjas Stimme.

Natalie wandte sich ihrer Freundin zu. »Schön, dass du gekommen bist.«

»Das wollte ich auf keinen Fall verpassen.« Svenja zwinkerte ihr zu. »Aber nun kümmere dich um deine Gäste. Uns bleibt noch viel Zeit zum Klönen.«

Zwei Stunden später, als nur noch wenige Gäste im Studio verweilten und die Klavierklänge leise durch den fast leeren Raum hallten, zog Lukas Natalie zur Seite.

»Herzlichen Glückwunsch, ich bin so stolz auf dich«, sagte er und umarmte sie fest. »Komm mit.«

»Ich kann Sophia nicht im Stich lassen«, protestierte sie und schüttelte den Kopf.

Doch bevor sie weiterreden konnte, trat Sophia mit einem Lächeln näher. »Ich weiß Bescheid. Geh ruhig.« Sie zwinkerte ihr zu. »Ich räume hier auf.«

»Ihr habt euch also hinter meinem Rücken verschworen.« Natalie sah von ihr zu Lukas und wieder zurück. »Nun bin ich gespannt.«

»Nach all der Arbeit hast du etwas Besonderes verdient.« Lukas führte Natalie zu ihrem Auto. Ein Hauch von Meer lag in der frischen Brise, die über ihre Wangen strich. »Überlässt du mir die Schlüssel?«

»Selbstverständlich. Wo fahren wir hin?«

»Lass dich überraschen«, antwortete Lukas und öffnete die Autotür für sie.

Sie stiegen in den Wagen und fuhren los, als die Sonne tiefer sank. Lukas legte eine Hand auf Natalies und drückte sie, während er konzentriert die Straße entlangsteuerte. Sie lehnte sich an ihn, spürte seine Wärme und konnte ihr Glück kaum fassen. Sein vertrauter Duft nach Zedernholz und einem Hauch Zitrus umhüllte sie, während das gleichmäßige Brummen des Motors sie einlullte. Ein neues Leben breitete sich vor ihr aus, wie eine unentdeckte Landkarte – hier, auf der malerischen Insel Rügen, an der Seite des Mannes, den sie liebte, und mit einer neuen Aufgabe, die ihre Fähigkeiten herausfordern würde, aber auch viel Erfüllung versprach.

»Oh, nun weiß ich, wo du hinwillst.« Natalie setzte sich auf. »Zur Seebrücke in Sellin.«

»Es ist mein Lieblingsort auf Rügen.« Lukas gab ihr einen Kuss, bevor er einparkte. »Ich möchte ihn mit dir teilen.«

»Danke.« Sie stieg aus dem Auto und nahm seine Hand, verschränkte ihre Finger vertraut mit seinen. Nachdem sie das Seebrückenhaus, das wie ein Märchenschloss aus einer anderen Zeit wirkte, umrundet hatten, erstreckte sich die Seebrücke vor ihnen ins Meer hinaus. Die hölzernen Planken knarrten leise unter den Schritten der wenigen Spaziergänger, die eingehüllt in dicke Schals und warme Mäntel das Meer besuchten. Die Holzgeländer waren mit feinen Tropfen von Meeresnebel überzogen.

Hand in Hand schlenderten sie über die Seebrücke Sellin. Die Wellen der Ostsee schlugen gegen das Holz der Brücke. Natalie atmete tief ein, genoss den Geruch des Meeres und schaute über dessen blaue Weite. Nur die Taucherglocke störte ihrer Meinung nach den Ausblick.

»Es ist unglaublich, wie weit draußen man hier ist«, bemerkte sie und blieb stehen. »Man fühlt sich wie auf dem Wasser.«

Lukas trat dicht an sie heran, ihre Körper berührten sich sanft, und er legte eine Hand auf ihren Arm, um ihre Aufmerksamkeit zu haben. Sein Blick war tief und durchdringend, und die Liebe in seinen Augen spiegelte sich im goldenen Licht wider. »Du weißt schon, dass ich mich bei unserer ersten Begegnung in dich verliebt habe?«, fragte er leise, seine Stimme voller Gefühl.

Ihr Herz klopfte schneller als je zuvor, ihre Augen weiteten sich vor Überraschung und Freude. »Wirklich?« Ihre Stimme war kaum mehr als ein Flüstern, voller ungläubiger Freude und Hoffnung.

»Ja«, sagte Lukas und trat noch einen Schritt näher. »Und ich möchte keine Minute mehr ohne dich sein.«

Ohne weitere Worte umarmten sie einander, und ihr Kuss war wie ein Versprechen, sanft und gleichzeitig voller Leidenschaft. Das Rauschen der Wellen, das leichte Wiegen des Steges und die leise Melodie des Windes bildeten die perfekte Begleitmusik für diesen kostbaren Augenblick.

»Falls wir je heiraten«, sagte Lukas, nachdem sie sich voneinander gelöst hatten, »dann wäre die Seebrücke ein wunderschöner Ort.«

»Auf gar keinen Fall«, erwiderte sie, »ich möchte mein Jawort in meinem Ufo geben. Das musst du mir versprechen.«

Lukas konnte ein Lachen nicht unterdrücken, ein warmer, herzlicher Klang, der die kühle Herbstluft durchdrang. »Was denkst du denn?« Erneut zog er sie näher an sich und küsste sie, ihre Lippen trafen sich in einer liebevollen Vertrautheit. »Ich weiß doch, wie viel dir der kleine Turm bedeutet.« Seine Stimme war ein Flüstern gegen ihre Lippen.

»Er, Rügen und du – ihr seid alles, was ich brauche«, flüsterte sie und sah ihn durch einen Schleier der Tränen des Glücks an. »Ich liebe dich.«

Herzensinsel Rügen

Liebe Leserin, lieber Leser,
die Schönheit Rügens in Worte zu fassen, hat mir unglaublich viel Spaß gemacht. Diese Insel mit ihren majestätischen Kreidefelsen, endlosen Stränden und malerischen Dörfern ist ein wahres Paradies. Die Natur ist hier allgegenwärtig – das sanfte Rauschen der Wellen, die frische, salzige Meeresluft, das geheimnisvolle Licht, das die Landschaft in ein sich ständig änderndes Kunstwerk verwandelt. Wie ihr es bestimmt bemerkt habt, ist mein Lieblingsort der Müther-Turm in Binz. Das kleine Ufo hat etwas an sich, was unglaublich bezaubernd ist. Der Müther-Turm steht sinnbildlich für die Balance von Natur und menschlicher Schaffenskraft, die Rügen so unnachahmlich schön macht.
Ich hoffe, dass euch die Geschichte eine kleine Flucht aus dem Alltag ermöglicht und vielleicht sogar den Wunsch geweckt hat, die wunderbare Insel selbst zu entdecken, falls ihr sie nicht bereits kennt. Möge Rügen euch ebenso verzaubern und inspirieren wie mich.
Wenn ihr ganz persönliche Reise-Tipps und exklusive Einblicke hinter die Kulissen meiner Schreibwelt bekommen möchtet, lade ich euch herzlich ein, meinen Newsletter zu abonnieren. Lasst uns gemeinsam in die faszinierende Atmosphäre dieser einzigartigen Insel eintauchen. Abonniert ihn jetzt auf www.cara-lindon.de und sichert euch eure Portion Rügen-Magie direkt in eurem Postfach.
Herzlichst, Carla Linde

Danke

Ein Buch ist niemals das Werk eines Einzelnen, sondern das Ergebnis der Unterstützung und Zusammenarbeit vieler wunderbarer Menschen. An dieser Stelle möchte ich ein großes Danke aussprechen an all jene, die mich auf dieser Reise begleitet und unterstützt haben.

Mein herzlicher Dank gilt meiner Literaturagentin Anna Mechler, deren Glaube an meine Geschichten und unermüdlicher Enthusiasmus entscheidend für den Erfolg dieses Romans waren. Danke, Anna, dass du stets an meiner Seite bist.

Ebenso möchte ich meiner Lektorin Daniela Peter danken, deren scharfsinnige Anmerkungen und unermüdliche Geduld dieses Buch noch besser gemacht haben. Ihr feines Gespür für Sprache und ihre Hingabe waren unverzichtbar.

Natalie Röllig gebührt ein aufrichtiger Dank für ihr herausragendes stilistisches Können und ihre wertvolle Rügen-Kompetenz. Ihre Unterstützung und ihr Engagement sind von unschätzbarem Wert, und die Zusammenarbeit mit ihr war eine wahrhafte Freude.

Ein besonderer Dank gebührt meinem Ehemann Matthias, mit dem ich gemeinsam wunderbare Tage auf Rügen verbracht habe.

Unsere Samtpfoten verdienen ebenso eine Erwähnung. Ihr seid kleine, pelzige Musen!

Auch ein großes Dankeschön geht an meine wunderbaren Testleserinnen Anja Schreiber und Ingrid Langer. Eure ehrlichen

Feedbacks und wertvollen Anregungen waren von unschätzbarem Wert. Danke, dass ihr eure Zeit und Energie investiert habt, um dieses Buch noch besser zu machen.

Von ganzem Herzen danke ich meinen Leserinnen und Lesern. Eure Rückmeldungen und Begeisterung sind eine unglaubliche Inspiration.

Danke,
eure Carla Linde

Sanddorneis

Zutaten:
200 g Sanddornmus (du kannst es entweder selbst herstellen oder im Handel kaufen)
200 ml Sahne
200 ml Milch
100 g Zucker (nach Geschmack anpassen)
1 TL Vanilleextrakt (optional)
1 EL Zitronensaft (optional)

Zubereitung:
Sahne und Milch vorbereiten: In einer großen Schüssel die Sahne, Milch und den Zucker gut vermischen. Wenn du Vanilleextrakt verwendest, füge ihn hinzu. Rühre alles gut um, bis sich der Zucker verteilt hat.
Sanddornmus hinzufügen: Füge das Sanddornmus zur Sahne-Milch-Mischung hinzu. Rühre vorsichtig, bis alles gut vermischt ist und eine gleichmäßige Farbe hat. Eine kleine Probemischung kann helfen, die Süße anzupassen.
Zitronensaft (optional): Für eine zusätzliche Frische kannst du auch den Zitronensaft hinzufügen und gut verrühren.
Einfrieren: Fülle die Mischung in eine Eisform oder eine flache Schüssel. Wenn du eine Eismaschine hast, gib die Mischung direkt hinein und folge den Anweisungen des Herstellers.

Ohne Eismaschine: Wenn du keine Eismaschine verwendest, stelle die Mischung in den Gefrierschrank. Rühre alle 30–60 Minuten mit einer Gabel um, um die Bildung von Eiskristallen zu verhindern. Wiederhole dies für etwa 3–4 Stunden, bis das Eis fest und cremig ist.

Servieren: Lass das Eis vor dem Servieren einige Minuten bei Raumtemperatur stehen, damit es etwas weicher wird. Forme Kugeln und serviere das Eis in Schalen oder Waffeln.

Dekorieren (optional): Garnieren kannst du das Eis mit frischen Sanddornbeeren oder einem Spritzer Sanddornmus.

Alternative mit Joghurt

Zutaten:

200 g Sanddornmus (selbst gemacht oder gekauft)
2 gefrorene Bananen
200 g Joghurt (Natur- oder griechischer Joghurt)
2–3 EL Honig oder Zucker (nach Geschmack, optional)
1 TL Vanilleextrakt (optional)
Eine Prise Salz

Zubereitung:

Vorbereitung der Bananen: Stelle sicher, dass die Bananen gut gefroren sind. Du kannst sie abends einfrieren und am nächsten Tag verwenden. Einfach Bananen schälen, in Scheiben schneiden und in einem luftdichten Behälter im Gefrierfach aufbewahren.

Zutaten vermengen: Gib die gefrorenen Bananenscheiben, das Sanddornmus, den Joghurt, Honig (oder Zucker), Vanilleextrakt und eine Prise Salz in einen Mixer oder eine Küchenmaschine.

Pürieren: Mixe die Zutaten, bis eine cremige und homogene Masse entsteht. Schabe die Seiten des Mixers zwischendurch ab, um sicherzustellen, dass alles gut vermischt wird. Du kannst die Süße nach Geschmack anpassen, indem du mehr Honig oder Zucker hinzufügst.

Einfrieren (optional): Wenn du die Konsistenz von Softeis magst, kannst du das Eis direkt nach dem Mixen servieren. Wenn du eine festere Konsistenz möchtest, fülle die Mischung in eine Eisform oder eine flache Schüssel und stelle sie für etwa 2–3 Stunden in den Gefrierschrank. Rühre alle 30–60 Minuten um, um Eiskristalle zu vermeiden.

Servieren: Lass das Eis vor dem Servieren ein paar Minuten bei Raumtemperatur stehen, damit es etwas weicher wird. Dann formst du mit einem Löffel Kugeln und servierst das Eis in Schalen oder Waffeln.

Dekorieren (optional): Du kannst das Eis mit frischen Früchten, einem Tropfen Sanddornmus oder Nüssen garnieren.